DUMONT

Ein mysteriöser Mordfall in Amsterdam-Noord: An einer Laterne hängt ein toter Mann. Die Szene erinnert an eine berühmte Rembrandt-Zeichnung. Durch einen Zufall ist Kyra Slagter eine der Ersten am Tatort. Die 19-Jährige will unbedingt Polizistin werden. Auf eigene Faust beginnt sie zu ermitteln, was Maud Mertens, die mit dem Fall betraut wird, natürlich nicht gefällt. Die altgediente Kommissarin hat eine pubertierende Tochter zu Hause und nimmt die selbst ernannte Kollegin zunächst nicht ernst. Aber dann findet Kyra eine Spur – und gerät selbst ins Visier des Täters, dessen Blutgier noch lange nicht gestillt ist. Ein Wettlauf gegen die Zeit beginnt. Gelingt es Mertens, den Mörder zu fassen, bevor es zu spät ist?

ISA MARON

DUNKLE FLUT

NORDSEE-MORDE

Aus dem Niederländischen
von Stefanie Schäfer

DUMONT

FSC
www.fsc.org
MIX
Papier aus verantwortungsvollen Quellen
FSC® C083411

Deutsche Erstausgabe
März 2016
DuMont Buchverlag, Köln

Published by agreement with Overamstel Uitgevers B.V.
Die niederländische Originalausgabe erschien 2014
unter dem Titel ›Galgenveld‹ bei Uitgeverij Mistral, Amsterdam.

Umschlaggestaltung: Lübbeke Naumann Thoben, Köln
Umschlagabbildungen: Wasser © underworld/fotolia.com;
Leuchtturm © franzeldr/fotolia.com; Möwe © MauritiusImage/Alamy
Satz: Angelika Kudella
Gesetzt aus der Garamond und der DIN
Druck und Verarbeitung: CPI books GmbH, Leck
Gedruckt auf säurefreiem und chlorfrei gebleichtem Papier
Printed in Germany
ISBN 978-3-8321-6357-0
www.dumont-buchverlag.de

1

Montag

Wieder dieser Traum. Immer derselbe verdammte, erstickende Traum. Kyra Slagter liegt im Bett, im Jogginganzug, eine Tasse dampfenden Kamillentee neben sich auf dem Nachttisch. Manchmal hilft das, die quälenden Gedankenschleifen zu unterbrechen, dem Herumwälzen ein Ende zu machen. Aber diesmal nicht.

Mama sitzt am Küchentisch, das Handy klingelt, sie geht dran. Sonntagmorgen. Ihr rosafarbener Kimono klafft vorne etwas auf, man sieht den Spitzen-BH. Sie stellt die Kaffeetasse hin, ohne einen Schluck getrunken zu haben. Ihr Gesicht ist schreckverzerrt. So sieht Todesangst aus.

Kyra rollt sich fluchend auf die Seite, schaltet die Nachttischlampe ein und greift zu ihrem Buch. Sie gähnt. Kapitel 11. »An Introduction to Crime Reconstruction. Insect Activity«. Fliegen, Ameisen, Käfer. Blutige Wunden voller Eier und Maden. Der schwarze geöffnete Mund eines Toten, der dem Schmeißfliegennachwuchs sicheren Unterschlupf bietet.

Mama wird schlagartig leichenblass. Sie will etwas sagen, aber verschluckt sich am eigenen Speichel. Sie hustet. Weint. Lässt sich nicht beruhigen. Den ganzen Tag über wiederholt sie gebetsmühlenartig – anderen gegenüber, aber auch zu sich selbst: Das ist nicht gut, das ist nicht gut …

Sechzig Kilometer. Eine Fliege kann einen Kadaver unmittelbar nach dem Tod in einem Radius von sechzig Kilometern riechen. Innerhalb von acht Stunden werden die ersten Eier gelegt.

Manchmal fast unmittelbar nach Eintritt des Todes. Nach fünfzehn Stunden schlüpfen die ersten Larven, die vom Fleisch der Leiche zehren.

Panik. Vater, Mutter und Bruder reden durcheinander, und ihr dreht sich der Kopf. Ist sie … Kann es sein … Könnte … Vielleicht … Jarno verschickt fieberhaft SMS. Mama macht sich erbittert Vorwürfe. Sie hätten viel früher … Warum haben sie nicht … Wenn …

Bereits nach dreißig Minuten können sich Leichenflecken bilden. Das Blut sammelt sich an den am tiefsten gelegenen Körperstellen. Dreht man die Leiche um, verlagern sich die Leichenflecken. Das Phänomen hält so lange an, bis sich das Blut zu zersetzen beginnt.

Die Sonne scheint ihr in die Augen. Sie sieht alles grellweiß. Sie hat etwas verloren. Sie blickt sich panisch um. Wo zum Teufel ist es? Sie wird sterben, wenn sie es nicht findet. Jemand wird sterben, wenn sie es nicht findet.

Ihre Mutter schreit. Schrill und gellend. Wie eine Industriesäge, die durch Hartholz fährt. Kyra hält sich die Ohren zu. Sie steht in der Küche. Der Wasserhahn läuft. Sie will ihn abstellen, wagt aber nicht, die Hände von den Ohren zu nehmen.

Mama läuft in der Küche auf und ab. Sie hat kein Gesicht. Kyra sieht nur ihre Hände, die an den Kopf greifen, sich verschränken wie zum Gebet. Dieses entsetzliche Klagelied! Dieses Heulen! Sie kann es nicht ertragen. Die Trauer von Generationen scheint darin mitzuschwingen. Krankheit, Verlust, Tod.

Plötzlich steht Jarno in der Küche, einen großen Koffer neben sich. Er brüllt etwas, bedrohlich und tief. Sie beginnt zu zittern.

»Wir müssen los!«, ruft ihr Bruder. »Sofort!«

Aber ich habe etwas verloren, denkt Kyra. Ich muss es suchen. Ich brauche es unbedingt. Die Angst ist erdrückend. Eine Unruhe erfasst sie, ein mächtiger Drang zu fliehen. Sie muss ... sie muss ... Sie weiß nicht was.

Sie machen sich auf den Weg. Mutter, Vater, Bruder. Sie stehen auf der Straße, im alles überstrahlenden Sonnenlicht. Die Häuser wachsen, dehnen sich aus, berühren einander irgendwo hoch über ihr. Es wird dunkel.

»Du nicht«, sagt ihre Mutter, während sie in ein riesiges Auto einsteigt. »Du bist noch zu klein.«

Sie hat etwas verloren.

Ihr Handy klingelt und reißt Kyra Slagter aus ihren Träumen. Mein Gott, denkt sie. Wer ist das? Was ist passiert? Ihr Herz klopft heftig. Da ist er wieder, dieser Fluchtimpuls. Sie stützt sich hoch und spürt, dass eine Buchseite an ihrer Wange klebt. Sie löst sie und sieht im Schein der Leselampe neben dem Bett die Bilder, von denen ihr gestern übel geworden ist: die nüchternen Autopsiefotos eines ermordeten Kindes.

Wieder leuchtet das iPhone auf, spielt eine Melodie. Jarno. Sie nimmt ab, sagt »Ja?«, ihre Stimme klingt belegt und brüchig. Ihr Bruder legt ohne Begrüßung los. Was für ein Glück, dass ich beim Lesen von *Criminal Profiling* eingeschlafen bin, denkt Kyra, noch in Jogginganzug und Socken. Das spart das Anziehen. Innerhalb von Minuten ist sie unten, hat ihren Roller gestartet und rast am Noordhollands Kanaal in Richtung IJ.

Die Natur schimmert in satten Grüntönen durch den dichten Nebel. Es kommt ihr vor, als flöge sie in einer kleinen, hellen Luftblase durch die weißen Fetzen. Noch immer hat sie das ermordete Mädchen aus dem Buch vor Augen. Den leicht geöffneten Mund. Die rosa Klammer im wirren Haar. Die dunklen Flecken am schmalen Hals. Sie schluckt und versucht, das Bild wegzudrängen.

Auf dem langen, schnurgeraden Radweg durch den Florapark ruft sie ihren Bruder zurück.

»Du verarschst mich doch nicht, oder?«

»Um diese Uhrzeit? Ich bin doch nicht bescheuert«, sagt Jarno ernst. »Das war Mord. Ganz sicher. Die Polizei ist noch nicht da.«

»Wie lange hängt er schon da? Kann noch nicht lange sein, was? Liegt kein Stuhl unter ihm, war es kein Selbstmord?«

»Nein, nein, da ist nichts, nur dieser tote Mann am Laternenpfahl.«

»Scheiße! Bis gleich. Bin fast da.«

Johan van Hasseltweg, die Schule, an der ihr Bruder seinen Abschluss gemacht hat – noch etwa eine Minute, dann ist sie da, aber der Weg am Noordhollands Kanaal entlang erscheint ihr auf einmal entsetzlich lang.

Maud Mertens träumt von Urlaub an einem ruhigen Ort – nicht verregnet, aber auch bloß nicht zu heiß, vielleicht in einer kleinen Pension in einer idyllischen Berglandschaft. Ihre Tochter würde sich vermutlich lieber erschießen, als hier mit ihren Eltern rumzuhängen, aber Edwin und sie könnten ausschlafen und hätten nichts Wichtigeres zu tun, als über Wanderwege und das Mittagessen nachzudenken ... Das Telefon klingelt. Es dauert einen Augenblick, bis sie die Melodie erkennt. Schnell, in der vergeblichen Hoffnung, Edwin nicht zu wecken, greift sie nach ihrem Handy auf dem Nachttisch.

»Ja?«

Ein Anruf von den Kollegen so früh am Morgen bedeutet in der Regel nichts Gutes. Sie setzt sich auf und wirft einen Blick auf den Wecker. Viertel nach fünf.

»Bin schon unterwegs. Buiksloterveer? Alles klar.«

Sie zwängt sich zwischen Wasserbett und Hometrainer hindurch, zieht rasch ein paar Kleidungsstücke aus dem Schrank und hüpft ungeschickt durchs Zimmer, während sie in zwei Hosenbeine gleichzeitig zu schlüpfen versucht. Na prima. Ein Toter an der Fähre beim Sixhafen. Keine zehn Minuten von dem ruhigen Neubauviertel entfernt, in dem sie seit einem halben Jahr wohnt. Ihr erster Fall in ihrem neuen eigenen Viertel. Handy. Schlüssel. *Schnell, schnell, schnell!* Mein Gott.

Kyra Slagter holt das Letzte aus ihrem klapprigen Roller heraus. Eine Leiche an einem Laternenpfahl in Amsterdam-Nord, am Ufer des IJ. Wow! Aus heiterem Himmel bietet sich ihr die Chance, dabei zu sein, wenn sich die Polizei an die Arbeit macht, so sieht die Realität aus. Und sie kann alles aus nächster Nähe miterleben! Wurde hier eine offene Rechnung beglichen? Aber mit so etwas würde man eher in Amsterdam-West rechnen. Oder im piekfeinen südlichen Teil der Stadt.

Hauptsache, sie kommt vor der Polizei an. Das ist meine Leiche, denkt sie, mein Mord. Mein Bruder hat sie entdeckt. Und ich wusste als zweite davon. Kyra will alles mitansehen, alles miterleben. Niemand darf irgendetwas unternehmen, bevor sie kommt.

Endlich da. Sie hält auf der Plattform bei der Fähre an, sieht die Leiche – mein Gott, der Mann hat keine Hosen an –, zieht den Roller auf den Ständer und läuft auf Jarno zu, der sich mit einem älteren Mann unterhält. Ein paar Leute haben sich versammelt, gebannt von dem grausigen Bild, das sich ihnen bietet. Kyra nickt ihrem Bruder zu, der mit einer knappen Kopfbewegung antwortet, und geht ohne zu zögern weiter zum Kai Richtung Leiche. Der Mann hängt weit oben in der Luft, an einem etwa sechs Meter hohen Laternenpfahl. Mit dem Rücken zu ihr und dem Gesicht zum Wasser, als sei der Mörder so aufmerksam gewesen, an die Aussicht des toten Mannes zu denken. Kyra erschauert und weicht ein Stück zurück.

Sie blickt sich um zu den Gaffern und überlegt, was sie tun soll. Respektvollen Abstand halten, wie es der Anstand gebietet? In der Ferne hört sie das anschwellende Heulen einer Sirene. Jetzt schon, so schnell? Schön, dass die Ordnungsmacht so gut funktioniert, aber warum so eilig? Gerettet werden muss hier niemand mehr. Nein, nicht respektvoll auf Abstand bleiben, denkt Kyra. Nutze deine Chance!

Sie holt das iPhone aus der Hosentasche und beginnt zu filmen. Erst die Umgebung, den Kai, die Fähre, das Grüppchen von Leuten, den Laternenpfahl, dann den Boden unter dem Mann. Sie bewegt das Smartphone langsam nach oben, filmt die cognacfarbenen Lederschuhe, die schicke Hose, die zerknautscht um die Knöchel hängt, die nackten, leicht behaarten Beine, die schlaffen Hände. Etwas zu hektisch – Details! Details sind alles – huscht sie mit der Kamera über den nackten Hintern und den reglosen Rücken, das Sakko, das blutige Hemd und den nach vorn geneigten Kopf. Das Gesicht des Mannes ist unter üppigen halblangen wilden Locken verborgen. Sie zoomt auf den Hinterkopf, wo sie eine Wunde zu sehen glaubt, oder jedenfalls verklebtes Haar. Und was ist das da an seinem Rücken? Ein Seil? Das Kamerabild ist grob und verschattet, es ist einfach noch zu dunkel!

Sie hört quietschende Reifen hinter sich und sieht, wie ein Polizeifahrzeug quer auf dem Weg zum Stehen kommt. Nur noch wenige Augenblicke, dann werden sie sie wegjagen. Kyra umkreist mit kleinen Schritten das Opfer. Sie wandert mit der Kamera an dem Polizeifahrzeug und am Café *De Pont* entlang, das dunkel und verlassen daliegt, an der Laufbrücke zur IJ-Promenade und wieder zurück zur Leiche, die jetzt im aufkommenden Wind leicht hin- und herschaukelt. Der Anblick hat etwas unbeschreiblich Trauriges. Der nüchterne Laternenpfahl, der sich plötzlich in einen Galgen verwandelt hat, die unerbittliche Schlinge, die Leiche, die dort in einer so gelassenen Haltung am Strick hängt, den Kopf schief, das Kinn gesenkt. Das Blut. Die Nacktheit des Mannes. Als wäre der Tod allein nicht schon erniedrigend genug.

»Als ich den Kai vor einer halben Stunde verlassen habe, war nichts zu sehen, so neblig war es«, hört sie den Mann brummen, der bei Jarno steht. Sicher der Fährmann. »Ich habe mindestens fünf Minuten hier gelegen, bevor ich wieder rübergefahren bin.«

»Wie viele Fahrgäste sind an Bord gekommen?«

»So fünf, sechs, meine ich. Nicht viele. Es ist eine ungewöhnlich ruhige Nacht gewesen. Bis jetzt jedenfalls.«

Kyra Slagter filmt schnell noch weitere Ansichten des Opfers, merkt aber, dass sie sich nicht mehr konzentriert. Ihre Aufmerksamkeit wird von den Polizisten abgelenkt. Irgendwann werden sie ihre Kollegen sein. Sie ist hautnah dabei. Mitten in einer Folge von *Dexter, CSI, Wallander, Luther*. Irgendwann werden sie ihre Kollegen sein. Sie sieht, dass sie nur ein Stück neblige Luft gefilmt hat und richtet dann die Kamera auf die Umstehenden und die Polizei. Inzwischen wird es von Minute zu Minute heller.

Ein Polizist telefoniert. Sie hört die Wörter Staatsanwalt und Rechtsmediziner, der Mann spricht von einem Einsatzteam. Dann entdeckt er sie, und winkt sie zu sich. Sie steckt das Handy in die Jackentasche und ignoriert ihn. Das hier ist viel besser als jeder Film, dabei wird dieser Teil der Geschichte immer übersprungen. Die erste Szene startet mit einer Einstellung auf das Absperrband um den Tatort und irgendwelchen Leuten, die in weißen Plastikanzügen umherlaufen. Doch die ersten Minuten, unmittelbar nach dem Fund der Leiche, haben Kyra immer am meisten interessiert. So fühlt sie sich also an, die Ruhe vor dem Sturm.

Sie steht reglos da, den Rücken zum Geländer am Kai, neben dem toten Mann, mit nichts als glucksendem Wasser hinter sich, und überblickt alles. Die Szene erscheint ihr wie unter einem Vergrößerungsglas. Es ist, als würden sich die Nebelschwaden plötzlich verziehen und alle Konturen messerscharf hervortreten. Ultra HD. Sie sieht alles gleichzeitig. Den nervösen Tick des alten Schiffers, der ununterbrochen an der Spitze seines Schnurrbarts zupft. Den unsicheren Blick des jungen Polizisten. Ein Mädchen, das an seinem Handy nestelt. Einen ungepflegten alten Kerl. Zwei Typen, die miteinander reden und gestikulieren. Es herrscht eine seltsame Stille am Kai. Vielleicht liegt es an den letzten Nebelfetzen über dem Wasser und an der Nähe des Toten.

Ein weiteres Polizeifahrzeug trifft ein. Mehrere Beamte steigen aus. Die Rolle mit Absperrband erscheint. Ein Beamter holt eine Fotokamera aus einer Tasche, ein anderer betrachtet die Szene mit dem Camcorder im Anschlag. Unwillkürlich legt Kyra die Hand auf die Jackentasche mit dem iPhone. Vielleicht hat niemand gesehen, wie sie gefilmt hat, und sie kann die Aufnahme behalten. Die ganze Zeit rechnet sie damit, dass einer der Beamten auf sie zukommt und ihr befiehlt, die Bilder zu löschen.

»Hey, du da …« Ein junger Polizist marschiert mit großen Schritten zu ihr hinüber. »Geh mal bitte auf Abstand.« Gereizt mustert er sie. Inzwischen sind es drei Streifenwagen und ein Zivilfahrzeug. Eine hochgewachsene Frau in einem langen schwarzen Mantel mit leuchtend bunten Blumen darauf steigt eilig daraus aus. *Desigual*, denkt Kyra. Sophie hat letztes Jahr auch so einen getragen. Sie wirft noch einen Blick auf die Leiche am Galgen. Tritt einen Schritt nach vorn. Es ist, als ob … Plötzlich kommt ihr der Tote bekannt vor. Die Locken hatten das Gesicht verborgen, aber jetzt, wo der Nebel sich verzogen hat und die Sonne über dem Hauptbahnhof aufgeht, jetzt, wo sie genau vor ihm steht und seine ganze Gestalt plötzlich deutlich erkennbar wird … Kann das sein? Sie geht noch einen Schritt weiter, schaut zu ihm hinauf. Der auffrischende Wind weht die Haare für einen kurzen Moment beiseite. Das Bild des toten Mannes mit den halb geschlossenen Augen und der unnatürlichen Gesichtsfarbe verschwindet und wird von einem anderen überlagert: derselbe Mann, lebendig, redend, gestikulierend, die Locken lässig nach hinten zu einem Zopf gebunden. Aber das kann unmöglich sein! Ihr fröstelt plötzlich in der dünnen Jeansjacke und der Trainingshose.

»Ich kenne ihn«, flüstert sie dem Polizisten zu, der inzwischen neben ihr steht. »Mein Gott … Das ist Meneer Gaullier!«

2

Maud Mertens steht neben dem Auto, vor ihr das blanke Chaos: Zwei Kollegen sperren eilig den Tatort ab, andere drängen die schaulustigen Berufspendler beiseite, die sich inzwischen eingefunden haben. Die Stadtbusse versuchen, trotz der Menschenmenge wie üblich im Wendehammer der Sackgasse zu drehen. Ein Autofahrer hupt aggressiv, weil er nicht durchkommt.

An dem Laternenpfahl, der rechts von ihr am Kai steht, hängt der Tote. Eine dunkle Gestalt vor verschwommenem Hintergrund. Ein Galgen am Volewijck, denkt Maud Mertens. Wie damals im siebzehnten Jahrhundert, als das menschenleere Ufer dazu genutzt wurde, verurteilte Straftäter zur Schau zu stellen. Ein Freilichtmuseum mit halb aufgefressenen Leichen war das damals.

»Was haben wir?«, fragt Mertens den Einsatzleiter.

»Die Leiche wurde gegen fünf Uhr heute Morgen gefunden.« Der Einsatzleiter, der trotz seiner geringen Körpergröße Autorität ausstrahlt, nickt in Richtung des Opfers. »Vom Fährschiffer und seinem einzigen Passagier. Opfer ist männlich. Wohl schon eine Weile tot, soweit ich das beurteilen kann. Niemand hat etwas gesehen. Wir haben ihn erst mal hängen lassen.«

»Wurde die Staatsanwältin schon informiert?«, fragt Mertens. »Sonderkommando beantragt?«

»Klar.« Der Chef schaut auf die Uhr. »Aber es kann noch etwas dauern. Wie soll's weitergehen?«

Vor dem Café hält ein Auto und ein Mann mit einer großen Filmkamera steigt aus.

»So schnell wie möglich dichtmachen«, antwortet Mertens. »Schirmt mir die Leiche ab.«

»Ich habe schon nachgefragt, aber wir haben keinen Sichtschutz, der hoch genug ist.«

Mertens blickt hinauf zur Leiche, deren Füße in ungefähr zwei Metern Höhe hängen.

»Ein Zelt passt auch nicht drüber«, bemerkt überflüssigerweise einer der Kollegen, der sich genähert hat.

Improvisieren lernt man nicht auf der Polizeischule, sondern nur in der Praxis, und manchmal ist es verdammt mühsam. Am Absperrband stehen bereits Fotografen. Wo kommen die bloß so schnell her? Sie muss so rasch wie möglich herausfinden, wer der Mann ist und seine Angehörigen informieren.

»Bevor die Fähre ablegt, will ich, dass die Namen aller Passagiere notiert werden«, sagt sie. »Am besten sofort.«

Sie blickt sich um. Ein paar Meter weiter sieht sie ihren Kollegen Niels Bingsten mit verschlafenem Gesicht aus dem Auto steigen. Groß, mager, ein bisschen schlaksig – er sieht aus wie ein verwirrter Professor, ist aber ein hervorragender Polizist. Sie kennen einander schon seit Jahren.

»Fotografieren und Spuren sichern«, sagt sie zu den beiden Kriminaltechnikern. »Alles. Vom Kai bis hinter das Gebäude. Einschließlich der Fahrradständer und der Terrasse da.«

Als Bitter, der Einsatzleiter, die Augenbrauen hochzieht, schüttelt sie den Kopf.

»Ich weiß. Trotzdem will ich jede Zigarettenkippe und jedes Schokoladenpapierchen haben. Man weiß nie. Und schickt die Journalisten weg. Oder besser, trommle sie alle zusammen, um die Ecke, am Café. Ich will den Schlamassel hier innerhalb von fünf

Minuten abgeschirmt haben.« Mertens deutet mit dem Arm in Richtung der Fähre und der Laufbrücke ein Stück weiter. Es sind die besten Plätze zum Fotografieren, und auch wenn das Abschirmen schwierig werden wird, der Tote hat ein Recht auf Privatsphäre.

Wieder blickt sie sich um, zu den Fahrradfahrern und den Jugendlichen auf Motorrollern, den Fußgängern, die sich auf dem Kai versammeln, den Bussen und Autos, die sich überall hindurchdrängen und weitere Horden von Pendlern ausspucken. Eine unaufhaltsame Welle, die über ihren Tatort strömt.

»Das Mädchen da«, sagt sie verärgert. »Warum steht die so nah bei dem Opfer?«

»Sie sagt, dass sie ihn kennt«, antwortet der Einsatzleiter, während sich Mertens unter dem Band hindurchduckt und in Richtung des Laternenpfahls läuft.

»Ich rede mit ihr. Veranlasst du alles Weitere?«

Der Einsatzleiter nickt und entfernt sich, um seine Leute zu koordinieren. Mertens geht auf die junge Frau zu, die konzentriert auf die Leiche blickt.

»Ich glaube nicht, dass er erwürgt wurde«, sagt das Mädchen, während es merkwürdigerweise nicht aufhört, die Leiche anzustarren. Sie ist um die achtzehn, nicht besonders groß, vielleicht ein Meter siebzig. Ungekämmtes blondes Haar in einem nachlässigen Pferdeschwanz zusammengebunden. Sie trägt einen grauen Jogginganzug und eine dunkelblaue Jeansjacke. Typ Fußballerin, denkt Mertens. Draufgängerisch, Miley Cyrus mit langen Haaren.

»Wahrscheinlich wurde er an einem anderen Ort getötet und hier aufgehängt«, bemerkt sie. Sie hat die Füße schulterbreit aufgestellt, die Knie überstreckt, die Hände in die Taschen gebohrt. »Schauen Sie mal seinen Hinterkopf an und das Hemd. Da ist eine ganze Menge Blut drauf.«

Maud Mertens betrachtet kurz die Leiche, wirft einen verärgerten Blick zur Seite, aber das Mädchen schaut sie noch immer nicht an. Sie hält den Kopf ein wenig schief und kneift die Augen halb zu.

»Die runtergezogene Hose ist bestimmt ein Statement«, sagt sie jetzt. »Erniedrigung. Jemand will ihn in jeder Hinsicht bloßstellen.«

Was macht sie hier? Welcher Idiot hat erlaubt, dass sie bei der Leiche rumhängt, verdammt noch mal?

»Könnte auch einen sexuellen Hintergrund haben«, fährt das Mädchen unbeirrt fort. »Aber dann müsste man damit rechnen, dass sein Geschlecht verletzt wäre, oder vielleicht der After.«

»Kennen wir uns?«, fragt Maud Mertens, während auch sie wieder den Toten betrachtet. Der Unterleib des Typen scheint unverletzt zu sein. Da plötzlich dreht sich die Göre zu ihr um und streckt ihr mit forschendem Blick in den grünen Augen die Hand hin. Ein offenes Gesicht, fröhlich – aber auch unverfroren, mit einem leicht zynischen Zug um den Mund.

»Kyra Slagter«, sagt sie. »Der Mann ist Kunstlehrer an meiner Schule. Mein Bruder hat die Leiche gefunden. Und nein, wir kennen uns nicht.«

»Maud Mertens, Kripo.« Und jetzt hau ab, denkt sie.

Jetzt, da das Sonnenlicht auf die Leiche fällt, kann sich Kyra nicht erklären, warum sie Marc Gaullier nicht eher erkannt hat. Aber es ist so seltsam und völlig absurd, dass hier überhaupt eine Leiche hängt. Und dass es jemand ist, den sie kennt, ist noch viel absurder.

Marc Gaullier. Tot. Der ausgesprochen attraktive Kunstlehrer, in den ungefähr die halbe Schule verliebt ist. Er trägt einen Anzug. In der Schule hatte er immer Freizeitkleidung an. Weiße

Leinenhemden, hellblaue Jeans, so ein bisschen der Künstlertyp. Sneakers. Jetzt hängt er hier in grauen Nadelstreifen, blutverschmiert, halb nackt, mit altmodischen Herrenschuhen an den Füßen. Solche Dinger, wie ihr Vater sie trägt. Es ist klar, dass er nicht hier gestorben ist, sondern irgendjemand ihn später aufgehängt hat. Zur Schau gestellt. Sie muss der Kripotante alles erzählen, was sie weiß.

»Ich muss Ihrem Bruder ein paar Fragen stellen«, sagt die Beamtin. »In ein paar Minuten.« Sie blickt hinüber zu der Gruppe um Jarno. »Bitte warten Sie da drüben.«

»Ich habe ihn zuerst nicht erkannt«, sagt Kyra. Diese Frau kapiert es nicht. Wie soll sie es auch kapieren. »In der Schule trägt er nie einen Anzug. Und auch die Haare nicht offen, so wie jetzt. Er ist übrigens achtunddreißig. Verheiratet, wohnt hier in der Nordstadt. Dort hat er auch sein Atelier: Er unterrichtet am Damstede.«

»Einer von meinen Kollegen wird Ihre Aussage gleich aufnehmen«, sagt Mertens. Sie scheint darauf zu warten, dass sie geht, aber Kyra überlegt krampfhaft, wie sie Maud Mertens dazu bringen kann weiterzureden, damit sie noch einen Moment in der Nähe bleiben und genau beobachten kann, was weiter geschieht.

»Jetzt gehen Sie schon«, sagt die Kripobeamtin und zeigt zu der kleinen Gruppe von Leuten hinter dem Flatterband. »Vielen Dank.«

»Er wohnt am Nieuwendammerdijk«, sagt Kyra, während sie sich langsam zurückzieht. »Amsterdam-Nord ist ein Dorf. Ich würde schnell seine Frau benachrichtigen, wenn ich Sie wäre.«

Sie stellt sich zu der Gruppe von Zeugen, deren Zentrum ihr Bruder und der Schiffer bilden. Sie werden von zahlreichen Leuten umringt. Alles Neugierige, genau wie sie. Ein Unglück ist wie ein schwarzes Loch. Es saugt alles in seiner Umgebung auf. Es zerrt an dir, auch wenn du dich wehrst. Es hört erst auf, wenn die Ursache eliminiert ist.

Sie greift nach ihrem Handy, um endlich Wim anzurufen – wenn sie jemals einen Grund hatte, dann jetzt, er muss das wissen, das verändert alles –, aber Jarno ist gerade fertig und dreht sich zu ihr um.

»Bizarr«, sagt er. »Ich dachte, ich hau mich noch schnell ein Stündchen aufs Ohr und fahre danach an die Uni. Und dann hängt da einfach so eine Leiche. Ich musste sofort an dich denken, du mit deinem Mordhobby.«

»Ich kenne ihn«, sagt Kyra leise. Sie versucht, ruhig zu bleiben, aber in ihrem Kopf schwirren die Gedanken durcheinander wie ein Bienenschwarm. Fragen über Fragen sausen mit halsbrecherischer Geschwindigkeit durch ihren Kopf.

Ihr Bruder schaut sie erstaunt an.

»Wie bitte?«

»Das ist unser Kunstlehrer. Marc Gaullier. Der da hinten am Deich.«

»Im Ernst?«

»Ja, ich hatte bei ihm Kunst. Der Extraunterricht letztes Jahr, weißt du noch?«

»Ach du Scheiße, ich hab ihn gar nicht wiedererkannt! Ich dachte, das wäre irgendein Drogendealer. Oder ein Zuhälter, was weiß ich.«

Nachdenklich starrt Jarno in Richtung des Toten und spricht aus, was sie denkt.

»Warum sollte den jemand ermorden? Und warum so?«

Die Polizei ist jetzt dabei, das abgesperrte Areal zu erweitern. Es werden hohe Sichtschutzwände aufgestellt und der Strom Fußgänger – die morgendliche Hauptverkehrszeit strebt ihrem

Höhepunkt zu – auf die andere Seite des Cafés *De Pont* umgeleitet, wo ebenfalls eine Absperrung errichtet wurde, sodass die ganze Umgebung rund um den Mann jetzt abgeschottet ist.

Was ist bloß los mit den Mädchen in diesem Alter?, denkt Maud Mertens verärgert. Doch bevor sie – wie üblich – feststellt, dass sie die Antwort nicht weiß, wird sie vom Klingelton ihres Handys gestört. Slagter, woher kennt sie den Namen? Irgendwo hat sie ihn schon mal gehört. Sie muss gleich mal Niels fragen, der weiß es bestimmt.

»Hallo, Schätzchen«, sagt ihre Mutter.

Mertens schaut auf die Uhr. Tatsächlich, sieben Uhr. »Hallo, Mama. Alles in Ordnung mit dir?«

»Ich habe nicht viel Zeit zum Telefonieren.«

»Ich weiß«, antwortet Mertens geduldig. »Hast du heute etwas Schönes vor?«

»Heute gibt es Eier mit Speck.«

Mertens versucht, sich auf das tägliche Ritual mit ihrer Mutter zu konzentrieren. Sie stellt sich vor, wie die alte Frau in ihrem Zimmer sitzt, mit dem alten grauen Schnurtelefon, ungeduldig zur Tür blickend, wie immer schon mit den Gedanken bei ihrem Frühstück.

»Dann würde ich keine Zeit verlieren.«

»Du hast recht. Ich lege dann mal auf.«

»Mach das. Wir sprechen uns morgen, ja?«

Ihre Mutter legt auf, ohne sich zu verabschieden. Mertens blickt aus der Entfernung zu ihren Kollegen hinüber, die alle sehr beschäftigt sind. Beweise sicherstellen, das ist jetzt das Wichtigste. Sie flucht, als ihr Handy schon wieder klingelt.

»Maud, hier ist Joris Vanstraten. Gebt ihr schon Mitteilungen raus?«

»Ganz bestimmt nicht. Ich bin gerade erst angekommen.« Diese verdammten Presseleute. Glauben, dass sie überall ihre Nase reinstecken dürfen, in den unpassendsten Momenten, und berufen sich dabei auf das öffentliche Interesse.

»Ich frag ja nur«, sagt er beschwichtigend. »Bevor man sich versieht, steht alles Mögliche im Netz, verstehst du?«

»Ich glaube, es ist besser, wenn ich erst mal meine Arbeit mache.«

»Wunderbar. Das versuche ich auch.«

Sie legt auf, ohne ihm zu antworten.

»Ivo!«, ruft sie einem ihrer Kollegen zu. »Fotografiert auch die Umgebung. Die Schaulustigen. Alle.« Man weiß nie.

Sie wendet sich ab von der Leiche und starrt über das Wasser des IJs. Der Hauptbahnhof steht am gegenüberliegenden Flussufer und das neue runde Dach glänzt in der aufgehenden Sonne. Dahinter erstreckt sich die Stadt wie ein Labyrinth, voller Verstecke. Ihr Blick wandert zu den neuen Wohnblöcken am Westerdok und zum Silodam. In der Ferne ragen die Kräne der Häfen auf. Sie dreht sich einmal um die eigene Achse und sieht das Flussufer, das EYE-Museum – niedrig und weiß wie eine kantige Welle –, die Hochhäuser ein Stück weiter. So viele Leute wohnen in dieser Gegend, und dennoch hängt dieser Mann hier, einfach so, mitten in der Stadt. Sie dreht sich weiter herum und stellt sich im Geiste die Fahrradbrücke und den Gehweg zum Museum vor, hinter der Abschirmung, die ihre Kollegen gerade aufgestellt haben. Dann die zwei Parkplätze für Autofahrer, die Leute absetzen oder abholen, das Café mit den Terrassen auf beiden Seiten und das rote Backsteingebäude mit den weißen Butzenfenstern, die Straße und den Fahrradweg in Richtung Norden. Ein Stück weiter gibt es noch die Schleuse über den Kanal in Richtung des östlichen Teils von Amsterdam-Nord.

Obwohl das eine Sackgasse ist – ein Teil der Stadt, der buchstäblich im Wasser endet –, gibt es zahlreiche Möglichkeiten, schnell zu verschwinden. Welchen Fluchtweg hat der Mörder gewählt?

Sie blickt hinauf zum Opfer. Zuerst ihr eigener Eindruck. Sie muss sich ihrer Intuition öffnen. Dann die Fakten, immer mehr Fakten. Dann erst die Meinungen der anderen. Doch vorher muss sie so schnell wie möglich zu seiner Frau, um ihr die schlimme Nachricht zu überbringen, damit hatte die junge Slagter durchaus recht.

Wieder hört sie den Piepton ihres Handys. Diesmal ist es ein Journalist, der ihr per SMS Fragen stellt. Verdammter Mist. Am liebsten hätte sie das Handy auf stumm geschaltet, doch das ist undenkbar in dieser Phase der Ermittlungen. Sie steckt es wieder ein und versucht, sich zu konzentrieren. An den weißen wächsernen Händen des Mannes sieht sie keinen Ehering. Er trägt einen dunkelgrauen Anzug, ein hell violettes Hemd mit dunklen Blutflecken auf der Vorderseite und am Kragen, keine Krawatte. Kein Gürtel in der heruntergerutschten Hose, das ist seltsam. Hochwertige Lederschuhe, neu besohlt, Schnürsenkel ordentlich gebunden. Am Hinterkopf scheint er tatsächlich eine Wunde zu haben, da, wo seine dunklen Locken verklebt sind.

Als sie sich umdreht, sieht sie eine große Gruppe Pressefotografen am Absperrband stehen. Die Kollegen, die die Abschirmung aufstellen, sind noch nicht fertig und an einer offenen Stelle steht ein Typ mit Teleobjektiv. Sie sieht, wie ein Kollege auf ihn einredet, aber er lässt sich nicht beirren. Einfach nicht beachten. Ärgere dich nicht. Konzentriere dich.

Sie mustert die Leiche. Nimmt sich Zeit. In immer weiteren Kreisen geht sie darum herum, bis sie das Gefühl hat, nichts Neues mehr entdecken zu können. Erst dann – und immer noch nagt die Unsicherheit an ihr, ob sie nichts übersehen hat – erlaubt sie den vollständig in weiße Overalls gehüllten Kollegen, zu filmen und zu fotografieren.

»Foto- und Videomaterial der Umgebung außerhalb der Absperrung ist fertig«, meldet Niels Bingsten, während er ihr grüßend zunickt. »Der Rechtsmediziner ist gerade angekommen.«

Ringsherum hört Mertens ununterbrochen den Verschluss der Digitalkameras klicken. *Crime Scene Photography*, Timo Verdonk hat ihr das siebenhundert Seiten dicke Buch gezeigt. Monatelang hat er zu diesem Thema eine Fortbildung gemacht.

»Wir haben die Aussagen der Leute, die hier rumstanden, als wir ankamen«, sagt Niels Bingsten. »Es waren nicht sehr viele. Der Schiffer und Jarno Slagter. Kurz nach ihnen sind noch ein paar Leute gekommen, die auf die Fähre wollten. Ich habe mit ihnen gesprochen, aber von denen hat niemand irgendetwas gesehen.«

»Und das übrige Publikum?«

»Nur ein Obdachloser, der ständig auf der Fähre rumhängt. Ansonsten sind alle später gekommen. Normale morgendliche Rushhour.«

»Also kein einziger Zeuge?«

»Nein.«

»Gibt's irgendwo Kameras?«

»Auf dieser Seite des Flusses noch nicht, nur am Bahnhof.«

»Hat jemand vom Café etwas gesehen?«

»Da war niemand. Die sind gerade erst gekommen und haben extra für uns geöffnet.«

»Sagt dir der Name Slagter etwas?«

»Ja. Vermisstenfall, ist ungefähr vier Jahre her«, antwortet Bingsten.

Natürlich. Ein Mädchen war verschwunden. Das war es. Sie war nie gefunden worden, wenn sie sich recht erinnerte.

»Sind das Verwandte?«, fragt sie.

»Bruder und Schwester, glaube ich. Zufall, nehme ich an. Das Verschwinden wird wohl nichts mit diesem Fall zu tun haben.«

Ein spektakulärer Mord und keine Zeugen. Der Bürgermeister. Der Einsatzleiter. Die Staatsanwaltschaft. Alle werden sich darum reißen, der Öffentlichkeit zu verkünden, dass der Täter bald zur Strecke gebracht sein wird. Obwohl es noch keinen einzigen Hinweis gibt. Die Medien tun dann ihr Übriges.

Es dauert gefühlt eine Ewigkeit, bevor der Polizeifotograf und der Typ mit dem Camcorder fertig sind mit den Bildern von der aufgehängten Leiche.

»Habt ihr alles?«, fragt Mertens zur Sicherheit. Die Kollegen nicken. »Dann holt ihn in Gottes Namen da runter, bevor noch mehr Leute den armen Kerl abgelichtet haben.«

»Sollten wir nicht warten?«, fragt Bingsten, der inzwischen neben ihr steht. Mertens schüttelt den Kopf und einer der Kollegen wirft ihm einen weißen Anzug zu.

An der Absperrung steht inzwischen eine ganze Armee von Journalisten. Eine Art, die sich schnell vermehrt. Gedeiht auf jedem Boden. Das Fernsehen ist auch schon da. Sie erkennt Maartje Zwiers von AT5 und Hugo Stilton, der Berichte über Straffälle für die Zeitung schreibt. Sie rufen ihr zu, aber sie reagiert nicht. Ein Stück weiter beugt sich sogar ein Fotograf über die Absperrung hinaus, um das Abhängen der Leiche zu fotografieren.

»Ist das Zelt schon da?«, fragt Mertens einen Kollegen in Uniform. »Entweder, die Kollegen stellen jetzt sofort etwas auf, oder ich lasse die Umgebung räumen!«

Sie begrüßt den Rechtsmediziner, stellt sich ein wenig abseits hin und sieht zu, wie er und sein Team den Toten abhängen und vorsichtig zur Seite tragen. Die Leiche wird vorsichtig untersucht.

Die ersten Ergebnisse werden notiert. Weitere Fotos, weitere Videobildaufnahmen. Die Nacktheit des Mannes wirkt auf einmal viel obszöner, jetzt, wo er entblößt auf dem Boden liegt. Das Schamhaar ist kurz getrimmt und ordentlich rasiert. Der Penis liegt verschrumpelt seitlich am Oberschenkel. Als sie zum ersten Mal mit ansah, wie ein Opfer an einem Tatort fotografiert wurde, empfand Mertens Scham, das weiß sie noch genau.

Das Gesicht des Toten ist übel zugerichtet. Seine Oberlippe ist aufgeplatzt, der Mund fest geschlossen, als sei er wütend und presse noch immer die Zähne fest zusammen. Blutergüsse – oder jedenfalls Flecken – rund um Nase und Augen. Das Gesicht ist seltsam rundlich, geschwollen, aber irgendwie anders, als sie es je gesehen hat. So, als hielte er den Atem an.

»Er ist nicht hier gestorben«, stellt der Rechtsmediziner ohne aufzublicken fest. »Ich kann noch nicht genau sagen, wie lange er schon tot ist, aber ich glaube, schon seit einer Weile. Ich glaube auch nicht, dass die Schlinge die Mordwaffe ist.«

Er schweigt und fährt mit seiner Arbeit fort.

Hinter sich hört Maud ein Auto bremsen, Autotüren werden geöffnet und mit einem Knall zugeschlagen. Der Rechtsmediziner blickt kurz auf und ebenso wie Mertens sieht er eine kleine Frau mit kurzem weißblondem Haar durch die Absperrungen kommen. Ohne etwas zu sagen blickt er Mertens kurz an und konzentriert sich dann wieder auf den Toten. Schnelle, wütende Schritte nähern sich.

»Ihr habt also schon angefangen?«

»Dir auch einen guten Morgen«, antwortet der Arzt monoton.

»Ich höre, er war aufgeknüpft?« Staatsanwältin Barbara Ruigbot blickt hoch zum Laternenpfahl, wo immer noch ein Teil des Seiles hängt. Mertens betrachtet sie. Durch das hellblonde Haar, die ungeschminkten hellgrauen Augen und die stecknadelkopfgroßen Pupillen hat sie etwas von einer Außerirdischen. Ihre schmalen Lippen sind rot geschminkt und sie trägt ein Kostüm, das garantiert von irgendeinem Designer stammt, denn es wirkt klassisch und dennoch hypermodern.

»Korrekt«, antwortet Mertens.

»Gute Show, also.«

»Deswegen haben wir ihn runtergenommen.«

»Du weißt, wie ich das sehe, Maud. Sorgfalt ist …«

Mertens Handy dudelt schon wieder los, eine grotesk fröhliche Melodie. Erneut ein Journalist, sieht sie auf dem Display, zuckt mit den Schultern und drückt den Anruf weg.

»Er hing da wie auf dem Präsentierteller«, erklärt sie. »Wie du siehst, hat er sogar schon einen Fanclub.« Sie deutet auf die Journalisten. Und ich auch, denkt sie, sagt es aber nicht.

»Trotzdem hätte ich mir das gerne selbst angesehen«, blafft Ruigbot sie an. »Ich habe mich sofort auf den Weg gemacht.«

Schweigen.

»Auf den ersten Blick keine Verletzungen an Geschlecht oder im Schambereich, was man vielleicht bei der runtergelassenen Hose hätte erwarten können. Allerdings am Hinterkopf. Auf der Brust. Striemen am Hals. Asphyxie, auf den ersten Blick«, stellt der Rechtsmediziner fest. Er zieht das untere Augenlid des Toten herunter und nickt, als er offenbar findet, was er sucht. »Ich habe noch eine Weile zu tun.«

»Vielen Dank«, sagt Maud Mertens, nickt den anderen zu und geht zwischen den hohen weißen Spannwänden hindurch, weg von Ruigbot, die alles mit Habichtsaugen beobachten wird, und macht sich auf den Weg zu Zeugen, Verwandten und Bekannten des Opfers. Die Lebenden studieren, um den Toten zu helfen und damit wiederum den Lebenden. Mord ist und bleibt ein seltsames Geschäft. Ihr Geschäft.

Die Morgensonne fällt durch die kleinen Butzenscheiben des Cafés *De Pont*, sodass Kyra dauernd blinzeln muss. Es geht auf halb acht zu. Jarno wurde von der Polizei vernommen und ist dann nach Hause gefahren, um sich hinzulegen. Sie selbst hat gehofft, noch etwas von der Polizeiarbeit mitzubekommen. Ihr Video hat sie sich zweimal angesehen, vornübergebeugt in einer Ecke des Cafés. Später auf dem Computer kann sie Einzelheiten näher heranzoomen und genauer betrachten. Ein paarmal ist sie aufgestanden, um hinauszuschauen, konnte aber durch die hohen Absperrungen nichts erkennen. Nach einer halben Stunde stellte sie fest, dass sich die Toilette im ersten Obergeschoss befand und dass man, wenn man dort einen kleinen Saal auf der Vorderseite des Gebäudes durchquerte, eine gute Aussicht auf den Tatort hatte. Heimlich hat sie sich dort zweimal für ein paar Minuten hingestellt, gefilmt und ein paar Fotos gemacht, auch wenn sie es hauptsächlich tat, um sich die Zeit zu vertreiben. Allmählich verliert sie die Geduld. Vielleicht kommen sie gar nicht. Alle sind total gestresst wegen der Abschlussprüfungen, die heute beginnen, aber da sieht sie Sophie in der Tür des Cafés und springt erleichtert auf.

»Was sollen wir machen?«, fragt Kyra sofort.

»Wo ist er?«, fragt ihre Freundin und setzt sich. »Ich kann nichts sehen.«

Ihr Gesicht ist milchig weiß und ihre Hände zittern. Die blonde schöne Sophie mit der wunderschönen Stimme. Seit sie nach Amsterdam-Nord gezogen ist, seit dem ersten Tag, an dem sie zum ersten Mal im Damstede erschien, sind sie beste Freundinnen. Als würden sie einander schon ihr ganzes Leben lang kennen.

»Sie haben ihn runtergenommen«, antwortet Kyra. »Der Rechtsmediziner ist da.«

»Ich kann mir nicht vorstellen, wie ihm jemand so etwas antun kann!« Sophie klingt, als würde sie jeden Moment in Tränen ausbrechen. »Warum? Wem hat er je was Böses getan?«

»Was zum Teufel muss man tun, um so ein Schicksal herauszufordern?«, fragt sich Kyra laut. »Aber du weißt, dass er … Nicht ganz astrein war …«

Sophie presst verbissen die Lippen aufeinander und ihre Augen füllen sich mit Tränen. Gerade, als sie Atem holt, um etwas zu sagen, betritt Luna das Café.

»Oh my god!«, ruft das große, dünne Mädchen. »Sag, dass es nicht wahr ist!«

Sophie räuspert sich und wischt sich schnell die Tränen aus den Augen.

»Was ist denn genau passiert?«, fragt Luna. Sie dreht ihr langes dunkles Haar in eine lose Rolle, die sie nach hinten wirft.

»Jarno kam aus der Stadt und hat mich angerufen, als er eine Leiche an einem Laternenpfahl bei der Fähre hängen sah. Da wusste ich noch nicht, dass es Marc war.«

»Aber wie ist er dort hingekommen? Wer macht so was?«

Luna zieht einen Stuhl nach hinten und lässt sich darauf fallen. Sie hat rote Wangen vom schnellen Radfahren, ihre grauen Augen glänzen.

»Hast du Chantal Bescheid gesagt?«, fragt Sophie und streicht sich eine lange blonde Locke hinter das Ohr.

»Sie kommt gleich.« Luna winkt der Bedienung. »Einen Cappuccino, bitte.«

»Was sollen wir tun?«, fragt Kyra erneut. »Was meinst du?« Luna wirft ihren großen Shopper auf den Tisch und wühlt darin herum, bis sie ihren Süßstoff gefunden hat.

»Verdammt!« Kyra verliert die Geduld. »Wir müssen erzählen, was wir wissen. Aber was genau sollen wir sagen?«

»Augenblick«, sagt Luna, während sie die Dose Süßstoff mit einem Knall auf den Tisch stellt. »Du meinst doch nicht etwa die Unterrichtsstunden, oder? Die haben nichts damit zu tun!«

»Die Polizei wird Fragen stellen.«

»Aber doch nicht uns?«

»Auch uns, natürlich.«

»Ich habe nichts zu sagen«, behauptet Luna energisch. »Ich wüsste nicht, was. Also hör damit auf.«

»Du hasst ihn, gib's doch zu«, sagt Sophie ungewohnt giftig zu Kyra. »Und du hast Gespenster gesehen. Ich sage nichts, zu niemandem.«

Kyra schluckt eine Bemerkung herunter.

»Krieg ich auch so einen?« Chantal kommt ins Café hereingesegelt, als gerade Lunas Bestellung serviert wird.

Ein Mann, der eine Kamera mit riesigem Objektiv wie ein Gewehr umgehängt hat, kommt herein und bestellt an der Bar einen Milchkaffee.

»Wir müssen ganz genau überlegen, was wir sagen«, erklärt Chantal sachlich, während sie sich einen Stuhl heranzieht.

3

Erbarmungslos. Erbarmungslos.

Sein neues Mantra. Das Wort gefällt ihm. Erbarmungslos. Viel zu lange ist er der liebe Junge gewesen. Seine Mutter hat es früher so oft gesagt, bis er selbst daran geglaubt hat. *Er ist so ein lieber Junge.* Lieb ist die kleine Schwester von Scheiße. Damals schon hasste er dieses Attribut, aber er wusste mit dieser Energie nichts anzufangen. Er fügte sich. Tat, was von ihm erwartet wurde. Dachte nicht mal mehr darüber nach. Nett sein – lieb, sozial, fürsorglich, zum Kotzen – hat ihm nur Unglück gebracht. Jahrelang hat er die Leute auf sich rumtrampeln lassen. Sich minderwertig gefühlt. *So ein lieber Junge.* Vorbei. Nie mehr.

Mit einem Ruck öffnet er die Türen des Containers und bleibt auf der Schwelle stehen.

Erbarmungslos. Erbarmungslos.

Er ist überaus zufrieden mit sich. Endlich. Seit etwa sechs Monaten strömt eine befreiende Energie durch seinen Körper. Seit dem Moment, in dem er begriff, dass er etwas tun konnte. Dass er nicht geduldig abzuwarten brauchte. In diesem Moment, in dem sich die ganze Wut der letzten vierzig Jahre zusammenballte, in diesem Moment, als die Entladung ihn überkam wie ein vorzeitiger Orgasmus und er sich willenlos dieser Welle überließ, als seine Faust die Nase des Arschlochs traf und er das befreiende Knacken hörte, den erstaunten, verwirrten Blick sah – dieser Moment der totalen Panik, kurz vor dem letzten, tödlichen

Schlag, dem Schwinger gegen den Kopf, die Schläfe, wie er es vor so langer Zeit gelernt hatte, in dem Moment, als er das Licht ausgehen sah und wusste – fühlte, beschloss –, dass es nie wieder angehen würde, dass er dafür sorgen würde, in dem Moment, als er die Kontrolle hatte, genau in dem Moment, war er, blutig und nach Luft schnappend, neu geboren worden.

Er blickt auf den mit dunkelrotem Blut verschmierten Stuhl in der Mitte des Raumes. Es ist eine Art Zahnarztstuhl. Groß, stabil, verstellbar. Er wird das Kunstleder sauber machen müssen, obwohl er die Flecken am liebsten konservieren würde.

Er geht hinein, schaltet das Licht ein und schließt hinter sich die Tür. Zwar kommt kaum noch jemand in das Lager und schon gar nicht unangekündigt, aber er muss trotzdem vorsichtig sein. Das ist besser. Nie mehr will er denken: hätte ich nur. Außerdem ist es schöner, wenn die Tür zu ist. Er fühlt sich, als ziehe er sich in seine Höhle zurück, tief unter der Erde, warm und sicher. Ein Ort für ihn allein. Wo er der Herr ist. Er stellt den Eimer Wasser neben den Stuhl und nimmt einen tiefen Schluck aus der Flasche Genever, die auf dem Tisch an der Wand steht. Er tut, wozu er Lust hat. Lässt sich nicht mehr von den kleinlichen Regeln engstirniger Mitmenschen zurückhalten. Der Alkohol wärmt ihn von innen. Befreit seinen Geist. Auf dem Linoleum ist Blut. Nicht viel, aber genug. Seine Schuhsohlen bleiben an den halb getrockneten Spritzern kleben.

An einer der isolierten Wände des Containers hängt eine bunte Sammlung von Werkzeugen. Größtenteils hat er gar nicht gewusst, was genau er damit anfangen kann, aber gerade das ist der Spaß daran. Er ist ein Abenteurer. Er ist auf Entdeckungsreise. Es liegt noch ein langer Weg vor ihm, aber bisher ist alles gut gelaufen, und er kann stolz auf seine Fortschritte sein. Zufrieden lässt er den Blick auf seiner neuesten Errungenschaft ruhen –

unglaublich, was man in einem Trödelladen alles finden kann. Die Messer haben einen Ehrenplatz an der Wand erhalten. Sie sind wunderschön. Hauchdünn, lang, gerade. Und dann die zierlichen Griffe mit den großen Ösen am Ende. Wie verführerische Frauen winken sie ihm zu. Er stellt es sich als ultimativen Genuss vor, das Set zu verwenden, und bewahrt es deswegen für besondere Gelegenheiten auf. Denn er weiß, dass die köstliche Wut in ihm weiterwachsen wird. Genau wie seine Planmäßigkeit, die ruhige Kälte, die ihn überkommt, wenn er am Werk ist. Erbarmungslos. Wunderbares Wort. Erbarmungslos.

4

Maud Mertens ruft zu Hause an, aber niemand geht ran. Während sie mit Niels Bingsten den Nieuwendammerdijk entlangläuft, drückt sie die Kurzwahltaste für das Handy ihrer Tochter. Es ist kurz vor halb acht. Sie muss jetzt los, wenn sie rechtzeitig in der Schule sein will.

Hier ist Rosa! Schade, schade, schade … Hinterlass mir eine Nachricht, wenn du dich traust.

Mertens traut sich immer. Sie hinterlässt so oft eine Nachricht! Nicht, dass darauf jemals eine Reaktion käme.

Sie klingeln an einem großen Holzhaus, klassisch hellgrau gestrichen, links und rechts Blumenkübel mit Lavendel an der schmalen, leicht ansteigenden Auffahrt, an deren Ende sie das Atelier liegen sehen. Zusammen mit Bingsten wartet sie geduldig auf der Eingangstreppe darauf, dass sie die ahnungslose Witwe unglücklich machen darf. Machen muss.

»Bestimmt keine Kinder«, bemerkt Bingsten. »Kein Grund, früh aufzustehen.«

In seinen Worten schwingt ein mitleidiger Unterton mit. Niels ist verrückt nach seinen Kindern, ja, nach Kindern im Allgemeinen. Aus diesem Grund ist er bei der Sitte ausgeschieden – zu viele üble Sachen im Zusammenhang mit Kindern und Jugendlichen.

Sie klingeln noch einmal. Dann steht eine kleine Frau vor ihnen. Das rötliche Haar fällt ihr glatt und gerade geschnitten um das weiße fein geschnittene Gesicht. Sie trägt einen japanischen Kimono aus dunkelrosa Seide, auf dem sich dünne Zweige mit weißen Blüten ranken.

»Ja?«, fragt sie schlaftrunken.

»Myrthe Gaullier?«

Mertens und Bingsten zeigen ihre Ausweise und fragen, ob sie kurz hereinkommen dürfen. Myrthe Gaullier fängt schon an zu weinen, bevor sie im Wohnzimmer sind. Bevor Maud Mertens auch nur ein Wort gesagt hat.

»Es ist Marc«, sagt sie, während ihr die Tränen über die Wangen fließen. »Bestimmt ist etwas mit Marc, oder? Oh Gott, es ist etwas mit Marc!«

Der Raum hat hohe Decken, die Holzdielen sind grau gestrichen. Sie nehmen auf einem bunt gemusterten Sofa Platz. Mertens versinkt mit dem Rücken in den zahlreichen Kissen, die ordentlich in Reih und Glied an der Rückenlehne arrangiert sind. Myrthe Gaullier setzt sich auf die Ecke des Sofas. Kerzengerade. Mit großen Augen.

»Ich befürchte, dass ich schlechte Nachrichten für Sie habe«, beginnt Mertens, während sie sich aufrichtet, so gut es geht. »Heute Morgen wurde am IJ in Amsterdam-Nord die Leiche eines Mannes gefunden. Eine Zeugin glaubt, in der Leiche Ihren Ehemann erkannt zu haben. Wir haben auch ein Portemonnaie mit unter anderem dem Führerschein Ihres Mannes gefunden.«

Sie schweigt einen Augenblick, um der Frau Zeit zu lassen, die Bedeutung der Nachricht zu erfassen. Myrthe Gaullier bleibt reglos sitzen, den Blick unverändert.

»Zu diesem Zeitpunkt können wir natürlich nicht hundertprozentig sicher sein, dass es sich um ihn handelt. Wir möchten Sie daher bitten, die Leiche zu identifizieren.«

Wieder nichts als Schweigen. Maud Mertens fragt sich, ob sie sich noch einmal wiederholen soll, doch dann ertönt das Gedudel ihres blöden Handys. Mist! Unbekannte Nummer. Weg mit dem Ding.

Plötzlich gerät Myrthe Gaullier in Panik. Sie hält sich die Ohren zu wie ein kleines Kind, das die Realität nicht wahrnehmen will. Sie reagiert weder auf die tröstenden Worte von Mertens noch auf die Fragen von Niels Bingsten. Bingsten blickt Mertens mit hochgezogenen Augenbrauen an.

»Nein, nein, nein …«, winselt sie und zieht scharf die Luft ein. Keuchend und ratlos starrt sie Maud Mertens an. Diese spürt den Kummer der Frau wie einen Messerstich im Herzen, doch sofort blockiert sie das Gefühl. Sie greift in die Jackentasche, zieht eine Tüte heraus und hält sie der Frau hin. Als diese nicht reagiert, sagt sie: »Atmen Sie da hinein.« Mertens hilft ihr auf und hält ihr die Tüte an den Mund. »Kommen Sie. So ist es gut.«

Myrthe Gaullier atmet ein und aus, die Tüte gegen die Lippen gepresst. Es dauert ein paar Minuten und dann scheint sie sich zu beruhigen. Ihr Gesicht bekommt wieder ein wenig mehr Farbe. Niels Bingsten rutscht nervös auf seinem Stuhl hin und her. Auf ein Nicken von Mertens steht er auf und geht hinaus, um mit dem Präsidium Kontakt aufzunehmen.

»Ich weiß, wie schrecklich das für Sie sein muss«, sagt Mertens nach etwa einer Minute sanft. »Aber im Interesse der Ermittlungen brauchen wir schnell Antworten.«

Bingsten kommt zurück ins Zimmer und hebt unauffällig den Daumen. »Geregelt«, sagt er leise.

Myrthe Gaullier richtet sich auf. In dem Moment, als sie etwas zu sagen versucht, beginnt sie heftig zu weinen. Niels Bingsten holt ihr ein Glas Wasser. Mertens fragt, ob sie Tee oder Kaffee kochen soll. Mist, denkt Mertens. Das ist das Letzte, was wir jetzt gebrauchen können. Wie lange dauert das in Gottes Namen, bevor wir aus dieser Frau etwas Brauchbares rausbekommen? Mertens fragt Myrthe Gaullier mehrmals, ob es jemanden gibt, den sie für sie anrufen könne und bittet Bingsten, nochmals im Präsidium anzurufen und nachzufragen, ob jemand von der Opferhilfe hergeschickt werden kann. Endlich rutscht die Frau über das Sofa zu einem Beistelltisch, holt ein Adressbuch aus einer Schublade und zeigt auf den Namen einer Person, die als »Tante Elsa« eingetragen ist.

Als Kyra nach Hause kommt, ist es still im Haus. Natürlich. Ihre Mutter arbeitet wieder, nachdem sie jahrelang von einem Kurs zum anderen und von einer Therapie zur nächsten gepilgert ist, und ihr Vater ist sowieso nie da. Er ist der engagierteste Hausarzt, den sie kennt, und aus genau diesem Grund hat sie beschlossen, niemals Medizin zu studieren. Zurzeit wird er vollständig vom Universal Health Center in Anspruch genommen, seinem geistigen Kind, das in Kürze aus der Taufe gehoben werden soll. Jarno schläft tief und fest. Studieren tut man offenbar hauptsächlich im Bett.

Kyra geht ins Wohnzimmer und sieht vor dem Foto von Sarina eine Kerze brennen. Ihre Schwester lacht ihr vom Büfett aus fröhlich zu. Ihre blonden glatten Haare umrahmen ihr Gesicht, ihr Mund steht ein bisschen schief.

»Hey«, sagt Kyra. »Dreimal darfst du raten, was mir heute passiert ist!«

Sie bleibt stehen. Ihre Mutter hat ein Foto aus der Zeit ausgewählt, als Sarina noch nicht so abgemagert war. So erinnert sich auch Kyra an sie. Lachend. Übermütig. Ihr Verschwinden ist jetzt vier Jahre her und die Kerze brennt noch immer jeden Tag.

Kyra zwinkert dem Foto zu und läuft die Treppe hinauf in den ersten Stock, der seit dem Verschwinden ihrer älteren Schwester im Grunde ihr allein gehört. Ihre Eltern schlafen in einem kleinen Zimmer auf Deichniveau und Jarno hat sein eigenes Reich im Souterrain. Er teilt nur das Badezimmer mit ihren Eltern.

Kyra schlüpft aus ihren Schuhen und lässt sie auf dem kleinen Treppenabsatz stehen, wo sie auch ihre Jacke aufhängt und ihre Tasche und Schlüssel auf einen kleinen Beistelltisch legt. Sie geht in ihr Zimmer und lässt sich auf ihren Schreibtischstuhl fallen. Kurz legt sie den Kopf in die Hände, reibt fest über ihre Wangen und setzt sich dann gerade hin, um den Mac einzuschalten, den sie letztes Jahr von ihren Eltern zum Geburtstag bekommen hat. Als Kompensation, das weiß sie. Seit der Sache mit Sarina ist alles erstickend, die Abwesenheit der Eltern, dann plötzlich die übertriebene Fürsorge, sogar die Geschenke, die sie kriegt.

Mit der ihr eigenen Verbissenheit macht sie sich ans Werk. Über diesen Mord weiß sie viel mehr als über irgendein willkürliches Verbrechen in der Zeitung. Sie ist entschlossen, das Rätsel zu lösen, und zwar am liebsten, bevor es Mertens gelingt. Ihr bleibt keine Zeit, sich den Film noch einmal anzusehen. Besser, sie ordnet zuerst die grundlegenden Fakten.

Sie sucht ein Foto von Marc Gaullier heraus – eines, das sie auf der Klassenfahrt nach Budapest im letzten Jahr selbst aufgenommen hat und auf dem man gut erkennen kann, wie attraktiv er ist, ohne dass er übertrieben in Szene gesetzt wird – und druckt es aus. Anschließend gibt sie bei Google Marcs Namen ein und geht die Schlagzeilen der Nachrichten-Websites durch.

GRAUSIGER LEICHENFUND IM NEBEL

AMSTERDAMER KÜNSTLER ERHÄNGT SICH AM FLUSS

NACKTE LEICHE AM GALGEN

Schlagzeilen, die wie Marktschreier ihre Waren anpreisen. Grausiges im Angebot! Alles ganz frisch! Wütend klickt sie auf »Bilder«. Die Fotos in der obersten Reihe zeigen allesamt die baumelnde Leiche. Hätte sie vor ein paar Stunden dieselben Suchbegriffe eingegeben, hätte sie ganz andere Bilder erhalten. Kunstwerke. Gemälde in Marcs typischem Stil. Es ist erstaunlich, wie viele Websites jetzt schon über den Mord berichten. Sie wählt ein Foto der baumelnden Leiche in hoher Auflösung und druckt es aus. Dasselbe macht sie mit einem kleinen Foto der Galerie Gaullier, einem Bild von ihrer Schule, dem Damstede, einem von der Rietveld Academie und den Buchstaben AKR, dem Logo des Amsterdamse Kunstraad, Organisationen, für die Gaullier offenbar gearbeitet hat. Sie überlegt einen Augenblick. Was sonst noch? Am Ende druckt sie ein Eurosymbol und ein großes rotes Herz aus. Anschließend noch ein Foto vom Ufer bei der Fähre. Dann hat sie so ungefähr alles. Vorläufig.

Sie lässt den Blick durchs Zimmer wandern. Ihr altes Zimmer dient ihr inzwischen nur noch als Wohnzimmer. Die Schlafcouch hat sie seit Jahren nicht mehr ausgeklappt. Seit kurz nach Sarinas Verschwinden schläft sie im Bett ihrer Schwester. Sie kann sich nicht mehr daran erinnern, seit welchem Tag genau. Allerdings weiß sie noch, warum. Das Gefühl der Einsamkeit und Verlassenheit überfällt sie gelegentlich noch immer. Die feste Überzeugung, dass ihre ältere Schwester verschwunden war und nicht mehr zurückkehren würde, überkam sie eines Abends, als ihre Eltern am Küchentisch den soundsovielten Aktionsplan entwarfen. Sie saß da und hörte sich zum x-ten Mal das Gleiche an. *Und wenn wir die Belohnung erhöhen würden? Wenn wir ein Poster von Sarina mit verschiedenen Fotos von ihr drucken lassen würden: wie sie mit kurzem Haar, mit dunklem Haar statt mit blondem, mit einer Brille aussehen würde?*

Der hilflose Eifer ihrer Eltern, ihr ältestes Kind wiederzufinden, hatte sie plötzlich tief traurig gemacht. Es war alles vergeblich.

Sarina war weg. Würde wegbleiben. Sie spürte diese Gewissheit, wagte es aber nicht, es auszusprechen. An jenem Abend putzte sie sich die Zähne, ging ohne lange darüber nachzudenken in Sarinas Zimmer und legte sich dort in ihr Bett.

Sie blickt sich um, zum Himalaya-Poster, das über ihrem Sofa hängt, und zu dem großen Schrank im Industriedesign auf Rollen – dem gleichen wie in Sarinas Zimmer – und sieht, wie das Sonnenlicht auf die gerahmten Fotos in diesem Schrank scheint. Fotos von der Familie, als sie noch vollständig war. Und von später. Ihre Eltern, ihr Bruder und sie selbst in Österreich letzte Weihnachten. Ein Gruppenfoto aus dem Urlaub mit Freundinnen letztes Jahr.

Sie wählt die Wand, vor der der Schreibtisch steht, stellt die Stehlampe auf die andere Seite des Zimmers, greift nach der Rolle Klebeband und legt los. Das Foto des lachenden Marc Gaullier hängt sie in der Mitte auf und gruppiert die anderen Fotos darum herum, jeweils mit einem leeren DIN-A4-Blatt darunter. Dann nimmt sie einen Stift und beginnt zu schreiben. Unter das Eurozeichen schreibt sie: *Erbe? Geschäftliche Interessen?* Unter das Herz: *Ehebruch.* Und nach gründlicher Überlegung: *junge Mädchen.* Das Blatt unter der Galerie bleibt leer, genau wie das unter der Rietveld Academie und dem Kunstraad. Unter das Bild von der Schule schreibt sie: *Rivalität?*

Nachdenklich betrachtet sie das Foto der Fähre und fertigt auf dem Blatt Papier darunter eine Reihe von Zeichnungen an. Sie fragt sich, wie weit Mertens mit ihren Ermittlungen ist. Der Kripo stehen natürlich viel mehr Leute und ganz andere Mittel zur Verfügung. Sie muss mit ihrem PC und ihrem Verstand auskommen. Und mit dem Stapel von Büchern, den sie inzwischen angehäuft hat. Wie hat der Mörder es angestellt, die Leiche dort zu platzieren? Welches Motiv trieb ihn an, es genau so und genau dort zu tun?

Ihr fällt etwas ein. Sie nimmt noch ein Blatt Papier, zeichnet ein Kreuz darauf und klebt es neben das Foto der Leiche am Galgen. *Nackt*, schreibt sie. *Gesicht zum Wasser. Wunde Hinterkopf. Brust.* Dann lässt sie ein paar Zeilen frei und fügt hinzu: *Erniedrigung? Todesursache?*

Schließlich holt sie unten aus ihrer Büroschublade ein Blatt Papier hervor, auf dem eine Reihe von Namen stehen. Nachdenklich betrachtet sie es und klebt es an die Wand. Als sie fertig ist, tritt sie einen Schritt zurück. Wow, so viele Fragen, so viele Möglichkeiten.

»Mevrouw Gaullier«, beginnt Maud Mertens, als sich die Witwe kurz darauf ein wenig beruhigt hat. Auf den Anruf von Bingsten ist überraschend schnell jemand von der Opferhilfe eingetroffen und der jüngere Bruder von Marc Gaullier – der ältere hat telefonisch versprochen, am Nachmittag ins Forensische Institut zu gehen und den Toten zu identifizieren – ist gerade hereingekommen.

»Sagen Sie bitte Myrthe.« Marc Gaulliers Frau ist kreidebleich. Augen und Nase sind rot vom Weinen.

»Ich weiß, wie erschüttert Sie von der Nachricht sein müssen«, sagt Mertens.

»Erschüttert«, wiederholt Myrthe Gaullier und es scheint, als prüfe sie das Wort auf der Zunge. »Ja, erschüttert.« Sie putzt sich die Nase mit einem weißen Taschentuch. Dann beginnt sie erneut zu weinen.

Ihr Schwager legt ihr die Hand auf die Schulter. »Myrthe ist jetzt sehr verletzlich«, erklärt er. »Ich glaube, es wäre gut, wenn sie sich ein wenig ausruht. Können wir vielleicht später weiterreden?«

»Leider habe ich einige Fragen, die keinen Aufschub dulden«, erwidert Mertens und sieht die Frau an, der die Tränen über die Wangen laufen. Sie nickt.

»Wann haben Sie Ihren Mann zum letzten Mal gesehen? War es ungewöhnlich, dass er in der Nacht nicht nach Hause kam?«

»Nein«, antwortet Myrthe Gaullier mit erstickter Stimme. »Er war schon weg. Er ist nach Brüssel gefahren. Es ging um Beratungen wegen einer Firma, die er gründen wollte. Etwas mit Drucken von Reproduktionen berühmter Kunstwerke. Eine große Sache. Er war Feuer und Flamme für das Projekt.« Ihre Stimme erstirbt.

»Wann ist er gefahren?«

Myrthe Gaullier schluckt. »Früh am Samstagmorgen. Mit dem Zug. Er hatte einige Termine und wollte heute Abend zurück sein.«

Sie schweigt einen Moment und fährt dann mit leiser Stimme fort: »Diese Woche sind Abschlussprüfungen. Er wollte einigen Schülern noch bei den letzten Vorbereitungen helfen.«

Mertens nickt. »Er hatte also einen geschäftlichen Termin in Brüssel? Mit wem?«

»In diesem Punkt kann ich Ihnen weiterhelfen«, mischt sich Gaulliers Bruder ein. »Marc hatte einige Fragen an mich wegen des Vertrags, der ihm zugeschickt worden war. Ich bin Jurist.«

»Sie haben die Namen?«

»Ich kann sie jedenfalls ermitteln.«

»Haben Sie nach seiner Abreise noch mit ihm in Verbindung gestanden?«, fragt Mertens, wieder an Myrthe Gaullier gewandt. »Haben Sie telefoniert? Gemailt?«

»Nein. Nichts, gar nichts … Ein Kuss auf meinen Kopf, als ich noch im Halbschlaf lag, das war das Letzte.«

Wieder füllen sich ihre Augen mit Tränen.

»Haben Sie irgendeine Ahnung, was passiert sein könnte?«, versucht es Mertens. »Wer dahinterstecken könnte?«

Myrthe Gaullier schüttelt den Kopf.

»Keine Streitigkeiten? Wegen Geld? Schulden?«

»Nein, nichts von alldem … Es tut mir leid … Es ist …« Sie zittert am ganzen Körper und Mertens befürchtet fast, dass sie gleich kollabiert. »Er kommt nie mehr wieder!«

Der Bruder von Marc Gaullier schaut Mertens gereizt an, die in ihrer Jackentasche fühlt, ob sie die Plastiktüte gegen die Hyperventilation noch hat.

»Ich glaube, das reicht vorerst«, sagt er und steht auf.

Maud Mertens bleibt sitzen und legt kurz die Hand auf die Schulter der Witwe und sagt: »Mein Beileid. Alles Gute für Sie.«

»Wir sprechen uns später noch«, sagt sie dann an den Schwager gewandt und schaut auf ihre Uhr, die alte Breitling ihres Vaters. »Heute Nachmittag im Präsidium, einverstanden?«

Er schüttelt den Kopf. »Das schaffe ich nicht. Höchstens, wenn Tante Elsa rechtzeitig kommt. Ich kann Myrthe nicht allein lassen. Außerdem muss ich die genauen Informationen noch in der Kanzlei erfragen.«

Maud Mertens steht auf und nickt Myrthe Gaullier zu.

»Nur noch eines«, sagt sie. »Hat Ihr Mann einen Gürtel getragen?«

Die Frau sieht sie erstaunt an. »Einen Gürtel?«

»Ja, einen Hosengürtel.«

Ein Augenblick lang sagt niemand etwas. Myrthe Gaullier hat offenbar keine Ahnung.

»Ich weiß es nicht«, flüstert sie. »Ich weiß es wirklich nicht. Er hat zwar Gürtel, aber … Ich habe nicht darauf geachtet.«

Mertens und Bingsten eilen über den Nieuwendammerdijk zum Auto, das sie ein Stück weiter geparkt haben, beide tief in Gedanken. Mertens ärgert sich, weil sie ausgerechnet heute ein Paar neue Schuhe angezogen hat. Ihre Fersen brennen und am linken Fuß drückt der kleine Zeh.

Ein bekannter Künstler ermordet und am Ufer des Flusses aufgeknüpft. Kein gewöhnlicher Mord, sondern eine öffentliche Hinrichtung, verdammt noch mal. Das bedeutet, dass die Presse sie auf Schritt und Tritt verfolgen wird. Sie muss aufpassen, was sie sagt, sogar im Schlaf. Berichte in den überregionalen Nachrichten, Sondersendungen in den Lokalsendern. Lauter Mist, der ihr und ihrem Team die Arbeit erschwert.

»Die beschissenen Nachrichten-Seiten sind voll davon«, flucht Bingsten, als er sein Handy checkt. »NOS, NU, *Telegraaf*, AT5, *Parool*, AD und so weiter.« Er liest einige Schlagzeilen vor und Mertens spürt, wie ihr mulmig wird. Wie soll sie die Ermittlungen bloß in vernünftige Bahnen lenken?

Ein Anruf reißt sie aus ihren Grübeleien. Jetzt geht es erst richtig los mit den Medien. Es ist wie ein tropischer Sturzregen, jedes Mal aufs Neue. Aber diesmal wird es schlimmer sein denn je. Ein Tropfen, dann zwei, drei, und danach eimerweise und in Strömen, sodass man komplett überschwemmt wird. Sie nimmt ab. Es ist der Rechtsmediziner.

»Ich habe schon was für dich«, sagt er tonlos. »Ich habe mir vorhin schon so was gedacht, aber ich wollte ganz sichergehen. Mertens … Der Mund des Opfers ist mit Klebstoff verschlossen. Von einem Mundwinkel zum anderen.«

»Scheiße, warte mal einen Augenblick!« Sie stößt Bingsten an, der sich von seinem Handy losreißt. »Ich stell dich auf Lautsprecher. Kannst du das bitte wiederholen?«

»Ich habe gesagt, dass der Mund des Opfers hermetisch versiegelt ist. Mit so etwas wie Sekundenkleber.«

Mertens starrt Bingsten an. Er zieht die Augenbrauen hoch.

»Die Lippen sind geradezu kunstvoll aufeinandergeklebt«, fährt der Rechtsmediziner fort. »Auf den ersten Blick sieht man praktisch nichts davon. Und die Mundhöhle ist nicht leer. Die Wangen stehen ein wenig unter Spannung. Du weißt doch, wie die Ruigbot ist, deshalb habe ich nicht versucht, die Lippen an Ort und Stelle zu öffnen. Ich bin gespannt, was bei der Obduktion im NFI morgen rauskommt.«

5

Kildermorie, schottisches Hochland

Das Mädchen schrammte sich den Zeh an einem scharfen Stein auf und jammerte leise. Wie betäubt lief sie über das Feld. Ohne nachzudenken. Ziellos, aber schnell. Die Gehetztheit war in ihr, für alle Zeit.

Dunkle Haare hingen in langen, wirren Strähnen rund um ihr Gesicht. Ihre Haut war grau und fleckig. Sie war mager und trug eine viel zu große Arbeitshose aus hartem Stoff, die sie mit einem Strick in der Taille zusammengebunden hatte. Ein schmuddeliges graues T-Shirt hing ihr um die knochigen Schultern.

Sie lief weiter und ignorierte ihren schmerzenden Fuß. Es macht mir nichts aus, dachte sie. Es darf mir nichts ausmachen, ich muss weiter, weiter, so weit wie möglich. Ihre Augen waren weit aufgerissen, die Schultern nach vorn gezogen, und sie schien mit jedem Schritt nach vorn zu fallen und sich jedes Mal mit diesen kurzen Schritten aufzufangen, schnell, schnell – als würde sie verfolgt, obwohl zwischen den bemoosten Felsblöcken und den niedrigen Sträuchern nichts als der Wind hinter ihr her wehte.

Weiter lief sie und weiter, halb rennend, halb stolpernd, so lange, bis ihr vor Hunger so übel war, dass sie wirklich nicht weiterkonnte. An einer bizarr gezackten Felswand machte sie halt. Als sie sicher war, dass niemand sie verfolgte, dass er nicht da war, ließ sie sich zu Boden sinken. Mit dem Rücken an dem kalten Stein zog sie mit zitternden Händen eine Tüte mit zwei Butterbroten aus der Hosentasche und fing sofort an zu essen. Es war altes, hartes

Brot, das muffig roch, aber das machte ihr nichts aus. Sie biss kleine Stücke ab und kaute sie sorgfältig, nicht aus Vernunft, sondern weil sie dieses wunderbare Gefühl des Essens dadurch länger genießen konnte.

Als sie eines der Brote aufgegessen hatte, ließ sie den Kopf gegen den Felsen sinken und blieb so sitzen. Sie war allein, das war gut. Sie war in Sicherheit. Seltsamerweise verschwand der Drang zu rennen jedes Mal, sobald sie still dasaß, und dann fühlte sich eine Stunde für sie wie fünf Minuten an. Dann schottete sie sich von der Welt ab und die Zeit spielte keine Rolle mehr.

Ein Stich der Angst ließ sie aufspringen, als sie spürte, dass etwas über ihr Gesicht strich. Nichts. Nichts zu sehen. Hatte sie etwas gehört? Sie konzentrierte sich. Da, ein wegspringendes Steinchen, ein brechender Zweig. Wirklich? Ach, nein. Da war niemand. Da konnte niemand sein. Sie hatte sich solche Geräusche schon so oft eingebildet, hatte sie schon so oft im Kopf gehört, dass sie nicht mehr wusste, was Illusion war und was nicht. Sie blieb reglos stehen, aufmerksam, alle Sinne geschärft. Sie war sich gewiss, die Anwesenheit eines anderen Menschen zu spüren.

Warum hatte sie nicht besser aufgepasst? Strafe, das war's. Strafe dafür, dass sie geschlafen hatte und nicht aufmerksam gewesen war. Sie wartete. Gerade in dem Moment, als sie sich ein wenig entspannte und wieder tief atmen konnte, ohne dass ihr etwas die Kehle zuschnürte, hörte sie Stimmen.

Panisch blickte sie sich um, auf der Suche nach einem Versteck. Der Felsen. Zwischen der immensen steinernen Masse und der dunklen Erde befand sich ein schmaler Spalt. Sie zweifelte keine Sekunde, löste den dicken Knoten um ihre Taille und ließ die Hose herunter, deren Stoff sich wie Pappe anfühlte. Rasch nahm sie noch den Beutel Brot mit und ließ sich auf den Bauch fallen.

Behutsam, aber so schnell wie möglich kroch sie in den schmalen Spalt unter dem Felsen, wobei sie die Hose ein Stück mit sich zog, als täte es ihr doch leid, sich von dem unpraktischen Kleidungsstück getrennt zu haben.

Die Stimmen – eine Kombination von brummenden und schrillen Tönen – kamen beängstigend schnell näher. Sie rutschte seitwärts, schnell, schneller, so weit wie möglich, passte aber nur mit Mühe in die schmale Aussparung. Einen Meter weit rutschte sie hinein, vielleicht zwei, bis ihre Hüften eingeklemmt waren und sie den Kopf schräg halten musste, weil ihr Kinn allzu schmerzhaft über den Boden schrammte. Sie schimpfte leise – unverständliche, wütende Laute – und starrte wie gebannt auf den schmalen Streifen Licht. Dort lag, neben der Hose, die Tüte mit Brot. Wie konnte sie nur so dumm sein? Nahrung war das Aller-, Allerwichtigste. Der übelkeitserregende, alles verzehrende Hunger hatte sie schon so lange in seiner Gewalt, dass sie nicht wusste, was schlimmer war: nichts zu essen zu haben oder die furchterregende Berührung eines anderen Menschen zu spüren.

6

»Sekundenkleber also«, sagt Bingsten. Sie suchen einen Parkplatz vor der Schule, die direkt neben dem Polizeipräsidium liegt. Ringsum sind immer alle Parkplätze besetzt.

»Hm-hm …«

»Merkwürdig.«

»Ich höre so etwas auch zum ersten Mal.«

»Nein, ich meine, weil der Kleber wasserlöslich ist.«

Mertens sah ihn erstaunt an. »Aber der Mund war fest verschlossen«, erwidert sie, während sie das Auto in einen viel zu kleinen Parkplatz manövriert.

»Jetzt schon, aber er wäre es nicht mehr lange gewesen.« Bingsten zuckt mit den Schultern

»Wie lange dauert es denn, bis sich der Kleber auflöst?«, fragt Mertens.

»Kommt darauf an, wie viel davon verwendet wurde. Eine dünne Schicht reicht, die Lippen aneinanderzukleben. Aber eine dünne Schicht löst sich natürlich schneller auf als eine dicke.«

»Ich habe immer gedacht, Sekundenkleber hält ewig.«

»Jeder Bastler weiß, dass er sich bei Wasserkontakt irgendwann auflöst. Du darfst ihn nie im Badezimmer benutzen.«

»Unser Mörder hat also einen Fehler gemacht.«

»Oder es steckt eine Absicht dahinter.«

Mertens geht an der niedrigen Steinmauer entlang, die den Schulhof umgibt. Sie zittert. Es ist kalt, und sie hat in der Nacht schlecht geschlafen. Instinktiv verdrängt sie die Konsequenz dessen, was Bingsten gesagt hat. Er hat recht. Natürlich. Sie weiß das schon den ganzen Morgen, aber diese Gewissheit, dass ein ausgekochter Mörder mit einer Botschaft am Werk ist, liegt wie eine bleierne Decke über ihr. Sie fragt sich mit einem Knoten im Bauch, ob er mit dieser Tat seine ganze Geschichte erzählt hat oder ob das nur der Prolog gewesen ist.

»Mir graut schon vor der Befragung der Nachbarn rund um den Tatort. Definitiv ein weites Feld …«, bemerkt Bingsten und Mertens weiß, was er meint, nämlich, dass in der direkten Umgebung der Fähre keine Wohnhäuser stehen. Es gibt nur das Café, etwas weiter das Restaurant *Het Tolhuis* und daneben einen Parkplatz. Davor steht eine Kaffeebude, aber die war zum Zeitpunkt des Leichenfundes noch geschlossen.

Mertens zuckt mit den Schultern. »Ich hab Thomas und Susan zu den paar Häusern an der Ranonkelkade geschickt, aber ich rechne nicht damit, dass irgendjemand etwas gesehen oder gehört hat. Schließlich war es noch Nacht.«

Vor der Tür der Schule bleibt Bingsten kurz stehen. »Und die Wohnungen an der IJ-Promenade?«

»Das will ich heute Nachmittag kurz im Team besprechen. Ich weiß nicht, ob man mir das Budget dafür genehmigt, auch da eine Nachbarschaftsbefragung durchzuführen.«

Ein unbehagliches Schweigen macht sich zwischen ihnen breit. Natürlich möchte sie die dortigen Bewohner gerne befragen. Aber so einfach ist das heutzutage nicht mehr. Sie weiß, wie Bingsten darüber denkt.

»Wir könnten uns auch selbst ein paar Stunden darum kümmern«, schlägt er vor.

»Ein paar Stunden bringen da wenig. Das dauert Tage, Niels.«

Er sagt nichts und sie schauen einander nachdenklich an. Es

ist fast unmöglich, dass jemand etwas gesehen hat, vor allem weil zwischen den Wohnblöcken und der Anlegestelle der Fähre das Gebäude des EYE-Filmmuseums liegt, das den Blick auf die Fähre versperrt.

»Gibt's was Neues, Maud?« Offenbar hat einer der Journalisten in der Nähe des Präsidiums auf sie gewartet. Es ist Joris Vanstraten, der Typ, der sie heute Morgen schon angerufen hat, ein junger Kerl, der seine Artikel meistens an das AD verkauft, sie erkennt ihn jetzt erst.

»Da muss jemand aber eine Mordswut im Bauch gehabt haben«, sagt er.

»Könnte sein.« Maud weiß, wie diese Leute arbeiten. Eine unbedachte Bemerkung während einer unschuldigen Unterhaltung wird ganz schnell als Zitat missbraucht. »Ich habe immer noch nichts zu sagen«, fügt sie hinzu und bedeutet Bingsten mit einer Handbewegung, dass sie jetzt besser reingehen sollten.

»Tschüss«, sagt Mertens.

»Bis später«, antwortet der Journalist, missgelaunt, aber dennoch hoffnungsvoll und schlendert zurück auf seinen Posten.

Im Flur der Schule bleiben Mertens und Bingsten stehen.

»Keine schlechte Idee, die Leiche bei der Fähre zurückzulassen«, meint Mertens. »Ein öffentlicher Ort, immer belebt, aber trotzdem praktisch uneinsehbar. Der Täter brauchte nur den richtigen Moment abzupassen. Wenn niemand in der Nähe ist, hat man freie Bahn.«

Bingsten nickt.

»Trotzdem durchaus gewagt«, setzt Mertens nachdenklich hinzu. Unerschrockenheit, ist es das, was einen Mörder kennzeichnet?

Unterwegs zum kleinen verglasten Büro des Hausmeisters piept ihr Telefon, und sie sieht nach, von wem die Nachricht stammt.

»Barbara Ruigbot«, sagt sie zu Bingsten. »Nicht mit der Presse sprechen. Das ist ein Befehl.«

Bingsten lacht. »Wie originell!«

Mertens zuckt mit den Schultern.

»Erzähl doch der Presse vom Sekundenkleber«, meint Bingsten und grinst. »Und wenn die Ruigbot das in der Zeitung liest, kommt sie mit dem Nudelholz und schlägt dir den Schädel ein.«

»Guten Morgen«, sagt er dann an den Hausmeister gewandt. »Wir wollen zu Willem de Jong.«

Mertens seufzt. Jetzt müssen sie erst mal die Kollegen von Gaullier befragen. Und dann muss sie noch ein Team losschicken, das sich mit den Nachbarn der Gaulliers unterhält. Vielleicht hat irgendjemand etwas gesehen, gehört. Es gibt so viel zu tun! Zu viel in zu kurzer Zeit, wie immer. Sie schaut auf die Uhr.

»Hast du dir die Handynummern von Jarno und Kyra Slagter notiert?«, fragt sie Bingsten.

»Na klar. Ich schick sie dir.« Er holt das Handy aus der Jackentasche. »Morgen«, sagt er. »Nederlands Instituut voor Forensik. Zehn Uhr. Damit sind wir als Erste dran. Habe ich gerade erfahren.«

Kyra trinkt den letzten Schluck Sojamilch aus, spült ihr Glas und stellt es kopfüber auf die Anrichte. Sie schaut auf die Uhr. Eins. Zeit zu gehen. Die erste Prüfung. Niederländisch. Im Küchenfenster sieht sie ihren Schatten, ein wenig verzerrt durch das alte Glas, das Einzelheiten verformt wie ein Zerrspiegel. Kyra Slagter. Die kleine Schwester. Die übrig gebliebene Tochter.

Ihr schwirrt der Kopf. Marc Gaullier; die Reaktionen von Sophie, Luna und Chantal. In ungeordneter Reihenfolge malt sie sich die verschiedensten Szenarien aus. Eine Leiche an einem belebten Ort zurückzulassen, aufgehängt an einem Laternenpfahl und mit entblößtem Unterleib, das ist ein Statement. Ihr fällt kein anderer Mörder ein, der vergleichbar vorgegangen ist. Jeffrey Dahmer versteckte die meisten seiner Opfer in Säurefässern in seiner Wohnung. Albert Fish schnitt die kleinen Jungen, die er entführt hatte, in Stücke und machte Gulasch aus ihnen. Joachim Kroll versuchte, Teile seiner Opfer durch den Schredder im Abfluss der Spüle zu entsorgen.

Doch eigentlich darf sie jetzt an all das gar nicht denken. Nicht jetzt. Sie muss sich konzentrieren. Prüfung. Von halb zwei bis halb fünf. Meine Güte, drei Stunden lang eine Zusammenfassung schreiben, das kann doch nicht so schwer sein?

Mertens und Bingsten warten im Flur auf den Konrektor der Schule. Der Fußboden besteht aus verschlissenem blassblauem PVC. Es riecht nach nassen Jacken und Hunderten von Teenagerkörpern. Im Flur stehen lange Reihen knallroter Spinde. Ein Magazin voller alter Hefte, halb aufgegessener Bleistifte, ausgelaufener Füller, Kaugummipäckchen, vergessener Schulbücher und loser Blätter. So etwas hatten wir früher nicht, denkt Maud Mertens. Damals konnte man seine Tasche mit dem alten Krempel noch unbesorgt an der Garderobe hängen lassen.

»Ich bin vor vier Jahren schon mal hier gewesen«, bemerkt Bingsten. »Um mich nach Sarina Slagter zu erkundigen, dem vermissten Mädchen, der Schwester von Kyra. Das war, als du diese Fortbildung gemacht hast.«

»Synthetische Drogen. Hat nicht viel gebracht.«

Ein junger Typ kommt auf sie zu. Blondes kurzes, leicht gelocktes Haar. Federnder Schritt, gut gelaunte Miene. Er grüßt einen vorbeieilenden Schüler.

»Willem de Jong«, stellt er sich vor und schüttelt ihnen die

Hand. »Danke für Ihren Anruf heute Morgen. Kommen Sie doch bitte mit.«

Sie nehmen im Büro des abwesenden Rektors an einem runden Tisch Platz. Das Mobiliar stammt aus den 1970er Jahren. An der Wand hängt eine ausgeblichene Luftaufnahme von der Schule. In der Ecke müht sich eine trostlose Pflanze, dem Zimmer etwas Leben einzuhauchen. »Kaffee?«, fragt de Jong. »Tee?«

Er zieht zwei Thermoskannen zu sich heran.

»Kaffee bitte«, sagt Bingsten in dem Moment, in dem Mertens »Tee« sagt.

Sie reden über das Mordopfer. Gaullier war offenbar ein sehr beliebter Lehrer. Ein echter Gewinn für die Schule, an der er seit ungefähr fünf Jahren unterrichtet hatte, in Teilzeit, denn natürlich war er in erster Linie Künstler. Dazu noch Berater an der Rietveld Academie und im Kunstraad aktiv. Organisierte mehrmals im Jahr gut besuchte Ausstellungen.

»Auch mit Werken meiner Schüler«, erklärt Willem de Jong stolz. »Er hat Juliette Jansen begleitet, ein außergewöhnliches Talent, und hat auch für sie eine Ausstellung organisiert. Ein ganz besonderes Mädchen.«

»Wie war das Verhältnis zu den anderen Kollegen?«, erkundigt sich Mertens. »Gab es keine Reibungspunkte – ein erfolgreicher Künstler unter normalen Lehrern?«

»Tja …«, sagt Willem de Jong und schaut in seine Kaffeetasse. Ganz kurz sieht Mertens seine Mundwinkel zucken. Durch das offen stehende Fenster dringen Jubelschreie ins Zimmer. Auf dem Schulhof wird Fußball gespielt. »Vorstellbar wäre das gewesen, denn er war nicht nur ein begabter Künstler und ein guter Lehrer, sondern auch ein netter Mensch und ein schöner Mann. Grund genug, Neid zu erwecken, könnte man meinen. Aber ich habe nie etwas davon bemerkt. Rein gar nichts.«

Er lacht eine Spur zu freundlich, denkt Mertens. Zu glatt.

»Trotzdem muss er irgendjemanden ziemlich wütend gemacht haben«, behauptet Niels Bingsten.

»Könnte sein«, antwortet Willem de Jong nachdenklich. »Oder aber er war zur falschen Zeit am falschen Ort.«

»Zufall«, sagt Mertens. »Möglich, zum jetzigen Zeitpunkt ermitteln wir in alle Richtungen. Ist Ihnen an Gaullier irgendetwas aufgefallen? War sein Verhalten in letzter Zeit anders? Stand er unter Druck? Haben Sie irgendetwas Ungewöhnliches bemerkt?«

»Wir Lehrer begegnen uns nicht täglich, wissen Sie.« Wieder dieses salbungsvolle Lachen. Er hätte Pfarrer werden sollen. »Bei der Lehrerkonferenz neulich verhielt er sich normal. Er wirkte ganz ungezwungen.«

»Es gab also keine Spannungen im Kollegium?«

»Nicht, dass ich wüsste.«

Mertens nickt. »Jetzt zu den Personen, mit denen wir uns gerne unterhalten würden«, sagt sie. »Darüber wurden Sie doch auch heute Morgen informiert?«

»Natürlich. Die Gespräche können hier stattfinden, in diesem Raum«, sagt Willem de Jong, während er ihr eine Übersicht aushändigt. Mertens sieht, dass eine Viertelstunde pro Person eingeplant ist. Fünf Lehrer sowie drei Schülerinnen und Schüler.

»Die Eltern müssen den Gesprächen zustimmen oder dabei anwesend sein«, erklärt de Jong. »Wir arbeiten daran, weitere Genehmigungen zu erhalten.«

»Ich hätte gern eine Liste mit den Namen und Kontaktdaten aller Lehrer und Lehrerinnen«, sagt Mertens. »Und von allen Schülern und Schülerinnen mit dem Fach Kunst auf dem Lehrplan.«

Sie schaut auf ihre Armbanduhr. Die ersten achtundvierzig Stunden nach einem Mord sind immer zu kurz. Viel zu viele

Leute müssen in viel zu kurzer Zeit befragt werden. Massenhaft Spuren und kein einziger Hinweis darauf, was wichtig ist und was nicht.

Willem de Jong steht auf. »Ich kümmere mich darum.« Er zeigt auf die Thermoskanne mit lauwarmer Brühe. »Wenn Sie noch etwas trinken möchten, bedienen Sie sich.«

»Was für ein Schleimer«, sagt Bingsten, nachdem de Jong das Büro verlassen hat. »Dem traue ich keinen Meter über den Weg.«

In den Fluren dreht sich noch alles um die erste Prüfung. Kyra schlendert mit Sophie, Luna und Chantal den Gang entlang. Alle wirken plötzlich erschöpft und niedergeschlagen. Nicht, weil die Prüfung so schrecklich gewesen wäre, aber der Tod ihres Lehrers scheint plötzlich auf allen zu lasten. Als Kyra von der Toilette kommt, sind die anderen schon alle weg. Sophie hat eine WhatsApp-Nachricht geschickt: *Bin nach Hause, lernen.*

OK, antwortet sie. *Bald verabreden?* Keine Antwort. Kyra muss auch los. Morgen früh haben sie Kunst, worauf sie sich kaum vorbereiten kann, nachmittags Chemie. Dafür sollte sie ihre Unterlagen noch mal gründlich durchgehen.

Sie holt ihre Jeansjacke aus ihrem Spind und kramt den Schlüssel aus der Tasche. Prüfungen. Bücher abgeben. Zeugnisausgabe. Fertig. Sieben Jahre Damstede hat sie dann hinter sich.

Sie zieht die Jacke an und nimmt die Treppe in den ersten Stock. Vorsichtig schleicht sie durch den langen Gang an den geschlossenen Türen der besetzten Klassenzimmer vorbei und biegt am Ende links ab. Die Tür des Kunstraums steht einen Spalt offen. Vorsichtig stößt sie sie ein wenig weiter auf. Niemand da. Sie geht hinein. Irgendwie fühlt sich das wie etwas Verbotenes an. Dies hier ist das Reich von Marc Gaullier gewesen.

Mitten im Raum bleibt sie stehen. Draußen hört sie schreiende Schüler, aber hier drin ist es still. Es riecht nach Farbe und Klebstoff.

Marc Gaullier, tot. Kaum vorstellbar. Es ist, als könne er jeden Moment zwischen den Tischen erscheinen. Mit seinen leisen Schritten. Seiner beherrschten Art, sich zu bewegen. Seiner tiefen Stimme, mit der er so genau zu sagen wusste, was man hören wollte. Ein Manipulator.

An der Wand hängen Bilder. Skizzen. Reproduktionen großer Werke. Rembrandt.

Verdammt! Rembrandt! Natürlich!

Sie geht zwischen zwei Tischen hindurch. Wo ist das Ding? Sie weiß genau, dass es hier irgendwo sein muss. Hastig wandert ihr Blick über die Wand mit Zeichnungen, Drucken und Postern. Komm schon – sie will sich nicht zu lange hier aufhalten.

Da! Zwischen der Radierung einer Landschaft mit Windmühlen und einem Selbstporträt Rembrandts, auf dem er ein lustiges Gesicht schneidet. Dort hängt Elsje Christiaens. Kyra nimmt den Druck von der Wand. Achtzehn Jahre alt war sie. Anfang Mai 1664. Zwei Wochen zuvor war sie aus Jütland nach Amsterdam gekommen, auf der Suche nach ihrer älteren Schwester. Sie war einen Taler mit der Miete in Rückstand geraten und wurde von der Wirtsfrau mit einem Besen geschlagen, worauf Elsje die Frau mit einem Beil »in den cop gehackt« hatte.

Der Bürgermeister und die Schöffen verurteilten sie zum Tode. Auf dem Schafott auf dem Dam wurde sie erwürgt und mit der Mordwaffe auf den Kopf geschlagen. Ihre Leiche wurde zum Volewijck gebracht und mitsamt Beil an einem Pfahl aufgehängt. Auf dem Galgenfeld von Volewijck. Wo die Elemente und die Vögel die Leichen verzehrten. Vogelenwijk – das Vogelgebiet. Volewijck. Wo jetzt die Fähre anlegt.

Sonntags unternahm man einen lustigen Bootsausflug mit der ganzen Familie dort hinaus und schaute sich die Leichen an. Auf der Zeichnung von Rembrandt ist das nicht erkennbar, aber es werden wohl noch mehr Leichen rings um das tote Mädchen gehangen haben. Über der Galgengrube. Am Pfahl. Erwachsene Männer. Kriminelle. Und daneben Elsje. Dort hängt sie, jung und leblos festgebunden in ihrem bauschigen, knöchellangen Kleid, die Augen geschlossen, ungeschickt festgezurrt.

Dass Gaullier am IJ aufgehängt wurde, muss ein Verweis auf Elsje sein. Oder auf Rembrandt. Eine Leiche auf dem Galgenfeld. Scheiße, deutlicher ging es nicht! Es musste so sein. Marc verehrte den berühmten Maler. Noch vor einem Monat haben sie in der Klasse über die Zeichnung gesprochen. In der Pause hatte Kyra über Gaulliers Obsession für den Maler aus dem 17. Jahrhundert gescherzt und darüber, dass er beinahe eine ganze Stunde lang über dessen Skizze eines toten Mädchens doziert hatte. Das könne kein Zufall sein, hatte sie gestichelt. Dass Gaullier ausgerechnet die Zeichnung eines hilflosen jungen Mädchens bespricht. Ihre Klassenkameraden fanden es nicht so lustig, wie sie über ihren Lieblingslehrer sprach. Kyra konnte diese unkritische Begeisterung nicht nachvollziehen. Es war ja vollkommen okay, jemanden nett oder interessant zu finden, sogar, sich zu verknallen – aber die Mädels standen Schlange für ein dämliches kleines Kompliment oder um für ein paar Momente seine hellblauen Augen auf sich gerichtet zu fühlen. Sie schämte sich für ihre Freundinnen und ärgerte sich über sie, und auf Gaullier war sie stinksauer. Machtmissbrauch war das!

»Marc liebt eben schöne Dinge«, hatte Luna ihr gereizt erwidert.«

Daraufhin hatte Kyra lieber nichts mehr gesagt.

Sie erstarrt, als sich Stimmen nähern. Wim? Der andere Kunstlehrer? Sie hat keine Lust, mit irgendjemandem zu reden und will sich auch nicht dafür rechtfertigen müssen, dass sie sich in Marcs Klassenraum aufhält. Rasch versucht sie, den Druck in ihrer Tasche zu verstauen, den Blick auf die Tür gerichtet. Der einzige Ausweg. Es sei denn, sie versteckt sich hinten im Abstellraum. Und dann? Wenn sie sie dort finden, macht sie sich komplett lächerlich. Dann schon lieber die Flucht nach vorn. Kyra geht zur Tür und öffnet sie schwungvoll.

»Huch.« Maud Mertens schaut sie wütend an. »Schon wieder Sie! Was machen Sie hier?«

Kyra zuckt vor Schreck zusammen und starrt die beiden Kripo-Leute an.

»Was ausgefressen?«, stichelt Niels Bingsten.

»Nein, Quatsch, ich habe nur nicht mit Ihnen gerechnet.« Kyra tritt zur Seite, damit die Polizisten den Klassenraum betreten können.

»Was haben Sie hier zu suchen?«, faucht Mertens sie an, während sie an ihr vorbeigeht.

»Nichts, ich wollte einfach nur ...« Kyra überlegt kurz, ob sie etwas über den Hinweis sagen soll.

»Sie sollten uns lieber nicht andauernd in die Quere kommen«, sagt Mertens. »Wir haben schon genug zu tun.«

Hinter Mertens und Bingsten steht Coby, eine der Hausmeisterinnen. »Komm. Mach dass du hier wegkommst«, sagt sie lächelnd zu Kyra. »Musst doch noch für morgen lernen. Gib dein Bestes!«

Kyra grinst erleichtert und hebt zum Abschied die Hand. Während sie hinaus auf den Flur eilt und die Treppe hinunterspringt, fragt sie sich, ob die Polizisten wohl noch etwas im Klassenraum finden werden.

Der Mörder ist schlau. Sieht zumindest danach aus. Hintergründig jedenfalls, mit seinem Hinweis auf Rembrandt. Oder er ist ein waschechter Amsterdamer, der die Geschichte der Stadt kennt. Jedenfalls ist sie den Ermittlern einen Schritt voraus. Nicht übel.

Sie radelt nach Hause, durch den Park hinter der Schule und dann hinauf auf den Nieuwendammerdijk, wo ihre Eltern zu ihrem großen Stolz vor über zwanzig Jahren ein schönes Deichhaus kaufen konnten. So ein Haus, mit dem man alle seine Freunde neidisch machen kann. Mit dem man zeigen kann, dass man es zu etwas gebracht hat. Auch sich selbst gegenüber.

Zu Hause angekommen lehnt sie ihr Fahrrad an den Zaun. Soll sie reingehen und sich noch einmal den Film mit dem toten Gaullier ansehen oder gleich mit Lot spazieren gehen?

Lot. Nein, doch lieber der Film.

Sie geht ins Haus und ruft laut Hallo, aber niemand antwortet. In ihrem Zimmer schaltet sie den Mac ein, klickt das Video an und maximiert die Darstellung. Sie hat sich das Video schon mehrmals angesehen, versucht aber, so zu tun, als sähe sie es zum ersten Mal, um vielleicht doch noch etwas Neues zu entdecken.

Alles grau in grau. Die Fähre. Jarno und der Schiffer. Dann der Mann. Der Mann, von dem sie jetzt weiß, dass es Gaullier ist. Mein Gott, wenn sie ihn sofort erkannt hätte, hätte sie womöglich angefangen zu schreien oder so. Sie stellt das Video lauter, hört aber trotzdem so gut wie nichts. Es herrscht eine Stille, als hätte es frisch geschneit. Die Leiche von Marc Gaullier hängt hilflos im Nebel.

Kein Zweifel. Das ist unverkennbar ein Verweis auf Rembrandt. Aber warum? Der Täter muss Gaullier gut gekannt haben. Gut genug, um zu wissen, dass der Künstler Rembrandt verehrte. Aber nackt war Elsje Christiaens auf dem Bild nicht. Warum also die runtergelassene Hose?

Kyra nimmt ihre Tasche, holt die Skizze der armen Elsje heraus und hängt sie neben das Foto der Leiche von Gaullier. Ein weiteres Mal schaut sie sich das Video an, auf der Suche nach anderen Verweisen auf Rembrandt oder die junge Mörderin, aber sie sieht bloß diese Gestalt, den Toten am Fluss.

Dann eben Lot. Mal kurz mit dem Hund der Nachbarinnen ein paar Häuser weiter spazieren gehen. Die drei betagten Damen wohnen in einem alten Geschäftshaus, in dem sie früher einen Kurzwarenladen betrieben. Wolle. Nähzubehör. Knöpfe. Der Laden ist schon Gott weiß wie lange geschlossen, aber die Schwestern wohnen dort noch.

Kyra geht ums Haus herum und klopft an die Küchentür. Ohne Aufforderung geht sie hinein, und die drei Alten begrüßen sie mit strahlendem Lächeln. Sofort legen sie ihr Stick- und Strickzeug aus den Händen.

»Kyra, Liebes!«

»Möchtest du Tee?«

»Nein, ich möchte nur Lot abholen«, antwortet sie. »Eine Runde spazieren gehen.«

Die jüngste der Schwestern steht auf und holt den Hund aus dem Wohnzimmer – einen unglaublich großen Schäferhund, den die alten Damen von einem verstorbenen Sohn geerbt haben. Lot wedelt fiepend mit dem Schwanz, weil sie weiß, was sie erwartet: eine halbe Stunde Rennen und Schnüffeln im Vliegenbos.

7

Im Internet und im Fernsehen ist der Teufel los. Mertens hat sich ein Video nach dem anderen auf dem Computer angesehen und sogar die Abendausgabe der unterkühlten Tageszeitung NRC Handelsblad bringt eine fette Schlagzeile über die Leiche am Fluss.

Auf dem Tisch, um den sich das Team versammelt hat, liegen Ausdrucke von Internetseiten und Zeitungsartikeln ausgebreitet.

»Er war Drogendealer und Mitglied eines großen Pädophilennetzwerks und er wurde Opfer einer Erpressung«, stellt Ivo Bitter fest. »Und das ist nur die Spitze des Eisbergs.«

»Alle spekulieren wild drauflos«, konstatiert Thomas Kuipers, einer der Ermittler.

»Vor uns liegt ein hartes Stück Arbeit«, sagt Mertens ernst. Es ist kurz nach sechs und sie hat das ganze Team zusammengetrommelt.

»Also gut, was haben wir? Einen achtunddreißigjährigen Mann, Marc Gaullier, der sehr wahrscheinlich irgendwo erschlagen wurde – der Fundort stimmt auf keinen Fall mit dem Tatort überein und der Schädel weist eine massive Verletzung auf, verursacht durch einen stumpfen Gegenstand. Der Tote wurde an einem Laternenpfahl aufgehängt am Fluss gefunden. Morgen früh ist die Autopsie, Niels und ich werden dabei sein. Der Tote wurde bereits von seinem Bruder eindeutig identifiziert. Die Ehefrau des Opfers hat bei der Befragung erklärt, dass sie keinerlei Verdacht hat, wer ihren Mann ermordet haben könnte und welches Motiv dahinterstecken könnte.«

Mertens fasst weiter zusammen, dass Marc Gaullier am Wochenende in Brüssel war, am Samstagmorgen zuletzt gesehen wurde und sein Bruder eventuell Informationen über die Geschäftspartner habe, mit denen er sich in Brüssel treffen wollte.

»Wie ist der sonstige Stand der Ermittlungen?«, fragt sie. »Thomas, fang du an.«

Thomas Kuipers strafft den Rücken und legt los:

»Die geschäftlichen Aktivitäten Gaulliers sind ziemlich breit gestreut. Er hat Privatunterricht gegeben in seinem Atelier. Zehn Unterrichtsstunden zu zweihundertfünfzig Euro. Er gab mehrmals die Woche abends Kurse, vom Malen für Senioren bis zum Zeichenunterricht für Kinder. Da kommt ein bisschen was zusammen, reich wird man damit aber nicht.

Wesentlich mehr eingebracht hat ihm der Verkauf seiner eigenen Werke, aber ich habe den Eindruck, dass er schon seit längerer Zeit nicht mehr übermäßig produktiv war.

Er hat für verschiedene Institutionen als Gutachter und Berater gearbeitet. Das brachte ihm ein paar Tausend Euro im Jahr ein, aber sonderlich lukrativ war das auch nicht. Eher eine Prestigetätigkeit.

Interessant ist allerdings seine Galerie und der dazugehörige Kunsthandel. Offenbar eine ziemlich gut gehende Firma. Eine Menge Ausstellungen, ein guter Name in der Branche, viel Prominenz unter den Kunden, aus den Niederlanden, aber auch aus dem Ausland – Politiker, Schauspieler und so weiter. International aktiv. Import, Export. Wir haben weitere Informationen angefordert, ich erwarte morgen die ersten Ergebnisse. Jahresabrechnungen, Steuerunterlagen usw. Es scheint, als hätte er mehrmals staatliche Förderungen erhalten. Über die genaue Geschäftsform der Firma und ob es noch weitere gibt, wissen wir noch nichts, ebenso wenig über die Eigentumsverhältnisse und welchen persönlichen Anteil Gaullier daran hatte. Wir haben eine Liste von Leuten angelegt, mit denen Gaullier zusammengearbeitet hat, aber sie ist noch lange nicht vollständig. Eine Verbindung nach Brüssel oder Informationen über das Projekt, von dem du erzählt hast, Maud, waren auf die Schnelle nicht zu ermitteln. Aber auf offensichtliche Differenzen mit irgendeinem Geschäftspartner deutet bislang nichts hin. Definitiv lässt sich das zu diesem Zeitpunkt aber natürlich nicht ausschließen.«

Kuipers schweigt.

»Gesamteindruck?«, fragt Bitter.

Maud Mertens muss ein Lächeln unterdrücken. Es ist weder der richtige Ort noch seine Aufgabe, den Vorgesetzten zu markieren, aber er kann einfach nicht anders, das weiß sie. Eine automatische Reaktion. Nicht böse gemeint.

»Ja«, sagt sie. »Dein Gesamteindruck, Thomas?« Alle am Tisch grinsen und Einsatzleiter Bitter interessiert sich auf einmal sehr für sein vor ihm stehendes Glas Wasser.

»Okay«, sagt Kuipers. »Viele Aktivitäten. Bezahlte und unbezahlte. Mehrere Firmen, verschiedene Rechtsformen. Viele Beteiligte. Verschiedene Einnahmequellen, die wichtigsten sind Galerie und Handel. Keine Konflikte.«

»Gut, danke«, sagt Mertens, und Bitter trinkt wohlweislich noch einen Schluck von seinem Wasser.

»Jolanda?«

»Geld regiert die Welt«, antwortet die angesprochene Kollegin. »Und Gaullier war sich dessen, wie es aussieht, durchaus bewusst. Myrthe Gaullier, geborene van Dalen, besitzt ein hübsches Vermögen. Fast zwei Millionen Euro.«

Einige Kollegen am Tisch pfeifen.

»Aber sie ist nicht diejenige, die ermordet wurde«, erinnert Jolanda das Team hintergründig lächelnd. »Gaullier selbst war nicht unvermögend, aber seine Frau ist wesentlich wohlhabender. Es existiert ein Ehevertrag, kein gemeinsames Vermögen. Das Geld der Frau stammt aus einer Erbschaft. Sie hat vor etwa fünf Jahren beide Eltern verloren, Verkehrsunfall in Belgien, keine Geschwister. Es war eine große Summe Bargeld vorhanden, dazu eine Villa in Südfrankreich und ein schönes, abbezahltes Haus in Overveen.

Marc Gaullier besaß diverse Sparkonten sowie einen Fondssparplan. Insgesamt knapp über zweihunderttausend Euro. Gebt uns ein paar Tage. Es kann eine Weile dauern, bis wir das Gesamtvermögen ermittelt haben.«

Die Anwesenden nicken. Alle wissen, dass Geld häufig ein Motiv ist.

»Jedenfalls sieht es so aus, dass seine Frau auf keinen Fall ein Motiv hatte, ihn des Geldes wegen umzulegen«, bemerkt John, ein älterer Kollege.

Zustimmendes Brummen. Mertens nickt wieder. Sie ist zufrieden. Bis jetzt hat ihr Team sehr schnell gearbeitet. »Myrna«, sagt sie. »Was ist bei der Nachbarschaftsbefragung rund um das Haus der Gaulliers herausgekommen?«

»Tja«, sagt Myrna. Sie wirkt unsicher. Sie ist erst seit Kurzem dabei, und man spürt genau, unter welchem Druck sie steht, sich noch beweisen zu müssen. »Wir haben einige Leute aus der Umgebung befragt, aber nicht alle sind zu Hause gewesen.« Sie blättert durch ihre Unterlagen, findet aber anscheinend nicht, was sie sucht. »Wir haben die Nachbarn ein paar Häuser weiter gesprochen, die direkt daneben und die aus dem daran angrenzenden Haus.« Sie schaut erwartungsvoll in die Runde und Mertens sieht allen an, dass sie denken: Ja, und?

»Leider konnten sie uns nicht viel sagen. Nur, dass er Künstler war, seine Frau nicht berufstätig ist, sondern zu Hause, und dass sie gerne im Garten arbeitet. Die Gaulliers wohnen seit ungefähr acht Jahren dort. Oder waren es fünf? Ich schau mal nach.« Wieder blättert Myrna in ihren Unterlagen. »Ja. Fünf. Fünf Jahre.«

»Gab es Streitigkeiten?«, fragt Mertens. »Hat sich das Ehepaar manchmal angeschrien? Laute Partys gefeiert? Freunde, die häufiger zu Besuch kamen?«

»Nein, nichts«, stottert Myrna. »Nicht, dass ich wüsste. Einer der Nachbarn hat sich über die vielen Leute beklagt, die ins Atelier zum Unterricht kamen, weil sie den Anwohnern manchmal die wenigen Parkplätze wegnahmen. Solche Sachen. Aber ansonsten nichts Besonderes.«

»Besten Dank, Myrna«, sagt Mertens und wendet sich an Ivo Bitter. »Eine kleine Presseschau hatten wir ja schon. Aber wie sieht es im Detail aus?«

»Das willst du gar nicht so genau wissen. Alle stürzen sich drauf. Die eine Hälfte der Niederlande ergötzt sich an den Horrorgeschichten, die andere schreit laut nach Rache.« Er holt tief Luft. »Auf jeden Fall genug Futter für die Titelseiten. Auch die Klatschsendungen im Fernsehen beteiligen sich an der Leichenfledderei.«

»Halleluja«, sagt Bingsten mit angewidert verzogenem Gesicht.

»Eine Freundin von mir arbeitet beim Fernsehen«, fällt Myrna begeistert ein. »Sie hat mir über WhatsApp geschrieben, dass sogar eine Livesendung geplant war.«

»Wie nach einer Katastrophe?« Mertens kann ihr Erstaunen nicht verbergen.

»War aber zu teuer«, sagt Myrna entschuldigend.

»Gleich um 19:30 Uhr gibt Tijssen eine Pressekonferenz«, sagt Bitter zu Mertens. »Du musst auch hin. Und natürlich wurde schon eine Erklärung rausgegeben. Du weißt, wie das läuft. Es wird nichts Neues gesagt werden, nur, dass wir mit Hochdruck ermitteln.«

Erik Tijssen, der Polizeipräsident, ist ein gefürchteter Vorgesetzter. Nach außen hin ruhig und freundlich, aber im Dienst hart und unnahbar. Ein Mann, der auch vor unangenehmen Maßnahmen nicht zurückschreckt.

»Prima«, sagt Mertens. »Wir kriegen also ein Sonderbudget.«

Bitter weicht ihrem Blick aus.

»Sonst noch was?«, fragt sie. Niemand reagiert und Myrna beginnt, ihre Sachen zusammenzupacken. Alle anderen bleiben reglos sitzen.

»Ich habe da noch eine Kleinigkeit«, sagt sie scharf. »Obduktion ist, wie gesagt, erst morgen, aber ein paar Informationen haben wir schon. Die Todesursache war Asphyxie, also nicht die Schädelverletzung. Wie genau er getötet wurde, wissen wir noch nicht. Wahrscheinlich nicht durch Erhängen, sondern durch Erwürgen. Neben der Wunde am Hinterkopf gibt es ein paar Schnittwunden auf der Brust, und – aber das darf auf keinen Fall nach außen dringen – sein Mund wurde mit Sekundenkleber verschlossen.«

Die Ermittler blicken überrascht auf. Sogar Ivo Bitter brummt erstaunt.

»Er schlitzt dem Opfer die Brust auf«, sagt er, »schlägt ihm den Schädel ein, erwürgt ihn, klebt den Mund mit Sekundenkleber zu und hängt den Toten mit nacktem Unterleib am Fluss auf. Mit was für einem Irren haben wir es hier bitte zu tun?«

Mertens schaut ihn an und nickt. Wenn ich das bloß wüsste, denkt sie, dann würde ich ihn schneller erwischen.

»Der Rechtsmediziner hat gesagt, er hätte irgendetwas im Mund. Es fühle sich weich an. Wie Pudding, meinte er. Morgen erfahren wir mehr. Von der Spurensuche am Tatort erwarte ich mir übrigens nicht viel. Wir haben einen ganzen Berg Material sichergestellt, wie er halt an so einem Ort rumliegt. Alle mögliche DNA, die unterschiedlichsten Fingerabdrücke. Zehn zu eins, dass wir nichts finden, aber suchen müssen wir trotzdem. Der Strick, mit dem das Opfer aufgehängt worden ist, könnte ebenfalls nützliche Informationen liefern, aber das wird alles noch untersucht. In diesem Augenblick konzentrieren wir uns vor allem auf die Art und Weise, wie das Opfer hochgezogen wurde. Das muss sehr viel Kraft gekostet haben. Außerdem versuchen wir herauszufinden, wie das Seil an der Laterne befestigt wurde. Der Pfahl ist fast sechs Meter hoch, das war ein echtes Kunststück. Wir sprechen uns morgen wieder.«

Mit einem Nicken beendet Mertens die Besprechung. Sie schaut auf ihre Armbanduhr. Kurz vor halb acht. Zu spät, um noch etwas zu Abend zu essen. Sie muss zur Pressekonferenz.

»Ich habe noch eine Frage«, meldet sich Myrna plötzlich. »Ist eigentlich das Flussufer abgesucht worden? Ich meine, sind Taucher im Wasser gewesen, an der Stelle, wo das Opfer gefunden wurde?«

Mertens beißt sich auf die Innenseite der Wange. Wie hatte sie das bloß vergessen können? Warum war ihr das nicht in den Sinn gekommen? Sie wird alt, das ist es, ihr Kopf ist so löchrig wie Käse. Vielleicht ist er aber auch einfach zu voll. So voll, dass nichts mehr reinpasst.

»Gute Idee«, sagt sie kühl. »Organisiere das gleich für morgen früh, Myrna.«

Auf ihrem Spaziergang – Stöckchen werfen, Stöckchen annehmen, Stöckchen werfen – geht Kyra in Gedanken noch einmal alles durch.

Marc Gaullier wurde an einem Galgen am Fluss aufgehängt. Der Täter hat sich dabei große Mühe gegeben. Sein Hass muss tief sitzen. Ein Gefühl, das sehr heftig sein kann, ist Eifersucht. Aber der Mord an Marc und das Aufhängen wirkt auf sie nicht wie die Tat einer Frau. Das ist nichts für eine verbitterte Geliebte oder eine eifersüchtige Ehefrau. Die Zurschaustellung, die öffentliche Rachsucht, die daraus spricht: Das kommt ihr irgendwie eher männlich vor. Notiz, denkt sie: Unterschätze nie die weibliche Fähigkeit zur Aggression. Aileen Wuornos hat 1989 innerhalb eines Jahres sieben Männer erschossen. *»This world is nothing but of evil«,* sagte sie in einer Dokumentation. *»We have evil in us, all of us.«*

Es gibt noch mehr weibliche Serienmörder in der Geschichte. Viel mehr. Etliche von ihnen werden in dem Buch *Serial Killer Files* beschrieben, das ihr Jarno letztes Jahr zu Weihnachten geschenkt hat – in einem Bibelschutzumschlag. Studentenhumor, meinte er.

Eine wütende Frau. Warum nicht? Allerdings muss der Täter außergewöhnlich stark sein. Wie viel Kraft braucht man, um so eine Leiche da hochzuziehen? Zwar war Marc weder kräftig noch besonders muskulös, aber er war auch kein mickriges Kerlchen. Ein wütender Mann? Könnte auch sein.

Kyra folgt dem schmalen Weg zwischen den Büschen und den hohen Bäumen des Vliegenbos. Es ist spät am Nachmittag, aber hier hat man schon den Eindruck, es wäre Abend. Das Unterholz und die Bäume haben ausgeschlagen, und das frische Laub schirmt das Sonnenlicht ab. Ganz deutlich sieht sie das aschfahle Gesicht Marc Gaulliers vor sich. Die Flecken rund um seinen Mund. Die wächsernen Hände. Der kleine Streifen weiß, der zwischen seinen Augenlidern hindurchschimmert.

Sie erschauert und ist froh, dass Lot mit einem Ast auf sie zugerannt kommt.

»Brav!«, ruft Kyra lauter als nötig und setzt zu einem Sprint an. »Komm mit!« Lot lässt den Ast fallen und rennt hinter ihr her und an ihr vorbei. Kyra wird langsamer.

Wie stellt man das an? Man hat einen toten Mann. Im Auto. Wo sonst? Nicht hinten auf dem Fahrrad. Man parkt in der Nähe der Fähre. Man springt aus dem Auto und ... Wirft ein Seil über den Laternenpfahl? Nein, der ist viel zu hoch. Dafür müsste man Olympiasieger im Lassowerfen sein. Und an so einem Pfahl hochzuklettern ist viel zu knifflig. Also braucht man eine Leiter oder etwas Ähnliches. Auf jeden Fall.

Man holt die Leiter aus dem Auto und stellt sie gegen den Pfahl. Man klettert hinauf, das Seil über der Schulter. Dann wirft man es darüber. Schleudert es. Vielleicht misslingt es beim ersten Mal und auch beim zweiten. Jedes Mal muss man das Seil zurückziehen, aufrollen, zielen und noch einmal werfen. Der Täter keucht. Dann schafft er es. Er lässt das lange Seil hinunter, bis das Ende fast auf dem Boden hängt. Hat er vorher schon eine Schlinge geknüpft? Zeit ist ein entscheidender Faktor. Er hat es eilig.

Sobald das Seil richtig hält, rennt er zum Auto. Er schleppt die Leiche zum Pfahl, legt ihr die Schlinge um den Hals und zieht. Das Gewicht wiegt schwer; wie von Sinnen zieht er am anderen Ende des Seils, aber er ist so wütend, dass es ihm gelingt. Inzwischen schwitzt er wie verrückt. Dann ein fester Knoten. Er hängt. Fertig. Der Täter hat wenig Zeit, sich am Resultat seiner schweren Arbeit zu ergötzen. Schnell weg.

Was für ein Aufwand. Wer nimmt so etwas auf sich? Nur jemand mit einer starken Motivation. Aber wer bloß? Und warum? Was Mertens bisher wohl in Erfahrung gebracht hat? Hat sie schon alle Puzzlesteine zusammengesetzt? Weiß sie, wie sich das Ganze abgespielt hat?

Lot schnüffelt in den Sträuchern, den Schwanz hoch, den Kopf tief, und achtet zugleich genau darauf, wo Kyra ist. Wie sehr sie diesen Hund liebt. Schon kurz nachdem sie die betagten Schwestern besser kennengelernt hat, hat sie ihnen angeboten, regelmäßig mit Lot spazieren zu gehen. Die alten Damen haben sie gut erzogen. Sie sind alt, wissen aber genau, was sie wollen und wie alles sein muss. Gemeinsam haben sie über zweihundert Jahre Erfahrung mit dem Leben. Und mit dem Tod.

Als sie in die Küche der Damen zurückkehrt, setzt sie sich kurz an den Tisch und erzählt von dem toten Lehrer.

»Doch nicht etwa der Mann, der weiter oben am Deich wohnt?«, fragt Ella, die älteste der Schwestern.

»Doch«, bestätigt Kyra. »Genau der.«

»Ach, du liebe Güte!«, seufzt Mina. »Neulich habe ich ihn noch mit seiner Frau spazieren gehen sehen.«

»Tragisch«, sagt Nine kopfschüttelnd. »Aber er hat ein gutes Leben gehabt. Schönes erlebt. Das schon.«

»Aber er war zu jung.« Mina sieht ihre Schwestern an. »Viel zu jung.«

»Ich habe vor ein paar Wochen von ihm geträumt«, erzählt Ella. »In der Zeitung stand ein Artikel über ein neues Projekt von ihm. Ich weiß nicht mehr genau, was es war, aber an jenem Abend träumte ich von ihm, jedenfalls träumte ich, wir hätten ein Bild von ihm gekauft. Es war so groß, dass es nicht in die Küche passte. Wir haben uns gestritten, weil wir es gegen ein kleineres eintauschen wollten, er uns dafür aber kein Geld, sondern als Entschädigung nur ein paar Rollen Blümchentapete zurückgeben wollte.«

Ellas Schwestern lachen, nur sie selbst nicht.

»Wirklich!«, ruft sie. »Warum glaubt ihr mir nie?«

»Ich glaube dir, Ella«, sagt Kyra lachend. »Aber du musst zugeben, dass auch eine Tapete von Marc Gaullier nicht schlecht gewesen wäre. Er hat sie doch bestimmt von Hand bemalt, oder?«

Ella murmelt, sie wisse es nicht mehr, und beugt sich gekränkt über ihr Strickzeug. Sie kettet die letzte Masche ab und schneidet zornig den Faden durch.

»So«, sagt sie. »Fertig.«

Lot hebt den Kopf, um sich zu vergewissern, dass nicht mit ihr geschimpft wurde. Zufrieden streckt sie sich in ihrem Korb aus und schläft ein.

»Aber es ist trotzdem traurig«, seufzt Mina nochmals. »Wirklich sehr traurig. Und er hing bei der Fähre? Warum? Wer macht denn so etwas?«

»Jemand mit einer Mordswut im Bauch«, stellt Ella fest. »Jemand, der von Hass vergiftet ist. Jemand, der mit seinen Taten Aufmerksamkeit erregen will, der ein Publikum braucht. Eine Bühne. Der ist noch nicht fertig. Denkt an meine Worte.«

Eine Stille tritt ein, in der Kyra darüber nachdenkt, was Ella gesagt hat. »Na dann.« Sie steht auf. »Lot hat sich richtig müde gerannt. Morgen komme ich wieder.«

»Lern du nur schön brav für die Schule«, mahnt Nine. »Dein Abschlusszeugnis bestimmt über dein ganzes Leben.«

»Mache ich.« Kyra lächelt und schlüpft rasch zur Tür hinaus, bevor sie wieder eine Mütze, einen Schal oder einen viel zu großen Pullover geschenkt bekommt. Sie hat sich vorgenommen, Zusammenfassungen durchzugehen, den ganzen restlichen Abend, mit Stöpseln in den Ohren. Chemie wartet. Und ein echter Mord.

8

Dienstag

Es ist bitter kalt so früh am Morgen und Mertens verflucht sich, weil sie keinen wärmeren Mantel angezogen oder wenigstens einen Schal im Auto liegen hat. Die Taucher machen sich bereit, ins Wasser zu gehen.

»Ich bin ja kein Angsthase«, sagt Bingsten, »aber mich würdest du nie in so einem bleischweren Anzug und nur mit ein paar Schläuchen und Strippen gesichert ins Wasser kriegen.«

»Ich bin früher ab und zu tauchen gegangen«, erzählt Mertens.

»Du?«

»Ja, in Vinkeveen. Oostvoornsemeer. Aber hier bei uns sieht man meistens unter Wasser nichts. Es ist immer trübe. Man taucht in eine Art dünner Erbsensuppe.«

»Das ist Masochismus.«

»Man hört sich selbst laut keuchen. Und wenn man in Gefahr gerät, kann man praktisch nichts tun, weil man sich in so einem Anzug mit der ganzen Apparatur kaum bewegen kann.«

»Siehst du!«

»Auch vor der Taucherkrankheit hatte ich immer Angst. Dass sich mein Blut in Johannisbeerlimonade verwandeln und ich durch die Bläschen einen grausigen Tod sterben könnte.«

Bingsten blickt mit immer besorgterem Gesicht auf die Taucher, die langsam unter der Wasseroberfläche verschwinden.

»Und diese Kerle«, sagt er, »wissen auch noch, dass sie auf der

Suche nach einem Menschen sind. Der dann plötzlich in der grünen Suppe auftaucht, von der du erzählt hast. Wie ein Geist.« Niels Bingsten vergräbt die Hände tief in den Taschen und zieht die Schultern hoch.

»Ich habe gesagt, dass sie alle mit Algen bewachsenen Fahrräder liegen lassen dürfen. Ich will nur das, was vor Kurzem reingeworfen wurde.«

Sie warten und starren auf die Luftblasen, die in großen Mengen zwischen den Wellen aufsteigen.

»Wenigstens ist der Wind heute nicht so stark«, stellt Mertens fest. »Denn dann sieht man unten nämlich rein gar nichts.«

»Das finde ich noch am allergruseligsten. Dass man plötzlich eine Hand auf sich fühlt oder plötzlich mit der Nase auf so eine aufgedunsene Wasserleiche stößt.«

Mertens schüttelt den Kopf und versucht, das Bild von sich abzuschütteln. Eine Leiche, die lange im Wasser gelegen hat, ist tatsächlich kein schöner Anblick. Wobei jede Leiche anschwillt. Sie hat einmal einen Mann gesehen, der schon ein paar Wochen tot war, bevor jemand etwas gemerkt hatte. Sein Bauch war grün angelaufen durch die Verwesung in seinen Gedärmen, und die Haut an den Beinen hatte sich durch Blasenbildung teilweise gelöst.

Gleich kein Kaffee, denkt Mertens. Kein Croissant vom Bäcker. Besser, mein Magen bleibt noch ein bisschen leer. Zu ihrem Ärger sieht sie schon wieder einen Journalisten kommen. Woher wissen die bloß, dass sie hier bei der Arbeit sind? Kurze Zeit später hält ein Kleinbus am Café *De Pont*, und ein ganzes Kamerateam steigt aus. Sie kann nichts dagegen unternehmen. Die Öffentlichkeit hat ein Recht auf Informationen, und dies beinhaltet offenbar auch, dass Journalisten mit ihren Kameras jede Bewegung der Kripo verfolgen dürfen. Vielleicht sollte sie mit ihrem Team mal im Büro einer Redaktion einmarschieren. Sie würden sich im Kreis um den Computer eines Journalisten setzen, der gerade einen Artikel schreibt. Und dann untereinander besprechen, was geschrieben wird. Ob das auch stimmt. Ob es gut formuliert ist.

Sie brummt, als kurz darauf eine große Menge von Blasen an der Oberfläche erscheint.

»Oh, nein, die haben doch nicht etwa …«, sagt Bingsten, während sie näher ans Ufer herangehen.

»Scheiße«, sagt Mertens. »Also doch.«

Zwei Taucher kommen mit einer glänzenden Teleskopleiter nach oben. Die Journalisten setzen sich in Bewegung. Schreibt um euer Leben, Jungs, denkt Mertens. Filmt, als könntet ihr einen Oscar damit gewinnen.

»Verdammt!«, flucht Bingsten. »Die wäre uns beinahe durch die Lappen gegangen.«

Mertens schnaubt. Es konnte ja auch gar nicht anders sein. Warum hat sie nicht sofort daran gedacht? Der hängt den Kerl auf und wirft die Leiter über den Zaun. So ging es am schnellsten. Und am einfachsten. So hinterließ er die wenigsten Spuren. Denn falls Spuren daran gewesen sind, wurden sie bestimmt inzwischen abgewaschen. Doch man weiß nie. Das Ding muss unverzüglich mit einer Lupe untersucht werden, die so groß ist, dass ihre blinde Oma damit noch Beweise gefunden hätte.

Sie gehen auf den Fund zu. Die Taucher sind bereits dabei, ihn in einen Lkw zu verfrachten.

»Augenblick!«, ruft Mertens und stellt sich in die Öffnung des Laderaums. »Siehst du das?«, fragt sie Bingsten. Er nickt. Seitlich an der Leiter hängen noch einige lange Stränge von grauem Klebeband.

»Sollen wir noch weitersuchen?«, fragt der Einsatzleiter.

»Ja. Noch ein Tauchgang«, antwortet Mertens. »Wo ihr jetzt schon mal hier seid.«

Sie kehren zurück an den Fluss. Während des Wartens klingelt Mertens Handy.

»Ist es schon sieben Uhr?«, fragt Bingsten, während sie sich meldet.

»Guten Morgen, Liebling.« Die Stimme ihrer Mutter klingt sanfter als sonst.

»Geht es dir gut?«, fragt Mertens.

»Ich bin müde.«

»Dann geh doch noch ein bisschen ins Bett.«

»Ich habe schlecht geschlafen.«

»Dann mach doch nach dem Frühstück noch ein Nickerchen, Mama.«

»Ich glaube, ich lege mich noch ein bisschen hin.«

»Ja, das ist gut.«

Doch ihre Mutter hat schon wieder aufgelegt. Sonntag muss ich mal bei ihr vorbeischauen, denkt Mertens. Über Müdigkeit zu klagen ist nicht typisch für ihre Mutter.

Sie warten noch eine halbe Stunde und Mertens muss sich zusammenreißen, um die Geduld zu bewahren. Wieder dreißig Minuten verschwendet. Und das, obwohl die ersten achtundvierzig Stunden entscheidend sind.

»Wir gehen«, wirft sie Bingsten zu, der sie die ganze Zeit grinsend beobachtet. Er kennt sie besser, als ihr lieb ist, verdammt noch mal.

Sie fahren zurück ins Präsidium, um das Auto von Bingsten zu parken, und danach weiter in die Forensik zur Obduktion von Marc Gaullier.

Im Auto schweigen sie, jeder in seine eigenen Gedanken versunken. Mertens stöpselt die Ohrhörer des Headsets ein und ruft die verschiedenen Beteiligten an, um die Tagespläne und Aufträge aufeinander abzustimmen. Bingsten redet währenddessen mit den eigenen Teammitgliedern und hakt nach, wie es mit den Ermittlungen läuft. Mertens überlegt einen Moment, Barbara Ruigbot anzurufen und sie nach der Pressekonferenz von gestern und den Morgenzeitungen von heute zu fragen, aber was gibt es eigentlich zu sagen? Im Kopf überprüft sie, ob sie wirklich nichts mehr übersieht. Die Autopsie, die ist im Augenblick am wichtigsten. Sie denkt an den zugeklebten Mund. Auf das Ergebnis ist sie hoch gespannt.

Sie weiß, dass Bingsten es hasst, bei einer Obduktion zuschauen zu müssen. Ihr macht es nicht viel aus. Es muss nun einmal sein. Gemeinsam mit dem Rechtsmediziner untersuchen sie immerhin zwei Seiten desselben Todes: Was verrät die Leiche und was verraten die anderen Hinweise? Es ist wichtig, sich selbst ein Bild zu machen. Noch wichtiger ist es, die Informationen, die sich daraus ergeben, so schnell wie möglich in die übrigen Ermittlungen einzubinden. Deswegen wünscht sie, die Obduktion wäre bereits vorbei: Nicht, weil ihr das zu morbide wäre, sondern weil sie es eilig hat. Diese ständige Hektik ist ein echtes Problem: Man wird vergesslich, übersieht wichtige Details. Begeht fatale Fehler.

»Fahr hier ab«, sagt Niels Bingsten und Mertens reißt das Steuer herum. Erst danach schaut sie in den Rückspiegel und setzt den Blinker.

Es ist still in der Schulkantine. Dienstagmorgen, 8:30 Uhr. Die meisten Schülerinnen und Schüler sitzen im Unterricht, während die Abiturienten kurz vor der Prüfung noch nervös einen Kaffee in der Kantine holen.

»Soll ich mich jetzt freuen, dass wir die leichtesten Fächer zuerst haben, oder gerade nicht?«, fragt Sophie die Gruppe von Mädchen, die bei Kyra am Tisch sitzt. »Wär mir eigentlich lieber gewesen, erst die schwierigen hinter mich zu bringen.«

»Aber so baut man Selbstvertrauen auf«, antwortet Luna. »Ich finde das gut.«

»Fünf Prüfungen in drei Tagen«, stellt Kyra fest, »das ist schon heftig. Donnerstag, Freitag und das Wochenende frei.«

»Ich habe diese Woche noch Management und Organisation«, seufzt Sophie. »Ich wünschte, ich hätte auch vier Tage am Stück frei.«

»Morgen Kunst«, sagt Kyra. »Das ist nicht schwer.«

»Sakrale Kunst, höfische Kunst, bürgerliche Kunst und dann noch die Moderne«, seufzt Chantal, sichtlich zu Tode gelangweilt.

»Das ist so viel zu lernen, und das soll nicht schwierig sein?« Wie so oft sind Sophie und Kyra nicht der gleichen Meinung. »Ich gehe.«

»Warte.« Kyra hält sie zurück. »Ich würde gerne eine Liste der Mädchen aufstellen, die bei Gaullier Extraunterricht hatten.«

So merkwürdig es auch ist, aber der Tod Gaulliers bietet ihr eine gute Gelegenheit fertigzustellen, was sie schon vor ein paar Monaten begonnen hat. Die Liste der Namen hängt in ihrem Zimmer, neben dem Foto des toten Mannes am Galgen.

»Wie bitte?« Wieder Luna. Die würde sogar zickig reagieren, wenn man ihr einen Heiratsantrag machte.

»Ich will selbst ermitteln«, erklärt Kyra. »Und irgendetwas werden wir der Polizei schließlich sagen müssen. Die finden das sowieso raus, das mit den Unterrichtsstunden. Dass das alles ziemlich grenzwertig war. Vielleicht auch grenzüberschreitend.«

Auch Wim kann jetzt nicht mehr ignorieren, was sie ihm schon vor einiger Zeit über Gaullier erzählt hat.

»Wir haben doch gestern darüber geredet«, erwidert Luna. »Wieso übertreibst du auf einmal so? Wie schlimm ist es denn gewesen?«

»Jetzt komm schon«, entgegnet Kyra. »Sei doch mal ehrlich. Wir wissen alle, dass es ziemlich schlimm war.«

Niemand sagt etwas.

»Das ist deine Meinung«, sagt Sophie schließlich.

»Stimmt.«

»Die kommen nie dahinter. Wer sollte es denn erzählen? Niemand.« Sophie sieht sie verärgert an.

»Ich will einfach nur eine Liste aufstellen. Nachsehen, ob eine Verdächtige dabei sein könnte.«

»Du willst uns auf die Liste setzen?«, fragt Luna bissig. »Bist du bescheuert oder was?«

»Das habe ich doch gar nicht gesagt!«

»Meine Güte.« Chantal ist auch sauer. »Du tust gerade so, als gäbe es irgendeinen Zusammenhang. Zwischen uns und seiner Ermordung. Wovon redest du überhaupt?«

»Ich hatte das Gefühl, dass er sich an mir aufgegeilt hat«, erklärt Kyra. »Du warst doch auch dabei, oder? Deswegen will ich eine Liste machen. Vielleicht ist irgendjemand ausgeflippt. Und das sollte die Polizei wissen.«

»Kommt gar nicht infrage«, erwidert Luna heftig. »Das geht die einen Scheiß an.«

»Mensch, Kyra.« Sophie schlägt sich nun auch auf Lunas Seite. »Er hat schließlich keine von uns vergewaltigt, oder? Ich finde nicht, dass wir unsere Zeit damit verschwenden sollten.«

Luna und Sophie schütteln den Kopf. Chantal seufzt.

»Aktmodelle malen.« Kyra reibt sich mit den Händen über die Wange. »Und uns dann bitten, uns auch alle auszuziehen, weil es sonst zu peinlich für das Modell wäre. Tut mir echt leid, Leute.

Und wie er die ganze Zeit in seinem durchsichtigen Leinenhemd zwischen uns herumgeschlichen ist.«

»Du tust gerade so, als sei irgendwas daran pervers gewesen!«, ruft Sophie. »Das ist komplett übertrieben!«

»Wir sollten alle einmal posieren«, sagt Luna. »Alle. Logisch.«

»Mein Gott noch mal!«, erwidert Kyra. »Euch muss doch auch klar sein, dass das nicht normal war. Das war echt schräg, Leute!«

»Fand ich nicht. Damals jedenfalls nicht. Du sagst es so, als ob … Als ob … Ach, ich weiß nicht.«

»Es war einfach immer etwas ganz Besonderes, Kyra.« Chantal lächelt melancholisch. »Weißt du noch, wie wir uns einmal bei Het Twiske den Sonnenaufgang angeschaut haben? Als wir eine Stunde auf dem Deich gesessen und meditiert haben? So etwas hat Marc gemacht. Lauter besondere Dinge. Weil er wollte, dass wir etwas fühlen. Erleben.«

»Ich habe mich bei ihm immer so gefühlt, als wären wir so was wie der *Club der toten Dichter*«, sagt Luna.

»Der was?«

»Du weißt schon. Der alte Film mit Ethan Hawke. Den habe ich mit meiner Mutter zusammen geschaut. Darin ging es auch um einen Lehrer, der mit einer Gruppe von Schülern lauter besondere Dinge macht.«

»So was Ähnliches wie *Freedom Writers* meinst du?« Chantal lächelt zufrieden, weil sie auch etwas zum Thema beitragen kann.

»Bizarr«, sagt Kyra und verdreht die Augen. »Bizarre Dinge wollte er. Ungewöhnlich, und irgendwie gruselig. Aber darum geht es doch gar nicht. Wollt ihr denn nicht, dass das Arschloch geschnappt wird, das für den Mord verantwortlich ist?«

Warum ist sie die Einzige, die durchblickt? Warum verstehen die anderen sie nicht?

»Ich finde, wir sollten nicht schlecht über Marc reden«, erwidert Sophie. »Er war nur anders als die anderen Lehrer. Er wollte, dass wir vieles selbst erfuhren, anstatt es aus Büchern zu lernen. Er war aufrichtig engagiert. Interessiert. Sollen wir ihm im Nachhinein dafür eins reinwürgen?«

»Ich werde ganz klar aufschreiben, dass wir uns geküsst haben«, entgegnet Kyra ärgerlich. »Und dass wir intim geworden sind. Wir hatten zwar keinen richtigen Sex, aber wir haben uns gestreichelt und berührt und so weiter. Als er weiter gehen wollte, habe ich Stopp gesagt.«

»Wann war das?«, fragt Sophie mit bösem Blick.

»Ungefähr vor einem Jahr, kann auch etwas länger her sein.«

»Ach, letztes Jahr, noch vor den Sommerferien also.«

»Ja, genau«, sagt Kyra nachdenklich. Sophie wirkt erleichtert.

»Und was ist mir dir, Chantal?«, fragt Kyra.

Chantal fährt mit einem Finger in kleinen Kreisen über den Tisch. »Geküsst«, sagt sie nach einer Weile. »Sonst nichts. Er hat mir von den Fantasien erzählt, die er über mich hatte. Fand ich aufregend. Aber letzten Endes wollte ich nicht. Ich fand ihn dann doch viel zu alt, weißt du. Und ich dachte auch: Was habe ich davon? Wenn ich nachgebe, ist die Spannung weg, und dann ist es vorbei. Mir hat das Spiel gefallen. Aber irgendwann hat er sich dann anderen Mädchen zugewandt.«

»Okay«, sagt Kyra sachlich. »Luna?«

»Ich sage nichts, das ist doch nur blödes Geschwätz.«

Alle schauen Sophie an, die rot anläuft.

»Nein«, sagt sie. »Bitte. Ich wollte nichts von ihm. Ich wollte nur guten Unterricht haben. Lernen. Ich dachte, ich könnte vielleicht mein eigenes CD-Cover entwerfen. So was eben.«

Sophie hat ihren Traum, Sängerin zu werden, offenbar noch nicht aufgegeben. Nach einem kurzen Abenteuer bei *The Voice of Holland*, wodurch sie immerhin landesweit bekannt geworden ist, arbeitet sie jetzt an einem eigenen Repertoire, um an der Show *Der beste Singer-Songwriter* teilnehmen zu können. Kyra findet das gut. Die meisten anderen Freundinnen finden es affig.

»Andere Namen?«

»Ich finde wirklich, dass wir nichts darüber erzählen sollten«, wiederholt Luna noch einmal, diesmal entschiedener. »Es hat einfach nichts mit uns zu tun. Ich will mich auf meine Prüfungen konzentrieren. Ich habe keine Lust auf diesen Scheiß. Warum ist er nicht zwei Wochen später ermordet worden, zum Beispiel nach den Prüfungen?«

Kyra starrt Luna mit großen Augen an.

»Ziemlich eigen«, sagt sie. »Deine Argumentation.«

»Schon kurz vor neun.« Sophie steht auf, um zu bedeuten, dass sie gehen müssen. »Die Polizei soll das selber rausfinden. Ich meine, von uns hat ihn doch keine ermordet oder?«

Die Leiche Gaulliers wartet nackt und bleich darauf, seziert zu werden. Mertens und Bingsten stehen vor dem Obduktionstisch, der Rechtsmediziner schaltet sein Diktiergerät ein und beginnt.

»Sofort ins Auge fallen die Verletzungen am Brustkorb«, sagt der und zeigt auf den Oberkörper des Toten, auf dem mehrere Einschnitte zu sehen sind.

»Der Täter hat ein Messer mit sehr dünner Klinge benutzt.«

»Das sind aber keine Buchstaben, oder? Sieht ein bisschen aus wie ein M oder ein doppeltes N«, bemerkt Mertens.

»Ich kann nichts darin erkennen«, sagt der Arzt und lächelt unsicher. »Aber das wird alles fotografisch dokumentiert.« Er zieht sich Einmalhandschuhe über. »Schön, dann wollen wir mal.«

Die Obduktion erweist sich als harte Prüfung für Mertens Geduld. Der Rechtsmediziner, ein leicht untersetzter Mann, glatzköpfig mit einem grauen Haarkranz rund um den Oberkopf, studiert die Leiche äußerst behutsam, fast so, als fürchte er, ihr wehzutun. Er arbeitet noch nicht sehr lange am Institut, aber Mertens hat ihn schon einmal bei einer Obduktion erlebt. Damals hätte sie ihm am liebsten zugeschrien, er solle gefälligst ein bisschen schneller machen. Wunden. Quetschungen. Blaue Flecken. Einschnitte. Alles wird fotografiert und ausführlich beschrieben.

Der Arzt blickt die Ermittler an und zeigt auf den Hals des Opfers. »Rote Striemen«, sagt er. »Aber das Mal ist ganz gerade, seht ihr? Er wurde also nicht erhängt, sonst würde der Striemen aufwärts verlaufen bis hier hinter die Ohren.«

Er zeigt auf die weiße glatte Haut oben am Hals von Gaullier.

Mertens nickt. »Ist klar.«

Der Arzt studiert die Innenseite der Augenlider.

»Petechien«, stellt er fest. »Kleine rote Punkte, da. Sieht man häufiger bei Ersticken.«

Der Arzt setzt die Untersuchung fort. Mertens schaut aus größtmöglicher Nähe zu, Bingsten hält sich etwas mehr zurück.

Gleich wird der weiße Mann auf dem Metalltisch aufgeschnitten werden. Rosa Fleisch. Gelbes Fett. Wie oft hat sie das schon gesehen? Herz, Lunge, Leber, Magen, Därme, Gehirn. Das einzig Interessante ist der Mund. Wenn er damit doch nur anfangen würde! Sie warten ungeduldig, während der Arzt mit seiner Arbeit fortfährt.

»Schnittwunden«, sagt er. »Flache, gerade Linien auf der Brust.«

Er beschreibt die Wunden, alles wird sorgfältig fotografiert. Dann greift er endlich sein Skalpell, um zur inneren Leichenschau zu kommen. Er klopft mit dem Griff des kleinen Messers zweimal auf den Metalltisch.

»Ich beginne mit dem Mund«, sagt er. »Die Lippen sind aufeinandergeklebt.«

Er nimmt ein paar Proben und beginnt danach äußerst vorsichtig, den Mund Marc Gaulliers aufzutrennen. Zwischendurch klopft er wieder zweimal mit der Rückseite des Skalpells auf den Tisch. Bingsten fährt sich gereizt mit den Händen über das Gesicht. Mach dir nichts aus seinem Tick, hätte Mertens am liebsten zu ihm gesagt, verkneift es sich aber. Jetzt könnte der Arzt jeden Moment die Kiefer auseinanderziehen, die Zunge und die Zähne einer gründlichen Untersuchung unterziehen, aber er schneidet immer weiter. Schneidet und schneidet. Mit monotoner Stimme kommentiert er seine Arbeit.

»Die Lippen sind mit ziemlich viel Klebstoff verschlossen. Ich treffe auf verschiedene Schichten, alle gut ausgehärtet.«

Dann klappt er die Kiefer auseinander und ein penetranter Gestank erfüllt den Raum. Der Arzt schreckt zurück. Er vergisst sogar zu klopfen.

»Verdammt!«, ruft Bingsten. »Was ist das denn?«

»Fäkalien«, sagt der Arzt.

»Scheiße!«, sagt Bingsten. »Der Täter hat seinen Mund mit Scheiße vollgestopft?«

Der Arzt nickt. »Sieht ganz danach aus.«

»Der arme Kerl ist also an Scheiße erstickt?«, fragt Bingsten. »Gütiger Gott. Das ist wirklich krank!«

Der Arzt beginnt, die Mundhöhle auszulöffeln und Mertens versucht, durch den Mund zu atmen und nicht an den Todeskampf zu denken, den dieser Mann geführt haben muss. Stattdessen versucht sie sich vorzustellen, was für ein Ungeheuer so etwas fertigbringt. Wie ein Mensch einem anderen Menschen etwas Derartiges antun kann.

»Die Zunge wurde abgeschnitten«, hört sie den Arzt sagen.

Tick, Tick. »Die Fäkalien sind …« – er löffelt und löffelt, der Gestank ist nicht auszuhalten – »vorgedrungen bis in die Nasenhöhle und die Luftröhre.« Er wendet sich an die Ermittler. »Die Spuren von Gewalt rund um Mund, Kiefer und Nase, die ich eben beschrieben habe, hängen vermutlich damit zusammen.«

»Er hat ihm die Zunge rausgeschnitten und den Mund vollgestopft«, sagt Mertens. »Danach die Lippen mit Kleber bestrichen, die Kiefer aufeinandergepresst, bis der Kleber trocken war und ihm dann die Nase zugehalten. Sehe ich das richtig?«

Niels Bingsten dreht den Kopf weg und Mertens hört ihn fluchen.

»Meine definitiven Ergebnisse lest ihr im Bericht«, erwidert der Arzt. »Aber ich befürchte, du liegst nicht weit daneben.«

»Das ist das erste Mal, dass mir als Mordwaffe ein Haufen Scheiße unterkommt«, sagt Bingsten entgeistert. »Gott verdammt noch mal.«

»Allerdings recht freundlich vom Täter, uns seine DNA zu hinterlassen. Sofern es seine eigenen Fäkalien sind.« Mertens nickt dem Arzt zu.

»Wir untersuchen das natürlich«, bestätigt er.

Nach der Untersuchung trinken sie mit dem Rechtsmediziner noch einen Automatenkaffee. Das Gesöff ist so heiß, dass Mertens sich die Finger verbrennt. Sie versucht, den Becher so gut es geht am Rand festzuhalten.

»Er war seit mindestens vierundzwanzig Stunden tot, als er aufgehängt wurde«, sagt der Rechtsmediziner. »Den Verfärbungen an den Handgelenken, Fußgelenken und am Hals nach zu urteilen, muss er gefesselt und gefoltert worden sein, bevor er erstickte. In seinem Magen habe ich neben ein wenig Stuhl nur

Reste von Blut, Joghurt, Müsli und Kaffee gefunden. Frühstück, vermute ich mal. Ansonsten ein kerngesunder Mann.«

»Wir haben also eine vermisste Zunge«, stellt Mertens fest.

»Richtig«, antwortet der Arzt. »Im ersten Moment hatte ich erwartet, sie im Magen zu finden, vielleicht in Stückchen, aber leider nicht.«

»Leider«, wiederholt Bingsten.

Der Arzt zuckt mit den Schultern. »Na ja, wie soll man es denn sonst ausdrücken?«

»Todeszeitpunkt?«, fragt Mertens.

»Irgendwann in der Nacht von Samstag auf Sonntag. In meinem Bericht werde ich eine so genaue Zeit wie möglich angeben.«

»Vielen Dank«, sagt Maud Mertens, und nippt ein letztes Mal widerwillig an ihrem Kaffee. »Ich erwarte gespannt deinen Bericht.«

9

Die Höhle ist sauber. Bereit für eine neue Runde, das nächste Opfer auf seiner Liste. Falsches Wort, Opfer. Das ruft fast Mitleid hervor. Doch für diese Art von Gefühlen ist kein Platz. Erbarmungslos. Er sollte dieses Wort auf eine der Wände schreiben. Am liebsten genau vor der Fresse seiner Beute. Je größer die Angst, desto allumfassender der Genuss, das ist ihm in den letzten Wochen klar geworden. Sollen sie ihn doch auslachen. Sollen sie doch alle Mitleid mit ihm haben, ihm vor Scham und Schuldgefühlen nicht in die Augen sehen können. Sollen sie ihn doch ignorieren und ihn höchstens, aus einem falschen Anstandsgefühl heraus, in ihrer Nähe dulden. Lass sie nur. Diese ahnungslosen Irren. Sie glauben, er würde auf dem Boden liegend krepieren, während sie irgendwo über ihm schweben. Niemand weiß, wie er tief im Inneren wirklich ist. Dieser liebe Junge. Welche Macht er über diesen ganzen Haufen von Narzissten hat.

Am schönsten ist, dass er sich in letzter Zeit so ruhig fühlt. Ja, er war wütend. Aber das ist er nicht mehr. Sie ist weg, die glühende Lava. An ihre Stelle ist harter Stein getreten. Nichts kann ihn mehr berühren. Nicht jetzt, wo er einen Plan hat. Ein Lebensziel.

Und dann der Bonus. Er hätte nie erwartet, dass der Genuss so intensiv sein würde. Die Haut, die auf den Druck des Messers hin nachgibt. Die feine rote Linie. Blut als ultimativer Beweis seiner Macht. Und dann das allerbeste: die Angst. Die zitternde, kotzende und pissende Angst.

Er schraubt das schmale Regalbrett an die Wand und tritt zufrieden zurück, um das Resultat zu begutachten. Perfekt. Er nimmt den Behälter mit der Zunge in Formaldehyd und stellt sie auf das Brett. Ein wunderbarer Anblick. Von unten beleuchtet wäre er noch schöner.

Schade nur, dass er von den ersten beiden nichts hat, aber was soll's, er lernt schließlich noch. Er wird sich schon etwas einfallen lassen. In Gedanken teilt er das Regal auf. Ungefähr zehn Gefäße in einer Reihe. Mindestens zwei Reihen, wenn er noch ein Brett aufhängt, das ist dann vorläufig mehr als genug. Wenn sich seine Wand allmählich füllt, wird er ein echter Profi sein, und dann kann ihn sowieso niemand mehr aufhalten. Dann wird es Zeit für die nächste Fantasie. Das einzige Wahre.

Er fährt mit der Hand kurz über den glatten Sitz des Stuhls und kontrolliert die Gurte und Ketten, die er daran befestigt hat. Verschiebt den Baumwolllappen, den er über die Rückenlehne gehängt hat und stellt sich vor, wie es sein wird. Wie er den bewusstlosen Mann fesseln wird. Die Angst auf seinem Gesicht, wenn er erwacht und allmählich erkennt, in welche Scheiße er geraten ist. Den Moment, in dem der Urin auf den Boden plätschert. Die ultimative Erniedrigung. Der Widerstand. Wie das Spiel beginnt.

10

»Jetzt erzählen Sie mir doch mal, wie es sein konnte, dass Sie so schnell zur Stelle waren«, fragt Mertens, als ihr Kyra Slagter gegenübersitzt. Niels Bingsten schenkt Kaffee ein. Mit einem Knall schlägt Mertens die Mappe mit den Schreiben zu, in denen die Genehmigung für die Gespräche erteilt wurde. Es ist der zweite Tag, an dem sie am Damstede Lehrpersonal und Schüler befragen, und sie hat das Gefühl, dass das alles nichts bringt.

Sie ist müde und gereizt und hat noch einen langen Tag vor sich. Vorläufig kann sie mit den Ergebnissen der Obduktion nicht viel anfangen; sie muss erst auf die Resultate aus dem Labor warten. Warten ist wirklich nicht gerade ihre Stärke. Bis dahin will sie so viele Schülerinnen und Schüler wie möglich befragen. Irgendjemand muss etwas wissen! Der Bruder Gaulliers hat die Namen der Geschäftsleute aus Brüssel gemailt. Denen will sie heute auch noch auf den Zahn fühlen.

Bisher hat noch kein einziges Gespräch etwas ergeben. Die Lehrer, mit denen sie gestern gesprochen hat, hielten Gaullier alle für einen prima Kollegen, einen tollen Pädagogen, einen netten Mann. Inspiriert, engagiert, setzte sich sowohl für die bevorzugten als auch die benachteiligten Schülerinnen und Schüler ein, war sich nie zu schade, auch mal etwas mehr zu tun – kurzum, ein Held. Aus den Schülern und Schülerinnen hat sie bis jetzt kaum etwas herausbekommen. Offensichtlich ist jedoch, dass sie ihn alle bewundert haben.

In leicht gelangweiltem Ton erzählt Kyra genau die gleiche Geschichte, die Mertens bereits von Jarno Slagter gehört hat. Ihr Bruder habe die Leiche gefunden und sie sofort angerufen. Sie sei schnell dort gewesen. Offenbar gehört sie – und übrigens auch ihr Bruder – zur Sorte Mensch, die bei einem Unglück stehen bleibt. Oder sich sogar aufs Mofa schwingt, um schnell hinzufahren, wenn sie davon hört. Eine Schaulustige. Später wird sie auf der Autobahn Staus verursachen.

Sie reden über die Schule und es stellt sich heraus, dass Kyra gerade ihren Abschluss macht und sicher ist, dass sie es schaffen wird. Sie hat einen Durchschnitt von zwei Komma fünf. In der Achten ist sie einmal sitzen geblieben.

»Und was haben Sie danach vor?«, fragt Mertens, ohne genau zu wissen, warum.

Kyra schweigt einen Moment und fragt dann zurück: »Möchten Sie nicht lieber mehr über Gaullier erfahren als über mich? Ich kann Ihnen ziemlich viel über ihn erzählen.«

»Was denn zum Beispiel?«, fragt Bingsten.

»Erstens hatte Marc Gaullier zum Beispiel eine ganze Schar von Geliebten. Frauentyp, könnte man das freundlich nennen.«

Maud Mertens richtet sich sofort auf ihrem Stuhl auf und beugt sich nach vorn. Mein Gott, warum hat ihr das bisher niemand erzählt?

»Er konnte echtes Interesse an einem heucheln«, fährt Kyra fort. »Nur hat dieses Interesse leider nie lange angehalten.«

»Woher wissen Sie das?«, fragt Mertens. Kaum zu glauben, dass diese wichtige Information nicht schon vorher an die Oberfläche gekommen ist. Schön, das ist erst der zweite Tag der Ermittlungen, aber es kann doch nicht sein, dass die Kollegen nichts davon wussten? Und wenn Kyra es weiß, dann müssen andere Schülerinnen und Schüler es doch auch gewusst haben?

»Ich weiß es eben«, antwortet das Mädchen.

Maud Mertens wippt mit dem Bein. Wenn Marc Gaullier ausgiebig und vielfach fremdgegangen ist, könnte das etwas zu bedeuten haben. Ja, ganz sicher. Aber stimmt es auch?

»Können Sie Ihre Theorie auch irgendwie beweisen?«

Aus den Augenwinkeln heraus sieht Mertens, dass Niels Bingsten die Augen nachdenklich zusammenkneift. Sie weiß, dass er das Mädchen jetzt am liebsten ordentlich unter Druck setzen würde, aber sie findet es noch zu früh. Mit einem Räuspern wirft sie ihm einen kurzen Blick zu.

»Ich habe keine Fotos von Geheimtreffen oder so etwas«, antwortet Kyra Slagter. »Ich bin keine Privatdetektivin. Aber es stimmt wirklich. Ich weiß es genau. Fragen Sie Chantal danach oder Sophie Verster. Die werden das bestätigen.«

»Sie gründen Ihre Meinung auf etwas, was Ihnen eine Freundin erzählt hat?«

»Natürlich nicht.« Kyra rutscht auf ihrem Stuhl nach vorn und legt beide Hände flach auf den Tisch. »Marc Gaullier hatte einen Malclub. Er hat Schülerinnen, die er für begabt hielt, zu sich ins Atelier eingeladen und ihnen Unterricht erteilt. Es kursieren die wildesten Geschichten über diese Abende. Ich glaube nicht alles davon, aber ich weiß genau, dass er zum Beispiel ab und zu ein Aktmodell hatte. Meistens eine ehemalige Schülerin, manchmal auch ein Mädchen, das noch zur Schule geht.«

Kyra Slagter sieht Mertens erwartungsvoll an.

»Natürlich nicht jede Woche«, fährt sie fort. »Nur an den exklusiven Abenden für eine auserwählte Gruppe.«

»War es eine Art Club?«

»Das klingt kindisch. Und als ob mehr dahintersteckte, aber so ist es nicht.«

Mertens überlegt inzwischen, ob Kyra Slagter eventuell selbst für den Toten geschwärmt hat, aber keine Chance bei ihm hatte. Hat sie deswegen eine solche Abneigung gegen ihn? Ist sie deswegen bereit, schmutzige Wäsche zu waschen?

»Marc konnte sehr überzeugend sein«, sagt Kyra ruhig und fährt mit einer Hand durch ihren langen blonden Pferdeschwanz. »Er hat sich während des Unterrichts gern reden gehört. Gab leidenschaftlich seine Ansichten über die Gesellschaft zum Besten, die er spießig und engstirnig fand. ›Wir stehen darüber, deswegen habe ich euch ausgesucht‹, sagte er dann.«

»Sagte er?«

»Ja, das sagte er. So hat er es uns erklärt. Damit vermittelte er uns das Gefühl, wir alle seien etwas ganz Besonderes. So außergewöhnlich, dass andere uns nie wirklich verstehen würden. Er hatte allerhand Theorien darüber.«

»Sie waren dabei?«

Kyra zieht die Hände vom Tisch, dreht die Handflächen nach oben und zieht erneut die Schultern hoch.

»Ja, ich war dabei. Ich war eine Weile Mitglied des Clubs. Aber ich hatte schon recht bald keine Lust mehr auf die Nummer.«

»Sind Sie von sich aus ausgetreten?«

»Ja.«

»Hat es dafür einen Anlass gegeben?«

Kyra zögert einen Moment, bevor sie antwortet und spielt mit dem Ende ihres unordentlichen Pferdeschwanzes.

»Wissen Sie, wenn Marc ein Mädchen verführen wollte, sagte er, sie hätte großes Talent. Er konnte sehr überzeugend sein. Er redete dann darüber, ihr Talent reifen zu lassen und erzählte von seiner eigenen Laufbahn. Jeder weiß, dass er eine Menge Geld mit seinen Kunstwerken verdient hat, und wer wollte das nicht? Er versprach auch, dafür zu sorgen, dass man seine Bilder ausstellen könne. Oder dass die Arbeiten über seine oder andere bekannte Galerien verkauft werden würden. Das hat er auch für Juliette Jansen getan, und die ist inzwischen ziemlich bekannt. Das war verführerisch. Man fällt unwillkürlich darauf herein. Dann erhielt man Nachhilfestunden von ihm. In seinem Atelier. Meistens musste man zunächst für ihn Modell stehen. Bei mir war das jedenfalls so. Aber wie gesagt, ich habe damit aufgehört, bevor etwas passiert ist. Ich habe mich dabei absolut nicht wohlgefühlt. Seine Frau war manchmal nebenan im Haus, während er solche Sachen in seinem Atelier abgezogen hat. Ich fand es einfach … Irgendwie pervers. Ich glaube, ich habe gespürt, dass es nur ein Spiel für ihn war. Ein kindisches Spiel, wenn Sie mich fragen. Man durfte ein bisschen mitmachen, und dann musste man gehen. Das alles führte zu nichts.«

»Wie lange hat das zwischen Ihnen gedauert?«

»Zwischen uns war gar nichts. Ich war Mitglied des Clubs, für ungefähr drei, vier Monate, glaube ich. Jeden Mittwochabend Malstunde. Ich glaube, ich habe ungefähr viermal Privatunterricht bei ihm gehabt, mehr nicht. Man könnte sagen, es hat ein bisschen gefunkt. Aber es gab kein Feuer.«

Mertens ist jetzt hellwach. Wenn Kyra Slagter wirklich Zeugin gewesen ist, wenn sie aus erster Hand erklären kann, was da los war, dann haben sie endlich etwas Brauchbares in der Hand.

»Und Sie sind sicher, dass er das auch mit anderen Mädchen gemacht hat?«

»Ja, die ganze Zeit. Aber – und das ist wichtig –, ich glaube nicht, dass er mit diesen Mädchen ins Bett ging. Das hätte ihn als Lehrer in zu große Schwierigkeiten bringen können. Er ist Risiken eingegangen, wusste aber, wo die Grenze lag. Glaube ich.«

»Aber was ist denn überhaupt passiert?«

»Eine Menge erotischer Spielchen. Er berührte uns immer wieder und tat dabei, als er erkläre er uns etwas. Ein bisschen wie

Tennislehrer oder Golflehrer das machen würden. Er stellte sich dicht neben einen, machte schöne fließende Bewegungen, verwischte Linien auf Holzkohlezeichnungen, fuhr mit seinen langen Fingern über die Hüften auf der Zeichnung oder über die Brust, rieb sanft, um die Illusion einer Rundung zu erwecken. Dann zog er mit einem harten Stück Kohle eine dunkle Linie, um eine Kontur zu akzentuieren, einen Rand unter einer Pobacke oder an einem Schenkel. Er philosophierte darüber, welche Entscheidungen man auf dem Bild trifft, die Komposition, wo es dunkel und hell ist, wie man die einzigartige Persönlichkeit des Modells durch die eigene Arbeit hervorheben kann. Dann kam er noch näher, sodass seine Lippen beinahe die Wange berührten, und man wusste: Wenn ich mich jetzt umdrehe, nur ein kleines bisschen – dann küssen wir uns.«

Stille tritt ein.

»Sehen Sie, ganz sicher bin ich mir nur bei mir« – sie zählt an den Fingern ab – »und bei Luna, Chantal und Sophie. Die sind auch Mitglieder des Malerclubs gewesen, Luna bis zuletzt. Bei anderen Mädchen vermute ich, dass irgendwas lief, aber ich weiß es nicht hundertprozentig. Man redet nicht mit jedem über solche Sachen.«

Niels Bingsten stellt mit einem Knall seinen Becher ab.

»Stellen Sie eine Liste mit Namen für uns zusammen«, fordert er.

Kyra nickt langsam.

»Okay«, sagt sie. »Ich werde mit den Mädels darüber reden. Damit ich sicher sein kann, dass niemand Probleme bekommt.«

»Also …«, beginnt Bingsten.

»Reden Sie lieber nicht vorher mit ihnen«, erwidert Mertens energisch. »Ich brauche die Liste so schnell wie möglich. Im Grunde sofort.«

»Ich stecke mitten in den Prüfungen«, entgegnet Kyra und schaut auf ihre Armbanduhr. »Gleich fängt Chemie an.«

Prüfungen. Dagegen lässt sich wenig einwenden.

»Dann eben heute Abend«, schlägt Mertens vor. »Mailen Sie sie mir.«

»Aber ich brauche ein bisschen Zeit«, stottert Kyra. »Bis heute Abend schaffe ich das nicht. Ich muss auch noch für Kunst morgen lernen.«

»Gibt es noch mehr, was wir wissen sollten?«

Kyra schüttelt den Kopf. »Ich glaube nicht«, antwortet sie.

Mertens und Bingsten nicken ihr beide – schön synchron – zum Abschied zu.

»Was hast du mit dem Mädchen?«, fragt Bingsten. »Du bist viel zu nett zu ihr.«

»Ich habe sie nur höflich gebeten, so schnell wie möglich zu machen.«

»Sie ist doch nicht etwa eine Freundin von Roos?«

»Roos geht immer noch in Amsterdam-Süd zur Schule. Die kennt hier in der Nordstadt gar keinen. Will sie auch gar nicht.«

»Das nächste Mal befrage ich sie«, sagt Bingsten mürrisch. »Es kann nicht schaden, den Druck ein bisschen zu erhöhen.«

Als Kyra die Tür hinter sich zuzieht, ist ihr klar, dass sie nicht darum herumkommt, den Polizisten eine Liste zu geben. Sie kann sich nicht weigern. Dieser Bingsten wirkt wie ein Mann, der zwar freundlich tut, aber knallhart sein kann. Warum hat Wim bloß nichts unternommen, nachdem sie ihm alles erzählt hatte? Er hätte sofort etwas tun müssen. Er hätte keine Angst haben dürfen, dass das zwischen ihnen ans Licht kommen und in Zusammenhang mit Gaulliers Praktiken gebracht werden würde. Das hatte nichts miteinander zu tun und niemand wusste etwas.

Also gut, sie würde der Kripo eine Liste geben, aber nicht von ihren Freundinnen, sondern nur von den Mädchen, mit denen garantiert nichts gelaufen ist. Damit können sie sich dann ein wenig beschäftigen, und sie selbst hat ein bisschen mehr Zeit, den anderen Mädchen Fragen zu stellen. Sie ist sich nicht sicher, ob das wirklich die richtige Entscheidung ist, aber als sie sich die Wut ihrer Freundinnen vorstellt, weiß sie, dass sie momentan nicht anders kann. Rasch rennt sie durch den Flur zur Turnhalle. Prüfung Nummer drei.

11

Kildermorie, Schottisches Hochland

Das Mädchen kauerte sich zusammen. Wie konnte sie nur so dumm sein, das Essen dort liegen zu lassen? Sie starrte die Brottüte an, als könnte sie sie durch geistige Kraftanstrengung zu sich heranziehen. Sie musste sie haben! Der Hunger war einfach größer als die Angst. Vorsichtig rutschte sie ein kleines Stück nach vorn und streckte die Hand aus.

Als sie das runde Gesicht einer blonden Frau knapp über dem Boden auftauchen sah, stieß sie unwillkürlich einen Angstschrei aus. Die Frau schrie vor Schreck ebenfalls auf.

»Mein Gott!«, rief sie, nachdem sie aus dem Blickfeld des Mädchens verschwunden war. »Mein Gott! Habe ich es nicht gesagt? Phil!«

Das Mädchen zog sich schnell zurück, so weit wie möglich in den Spalt hinein, bis sie zwischen dem wuchtigen Felsblock und der Erde feststeckte. Sie zitterte am ganzen Leib und schloss die Augen, leise und unverständlich vor sich hin murmelnd.

»Sie ist noch ein Kind«, sagte der Mann, dessen Gesicht jetzt vor der Öffnung erschien.

»Oder ein junges Mädchen, vielleicht eine junge Frau«, meinte die Frau, die mit einem harten Dialekt sprach. »Komm, Mädchen, komm raus, was machst du denn da in Gottes Namen?«

Der Mann zog ihre Hose zu sich hin.

»Sind das ihre Kleider? Oh nein, Mabel, ist sie etwa nackt da reingekrochen?«

Mabel beachtete ihren Mann nicht – das tat sie schon seit Jahren nicht mehr – und untersuchte, wonach das Mädchen gegriffen hatte. Langsam, ihre übliche Zurückhaltung und Vorsicht überwindend, ließ sie sich auf den Bauch hinunter und rutschte ein wenig nach vorn, sodass sie die Tüte zu sich hinziehen konnte. Das Mädchen in der Höhle stieß seltsame Quietsch- und Knurrlaute aus, rührte sich aber nicht.

»Essen«, sagte Mabel nach einem Augenblick der Unschlüssigkeit. »Damit können wir sie rauslocken.« Sie legte ein Stück Brot oben auf die Tüte, schob es ein wenig in den Spalt hinein und wartete ab. Zehn Minuten lang geschah nichts.

»Und wann?«, fragte Phil schließlich.

Mabel verzog verächtlich den Mund. Typisch Phil. Mit nur zwei Worten entwertete er ihre Initiative.

»Wie würdest du denn vorgehen?«, fragte sie honigsüß.

»Mit ihr reden?«

»Reden?«, fragte Mabel sarkastisch zurück. »Du?«

»Oder du«, erwiderte Phil achselzuckend. »Vielleicht sollten wir auch einfach die Polizei rufen.«

Das Mädchen konnte keinen klaren Gedanken fassen vor Angst. Sie wollte nur eines: verschwinden. Verschluckt werden von dem großen Felsblock und unsichtbar sein, unangreifbar. Sie war wie gelähmt vor Panik bei der Vorstellung, dass ihr Menschen Fragen stellen würden, dass sie die Geschichte würde erzählen müssen, an die sie nicht einmal eine Sekunde lang denken wollte. Der Schmerz dabei war unerträglich. Genau wie die Scham. Die Schuldgefühle.

Sie hatte keine Ahnung, wie lange sie schon umherirrte. Wochen. Monate. Ihr ganzes Leben, so schien es ihr. Für sie zählte nur eines: Laufen. So schnell wie möglich. So weit wie möglich. Sicherheit. Weg von allem und jedem. Sie wusste schon gar nicht mehr, wo sie herkam. Oder vielleicht wollte sie es nicht mehr wissen. Sie erinnerte sich an ihren Vater und ihre Mutter. Wie sie vor einer Ewigkeit in ihrer Mitte gegangen war, ihre kleinen Hände rechts und links in den großen, starken Händen, und wie diese sie mit Schwung hochfliegen ließen. Dieses Gefühl im Bauch, wenn man von hoch oben zurück auf die Erde fiel und sicher landete. Wie die Hände einen niemals losließen.

»Liebes Kind«, begann die Frau erneut und redete einfach immer weiter. Es kamen weitere Leute hinzu. Zuerst versuchte sie, nicht darauf zu achten, aber lange schaffte sie es nicht, vor allem, als ihrem Gefühl nach irgendwann eine richtige Menschenmenge vor dem Felsen stand. Sie hatte Autos kommen hören. Männerstimmen. Laut, sachlich.

Haut ab, sagte sie in Gedanken. Lasst mich in Ruhe.

Die Frau ging zwischendurch mehrmals weg, kam aber jedes Mal wieder zurück. Hartnäckig hatte sie vor der Höhle Posten bezogen, erst mit dem Brot, später sogar mit Kuchen, mit Schokolade. Doch sie hatte den Leckereien widerstanden. Mit ungeheurer Kraftanstrengung. Ihre Angst war zu groß. Aber die Frau schien nicht bereit aufzugeben. Auch jetzt lag sie wieder auf dem Boden, redend, lockend. Satz um Satz in unverständlichem Englisch schleuderte sie in die Höhle. Aber das Mädchen beherrschte die Sprache nicht. Komm, geh, ja, nein, tu dies, tu das – solche Worte kannte sie, die Befehle, die Flüche. Sie hatte einen tiefen Widerwillen gegen die gestelzten Laute entwickelt.

Die Stimme der Frau hatte jedoch einen warmen Klang. Das Mädchen mochte es nicht, getröstet zu werden, aus Angst, in eine Million Stücke zu zerbrechen, aber irgendetwas war mit dieser Stimme. Dieses Sanfte. Weiche. Freundlichkeit, das war es. Freundlichkeit.

Abscheulich.

Dennoch schloss sie die Augen und hörte zu. Sie nahm die unverständlichen Worte auf wie ein Schmerzmittel. Plötzlich, in einem Anfall von Wahnsinn, wünschte sie, die Frau würde ihre Hand halten. Wie eine Mutter. Würde ihr über den Kopf streicheln. Den Rücken reiben. Die Frau seufzte, legte kurz die Stirn auf die Hände, stand dann mühsam auf und verschwand.

»Nononono«, brachte das Mädchen mühsam hervor. Sie erkannte die eigene Stimme nicht mehr. Sie hatte so lange geschwiegen. Monatelang. Oder waren es Jahre? Hatte sie überhaupt jemals gesprochen?

Das freundliche Gesicht kehrte zurück.

»Komm«, wiederholte die Frau. »Komm zu mir.« Der Klang war so warm, so sanft, so … liebevoll. Das Mädchen fing an zu zittern. Sie wollte nicht, traute sich nicht, aber sie konnte nicht anders. Sie musste. Vorsichtig rutschte sie ein Stück vorwärts. Und dann noch ein wenig. Bis sie nicht weiterkonnte, weil ihr Fuß eingeklemmt war. Sie versuchte, den Fuß zu drehen, auch das Bein, aber es gelang ihr kaum, es zu bewegen. Sie war so weit nach hinten gekrochen, hatte sich so weit und mit so viel Kraft in die Höhlung hineingedrängt, dass sie jetzt nicht mehr hinauskam. Sie zog mit aller Macht an ihrem Bein, aber es ließ sich nicht bewegen.

»Gut so!«, spornte die Frau sie an. »Komm!«

Das Mädchen krallte sich in der Erde fest und zog sich nach vorn, versuchte, sich mit dem freien Fuß abzudrücken. Die Frau rutschte nach vorn und ergriff ihre Hand. Die menschliche Berührung ließ das Mädchen am ganzen Körper erschauern. Die Frau zog und das Mädchen stieß sich mit aller Kraft ab, aber es half nicht. Ihr Knöchel brannte vor Schmerzen, doch sie bewegte sich keinen Zentimeter. Sie steckte fest. Zwischen der steinigen Erde und einem riesigen Felsbrocken. Sie fühlte sich niedergedrückt von seinem ganzen Gewicht, und sagte sich, dass das alles keinen Sinn hatte. Dass sie nicht entkommen konnte, was immer sie auch versuchte. Etwas, was sie die ganze Zeit gewusst hatte, tief im Inneren. Sie spürte, wie sie müde wurde, todmüde. Sie war so weit gelaufen, war so weit gekommen, hatte so viel erduldet, und jetzt würde alles hier enden, unter einem tonnenschweren Grabstein, in einem kalten, steinernen Schraubstock. Sie schloss die Augen. Verschloss ihren Geist. Die Grenze des Erträglichen war erreicht.

12

Während Maud Mertens sämtliche Aspekte ihrer Ermittlungen überdenkt, blickt sie auf die Startseite von Google. Buchstaben in Primärfarben. Ein leerer weißer Balken und ein blinkender Cursor, der ihr, je länger er blinkt, umso deutlicher zu verstehen gibt, dass sie nicht weiß, was sie eingeben soll. Wonach ist sie auf der Suche? Heutzutage kann man Google alles fragen. Einen Augenblick lang überlegt sie: *Wer ist der Mörder von Marc Gaullier* einzugeben. Tja, wenn es so einfach wäre ... Marc Gaullier dann eben. Zurück auf Anfang. Es ist halb drei und sie hat die Nase voll von den Befragungen muffliger Lehrer und naiver Schülerinnen, vom Abwimmeln der Medien und der ständig nachfragenden Kollegen.

Ganz oben auf der Trefferliste erscheint die Website von Gaulliers Galerie; darunter eine große Anzahl von Nachrichtenartikeln. Gestern am späten Abend hat sie sich noch eine Talkshow angesehen, in der endlos über die Sicherheit von Lehrern diskutiert wurde – als stünde bereits fest, dass Gaulliers Tod in irgendeiner Weise mit seiner Arbeit zusammenhängt. Gut, dass die nichts von den Fäkalien im Mund wussten. Was das erst für einen Aufruhr in den Medien verursachen würde!

Sie klickt den Link zu Gaulliers Galerie an, nicht, weil sie erwartet, einen Hinweis zu finden, sondern weil ihr plötzlich einfällt, dass sie bisher noch nichts von dem Werk des armen Mannes gesehen hat. Seit der Obduktion ist sie mehr denn je motiviert, dieses Verbrechen aufzuklären. Kann sein, dass er bei seinem Interesse an seinen Schülerinnen Grenzen überschritten hat, kann sein, dass sein Engagement für sie und ihre Zukunft fragwürdig gewesen ist, doch sein Tod ist derart grauenvoll gewesen, dass er zumindest die Gefangennahme seiner Nemesis verdient hat.

Was hat er eigentlich gemalt? Holländische Landschaften? Abstrakte Striche und Punkte? Porträts? Auf der Homepage sind neben der Todesanzeige verschiedene Werke Gaulliers zu sehen. Stirnrunzelnd betrachtet Maud Mertens die übrige Seite, auf der auch die Werke anderer Künstler abgebildet sind, darunter auch einige von Juliette Jansen. Ihr Werk ist abstrakt, in weichen Farben gehalten, fast wässrig wie ein Aquarell. Mertens klickt den Namen Gaulliers an, und die Falten auf ihrer Stirn vertiefen sich, als sie auf die Seite gelangt, auf der seine Arbeiten gezeigt werden. Sie fährt sich mit den Händen durch ihr halblanges Haar, verschränkt die Finger über dem Kopf und lehnt sich zurück.

»Niels!«, ruft sie nach einer Weile.

Er blickt sofort auf.

»Guck dir das mal bitte an und sag mir, was du davon hältst.«

Bingsten stellt sich neben sie und stützt die Hände auf ihren Schreibtisch.

»Okay«, sagt er gedehnt, während Mertens die Seite hinunterscrollt. Er nickt.

Gaullier hat Frauenkörper gemalt und gezeichnet, teils dekorativ, teils abstrakt. Einige Bereiche sind realistisch und lebensecht ausgeführt, sehr zart und präzise, andere Teile sind verformt und abstrakt. Auf manchen der Gemälde scheinen ausgerissene Stücke von Fotos verarbeitet zu sein. Junge, noch nicht ausgewachsene Brüste, schmale Taillen, winzige Slips, straffe Popos, glatte Venushügel, lange, schlanke Beine; und dann die Gesichter: strahlend und eigenwillig, so wie Roos aussähe, wenn sie nicht so viel schwarzen Kajal verwenden würde – alles so … unschuldig ist nicht das richtige Wort, nein, eher geht daraus hervor, dass das ganze Leben der abgebildeten Mädchen noch vor ihnen liegt anstatt bereits größtenteils hinter ihnen. Alles ist noch möglich. Die Möglichkeiten, vielleicht ist es das, das Gefühl, alles sei noch offen. Ein wundervolles Leben, Glück, Zufriedenheit. Wahre Liebe, in Zuneigung verbundene Kinder, bedingungslos unterstützende Eltern mit langem und gesundem Leben, geistig anregende Freunde, mit denen man magische Momente erlebt.

»Alle ziemlich jung«, bemerkt Bingsten. »Soweit man das feststellen kann.«

Mertens seufzt verärgert. Wenn jemand so etwas aus Roos machen würde … Der würde seines Lebens nicht mehr froh.

»Jedenfalls erweckt es den Eindruck von Jugend«, erwidert sie. »Frisch, noch unberührt. Ähnlich wie David Hamilton, aber mit Elementen abstrakter Kunst.«

»Hamilton«, sagt Bingsten mit tiefer Stimme, unter der sich ein gewisser Groll verbirgt, den er jedoch nicht herauslassen will.

»Dreckskerl«, sagt er dennoch nach ein paar Augenblicken.

»Es stehen keine Preise dabei.«

»Bestimmt nicht billig. Es gibt einen Markt für so etwas. Einen großen.«

Schweigend klicken sie sich durch die Arbeiten, gehen Bild für Bild durch.

»Es ist nichts dagegen einzuwenden«, stellt Mertens fest.

»Es ist alles dagegen einzuwenden«, erwidert Bingsten. »Strafbar ist das nicht, man kann nichts dagegen unternehmen. Aber es zeigt sehr deutlich, wie dieser Mann getickt hat. Ich befürchte, dass diese Klatschtante Kyra Slagter recht hat.«

Maud Mertens nickt.

»Ich wollte sowieso Mevrouw Gaullier heute noch mal einen Besuch abstatten. Lass uns das jetzt gleich machen. Dann können wir uns bei dieser Gelegenheit auch mal im Atelier umsehen. Gibt es schon einen Bericht aus der Kriminaltechnik?«

»Nein, noch nicht. Weder Ergebnisse von der Hausdurchsuchung noch von der Computeranalyse. Nichts.«

Mertens gibt noch einmal den Namen des Künstlers in der Google-Bildersuche ein, wo sie weitere, vergleichbare Arbeiten angezeigt bekommt. Dann liest sie seinen Wikipedia-Eintrag. Zunächst malte Gaullier vorwiegend Landschaften, doch richtig bekannt wurde er erst, als er anfing, Frauen darzustellen, immer nackter, immer jünger.

Kyra blickt sich um und sieht ihre Klassenkameraden und -kameradinnen mit roten Köpfen und in leichter Panik über ihre Examensunterlagen gebeugt dasitzen. Bisher ist es gut gelaufen. Niederländisch hat sie bestimmt geschafft, Zeichnen heute Morgen auch und auch Chemie jetzt wird sie gepackt haben – es sei denn, sie ist völlig auf dem Holzweg. Das wären also schon drei von acht, denkt sie, und gleich stehe ich draußen mit einer Horde komplett überspannter Abiturienten, die sagen werden, sie hätten alles furchtbar vermasselt und die sich gegenseitig überbieten, wer die meisten Fehler gemacht hat. Das Drama um Gaullier von gestern wird schon wieder vom heutigen Drama überlagert: der Abschlussprüfung.

Sie steht auf, packt ihre Sachen in ihren Rucksack und liefert die Prüfungsbögen beim Lehrer ab.

»Das ging ja schnell«, bemerkt er lächelnd.

»Ich bin fertig«, antwortet Kyra achselzuckend. »Tut mir leid.«

Sie verlässt die Turnhalle ohne sich umzublicken. Im Flur bleibt sie stehen. Wim ist es nicht recht, dass sie sich ihm während der Schulzeit nähert, aber sie beschließt, dass er diesmal eben Pech gehabt hat. Sie will ihn sprechen. Muss ihn sprechen. Ist doch komisch, dass er sie gestern nicht zurückgerufen hat. Bescheuert.

Er sitzt nicht an seinem Platz und sie geht zum Lehrerzimmer, um dort nach ihm Ausschau zu halten. Als sie ihn entdeckt, klopft sie an den Rahmen der offen stehenden Tür. Er unterhält sich gerade mit dem anderen Kunstlehrer und beide blicken mit fragendem Blick auf.

»Willem?«, sagt sie. »Äh … hast du einen Moment für mich?«

»Natürlich«, antwortet er mit einem distanzierten Lächeln. »Ich komme gleich. Wenn du kurz draußen warten würdest?«

Er geht zum anderen Ende des Tisches, um seine Unterlagen zu holen.

»Wir sprechen uns heute Nachmittag«, hört Kyra ihn entschuldigend zu seinem Kollegen sagen. »Nach dem Tod von Marc brauchen manche Schüler etwas mehr Aufmerksamkeit.«

Gerade, als sie darüber nachdenkt, schnell wegzulaufen, steht er vor ihr.

»Kyra. Was kann ich für dich tun?«

Sie schaut ihn an. Diese graublauen Augen, die blonden Locken. Er ist schon vierunddreißig, aber seine jungenhafte Ausstrahlung lässt ihn jünger aussehen. Jung, aber selbstsicher und entschlossen. Sie löst sich von seinem Blick. Die Unterlagen hält er locker in den Händen. Seine Unterarme sind mit feinen blonden Härchen bedeckt. Die Muskeln bewegen sich geschmeidig, als er den Arm anhebt. Muskeln, von denen sie weiß, wie sie reagieren, wenn man sie streichelt. Ganz leicht, unglaublich zart, sodass man es kaum Berührung nennen kann.

»Ich dachte …«, stottert sie, »ich dachte, wir sollten vielleicht mal miteinander reden, jetzt, wo Marc …«

»Das verstehe ich«, antwortet er mit einem fast unmerklichen, gelangweilten Unterton, den sie aber trotzdem heraushört. Sie durchschaut sie immer, diese hauchdünnen, mitschwingenden Bedeutungen. Sie ist hypersensibel für Unausgesprochenes.

»Ich muss mich jetzt erst einmal auf meine Verantwortlichkeiten konzentrieren«, fährt Wim fort. »Gerade durch die Aufregung um Marc. Und dazu noch die Prüfungen …«

Er geht weiter. Sie begleitet ihn.

»Zu Hause läuft es auch nicht so besonders«, sagt er, während er sich umblickt.

»Ich verstehe«, erwidert sie und versucht, denselben gelangweilten Ton anzuschlagen wie er, aber es scheint, als bemerke er das nicht. »Hast du vorher noch mit Marc geredet?«, fragt sie leise. »Oder sonst irgendetwas unternommen?«

»Nein«, erwidert er kurz angebunden. »Ich war noch nicht dazu gekommen.«

Er will noch immer nicht zugeben, dass er einfach keine Lust dazu hatte, Marc mit dem zu konfrontieren, was Kyra ihm im Vertrauen erzählt hatte. Dass er es heuchlerisch fand, obwohl die Feigheit ja gerade im Ignorieren der Geschehnisse bestand. Wim de Jong geht so schnell, dass Kyra kaum mit ihm Schritt halten kann.

»Ist schon eine merkwürdige Zeit«, sagt er, als würde das irgendetwas entschuldigen.

»Und?«, fragt sie.

»Ich muss noch etwas vorbereiten für morgen.«

Sie nickt. Denkt an Kunst und Biologie, die morgen für sie auf dem Programm stehen. Fünf Prüfungen in drei Tagen.

»Niemand kann etwas wissen«, sagt sie.

»Vielleicht«, antwortet er, »sollten wir eine Weile …«

»Schon gut«, fällt sie ihm ins Wort, schüttelt den Kopf und geht weg, ohne sich umzublicken. Er folgt ihr nicht.

Diesmal wird ihnen bereits nach dem ersten Klingeln geöffnet.

»Ich habe Sie schon über den Deich kommen sehen«, erklärt Myrthe Gaullier und tritt beiseite, um die Ermittler reinzulassen. Kein Make-up, fällt Mertens auf, und das als Statement. Eine natürlich-hübsche Frau, die das nicht nötig hat. Hübsch auf eine verletzliche Art. Eine, die beschützt werden muss. Ihr Gesicht ist nicht mehr so aschfahl wie gestern; ihre Wangen haben eine gesunde Farbe.

»Kommen Sie rein«, sagt sie ruhig. »Möchten Sie etwas trinken? Meine Tante ist kurz Einkaufen gegangen. Sie kommt gleich zurück.«

»Sehr freundlich, aber nein danke.«

Myrthe Gaullier setzt sich in die Ecke des Sofas, die momentan ihr Rückzugsort zu sein scheint. Dort liegen eine Decke, eine Zeitung und ein paar Zeitschriften. *Happinez, Flow, Linda*. Auf der Fensterbank stehen ein Glas Wasser, ein Glas mit einem Teerest und ein großer Kaffeebecher.

»Ich bekomme keinen Bissen herunter«, erklärt Myrthe Gaullier lächelnd. »Meine Tante möchte mir ein paar Sachen besorgen, von denen sie glaubt, dass ich Appetit davon bekomme.«

»Sie sollten wirklich gut auf sich achten«, mahnt Mertens. »Das ist wichtig in dieser schweren Zeit.«

Sie legt eine Kunstpause ein und kommt dann auf den Grund ihres Kommens zu sprechen: »Wir würden uns gern einmal im Atelier umsehen.«

»Wissen Sie denn inzwischen schon mehr?«, fragt Myrthe Gaullier. »Darüber, wie er …«

»Wir haben den Bericht noch nicht erhalten. Sobald wir mehr wissen, erfahren Sie es von unserem Kollegen vom Opferschutz.«

»Er hat sich für heute Nachmittag angekündigt«, erwidert die Witwe. »Er hat mir versprochen, ein bisschen näher zu erklären, was Sie unternehmen und wie Sie vorgehen.«

»Sind Sie einverstanden?«, fragt Bingsten. »Dass wir uns kurz im Atelier umsehen?«

»Das haben Ihre Kollegen doch schon getan.«

»Wissen wir«, sagt Bingsten. »Aber das waren die Kollegen von der Spurensicherung, die Kriminaltechniker. Wir sind die Ermittler.«

»Aha«, erwidert Myrthe Gaullier stirnrunzelnd.

»Wir wollen uns ein so genaues Bild wie möglich von Ihrem Mann machen«, erklärt Mertens. »Und von den Arbeiten, mit denen er sich in der Phase vor seinem Tod beschäftigt hat. Wenn wir wissen, womit er sich befasst hat, erhalten wir dadurch vielleicht einen Hinweis auf ein Motiv, auf die Hintergründe der Tat.«

Myrthe Gaullier nickt. »Das verstehe ich«, sagt sie, steht auf und nimmt einen Zettel aus der Schublade des Wohnzimmertischs. »Das ist der Pincode für das Schloss und die Alarmanlage. Sie können durch die Küche raus und dann die Treppe hinuntergehen.«

Das Atelier befindet sich in einem lang gestreckten modernen Gebäude mit viel Holz, Eisen und Glas. Es ist an die fünfzehn Meter breit, mit der Front zum Fluss gelegen. Davor stehen Pflanzkübel aus Beton; zartes Grün und fröhlich violette Frühjahrsblumen. Neben der Tür steht ein verrostetes Eisenschild aus dem das Wort ATELIER ausgestanzt ist. Mertens entriegelt die Tür, und die beiden Ermittler betreten den verlassenen

Arbeitsraum. Die Beleuchtung ist ausgeschaltet, im Inneren riecht es nach Duftkerzen und Ölfarbe. Durch die große Fensterfront zum Fluss fällt ausreichend Licht herein, um den Raum in eine warme Glut zu tauchen, und dennoch überläuft Mertens eine Gänsehaut, als sie sich umblickt.

Zwischen den beiden Fenstern, vor dem Holzofen und neben zwei großen Staffeleien, steht ein wuchtiger Ledersessel, dunkelbraun, mit hohem Rücken und breiten Armlehnen, wie eine Art Thron, streng und unnahbar – ein Möbelstück, in das man sich nicht ohne Weiteres zu setzen wagt. Links an der Wand stehen zahlreiche aneinandergelehnte Leinwände, fertige Gemälde offenbar. Neben der Tür befinden sich ein großes Waschbecken sowie mehrere Tische und Regale mit Farbe, Pinseln, Schüsseln, Schachteln, Papier und anderen Materialien, zusammengeklappten Staffeleien und Behältern mit großen Papierbögen. An der Wand rechts hängen zwei große Arbeiten aus der Hand des Meisters. Zarte Frauenfiguren, die in einer blaugrünen nebligen Landschaft zu stehen scheinen. Wassernymphen, denkt Mertens. In der Morgendämmerung würde man sie blitzschnell in einem kleinen See verschwinden sehen.

»Du da rüber?«, schlägt Bingsten vor und deutet nach rechts. »Dann nehme ich mir die Leinwände vor.« Er geht zur linken Wand und beginnt, sich die Gemälde anzusehen. »Wonach suchen wir eigentlich?«

»Keine Ahnung«, antwortet Mertens wahrheitsgemäß. »Aber wenn du es siehst, wirst du es wissen.«

Schweigend durchquert sie das Atelier und geht auf zwei Staffeleien zu, auf denen Bilder stehen, an denen er offenbar gerade gearbeitet hat. Sie sind so aufgestellt, dass das Sonnenlicht darauf fällt. Auf der Wand neben dem Fenster hängen einige Fotos.

»Oha«, stößt sie überrascht hervor, als sie das größere von ihnen erreicht.

Bingsten blickt auf.

»Ich könnte mich auch irren«, sagt Mertens und lässt den Blick zwischen den Fotos an der Wand und dem Porträt hin und her wandern. »Aber ich glaube, dass das eine seiner Schülerinnen ist.«

Bingsten schiebt ein Werk zurück in den Schrank und stellt sich neben sie.

»Hast recht«, bestätigt er. »Aber mir fällt der Name nicht mehr ein.«

Sie starren das unvollendete Porträt einer jungen Frau an, die in dem braunen Sessel sitzt. Sie lehnt sich zurück, die Arme vor dem Körper, die Finger lose an den Lippen, nachdenklich den Betrachter anblickend. Nackt bis auf einen locker sitzenden Slip, der so beiseitegeschoben ist, dass eine Schamlippe sichtbar wird. Das Werk ist in sanften Erdtönen gehalten und besitzt etwas Träumerisches. Der Künstler hat dem Gesicht besondere Aufmerksamkeit gewidmet und vor allem den Blick lebensecht eingefangen.

»Tja …«, sagt Maud Mertens. »Ziemlich gut gemacht, da kann man nichts sagen.«

»Dreckskerl.« Niels Bingsten steht mit verschränkten Armen neben ihr. »Da hinten im Schrank sind auch noch ein paar nackte Mädchen, aber jünger als die hier. Viel jünger sogar.«

»Steht das im Bericht?«, fragt Mertens. »Ich kann mich nicht erinnern.«

»Der Bericht ist noch nicht da. Im Kurzbericht werden zwar Aktporträts erwähnt, aber nicht besonders hervorgehoben.«

»Wer hat den Bericht geschrieben?«, fragt Mertens wütend. Wenn sie eines hasst, dann Leute, die von sich aus entscheiden, dass bestimmte Details keine Rolle spielen. Dabei sind es gerade die Details, mit denen man einen Fall löst.

»Keine Ahnung.« Bingsten zuckt mit den Achseln. »Aber ich werde ihn mir mal vorknöpfen.«

»Mach bitte noch rasch ein paar Fotos«, sagt sie und zieht ihr Handy aus der Jackentasche. »Lass sie großformatig ausdrucken. Ich will diese Sache im Team besprechen. Ich würde eine Menge darauf wetten, dass diese besondere Leidenschaft für den Fall eine Rolle spielt.«

Sie dreht sich um und geht zu einem der großen Fenster, die Aussicht auf das Wasser bieten. Ein Nachbar schöpft ein Ruderboot mit einer halb durchgeschnittenen Milchpackung leer.

»Hallo, Kyra«, spricht sie auf die Mailbox des Mädchens. »Ich muss Sie unbedingt sprechen. Ich brauche dringend die Namensliste, über die wir geredet haben. Rufen Sie mich bitte zurück.«

Sie dreht sich um und hilft Bingsten beim Fotografieren der Kunstwerke. Als sie fertig sind, bringen sie den Zettel mit dem Zugangscode des Ateliers zurück zu Myrthe Gaullier.

Als sie sich schon zum Gehen gewandt haben, dreht Mertens sich noch einmal zu der Witwe um. »Darf ich Sie noch etwas fragen?«, wendet sich Maud Mertens an die Frau, die mit einer Zeitschrift auf dem Sofa sitzt. »Etwas Persönliches?«

Myrthe sieht die Ermittlerin mit leicht zusammengekniffenen Augen an. Mertens setzt sich ans andere Ende des Sofas, legt die Hände in den Schoß und lächelt leicht.

»Die Kunstwerke Ihres Mannes«, beginnt sie ruhig. Sie gibt sich große Mühe, jeden Anflug eines Werturteils zu vermeiden. »Wie stehen Sie als Ehefrau dazu?«

»Ich finde sie wundervoll.«

»Abgesehen von ihrer Schönheit«, erwidert Mertens. »Haben Sie die Arbeiten irgendwie verunsichert? Betroffen gemacht? Irritiert?«

Die kleine Frau schaut sie mit großen Augen an.

»Sie berühren mich natürlich. Die Schönheit dieser jungen Frauen – das ist so echt, so rein. Marc verstand es wie kein anderer, sie einzufangen, diese Echtheit.«

Sie räuspert sich.

»Haben Sie sich nie mit Ihrem Mann über seine Beziehungen zu seinen Modellen gestritten?«

Myrthe Gaullier wendet den Blick von Mertens ab und schaut nach draußen. Sie holt tief Luft, öffnet den Mund, sagt aber zunächst nichts.

»Marc war ein sehr inspirierter Mensch«, antwortet sie, als hätte sie lange über diese Worte nachgedacht. »Er war ständig schöpferisch tätig, verbrachte viele Stunden in seinem Atelier. Manchmal war er tagelang nicht ansprechbar, weil er ganz in seiner Arbeit aufging. Dann stand er während des Essens auf und kehrte zu seinem Gemälde zurück, weil ihm plötzlich eingefallen war, wie etwas sein sollte, welche Farbe passte oder wo genau der Akzent gesetzt werden musste. Ich komme gleich wieder, sagte er dann, aber so war es nie. Sogar der Unterricht in der Schule kostete ihn Kraft, wenn er in so einer Phase war, er musste sich regelrecht dazu zwingen.« Sie wirft Mertens einen Blick zu. »Seine Arbeit verzehrte ihn. Das war schwer für mich. Nicht das, was Sie meinen. Es war schwer für mich, hilflos zusehen zu müssen. Er kam erst wieder auf die Beine, wenn das Werk oder die ganze Serie fertig waren. Bei der Vernissage war er dann oft schon wieder der Alte und beantwortete strahlend sämtliche Fragen. Dann schien es, als hätte ihn das alles gar keine Mühe gekostet.«

Sie seufzt.

»Die Leute glauben, es sei einfach, ein Bild zu schaffen. Manchmal wurde verächtlich über seine Arbeit geredet. Ein Foto in Streifen reißen, aufkleben und ein bisschen überpinseln – das kann ich auch. Solche Sprüche. Und manche Kritiker haben ihm sogar unterstellt, er lasse Fotos auf die Leinwand drucken und übermale diese dann. Die haben keine Ahnung. Das war alles so ungerecht! Wirklich schwer zu ertragen.«

»Wollen Sie etwa damit sagen, Ihr Mann hätte keine – wie soll ich sagen – Beziehungen zu seinen Modellen gehabt?« Mertens wird jetzt deutlicher. Dies ist eine Frau, der man keinen Fluchtweg lassen darf, sonst ist sie weg.

»Natürlich hatte er Beziehungen zu ihnen«, antwortet sie gereizt. »Mit jeder Person, von der man ein Porträt malt oder deren Seele man einzufangen versucht, geht man eine Beziehung ein. Es ist ein äußerst intimer Prozess. Plötzlich arbeitet man eine halbe Stunde lang an dem Mundwinkel seines Gegenübers oder ist stundenlang damit beschäftigt, den Blick in den Augen richtig einzufangen. Das ist sehr persönlich. Das muss es auch sein.«

»Ich spreche von Liebesbeziehungen.«

»Pfff…« Myrthe Gaullier atmet gereizt aus und macht eine wegwerfende Handbewegung, als verscheuche sie eine Fliege. »Was spielt das für eine Rolle?«

»Sie wussten es also?«

»Ich kenne die Klatschgeschichten, wenn Sie das meinen. Aber darauf gebe ich nichts. Und das sollten Sie auch nicht.«

»Und was ist mit dem Alter der Modelle?«

»Alle älter als sechzehn«, schnaubt Myrthe Gaullier. »Alle mit Genehmigung gemalt. Daran ist nichts Anrüchiges.«

»Na schön.« Mertens steht auf. »Herzlichen Dank, dass Sie sich Zeit für uns genommen haben.«

»Noch eine Frage«, fügt Bingsten eilig hinzu. »Wo waren Sie letzte Woche? Von Samstagabend bis einschließlich Sonntagabend?«

13

Schade, dass es fast vorbei ist. Die Vorbereitungen machen ihm so viel Vergnügen, dass er am liebsten immer weitermachen würde. Aber es muss sein. Er hockt im Gebüsch. Vor ein paar Monaten, als er mit der Ausarbeitung seiner Pläne begann, hat er sich begeistert die Ausrüstung für diese Art von Operationen angeschafft. Schade, dass sie ihn bei der Armee nicht genommen haben. Diese Erfahrung hätte er jetzt gut gebrauchen können, aber da sieht man es mal wieder – letzten Endes kann man sich ebenso gut alles selbst aneignen. Er ist Autodidakt auf vielen Gebieten. Das gefällt ihm.

Langsam hebt er das Fernglas an und hält es vor sein mit schwarzer Farbe geschminktes Gesicht. Ganz kurz musste er lachen, als er vor dem Spiegel stand. Es war, als verkleide er sich für eine Party. Dresscode: *to kill*, dachte er und erinnerte sich an die rauschenden Feste seiner Eltern früher. Mindestens einmal pro Jahr wurde seine Mutter von ihrem Spleen erfasst, und dann wurden Zelte bestellt, Cateringfirmen beauftragt und Musik ausgesucht. Immer mit einem Thema. Immer großartig. Immer mit einer Menge wild tanzender, betrunkener Gäste und einem dramatischen Paukenschlag zum Schluss. Mal warf seine Mutter seinem Vater die letzte Champagnerflasche an den Kopf, mal ging eine große antike Vase mit Rosen zu Bruch. Seine Mutter vertrug keinen Alkohol und wurde jedes Mal hysterisch, wenn sie betrunken war, und leider wurde sie nicht aus Erfahrung klug.

Die Beute sitzt mit seiner Frau im Wohnzimmer. Eine schöne Frau, übrigens. Langes blondes Haar. Er zoomt sie näher heran. Erlaubt sich kurz, sich vorzustellen, was er mit ihr alles machen würde, wenn sie die Beute wäre, doch dann wendet er sich wieder von ihr ab. Kaminfeuer brennt. Das Arschloch liest Zeitung, und das Weib liest ein Buch. Sie sagen nichts. Schade. Er hat sich solche Mühe gegeben, das Mikrofon hineinzuschmuggeln, und dann stellt sich heraus, dass sie kaum miteinander reden. Er hört das Rascheln der Zeitung. Das Abstellen von Teetassen.

»Ich gehe zu Bett«, sagt der Scheißkerl plötzlich.

»Hmmm.« Die Frau antwortet nicht richtig und schaut ihren Mann nicht an. »Ich komme auch gleich. Nur noch dieses Kapitel.«

»Sonst schlaf lieber im Gästezimmer.«

»Nicht nötig.«

»Nicht länger als eine Viertelstunde«, sagt er.

»Weiß ich.«

Das Arschloch steht auf und faltet sorgfältig die Zeitung zusammen. »Du weißt …«

»Ja. Ich weiß. Ich komme nicht rauf, wenn du schon schläfst. Keine Sorge.«

Das Arschloch sagt nichts mehr und verlässt das Zimmer. Er versucht, ihm mit dem Fernglas zu folgen, hat ihn aber erst wieder im Visier, als er im Badezimmer steht und sich die Zähne putzt. Kurz richtet er das Fernglas wieder auf das Erdgeschoss. Die Frau sitzt noch immer im Wohnzimmer und liest. So geht das beinahe jeden Abend. Jeder hat seine Rituale. Gespräche, die endlos wiederholt werden. Mein Gott, so ist er tatsächlich auch gewesen. Dieselbe Art von stumpfsinnigen Konversationen hat er auch geführt. Plötzlich versteht er, warum sie so wenig miteinander sprechen. Es ist gar nicht nötig. Es ist schon alles gesagt.

Ja, jetzt steht sie auf, nach ungefähr zehn Minuten, so kommt es häufiger vor. Seiner Meinung nach tut sie das nur, um den Arsch zu ärgern. Es ist ein Akt des Widerstands. Weil sie weiß, dass er die vollen zehn Minuten lang anzweifeln wird, dass sie pünktlich kommt und überlegt, welche Maßnahmen er in dem Fall ergreifen soll.

Abende lang hat er hier gesessen. Schon seit Wochen beobachtet er sie. Seit Jahren im Grunde, obwohl er damals noch der liebe Junge war und er sie nicht verfolgte, sondern sich eher auf dem Laufenden hielt. So wie man einander auf Twitter folgt. Man trifft sich beim Umtrunk im Kollegenkreis, bei Empfängen, sogar auf Beerdigungen. Hört über Umwege, womit sich jemand beschäftigt. Das hat er immer getan. Seine Fragen wurden als freundliches Interesse interpretiert. In Wirklichkeit waren es seine Hausaufgaben. Und nicht zu vergessen Eifersucht, ja sogar Missgunst. Die allmählich zu wahrem Hass anschwoll. Hass, verborgen hinter einem breiten Lächeln.

Die Frau putzt sich jetzt auch die Zähne. Er zählt die Fenster, und tatsächlich, dort ist das Arschloch. Er läuft durchs Schlafzimmer. Zieht die Gardinen auf der anderen Seite des Zimmers zu, um die Ecke, und tritt dann ans vordere Fenster. Schaut kurz hinaus in die Dunkelheit, genau in seine Richtung.

Bis bald, denkt er grinsend. Die Vorbereitungen sind abgeschlossen. Bis in alle Einzelheiten. Bald hat das Warten ein Ende.

14

Nichts erinnert mehr an den grausigen Fund ihres Bruders von gestern Morgen. Mit dem Schäferhund an ihrer Seite schlängelt sich Kyra durch die überfüllten Fahrradständer hinunter ans Wasser. Der Hund schnüffelt begeistert am Boden und bleibt dann in Angriffshaltung stehen. Möwen. Kyra dreht sich um und betrachtet den Laternenpfahl, der neben der kleinen Bank am Wasser steht. *Staging*. Ein äußerst seltenes Phänomen.

The Black Dahlia. Der Mord an Elizabeth Short 1947. Einer der ersten Staging-Fälle, die in der Literatur beschrieben werden. Ein klassisches Beispiel. Kyra hat sich die Schwarz-Weiß-Fotos in einem ihrer Bücher angesehen. Die junge Frau war entzweigeschnitten worden. Sie lag neben einem schmalen Weg im Gras, die Hände mit den Handflächen nach oben neben dem Kopf, wie ein Baby. Der Mund war von einem Ohr zum anderen aufgeschnitten worden. Ihr Unterleib lag ein paar Handbreit von ihrem Oberkörper entfernt, die Beine gespreizt. Die sexuelle Aggression war deutlich: Mund, Brustwarzen und Unterleib waren mit einem Messer bearbeitet worden.

Wie cool es wäre, wenn sie den Mord an Gaullier aufklären würde, bevor es Mertens gelingt! Sie muss beweisen, dass sie es draufhat, diese Art von Rätseln zu lösen. Denn wenn sie das kann, wird es ihr auch bei dem anderen gelingen. Dem wichtigsten. Sarina.

Es wird immer dunkler. Von Westen her zieht eine dunkelblaue, fast schwarze Wolkenfront heran. Es sieht aus, als würde sie auf ihrem Weg alles verschlingen, die Hafenkräne, die hohen Gebäude am Fluss.

Kyra holt einen in der Mitte durchgebissenen Tennisball aus der Jackentasche.

»Hol das Bällchen!« Sie wirft ihn in Richtung der Fußgängerbrücke zum Filmmuseum und Lot stürmt drauflos. Beinahe rennt sie einen Radfahrer um, der erst den Hund und danach Kyra ausschimpft. Dann verschwindet der Typ Richtung Fähre, die gerade angelegt hat. Die Passagierrampe wird heruntergelassen und die Leute strömen heraus, Fußgänger, Radfahrer und ein paar Rollerfahrer.

Warum hat der Mörder Gaullier so auffällig zur Schau gestellt?, fragt sich Kyra. Staging ist sehr selten; es kommt nur in weniger als einem Prozent aller Mordfälle vor. Meistens, um eine Todesursache zu verschleiern, zum Beispiel, um einen Mord als Raubmord zu tarnen. Doch nicht in diesem Fall. Der Mörder kann unmöglich davon ausgehen, dass irgendjemand an Selbstmord glaubt. Das war eine andere Art der Inszenierung, und auch dafür gibt es einen Begriff: *Posing*. Kommt noch seltener vor. Die Zurschaustellung ist eine Botschaft. Und meist sind diese Botschaften sexueller Natur.

Als einer der Letzten verlässt er die Fähre. Dabei wird er beinahe von einem Blödmann umgefahren, der es furchtbar eilig hat. Er zieht die Kapuze seines Hoodies über den Kopf und betritt den Kai. Gleich wird es anfangen zu regnen, und zwar richtig. Mit einer Hand zieht er den Armeeparka vorne am Hals zusammen. Sauwetter.

Es ist bizarr, mit anzusehen, wie hier alles wieder seinen normalen Gang geht. Die Fähre legt an. Die Passagiere drängeln sich wie immer darum, wer als Erster vom Schiff kommt. Die nächste Ladung wartet ungeduldig darauf, an Bord gehen zu können. Schlichte Seelen sind es. Arglose Herdentiere, alle miteinander.

Der Anblick von Gaulliers Fresse, als er ihn vom Fahrrad zerrte! Wie seine Augen sich wegdrehten, nachdem er ihn in den Kofferraum geprügelt hatte. Klappe zu und ab mit dem Dreckskerl. Hin zu dem Schicksal, das ihn erwartete.

Vollkommen zu Recht. Mit seinem widerlich attraktiven Gesicht. Hackfresse. Mit seiner schleimigen, öligen Stimme. Erfolgreicher Geschäftsmann, erfolgreicher Künstler, erfolgreich in allem, verdammt noch mal. Erfolgreicher Lügner. Betrüger. Erfolgreicher Verführer. Er konnte dankbar sein, dass er ihm die Zunge abgeschnitten hatte und nicht den Schwanz.

Kyra blickt sich eine Weile um. Der Laternenpfahl. Die Bank. Das Kunstwerk – ein großer Tisch mit zwei riesigen Stühlen –, das am Kai steht. Sie dreht sich um und geht in Richtung Filmmuseum. Das Gebäude gleicht einer Art Raumschiff, das sich grellweiß vor dem dunklen Himmel abhebt.

Oben auf der Brücke dreht sie sich um und bleibt stehen. Warum hatte der Täter ein so großes Risiko auf sich genommen? Er hätte leicht gesehen werden können. Von hier aus, von der Fähre aus oder von einem Anwohner, der spät beziehungsweise früh unterwegs war. Doch all das hatte der Mörder in Kauf genommen, nur um … Um sein Opfer zu demütigen? Um Aufmerksamkeit zu erregen? Um zu demonstrieren, wozu er in der Lage war? Um die Öffentlichkeit zu verhöhnen?

Die ganze Tat ist ein makabrer Verweis auf die Geschichte Amsterdams, denkt Kyra, auf einen der größten Künstler, den unser Land hervorgebracht hat. Und zugleich ist die Message ganz klar: *fuck you!*

Kyra schaut sich um und versucht nachzuempfinden, was der Mörder gefühlt hat, als er hier die Tat beging. Erregung? Befriedigung? Was treibt diesen Mann um?

Rasende Wut, meinte Ella, als sie von dem Mord an Gaullier erfuhr. Kalte Berechnung. Das auch. Der Mord musste sorgfältig vorbereitet gewesen sein. Ella glaubt außerdem, dass das nur der Anfang einer Serie ist. Dass weitere Opfer folgen werden. Wer hat sonst noch seine Wut provoziert? Wer steht auf seiner Liste? Und wenn es diese Liste gibt, was muss man getan haben, um darauf zu landen?

Er kämpft gegen den Impuls an, zum Laternenpfahl zu gehen. Stattdessen blickt er in die andere Richtung, zum Filmmuseum. Dort, am anderen Ufer, mitten im Blechgewirr alter Drahtesel von Museumsbesuchern, hat er das Batavus von Gaullier abgestellt. Nagelneu, top in Schuss und natürlich nicht abgeschlossen. Wie erwartet, hatte es keinen Tag gedauert, bis es geklaut wurde. So würde die Polizei es nie finden.

Er schaut sich um. Pendler. Touristen. Studenten. Ein blondes Mädchen mit einem Schäferhund geht in die andere Richtung, lässt sich vom Strom der Menschen treiben, der sich in Richtung Filmmuseum bewegt. Oben auf der Brücke bleibt sie stehen.

Rasch betritt er das Café, um zu verhindern, dass es ihn doch noch zum Laternenpfahl zieht. Er hätte zu gern gewusst, ob er die Energie dort noch spüren kann. Ob er seinen Moment des Ruhms und der Befriedigung im Nachhinein noch einmal auskosten kann, wenn er an den Ort der Tat zurückkehrt.

Seine Geduld und seine Mühe hatten sich wahrlich ausgezahlt. Die Wochen, ja Monate, die er Gaullier observiert hatte. Ihn einzukassieren, als er auf dem Weg nach Brüssel war, war der perfekte Moment gewesen. Alles hatte sich bestens gefügt.

»Cappuccino«, sagt er zur Kellnerin. Erst mustert sie ihn mit arrogantem Blick, lächelt dann aber doch. Lach nur, Mädchen. Schade, dass du nicht blond bist. Oder besser: gut für dich. Er ist ganz entspannt. Es kostet ihn kaum Mühe, seine Fantasie im Zaum zu halten, denn er weiß: Bald ist es wieder so weit, dann kann er sie erneut ausleben. Aber er muss sich das erst noch verdienen. Indem er noch professioneller wird. Meisterwerke erschafft. Dort führt alles hin. Nach den ersten beiden stümperhaften Versuchen ist es bei Gaullier für den Anfang gar nicht schlecht gelaufen. Für seine nächste Beute hat er sich eine glänzende Fortsetzung ausgedacht.

Er erinnert sich an die wundervolle Nacht. Gaulliers lebloser Körper war viel schwerer gewesen, als er erwartet hatte. Er hatte im Auto gewartet, bis die Fähre in Richtung Hauptbahnhof ablegte. Den dichten Nebel hatte er als gutes Omen gedeutet. Die Bestätigung dessen, was er bereits wusste: Nämlich, dass es gut war, was er tat, dass es notwendig war.

Während er die Leiche aus dem Auto zerrte und über der Schulter zum Laternenpfahl trug, hatte er nicht an seine Beute gedacht. Er hatte versucht, den ganzen Vorgang als eine Art Übung zu betrachten. Präzise und schnell handeln. Der Sandsack als Gegengewicht. Das Seil. Die Übung war unpersönlich. Emotionslos. Erst als das Arschloch da hing, traf ihn die Erregung mitten in den Bauch und in den Unterleib. Verdammt, war das gut gewesen!

Lot rennt mit dem halben Tennisball im Maul auf sie zu. Es wird immer dunkler. Jeden Moment kann es anfangen zu schütten.

»Komm«, sagt Kyra und kehrt um in Richtung des Cafés. »Wir gehen nach Hause.«

Es fängt an zu tröpfeln. Sie streift die Kapuze ihrer Jacke über, zieht den Kopf zwischen den Schultern ein und joggt langsam am Café vorbei auf die Schleuse zu. Am liebsten würde sie das Profil des Mörders auf Papier skizzieren, aber morgen hat sie die Prüfungen in Kunst und Biologie.

Ihr Handy vibriert. Nachricht auf der Mailbox. Mertens. Im sachlichen Beamtentonfall macht sie Druck wegen der Namensliste. Sie brauche sie dringend. Soll sie haben, aber von ihren Freundinnen wird keine draufstehen. Wim hatte nicht auf das reagiert, was sie ihm über Gaullier und die Mädchen erzählt hat – um seinen Kollegen zu schützen. Vielleicht auch sich selbst. Jetzt muss sie ihre Freundinnen schützen und außerdem selbst weiterermitteln. Aber jetzt erst mal den Hund zurückbringen.

Ella mustert Kyra aufmerksam, während sie in einem großen Topf Suppe rührt. »Du denkst über den Täter nach, stimmt's?«

Kyra hakt Lots Leine vom Halsband los. »Der Mistkerl muss gefasst werden«, antwortet sie.

Lot geht zum Korb in der Küche und legt sich mit einem Seufzer hinein.

»Vielleicht solltest du dir erst die anderen Darsteller in dem Drama ansehen«, rät Ella. »Das Wichtigste ist nie die Handlung. Nine legt Wert darauf, ich nicht. Für mich sind es die Figuren, die Charaktere. Wann sie auftreten und wann sie von der Bühne abtreten.«

»Aha«, erwidert Kyra nachdenklich. Ella sagt oft Dinge, die sie erst im Nachhinein versteht.

»Du hast es eilig, was, Schatz?« Ella schaut sie gutmütig an. »Dachte ich mir. Ich habe dir ein bisschen Suppe abgefüllt. Schau, die Tupperdose da drüben.«

»Vielen Dank, Ella, du bist ein Schatz.« Kyra packt die Dose ein und läuft zur Tür hinaus. »Bis bald!«

Als sie zu Hause reinkommt, ruft sie wieder laut Hallo, aber erneut ist das Haus verlassen, und so nimmt sie die Suppe mit hinauf in ihr Zimmer. Erst essen, dann für Kunst und heute Abend für Bio lernen. Zehn Minuten später nimmt sie ihre Bücher und geht hinüber in Sarinas Zimmer, wo sie sich an den Schreibtisch setzt und anfängt zu lernen. Handy aus. Computer aus. Volle Konzentration.

15

»Ich weiß, dass die Witwe angibt, die Modelle seien alle sechzehn oder älter gewesen. Aber angenommen, das stimmt nicht?«, sagt Bingsten und schaut Maud Mertens vielsagend an. Es ist inzwischen halb acht, sie sitzen sich an ihren Schreibtischen im Büro gegenüber. Das Team hat den ganzen Tag stramm durchgearbeitet. »Ich bin da ganz bei dir«, sagt sie. »Aber Kinderpornografie ist nicht die Richtung, in der Barbara Ruigbot ermitteln will. Vor allem nicht nach den öffentlichen Diskussionen, die bereits über sein Werk geführt worden sind.« Sie schaut auf ihr Handy, ob Kyra Slagter endlich eine Nachricht geschickt hat. Nichts.

»Aber das spricht doch gerade dafür, genau in diese Richtung zu ermitteln!«

»Ich weiß.«

»Sexuelle Handlungen mit Minderjährigen? Oder mit Schutzbefohlenen, Schülerinnen seiner Schule?«

»Ruigbot hält es durchaus für eine gute Idee, diese Spur zu verfolgen, aber nur im Hinblick auf das Motiv. Im Zusammenhang mit Gaullier will Ruigbot nichts davon hören.«

»Sie will nicht noch mehr Staub aufwirbeln, das ist alles. Was, wenn andere Lehrer davon gewusst haben? Oder wenn dieser Willem de Jong sogar ein Mittäter war? Ich sage dir, Maud, da ist mächtig was faul!«

Bingsten schweigt daraufhin, aber Maud kann förmlich hören, wie es in ihm arbeitet.

»Wohnt bestimmt auch am Grachtengürtel, die Ruigbot«, motzt er dann. »Da hackt eine Krähe der anderen kein Auge aus. – Warum lachst du?«

»Ich wusste, dass du das sagen würdest.« Sie steht auf und streckt sich. »Gaullier hat übrigens nicht an einer Gracht gewohnt.«

»Der Deich ist die Gracht von Nord-Amsterdam. Da wohnt doch auch die Schickeria und das ganze Volk, das am liebsten dazugehören würde. Übrigens würde ich die Witwe gern aufs Präsidium bestellen. Ich traue ihr nicht.«

Mertens nickt bedächtig und schaut auf die Uhr. »Wir müssen gehen. Hast du inzwischen den Bericht aus der Forensik?«

Bingsten schüttelt den Kopf. »Noch nicht.«

Sie betreten das Zimmer, in dem sich das Team zur Besprechung versammelt hat. Maud geht rasch die Fakten durch. Alle haben ausgezeichnete Arbeit geleistet und sie muss mit den Ergebnissen zufrieden sein, auch wenn wenig davon wirklich sachdienlich ist. Am meisten erhoffen sie sich von der Analyse der Fäkalien. Wenn sie Glück haben, großes Glück, haben sie das DNA-Profil bereits in ihrer Datenbank.

Das Team ist sich darüber einig, dass es bisher nur ein mögliches Motiv gibt, nämlich, dass Myrthe Gaullier durch den Tod ihres Mannes eine noch vermögendere Frau geworden ist.

»Aber jetzt schaut euch das mal an«, sagt Mertens. »Ich habe uns ein paar Ausdrucke der neuesten Arbeiten von Gaullier gemacht ...« Die Tür geht auf und das gesamte Team hebt erstaunt die Köpfe, als der neue Bürgermeister, der erst vor Kurzem sein Amt angetreten hat, hereinkommt.

»Achten Sie nicht auf mich«, sagt er. »Fahren Sie einfach fort, bitte.«

Der lange, magere Mann zieht sich einen Stuhl heran und setzt sich. Er fährt mit einer Hand durch sein kurzes graues Haar und lächelt.

»Ich bin gar nicht da«, sagt er.

Totenstille. Alle scheinen den Atem anzuhalten. Dass ein Bürgermeister unangekündigt an einer Besprechung teilnimmt, ist noch nie vorgekommen.

Mertens fragt sich, ob sie die bisherigen Themen noch einmal kurz zusammenfassen soll. Sie entscheidet sich dagegen. »Die wichtigste Spur ist vorläufig diese hier.«

Sie zieht ein paar großformatige Ausdrucke aus einer Papprolle und hängt sie an das Flipchart. Jemand pfeift zwischen den Zähnen hindurch. Offenbar ist der Bürgermeister bereits wieder vergessen.

»Schau an«, sagt Thomas Kuipers. »Die sind aber ganz schön jung.«

»Alle Modelle sind Schülerinnen von Gaullier und sollen angeblich ausnahmslos über sechzehn Jahre alt gewesen sein«, erklärt Mertens.

»Dann hat er mit ein bisschen plastischer Chirurgie nachgeholfen«, bemerkt Kuipers, »und sie ein bisschen jünger gemacht.«

»Die Staatsanwältin hält es nicht für angebracht, dass wir in Richtung Kinderpornografie ermitteln«, fährt Mertens mit einem so unbewegten Gesicht wie möglich fort. Darauf folgt ein Sturm der Entrüstung.

»Aber« – sie hebt die Hand und bittet um Ruhe – »wir werden untersuchen, inwieweit sich Gaullier tatsächlich mit seinen Schülerinnen eingelassen hat. Kyra Slagter hat bereits eine Erklärung dazu abgegeben. Vielleicht führt die Spur zu einem aufgebrachten Vater oder eifersüchtigen Freund.«

Mertens versucht, eine Reaktion vom Gesicht des Bürgermeisters abzulesen, aber er schenkt sich mit einem Pokerface Kaffee ein.

»Wir wissen, dass er sich eine Art Exklusiv-Club ausgedacht hatte«, fährt Mertens fort. »Unterricht für eine kleine Gruppe besonders talentierter Mädchen. Einige hatten auch privaten Einzelunterricht bei ihm. Und offenbar haben auch nicht wenige für ihn Modell gestanden.«

»Modell gestanden«, wiederholt jemand von der Sitte gereizt.

»Es ist alles extrem dubios«, stellt Mertens fest. »Aber in jedem Fall gilt, dass wir die Mädchen gründlich befragen müssen.«

Sie wartet einen Moment.

»Die Schulleitung möchte ich vorerst da raushalten. Ich werde die Porträts mit der jungen Slagter durchgehen und sie bitten, die Modelle zu identifizieren. Sie wird auch Hintergrundinformationen über die Mädchen haben. Außerdem werde ich einen Antrag auf Unterstützung der Kollegen von der Sitte stellen«, fährt sie fort. »Wir schaffen das nicht allein. Und ich will, dass es schnell geht.«

Bitter seufzt. Er scheint den Bürgermeister absichtlich zu ignorieren. »Viel Glück, bei den knappen Budgets.«

»Das ist mir in diesem Fall egal«, erwidert Mertens energisch. »Ich beantrage so viel, wie ich für nötig halte. Wenn es nach mir geht, werden Gaulliers Aktivitäten so lange unter die Lupe genommen, bis wir alles, absolut alles über ihn wissen.«

So, das wäre klargestellt. Unmissverständlich für jeden im Raum.

Der Bürgermeister steht auf. »Es ist etwas ungewöhnlich, dass ich hier so einfach hereinplatze«, beginnt er. »Vielleicht darf ich dazu etwas sagen. Erik Tijsen ist augenblicklich in einer Beratung, um dafür zu sorgen, dass Ihre Kapazitäten erhöht werden.

Bei der Konferenz morgen früh werden wir anwesend sein und die Strategie vorstellen.«

Niemand sagt etwas.

»Sie werden also Unterstützung erhalten, wollte ich nur sagen.«

»Weiß Erik Tijsen, dass Sie hier sind?«, fragt Mertens.

»Ich war sowieso in der Nähe«, antwortet der Bürgermeister mit ausdruckslosem Gesicht. »Ich hatte schon lange vor, einmal an einer Besprechung teilzunehmen. Dies hier schien mir eine gute Gelegenheit. Morgen wird Meneer Tijsen Ihnen alles erklären.«

»Gut«, sagt Mertens. »Vielen Dank.« Sie versucht, ebenso monoton zu reden wie er, weiß aber nicht, ob es ihr gelingt. Jeder hat den Termin mit Tijsen, ihrem obersten Vorgesetzten, am nächsten Morgen schon im Terminplan des Intranets stehen sehen, und die Gerüchte brodelten an den Schreibtischen und rund um die Kaffeemaschine.

»Ich möchte die Witwe noch einmal befragen«, meldet sich Bingsten plötzlich. »Noch heute. Eifersucht kann auch für sie ein Motiv gewesen sein.«

Mertens nickt. Der Bürgermeister räuspert sich. Alle schauen ihn an.

»Ich will mich ja nicht einmischen«, sagt er, als hätte er nicht beabsichtigt aufzufallen. »Aber ich persönlich würde mich um andere Dinge kümmern.«

»Ich denke, Ihr Punkt ist klar, Herr Bürgermeister«, sagt Mertens. »Für alle gilt: Nichts, was hier über Gaullier gesagt wurde, verlässt diesen Raum. Ihr werdet nicht über den Fall reden. Weder mit euren Partnern noch mit eurer Mutter, mit niemandem. An die Medien darf nichts durchsickern.«

»Deinen Optimismus möchte ich haben«, bemerkt Thomas Kuipers. »Gestern stand schon ein Kamerateam vor der Schule.«

»Noch eine Sache«, sagt Mertens. »Wir haben Kontakt mit den Geschäftspartnern Gaulliers aufgenommen, den Leuten, die er in Brüssel treffen wollte. Es hat sich herausgestellt, dass er nie dort angekommen ist.«

»Das war zu erwarten«, erwidert Bingsten.

»Er hat um kurz vor sieben das Haus verlassen«, fährt Mertens fort. »Der Termin in Brüssel war um elf Uhr vormittags.«

»Dann ist er also gegen sieben Uhr morgens verschwunden«, sagt Bingsten. »Wenn wir davon ausgehen, dass er von zu Hause aus direkt zum Hauptbahnhof gefahren ist.« »Es sei denn, er wurde aus dem Zug geholt«, erwidert Kuipers. »Als er irgendwo gehalten hat.«

»Möglich, aber unwahrscheinlich«, sagt Mertens. »Zunächst gehen wir aber davon aus, dass er zwischen seinem Haus und dem Hauptbahnhof entführt wurde. Wir setzen ein Team auf die Busfahrer an, die an diesem Morgen die Route gefahren sind. Gut. Sonst alles klar?«

»Könnte er mit dem Rad gefahren sein?«, fragt Myrna.

»Er hatte ein neues Batavus«, fügt Bingsten hinzu. »Das ist tatsächlich verschwunden. Es wurde weder bei der Fähre noch auf dem Weg von seinem Haus zum Bahnhof gefunden. Wir müssen dazu noch die Anwohner entlang der Strecke befragen.«

Mertens schließt die Sitzung. »Morgen, acht Uhr. Mit dem Chef also. Für heute sind wir fertig.«

»Mist!«, seufzt der Bürgermeister mit einem Blick auf das Display seines Handys. »Mist!«

»Pardon?«, fragt Ivo Bitter.

Der Bürgermeister hält das Handy hoch, mit dem Display in Richtung des Teams.

»NOS berichtet, dass Gaullier mit zugeklebtem Mund voller Fäkalien gefunden wurde.«

Mertens schaut auf die Uhr, genau wie der Rest des Teams. Es ist kurz nach acht. Jetzt weiß es also alle Welt. Jeder, der digital die Nachrichten verfolgt, aber auch jeder, der einfach die Acht-Uhr-Nachrichten schaut. Mertens schüttelt den Kopf und schließt kurz die Augen.

»Wie ist das möglich?«, fährt der Bürgermeister sie an. »Sagen Sie mir, wie das passieren konnte!«

»Ich habe keine Ahnung«, antwortet Mertens. Sie spürt, wie ihre Hände feucht werden. »Ich dränge bei jeder Sitzung auf Geheimhaltung. Aber es gibt zu viele Leute, die davon wissen. Hier, in der Forensik, im Labor, bei der Staatsanwaltschaft …«

»Das ist unerhört!« Der Bürgermeister steht auf, schiebt seinen Stuhl mit den Kniekehlen ruckartig nach hinten und marschiert anschließend ohne ein Wort aus dem Zimmer.

»Spitzen Stimmung«, bemerkt Kuipers trocken. »Viel Erfolg, Maud.«

Mertens Telefon klingelt, und sie drückt den Anruf weg.

»Niels?«, sagt Mertens und geht zur Tür. Bingsten folgt ihr.

»Was bildet der sich ein?«, fragt er. »Jemand sollte dem Typen mal die Spielregeln erklären.«

»So was habe ich noch nie erlebt«, sagt sie. »Ein Bürgermeister, der unangekündigt in die Besprechung platzt.«

»Super Timing, bei den scheiß Nachrichten. Ich wette, er kennt Myrthe Gaullier vom Grachtengürtel. Oder dem Deichgürtel oder wie auch immer du es nennen willst.«

Mertens nickt zur Antwort. »Was unternehmen wir wegen dieses Lecks?«, fragt sie.

»Ignorieren«, antwortet Bingsten. »Jeder weiß, dass so was durchsickert. Es war bestimmt irgendeiner von den Laboranten, aus der Poststelle, ein Systemadministrator, der die Mails lesen kann – jemand, der irgendwo gedankenlos in der Kneipe gequatscht hat. So läuft das eben. Du kriegst gleich eine vor den Latz geknallt. Ich werde die Gaullier-Witwe übrigens gleich morgen früh noch mal in die Mangel nehmen.«

»Prima. Ich übernehme Kyra Slagter und sorge dafür, dass wir endlich die Namensliste bekommen.«

»Immer noch keine Nachricht von ihr?«

Mertens schüttelt den Kopf.

»Ich hab doch gesagt, dass wir sie viel stärker unter Druck setzen müssen.«

Sie verabschieden sich und während Mertens das Büro verlässt, versucht sie es ein weiteres Mal bei Kyra. Mailbox. Es geht nicht voran, verdammt noch mal!

An der Wand des Containers hat er eine Karte von Amsterdam aufgehängt und verschiedene Orte mit Reißzwecken markiert. Die Gracht. Den Amsterdamer Wald. Die Fähre.

Er hat sich nicht lange in der Nähe der Fähre aufgehalten. Dass er nicht zum Laternenpfahl gegangen ist, erfüllt ihn mit leisem Stolz. Beherrschung. Ein schönes Wort. Passt zu Erbarmungslosigkeit. Bloß nicht die Kontrolle verlieren. Er muss sich immer wieder überprüfen. Er muss trainieren.

Sorgfältig schließt er die Tür der Höhle ab und geht durch den lang gestreckten Schuppen zum Wohnwagen, der dicht neben den Rolltüren steht und in dem er seit einem Jahr wohnt. Er schaut auf seine Armbanduhr. Gerade rechtzeitig zu den Acht-Uhr-Nachrichten.

Er nimmt sich eine Flasche Heineken aus dem Kühlschrank, greift nach der Fernbedienung auf dem Tisch und lässt sich zufrieden aufs Sofa fallen. Was sie nun wohl wieder über Gaullier berichten? Er ist ständig in den Nachrichten. Nein, im Grunde ist nicht Gaullier in den Nachrichten, sondern er. Alle reden vom Mörder. Dem Tathergang. Sie wissen nichts und deswegen treibt die Fantasie wilde Blüten.

Über den Mord an Marc Gaullier werden immer makabrere Einzelheiten bekannt, meldet der Nachrichtensprecher. *Wie die Obduktion ergeben hat, war sein Mund mit Klebstoff verschlossen und mit …*

Er richtet sich auf. Haben die das bekannt gegeben? Nein, das muss durchgesickert sein. Fantastisch!

… *Kot gefüllt*, sagt der Nachrichtensprecher, spürbar peinlich berührt. *Eine DNA-Analyse wurde eingeleitet. Außerdem hatte das Mordopfer keine Zunge mehr.*

Herrlich! In einem Zug trinkt er das Bier aus. Jetzt fängt die Party an. Jetzt werden sie das Verhalten Gaulliers noch gründlicher analysieren und alle werden auf die falsche Spur geraten. Genau so, wie von ihm beabsichtigt.

Edwin hat Risotto mit Champignons und Käse gekocht. Er serviert Maud eine duftende Portion mit Petersiliengarnitur. Zufrieden sieht er sie an. Ein großer Mann, leicht rötliche Haare, große Hände, breites Grinsen. Sie hat es nie ausgesprochen, aber er hat sie aus einer tiefen Depression gerettet, als Roos' Vater kurz nach der Geburt plötzlich abgehauen war. Maud isst eine Gabel Reis und nimmt einen Schluck von dem Pinot Grigio, den Edwin ihnen eingeschenkt hat.

»Ich finde, du solltest etwas strenger mit Roos sein«, sagt sie mit vollem Mund. »Ich möchte, dass sie die Woche über zu normalen Zeiten nach Hause kommt. Sie hat morgen Schule. Immer so spät schlafen zu gehen ist nicht gut für die geistige Entwicklung.«

Während sie es sagt, schaut sie auf die große Bahnhofsuhr, die in ihrer modernen Küche hängt. Kurz vor halb zehn.

»Der Umzug war nicht leicht für sie«, erwidert Edwin ruhig. Nichts bringt ihn aus dem Gleichgewicht. Ruhe und Vernunft sind die ihn prägenden Merkmale.

»Sie sollte sich lieber über die Schule Gedanken machen. Hast du eigentlich mit ihrer Lehrerin gesprochen? Du wolltest doch noch mal nachhaken.«

»Bin nicht dazu gekommen. Aber sie sagt, alles läuft gut.«

Edwin lehnt sich zurück und das Hemd spannt sich straff über seinem Bauch. Er müsste abnehmen. Sie müsste abnehmen. Sie isst noch eine Gabel von dem Risotto.

»Das hatten wir doch abgemacht. Nie kann ich mich bei solchen Sachen auf dich verlassen.«

»Ach komm. Das eilt nun wirklich nicht.«

»Es eilt sehr wohl, Edwin. Es geht schließlich um die Zukunft unserer Tochter.«

»Ich kann es nicht leiden, wenn du mich plötzlich Edwin nennst, wenn wir diskutieren. Das klingt, als wolltest du mich bestrafen.«

»Hör schon auf. Du weißt, dass ich es nicht so meine.«

»Ich finde, du solltest etwas mehr Interesse für Roos zeigen und nicht so streng mit ihr sein. Nimm das Ganze doch mal etwas entspannter. Du vergräbst dich schon seit Tagen in den Fall. Roos braucht eine weiche Hand, keine harte. Und ein bisschen mehr Aufmerksamkeit.«

Maud stellt ihr Glas Wein auf den Tisch. Sie versucht, sich nicht aufzuregen. Sie sollte doch in der Lage sein, Kritik anzunehmen. Feedback. Doch innerlich kocht sie.

»Sie trägt nur noch schwarze Kleidung«, erwidert sie besorgt. »Und jeden Morgen hat sie dunkle Ringe unter den Augen. Sie hat blaue Strähnen in ihrem schwarz gefärbten Haar. Sie ist kaum noch zu Hause und sieht so bleich aus wie eine … Wie eine … Sie geht viel zu spät ins Bett.« Sie sieht Edwin an, dass er etwas erwidern möchte, aber sie lässt ihm keine Chance. »Und da soll ich entspannt sein? Noch weniger von ihr fordern? Das sieht doch ein Blinder, dass da was schiefläuft.«

»Das mit ihrem Äußeren ist nur eine Phase. Sie grenzt sich gegen alles und jeden ab. Sogar gegen die brave Uniform ihrer Freundinnen aus Süd-Amsterdam. Sie ist sie selbst. Darauf solltest du stolz sein …«

»Eine Phase? Eine Phase, aus der sie vielleicht nie wieder rauskommt, wenn es so weitergeht.«

»Ach komm, jetzt dramatisierst du aber …«

»Warte nur ab. Demnächst finden wir die ersten Drogen in ihrem Zimmer.«

»Danke für dein Vertrauen, Mama.«

Maud dreht sich blitzschnell um und sieht Roos hinter sich stehen. Sie lehnt im Türrahmen der Küche. Lässig. Scheinbar gleichgültig.

»Roos!« Mertens stockt die Stimme. Sie will doch nur, dass alles gut ist zwischen ihnen. Dass es ihrer Tochter gut geht. Das Glück anderer ist eine schwere Verantwortung, die sie sehr ernst nimmt. »Ich …«

»Du brauchst mir nichts zu erklären. Ich weiß schon lange, wie du über mich denkst.«

»Verdammt noch mal, Roos! Du weißt genau, was ich meine, Roos. Ich will doch nur, dass es dir gut geht!« Sie ruft in eine leere Tür. Roos ist schon weg. Hinauf, auf ihr Zimmer. Sie überlegt, ob sie hinterher soll. Das hat sie schon öfter getan. Dann stand sie vor einer geschlossenen Tür und schrie herum. Dass die ehemaligen Bewohner des Hauses ein Schloss an der Schlafzimmertür hatten anbringen lassen, war ihr erst aufgefallen, als ihre Tochter sich zum ersten Mal eingeschlossen hatte. Den Schlüssel rückte sie seitdem nicht mehr raus. Auch darüber hat sie schon viele Diskussionen mit ihr und mit Edwin geführt.

Wütend greift sie wieder nach ihrem Glas Wein und trinkt einen großen Schluck. »Scheiße!«, flucht sie, absichtlich heftig, in der Hoffnung, dass Edwin sie beruhigt oder ihr sagt, was sie tun soll. »Scheiße!«

16

Mittwoch

»Kann ich dein Auto haben?«, fragt Kyra, als sie morgens in der Küche ihrer Mutter begegnet. »Ich muss morgen mal kurz weg.«

Sie gähnt. Die Nacht ist ihr irgendwie kürzer vorgekommen als normalerweise. Sophie und Luna haben nicht auf ihre Nachrichten reagiert. Mertens hat zweimal angerufen und drei SMS geschickt. Sie will eine Namensliste haben und obwohl sie versucht, es hinauszuzögern, muss sie jetzt endlich doch zurückrufen. Durch die Nachrichten über den Kot in Gaulliers Mund ist ihre Neugier unerträglich geworden. Scheiße. Wie ekelhaft! Welcher Irre denkt sich so etwas aus? Die Zunge abschneiden und den Mund mit Scheiße füllen. Jetzt kann es keinerlei Zweifel mehr über die Intention des Mörders geben. Erniedrigung.

Kyra sieht zu, wie ihre Mutter Huhn mit Gemüse zubereitet. Die neue Mode: hochwertiges Eiweiß, Gemüse, Obst. Ein leichtes Abendessen zur Abwechslung, statt des ewigen Eis und des Bechers Joghurt. Die Kohlenhydrate sind schon vor einer Weile verbannt worden. Igitt!

»Du steckst mitten in den Prüfungen«, erwidert ihre Mutter. »Also, warum willst du morgen weg?«

»Donnerstag und Freitag habe ich keine, erst Montag wieder«, antwortet Kyra. »Ich muss mal ein bisschen den Kopf frei bekommen.«

»Aber du hast doch nächste Woche noch vier Klausuren, oder?«

»Stimmt.«

Ihre Mutter legt das Fleischmesser hin, hebt die Hand und zählt an den Fingern ab. »Donnerstag, Freitag, Samstag, Sonntag. Genau vier Tage. Macht eine Klausur pro Tag, die du vorbereiten musst.«

Sie schaut ihre Tochter an, als ergäbe sich die Konsequenz daraus von selbst. Kyra zuckt fragend mit den Achseln.

»Du fährst morgen nirgendwohin.« Holly Slagter nimmt wieder ihr Messer und konzentriert sich auf das Schneiden des Hähnchenfilets. »Nur noch ein bisschen durchhalten, Schatz, dann kannst du machen, was du willst.«

Kyra schließt die Augen. Diese Selbstverständlichkeit, mit der ihre Mutter bestimmt, was sie tun darf und was nicht.

»Mama, ich bin nachher um eins mit der Klausur fertig. Ich kann heute schon mit Physik anfangen. Morgen möchte ich mal etwas Pause machen.«

»Keine gute Idee. Du hast erst drei Prüfungen hinter dir …«

»Nach heute fünf.«

»Da hast du's. Es wäre also klüger, wenn du dir heute Abend ein bisschen Ruhe gönnst und dich dann morgen noch mal richtig ransetzt. Ich bin in den nächsten Tagen auch zu Hause«, fährt ihre Mutter fort. »Ich kann dich also morgen früh wecken, Frühstück machen und ein bisschen helfen. Ich könnte dich abhören.«

Das wird ja immer besser, denkt Kyra.

»Ich habe in den letzten vier Jahren alles alleine gemacht, Mama«, sagt sie und weiß, dass es gemein ist, aber sie kann nicht anders. Jetzt plötzlich, wo sie neunzehn ist, will sie die fürsorgliche Mutter mimen. »Die paar Tage machen also auch nichts mehr aus.«

Verletzt blickt ihre Mutter auf, das Messer in der einen und ein Hähnchenfilet in der anderen Hand, und sofort tut es Kyra leid. Warum kann sie nicht einfach mal die Klappe halten?

»Jarno hat ein Zimmer gefunden«, verkündet ihre Mutter unvermittelt. »Bei Stefan und Robin. An der Mauritskade.«

Oh, nein. Jarno zieht aus!

»Nächste Woche kann er rein.«

Nächste Woche. Während sie mit der Nase über den Büchern hängt, packt ihr Bruder Umzugskisten. Mein Gott, dann bleibt sie hier allein zurück. Allein mit ihrem abwesenden Vater und ihrer egozentrischen Mutter, die einmal gar nicht bemerkt, dass sie existiert, und im anderen Moment wie eine Glucke hinter ihr her ist und ihr alles vorschreiben will.

»Im Übrigen ist es mir egal, was du alles zu sagen hast«, entgegnet ihre Mutter spitz. »Während deiner Prüfungsphase werde ich dafür sorgen, dass du dir nicht selbst im Wege stehst. Es ist wichtig, Schatz. Für den Rest deines Lebens. Du kannst mir alles Mögliche vorwerfen, aber nicht, dass ich nicht dafür sorgen würde, dass du es schaffst.«

Sie wird dafür sorgen, dass sie es schafft? Sie? Sie paukt seit sieben Jahren selbstständig und in der letzten Woche will ihre Mutter ganz allein dafür sorgen, dass sie es schafft?

»Was hast du denn auf einmal?«, fragt sie schnippisch und wieder sprudeln die Worte gegen ihren Willen aus ihr heraus. »Willst du dich etwa plötzlich um mich kümmern?«

»Das ist eine Frechheit. Tu nicht so, als hätte ich dich jemals vernachlässigt!« Plötzlich fängt sie an zu schreien. Das ist typisch für ihre Mutter: Wenn es mit Vernunft nicht klappt, dann vielleicht mit Lautstärke, Hysterie.

»Ich hab ja nichts dagegen. Hauptsache, du behauptest nicht, ich hätte alles nur dir zu verdanken. Ich stehe überall mindestens drei. Ich kann mich um mich selbst kümmern!« Plötzlich fängt auch sie an zu schreien.

»Wir sprechen uns noch, wenn du mal erwachsen bist!«, schreit ihre Mutter zurück. »Wenn du kapierst, was ich alles für dich getan habe, was ich für dich aufgegeben habe: Vier Jahre lang bin ich zu Hause geblieben. Deinetwegen, jawohl! Jetzt werde ich in den letzten Tagen nicht zuschauen, wie du alles vermasselst!«

Wie bitte? Ihretwegen will sie zu Hause geblieben sein? Ihretwegen? Sie ist zu Hause geblieben, weil sie zu schwach war, um sich zu bewegen. Weil der Verlust sie auffraß. Sie lähmte. Weil Sarina, die Zarte, verschwunden war. Die Tochter, die sie erst in die Magersucht getrieben hatte mit ihrer idiotischen Mischung aus übertriebener Fürsorge und gleichzeitiger Ignoranz. Die Tochter, mit der sie sich ständig gestritten hatte und die nach ihrem Verschwinden plötzlich heiliggesprochen worden war. Verdammte Scheiße noch mal!

»Auf dein Zimmer!«, befiehlt ihre Mutter. »Sofort!«

Kyra rührt sich nicht. Sie hält den Atem an, weil sie es nicht wagt, in irgendeiner Weise zu reagieren.

»Fang an zu lernen. Und der Computer bleibt aus. Wo ist dein Handy? Ah, ich sehe es schon.« Ihre Mutter nimmt rasch das Smartphone vom Tisch. »Das bleibt erst mal bei mir.«

Mein Gott, jetzt ist sie vollkommen übergeschnappt! In Kyra wallt eine Wut auf, die wie ein Tsunami wächst. Eine Erschütterung, die irgendwo unter Wasser eine kleine Welle in Bewegung gesetzt hat, welche anschwillt und anschwillt. Nichts sagen. Nichts tun. Nicht reagieren. Du kennst dieses Gefühl. Du kennst es doch? Also warum erstaunt es dich? Warum lässt du dir auf der Nase rumtanzen?

»Ich muss in die Schule«, sagt sie. »Klausuren, du weißt schon.« Sie dreht sich um und verlässt das Haus.

Kyra Slagter geht immer noch nicht ans Telefon. Verdammt! Die Zeit drängt, und die ganze Welt erwartet Ergebnisse. Da hat sie eine Person gefunden, die ihr kostbare Informationen verschaffen könnte, und die ist nicht erreichbar. Was sie eigentlich für unmöglich hält, diese jungen Dinger sind doch mit ihrem Handy verwachsen. Kyra will einfach nicht reagieren. Bei ihr zu Hause ist es genauso. Wenn sie Roos etwas fragt, wird sie auch ignoriert. Nein, nicht ignoriert. Roos entscheidet sich immer öfter bewusst dafür, sie zwar anzuhören, aber nur mit einem mürrischen Brummen oder dem Verdrehen der Augen zu reagieren.

Sie streckt sich, die Hände über dem Kopf, lehnt sich zurück und schaut auf die Uhr. Zehn Uhr. Bingsten ist zusammen mit dem Opferschutzbeauftragten zur Witwe Gaulliers gefahren. Vorgeblich, um ihr Informationen zu bringen, aber in Wirklichkeit, um ihr Informationen zu entlocken. Sie wiederum versucht, eine Spur zu finden, die über den Missbrauch Gaulliers – kann man es so nennen? – zum Mörder führen könnte, aber irgendwie kann sie nicht klar denken. Diese ruhelosen Nächte! Wenn sie nicht über den Fall nachdenkt, kreisen ihre Gedanken um Roos.

»Hast du einen Moment Zeit, Maud?« Sie zuckt zusammen. Erik Tijsen ist neben ihrem Schreibtisch aufgetaucht. Erst bekommt man ihn nie zu Gesicht, und dann wird man ihn nicht mehr los.

Sie steht auf. »Natürlich.« Oder soll sie besser behaupten, sie hätte zu viel zu tun, weil sie so unterbesetzt seien? Sie spürt die Augen der Kollegen im Rücken brennen, als sie dem Chef folgt. Tijsen ist hochgewachsen und breitschultrig, hat diverse schwarze Gürtel in verschiedenen Kampfsportarten und ist berüchtigt für seine militärische Präzision im Job. Das Team war heute Morgen mucksmäuschenstill, als er seine Ansprache hielt.

»Gehen wir hier mal kurz rein«, sagt er und hält die Tür eines Konferenzsaals auf. Sie riecht sein etwas süßliches Aftershave.

»Was kann ich für dich tun, Erik?«, fragt sie. Es ist besser, im Gespräch die Führung zu übernehmen, sonst wird man schnell zum Opfer.

»Wie schätzt du die Ermittlungen ein, Maud?« Er sitzt unbeweglich am Schreibtisch. Sein natürlicher Gesichtsausdruck ist grimmig. Das Haar ist millimeterkurz geschnitten. Die Hände liegen entspannt vor ihm auf dem Schreibtisch.

»Ich möchte gerne untersuchen, ob das Werk von Gaullier, erotisch gefärbte Porträts junger Mädchen, in diesem Mordfall eine Rolle spielt. Die Witwe muss eingehender befragt werden. Die Schule sollten wir uns auch noch mal genauer unter die Lupe nehmen: Lehrer und Schüler.«

Sie schweigt einen Moment.

»Das sind für mich aktuell die wichtigsten Punkte.«

Tijsen nickt, schweigt aber. Auf die Nummer fall ich nicht rein, denkt Mertens. Mit dieser Taktik versucht er, seinem Gegenüber unbedachte Äußerungen zu entlocken. Aber Mertens kann das Schweigen aushalten.

»Mich würde momentan hauptsächlich interessieren, wer der Presse gegenüber geplaudert hat«, sagt Tijsen schließlich.

»Mich auch«, sagt Mertens und als erneut ein langes Schweigen eintritt, lässt sie sich doch zu einer Bemerkung hinreißen. »Ich kann mir nicht vorstellen, dass es jemand von meinen Leuten war.«

Tijsen steht auf und stützt sich mit beiden Händen auf die Rückenlehne des Stuhls. »Gut. Ich erwarte bis morgen deinen Bericht.«

Als sie Luft holt, um zu entgegnen, dass das unmöglich sei, redet er rasch weiter: »Ich möchte ausdrücklich betonen, dass ich über die Vorgehensweise unseres Bürgermeisters nicht glücklich bin. Ich habe mit ihm und Ruigbot alle Hände voll zu tun. Deshalb ist es besonders peinlich, wenn innerhalb unserer eigenen Reihen etwas schiefläuft. So etwas macht sich nicht gut in deiner Akte, Maud. Ich erwarte Ergebnisse. Geh der Sache auf den Grund.«

Mertens steht auf. Ihr ist heiß und sie spürt, wie ihr Herz pocht. Ihr Verhältnis zu Tijsen ist nicht besonders. Er ist kein übler Kerl, aber es ist schwer für sie, ihn einzuschätzen. Gerade deswegen will sie sich ihm gegenüber beweisen. Sie versucht, das Gefühl zu unterdrücken, dass sie gerade alles falsch macht.

»Es kommt nicht aus unseren Reihen«, entgegnet sie energisch. »Das werde ich beweisen.«

Tijsen blickt sie ungerührt an.

»Ich habe in einer halben Stunde einen Termin mit dem Konrektor der Schule«, fährt Mertens fort, viel zu übereifrig, wie sie spürt. »Außerdem habe ich eine Kontaktperson in der Gruppe der Mädchen, die mir weitere Informationen verschaffen kann.«

»Danke, Maud.« Tijsen öffnet die Tür, um anzudeuten, dass die Unterhaltung für ihn beendet ist.

Zurück auf ihrem Platz nimmt sie die Klassenfotos und die Ausdrucke der Kunstwerke zur Hand und beginnt, sie miteinander zu vergleichen. Da, dieses hier, ein blondes Mädchen mit verträumtem Blick. Sie trägt eine dünne, offen stehende Bluse. Ihre Brüste sind nackt, eine Brustwarze ist hinter dem Stoff verborgen, die andere lugt schamlos hervor. Das junge Mädchen trägt keinen Slip, doch das Gemälde endet genau an der Grenze zum Intimbereich. Auf dem Klassenfoto ist dasselbe Mädchen zu sehen, allerdings in Jeans und Pullover. Sie lacht; ein Klassenkamerad hat ihr den Arm um die Schultern gelegt. Mertens kennzeichnet ihr Gesicht mit einer Eins und den Ausdruck des Gemäldes ebenfalls.

Eine Viertelstunde lang vergleicht sie mit wachsender Ungeduld und Gereiztheit die Gemälde mit den Fotos, bis sie sich eingestehen muss, dass es eine sinnlose Aktion ist. Kyra würde viel schneller damit fertigwerden, und außerdem könnte sie ihr Hintergrundinformationen geben. Erneut greift Mertens zum Telefon und wählt die Nummer des Mädchens, wieder nimmt niemand ab. Verdammt.

Niels Bingsten kommt herein, mit unheilvoller Miene.

»Scheint ja gut gelaufen zu sein«, bemerkt Mertens und zieht eine Augenbraue hoch.

»Kein böses Wort über ihren Mann«, murrt Bingsten. »Es herrschte nichts als Friede, Freude, Eierkuchen. Und sie hat ein Alibi für Samstag. Fitnessstudio. Mittagessen und Einkaufen mit Freundinnen. Kinobesuch. Als sie abends spät nach Hause kam, hat sie noch auf der Straße mit einer Nachbarin geredet. Am Sonntag hat sie einen Gesprächskreis besucht, irgendetwas mit Heilung durch Kristalle oder so. Ich habe es nicht ganz verstanden, aber auf jeden Fall scheint das ziemlich wasserdicht. Abends ist sie mit einer Freundin essen gegangen.«

»Wasserdichter geht kaum.«

»Genau.« Bingsten geht zu seinem Schreibtisch und lässt sich auf seinen Stuhl fallen.

»Gibt es endlich Neuigkeiten aus dem Labor?«, fragt Mertens. »Was wissen wir über den Kot?«

»Nichts. Und was ist mit Kyra?«

»Meldet sich nicht.«

»Wir könnten zu ihr nach Hause fahren.«

»Vielleicht sollten wir das tun.« Mertens starrt auf den Papierberg vor ihr und bemerkt mit angewidertem Gesicht: »Aber ich muss noch Berichte schreiben.«

»Kriegst du später schon geschafft«, sagt Bingsten. »Ich rufe inzwischen in der Forensik an und hole dir anschließend ein belegtes Brötchen bei Van Willes.«

»Das wäre lieb von dir.« Mertens steht auf und nimmt ihre Jacke vom Bürostuhl. »Aber jetzt erst mal auf zu Willem de Jong.«

»Und, wie ist es gelaufen?«, fragt ihre Mutter, als Kyra nach der Biologieklausur nach Hause kommt.

»Ganz gut«, antwortet sie so nichtssagend wie möglich. Ohne ihre Mutter anzusehen, geht sie die Treppe hinauf.

»Ich habe Sirupwaffeln!«, ruft ihre Mutter hinauf. »Vom Bäcker!«

Kyra antwortet nicht und schließt die Tür hinter sich.

Sie startet ihren Mac und öffnet das Dokument mit den Namen der Mädchen, von denen sie weiß, dass sie etwas mit Gaullier gehabt haben, in welcher Form auch immer. Dann öffnet sie ein anderes Dokument mit einer Namensliste von Mädchen, von denen sie weiß, dass sie garantiert nichts mit Gaullier hatten. Eine Zeit lang versucht sie, sich an weitere Namen zu erinnern, aber schließlich druckt sie die Listen aus. Sie ist stinksauer, dass ihre Mutter ihr das Handy abgenommen hat. Soll sie jetzt etwa bei jeder von denen vorbeigehen?

Willem de Jong war gut vorbereitet gewesen. Fast zu gut. Er hatte Listen sämtlicher Schülerinnen und Schüler mit deren Kontaktdaten anlegen lassen. Die Schule hatte für alle Eltern einen Brief über den derzeitigen Sachstand aufgesetzt und die Gründe genannt, warum die Polizei Unterstützung benötigt.

Der Mann schwor hoch und heilig, nichts über Gaulliers Intimverhältnisse mit seinen Schülerinnen zu wissen.

»Das kann ich mir überhaupt nicht vorstellen«, hatte er sich ereifert. »Welcher Pädagoge macht denn so etwas? Das verstößt gegen unser Berufsethos.«

Berufsethos. Haha. Leider hatte auch er ein wasserdichtes Alibi für das ganze Wochenende. Der Besuch hatte sich also auch nicht gelohnt, genauso wenig wie Bingstens Gespräch mit der Witwe.

Zurück im Präsidium läuft Mertens Myrna über den Weg, die gerade von der Kaffeemaschine kommt.

»Ich brauch mal kurz ein bisschen Koffein«, sagt die junge Kollegin entschuldigend.

Mertens nickt. »Myrna«, beginnt sie. »Du hast uns doch von deiner Freundin beim Fernsehen erzählt.«

»Der Redakteurin«, erwidert Myrna stolz.

»Du hast doch nicht etwa …«

Myrna erschrickt sichtlich, errötet und reißt die Augen auf. »Nein«, stottert sie. »Natürlich nicht.«

»Hab ich auch nicht anders erwartet«, erwidert Mertens beruhigend. Sie glaubt der jungen Kollegin. »Du weißt, ich muss dich das fragen.«

»Natürlich.« Myrna hat sich wieder gefangen. Für sie als Jüngste im Team ist es bestimmt nicht immer leicht. »Das verstehe ich.«

»Schön«, sagt Mertens. »Dann wäre das auch schon mal geklärt.«

Bingsten, Kuipers, Jolanda, John – inzwischen hat sie fast das ganze Team auf das Leck angesprochen. Die Information kommt nicht von ihnen. Natürlich nicht. Doch leider muss sie es auch noch in zig Berichten ihren Vorgesetzten erklären.

Je länger Mertens auf ihrer Tastatur herumhackt, desto wütender wird sie. Sie muss raus hier. Aktiv werden. Mit Leuten sprechen, Fragen stellen, weiterfragen und nochmals weiterfragen. Es gibt immer jemanden, der irgendetwas weiß, jemanden, der etwas gesehen hat. Noch nie wurde ein Mordfall gelöst, indem die Ermittler den ganzen Tag am Schreibtisch gesessen und Berichte getippt haben.

Sie wirft einen Blick zur Memotafel, auf der sie die wichtigsten Hinweise bei den Ermittlungen im Mordfall Gaullier gesammelt haben. Fotos. Zettel mit Bemerkungen über alle Bereiche, die mit seinem Tod zu tun haben könnten. Die meisten Listen sind verdammt kurz. Aus dem Labor ist auch noch nichts Brauchbares gekommen. Der Klebstoff war kein besonderer: ein Mix aus verschiedenen Sorten Sekundenkleber, wie man ihn überall kaufen kann. Mertens hat Myrna losgeschickt, um bei den örtlichen Baumärkten nachzufragen, ob irgendwo der Kauf einer größeren Menge Kleber registriert wurde. Man weiß ja nie. Vielleicht plant der Täter ja eine Fortsetzung.

Das plausibelste Motiv ist Rache. Wut. Hass, unter Umständen entstanden aus Eifersucht. Marc Gaullier suchte nach Aufmerksamkeit, Bewunderung, sexueller Erregung. Er muss unersättlich gewesen sein. Wurde immer arroganter. Fühlte sich unverwundbar. Er muss geglaubt haben, er könne ungestraft mit den Mädchen machen, was er wollte. Schön und gut, denkt Mertens. Das Motiv ist klar, aber den Täter haben wir damit immer noch nicht.

»Maud?« Bingsten steht neben ihr. »Ich habe gerade mit der Forensik gesprochen.«

Sie hört an seiner Stimme, dass jetzt etwas kommt. Los, denkt sie, los, gib mir etwas, womit ich weiterarbeiten kann!

»Es ist Hundescheiße.«

»Wie bitte?«

»Sein Mund war voller Hundescheiße. Keine DNA also, jedenfalls nicht vom Täter.«

17

Kildermorie, Schottisches Hochland

Das war also das Ende. Das Mädchen hatte keinen Zweifel daran. Das war's. Ohrenbetäubender Lärm, Zittern und Beben und schreiende Menschen. Sie hatte geglaubt, das Schlimmste läge hinter ihr. Die Ketten, das Eisen, das Blut, die Schreie – nein, nicht daran denken, weg mit den Erinnerungen! Denk nicht an die Angst, die dich so sehr lähmt, dass du nicht mehr klar denken kannst und du Dinge tust, vor denen du dich ekelst, wegen derer du dich selbst hasst, nicht mehr wiedererkennst, und nach einer Weile überhaupt nicht mehr weißt, wer du bist, wer du gewesen bist, bevor das alles seinen Anfang nahm. Denke nicht an ihn – ihr Verstand wird schwarz … Geh an einen sicheren Ort. Es gibt nur einen sicheren Ort. In der Sonne. Der Frühjahrssonne. Mit Papa und Mama. Hand in Hand in Hand. Laufen. Endlose Wanderungen. Engelein flieg. In den blauen Himmel. Den wolkenlos blauen Himmel. Und dann zurück auf die Erde. Den festen Boden unter den Füßen. Ein Anlauf, ein Schwung, und noch mal. Die Sicherheit. Die Liebkosungen. Das ist es, was sie vor sich sieht, was sie fühlt, immer wieder. Den blauen Himmel, die Vögel, Engelein flieg, Papa und Mama.

Phil hatte nicht umsonst jahrelang als Ingenieur gearbeitet. Er packte überall mit an. Mabel sah zufrieden zu. Als ehemalige Krankenschwester machte sie sich natürlich ernsthafte Sorgen. Mein Gott, wenn sie es nur schafften, sie dort hinauszuziehen! Wenn ihr nur nichts passierte! Wenn sie nur heil herauskam.

Es war rührend zu sehen, wie all die Männer sich anstrengten, um das Mädchen aus der Spalte zu befreien. Allerdings schienen sie dabei zu vergessen, dass sich hinter dem technischen Problem ein Mensch verbarg. Ein Mädchen, das sich vor lauter Angst tief zwischen den Fels gezwängt hatte. Niemand schien sich um ihre Panik zu kümmern. Es musste schrecklich sein, dort zu liegen, unter einem riesigen Felsblock, eingeklemmt unter zig Tonnen von Stein, während die Welt um einen herum unterging? Die Bagger und Bohrmaschinen verursachten einen Höllenlärm! Plötzlich wusste sie, was sie zu tun hatte.

Mit raschen Schritten ging sie zum Felsen und fuchtelte mit den Händen in der Luft herum, um die Männer dazu zu bringen, kurz innezuhalten. Mabel riss dem nächstbesten den Gehörschutz vom Kopf, ließ sich auf den Bauch hinab und kroch so weit sie kam in die Spalte hinein. Das Loch war schon gehörig vergrößert worden und daher kam sie viel weiter als noch vorhin. Sie bohrten auf der linken Seite, wo der Fuß eingeklemmt war. Das Mädchen schien sie nicht zu sehen. Mit einer Wange lag sie auf dem Felsen und starrte vor sich hin, als wäre sie blind. Ihr Gesicht war vollkommen ausdruckslos.

Mabel zwängte sich noch ein Stück weiter, streckte die Arme mit dem Gehörschutz vor sich aus, aber das Mädchen reagierte nicht. Das arme Kind war vollkommen traumatisiert. Sie musste Schreckliches mitgemacht haben.

Mabel setzte den Gehörschutz auf die Ohren des Mädchens und kontrollierte, ob er richtig saß. Die Kleine ließ sie gewähren. Wirkte nicht einmal erstaunt. Reagierte gar nicht. Das arme Ding …

Mabel kroch rückwärts zurück. Als sie sich aufrichtete, spürte sie die spöttischen Blicke einiger Arbeiter, kassierte das Schulterklopfen eines anderen ein und stellte sich mit stoischem Ge-

sicht neben Phil. Er strahlte vor Stolz. Sie verkniff sich ein Lächeln.

Also los, gebt Gas, bedeutete Phil den Männern.

»Ich fahre mit!«, blaffte Mabel eine Stunde später den Rettungssanitäter an. »Ich lasse sie jetzt auf keinen Fall allein.«

»Sie können mit Ihrem Mann hinter uns herfahren«, erwiderte der Mann müde. »So verpassen Sie nichts.«

»Verpassen? Was heißt hier verpassen? Ich lasse sie nicht allein, und damit basta.« Mit einer Schnelligkeit, die man ihr nicht zugetraut hätte, stieg Mabel in den Rettungswagen, setzte sich neben das Mädchen auf einen Hocker und zog mit wütendem Gesicht ihre Handtasche auf den Schoß.

»Ich lass dich nicht allein, meine Kleine«, sagte sie mit sanfter Stimme zu dem Mädchen, das auf der Trage angegurtet lag. Sie reagierte nicht, blinzelte nicht mal mit den Augen.

Mabel legte eine Hand auf ihr Bein. Noch immer keine Reaktion. Aber was hatte sie sich denn auch erhofft? Dass ihr das Kind weinend um den Hals fallen würde? Dass alles gut werden würde, innerhalb von fünf Minuten? Natürlich nicht. Sie blickte in das verschmutzte und hagere kleine Gesicht. Nahm den stumpfen Blick in den Augen wahr, die ohne etwas zu sehen die Wand des Rettungswagens anstarrten.

Der Sanitäter stieg in den Wagen. Die Türen wurden geschlossen und mit einem Brummen erwachte der Motor zum Leben. Dann rumpelte der Wagen über das unebene Gelände. Es ging nur langsam voran, aber dennoch musste sich Mabel festhalten, um nicht zu stürzen.

Während der Sanitäter eine Infusion legte und eine Klemme auf einem Zeigefinger des Mädchens befestigte, um den Blutdruck und andere Funktionen zu messen, fragte sich Mabel erneut, was um Himmels willen mit der Kleinen geschehen war. Wo kam sie her? Wer hatte ihr das angetan? Vielleicht war sie vor brutalen Eltern weggelaufen, oder von ihrem Freund misshandelt worden. Man müsste sich doch … Wenn sie den Mistkerl erwischte, würde sie ihm eins mit ihrer Handtasche verpassen. Und noch eins, wenn es nötig wäre. Sie beobachtete misstrauisch den Sanitäter. Auch Pflegepersonal konnte ungeschickt sein. Blinde Routine, grob und unvorsichtig. Sie konnte so etwas nicht ertragen. Als Oberschwester hatte sie es nicht ertragen, und jetzt ertrug sie sie schon gar nicht, da dieses verletzliche Mädchen ihr aus irgendeinem Grund anvertraut worden war.

Sie erinnerte sich an die Geburt ihrer Tochter vor über vierzig Jahren. Es war eine problemlose Schwangerschaft gewesen. Vollendete einundvierzigste Woche. Doch als ihr zweites Kind endlich auf der Welt war, hatte sie ein tiefes Gefühl der Trauer überkommen. Das Gefühl hatte sie niedergedrückt, ihr den Atem geraubt, völlig unerwartet. Man musste doch glücklich sein. Aufgeregt. Euphorisch sogar, in dem Maße, in dem die britische Erziehung das zuließ. Doch sie hatte das genaue Gegenteil gefühlt. Statt Bereicherung empfand sie Verlust, statt Freude Seelenschmerz. Sie weinte, aber niemand achtete auf sie.

»Wir müssen sie untersuchen«, hatte der Arzt gesagt und war davongeeilt. Mit ihrem Kind. Sie hatte sie noch nicht einmal ansehen können. Die Albträume hatten sie jahrelang verfolgt. Noch immer – obwohl sie gar nicht dabei gewesen war – sah sie vor sich, wie ihr kleines Mädchen von großen Händen betastet und abgeklopft wurde, wie man ihr das kalte Stethoskop auf die Brust drückte, wie ihr jemand die Augenlider hochzog und mit einer Lampe genau in die kleine Pupille leuchtete. Und das Schlimmste: wie der Schlauch des Beatmungsgeräts in sie hineingeschoben wurde. Mit roher Gewalt, dessen war sie sich sicher. Gleich nach

der Geburt war der Körper ihrer Tochter rosa gewesen. Ein paar Stunden später, als sie endlich zu ihr durften, war er weiß gewesen. In dem Moment hatte Mabel, im Rollstuhl neben dem Pflegebettchen ihres Kindes, genau gewusst, dass es nie wieder gut werden würde.

Ich lass dich nicht allein, Mädchen, dachte sie, während sie sich an dem Bett im Rettungswagen festhielt. Ich lass dich nicht allein.

18

Mertens versucht noch ein paarmal, Kyra zu erreichen, aber sie meldet sich noch immer nicht. Ärgerlich. Sehr ärgerlich! Sie nimmt sich vor, den Bruder des Mädchens anzurufen, Jarno Slagter, der die Leiche Gaulliers gefunden hat, und ihn zu bitten, seiner Schwester ins Gewissen zu reden, damit sie endlich Kontakt mit ihr aufnimmt.

Und jetzt? Es gibt so viel zu tun, doch die Ermittlungen stecken in einer Sackgasse. Insgeheim hat sie ihre ganze Hoffnung darauf gesetzt, dass Täter-DNA aus dem Kot in Gaulliers Mundhöhle isoliert werden könnte. Der Mörder ist für die Polizei garantiert kein Unbekannter. Mertens nimmt die Namensliste der Schülerinnen zur Hand, die das Fach Kunst belegt haben, loggt sich im Suchsystem ein und versucht es mit dem ersten Nachnamen. Bieling. Nichts. Van Drommelen. Nichts. Nach ein paar Namen weicht ihre anfängliche Aufregung der Mutlosigkeit. Was hatte sie sich denn gedacht? Dass es so einfach wäre? Natürlich nicht. Rechts unten auf dem Bildschirm sieht Mertens, dass sie eine E-Mail bekommen hat und öffnet ihren Client. Niederländisches Forensisches Institut. Vorläufiger Obduktionsbericht. Sie steht halb auf, um Bingsten zu rufen und sieht, dass er genau das Gleiche tut. Sie blicken einander an, nicken und setzen sich beide wieder vor ihren Bildschirm.

»Gleich fängt die Pressekonferenz an«, sagt Bingsten. »Dafür kommen die Informationen zu spät.«

»Aber wir können durchaus ein paar interessante Fakten präsentieren«, meint Mertens. »Ich weiß nur noch nicht genau, was wir damit anfangen sollen.«

»Geht mir genauso.«

»Also, Gaullier ist grausam gefoltert worden und etwa vierundzwanzig Stunden lang gefesselt gewesen. Daraus schließe ich, dass der Mörder gut vorbereitet war. Er wusste, was er tat, und er hat auf jeden Fall ein Versteck, in dem er ungestört agieren kann.«

»Er muss sich regelrecht darauf gefreut haben«, ergänzt Bingsten. »Er hat sich das nötige Material beschafft und sich etwas zusammengebastelt, auf dem er sein Opfer festgebunden hat.«

Beide schweigen.

»Und das alles für einen einzigen Mann, ein einziges Opfer? Darüber muss ich noch mal gründlich nachdenken«, sagt Mertens schließlich. »Ich drucke mir den Bericht aus und nehme ihn mit nach Hause.«

»Einverstanden.« Bingsten steht auf.

»Kyra!«

Kyra hört ihre Mutter unten an der Treppe rufen. Sie kann sie nicht noch einmal ignorieren. Eines muss sie gerechterweise zugeben: Sie hat sie bisher in Ruhe gelassen. Normalerweise kommt sie regelmäßig zu ihr nach oben und mischt sich in alles ein, doch diesmal nicht. Kyra steht auf und geht hinaus auf den Treppenabsatz.

»Ja?«

»Es gibt Essen. Gegrillte Hühnerspieße und Salat.«

Als Kyra in die Küche kommt, sieht sie, dass ihre Mutter den Tisch draußen auf der Terrasse gedeckt hat.

»Es ist noch einmal richtig warm geworden«, sagt sie. »Obwohl es heute Mittag noch so geregnet hat.«

»Ja, wir werden wohl schönes Wetter bekommen«, antwortet Kyra. So muss es vielleicht zwischen ihr und ihrer Mutter laufen. Smalltalk über unverfängliche Themen.

Ihre Mutter legt das Handy auf den Tisch neben die Wasserkaraffe. »Eine Stunde«, sagt sie. »Eine Stunde pro Tag. Dann will ich es wiederhaben. Was sagst du dazu?«

»Was ist denn mit dir los? Normalerweise änderst du nicht so schnell deine Meinung.«

»Jarno meinte, es sei Quatsch, dir das Handy ganz wegzunehmen«, erwidert ihre Mutter achselzuckend und häuft Salat auf Kyras Teller.

Rasch wirft Kyra einen Blick auf ihr Handy. Weitere Nachrichten von Mertens. Sie beschließt, ihr sofort eine Liste mit den Namen von Mädchen zu schicken, mit denen Gaullier nichts hatte. Als Ablenkungsmanöver. Gleich muss sie rasch ein paar Mädels anrufen, morgen die restlichen, notfalls kann sie auch kurz bei ihnen vorbeifahren. Mertens wird sich schon noch etwas gedulden. Warum hat Wim auch nichts mit ihren Tipps angefangen? Und warum interessieren sich ihre Freundinnen so gar nicht für die Lösung des Falls?

»Bitte leg das weg, während wir beim Essen sitzen«, mahnt ihre Mutter und fügt als Entschuldigung hinzu: »Ich möchte nicht übermäßig streng sein. Ich versuche bloß mein Bestes.«

Maud Mertens sitzt mit dem Obduktionsbericht am Küchentisch und trinkt schwarzen Kaffee aus einer großen Tasse. Jagertee, steht darauf. Gekauft im Winterurlaub in Saalbach, in Österreich. Als Roos noch ein süßes zehnjähriges Mädchen war. Mit zwei dünnen geflochtenen Zöpfen, die unter ihrem Helm hervorschauten und einer hässlichen großen Schneebrille auf der Stirn. Edwin und sie hatten gejubelt, als sie mit ihrem Skikurs – ohne zu fallen! – im Slalom den kleinen Hang hinuntergekommen war. Jetzt meint er, sie solle nicht zu streng mit ihrer Tochter sein. Die Zügel ein bisschen lockerer lassen. Beweisen, dass sie ihrer Tochter vertraut.

Das Handy piept zweimal kurz. E-Mail. Kyra Slagter. Endlich! »Hier die Liste.« Mertens öffnet den Anhang und sieht acht Namen und das dazugehörige Alter der Mädchen. Zwei von ihnen sind noch keine sechzehn. Sofort leitet sie die Mail an die Kollegen weiter.

»Danke«, schreibt sie Kyra zurück. »Ich möchte Sie sprechen. Gleich morgen.«

»Okay«, antwortet das Mädchen. Kurz angebunden. Wie alle Jugendlichen. Mein Gott, was für ein Tag! Obwohl es bei allen Ermittlungen solche Phasen gibt, in denen man in einer Sackgasse steckt. Die ersten Vernehmungen der Schülerinnen am Damstede haben nichts Konkretes ergeben. Wie Kyra schon gesagt hatte: Jede Menge erotisches Umeinanderkreisen, aber keine Übergriffe. Vielleicht sollte sie doch den Druck auf die Betroffenen erhöhen. Morgen, denkt sie. Jetzt bin ich zu Hause. Konzentrier dich auf deine Familie.

Auf dem Handy öffnet sie Roos' Facebookseite und sieht nach, ob sie heute ein Foto oder eine Nachricht gepostet hat. So weit ist es also schon gekommen, denkt sie, dass Mütter auf der Facebookseite ihrer Kinder nachsehen müssen, was sie bewegt. Maud weiß, dass sie etwas unternehmen sollte, um das Muster zu durchbrechen, aber sie weiß nicht, was. Heute Morgen beim Frühstück hat sie Roos gefragt, ob sie Lust hätte, mal mit ihr zusammen ins Kino zu gehen.

»Klar, können wir machen«, hatte ihre Tochter lustlos geantwortet.

Dann war sie losgefahren auf die andere Seite der Stadt, wo

sie zur Schule ging und Gott weiß was tat. Edwin hatte leicht reden mit seinem »die Zügel locker lassen«. Er hatte Roos gratis dazubekommen, als er mit ihr zusammengezogen war. Er hatte keine vierundzwanzig Kilo Flüssigkeit, Fett und Baby mit sich herumschleppen müssen, er hatte weder Bluthochdruck noch Schwangerschaftsvergiftung erduldet. Er hatte nicht monatelang nachts einsam gewacht, gestillt und Windeln gewechselt. Er war erst hinzugekommen, als die schöne Zeit mit dem Kind begonnen hatte.

Doch so darf sie nicht denken. Es liegt an ihr, das weiß sie genau. Zwischen ihr und ihrer Tochter ist eine Trennwand entstanden und sie weiß nicht, wie sie das verdammte Ding wieder einreißen soll. Ist es vielleicht wirklich besser, sie loszulassen? Dann hätte sie diesen Schmerz schon hinter sich.

Doch wenn sie daran denkt, wenn sie versucht, sich klarzumachen, dass es das gewesen ist, ein Kind zu haben, das und nicht mehr, mein Gott, wenn sie diesen Gedanken zulässt, dann bedeutet das, dass sie ihre Chance verpasst hat, und das macht sie ganz verrückt.

Sie starrt in die leere Tasse und streckt die Hand nach der halbvollen Weinflasche aus, die noch auf dem Tisch steht. Ach, was soll's, denkt sie, schenkt den Wein in den Becher, trinkt einen großen Schluck und geht zur Küchentür.

Vielleicht hätten sie nie umziehen dürfen. Roos hat sich von Anfang an dagegen gesträubt. Mertens geht hinaus in den Garten. Danach hatte sie sich gesehnt. Nach einem Garten. Und was hat sie daraus gemacht? Nichts. Nur nackte Erde und eine gepflasterte Terrasse mit pseudomoderner Gartenbank. Sie geht weiter, dreht sich um und lehnt sich gegen den Zaun gleich neben dem kleinen Schuppen, der zum Haus dazu gehört.

In jedem Stockwerk brennt Licht. Erdgeschoss, erster Stock,

Dachgeschoss. Darauf hatte wiederum Edwin großen Wert gelegt. Endlich Platz, um sein Schlagzeug wieder aufstellen und üben zu können. Monatelang war er damit beschäftigt gewesen, den Raum zu isolieren, den er sein Studio nennt. Während er Styroporplatten an Wände und Decke schraubte und Roos dickköpfig in ihrer alten Wohngegend unterwegs war, hatte sie sich in Gartenbücher vertieft und immer klarer erkannt, dass man einen Plan braucht, um einen Garten anzulegen – dies wuchs nicht in der prallen Sonne, das dagegen gedieh nicht im Schatten –, dass so ein Garten wöchentliche Pflege braucht und einige Pflanzen nach einmaligem Blühen absterben. Sie hatte Listen geschrieben und Pläne gezeichnet, und darüber war es Herbst geworden und Mistwetter und im Garten passierte nichts, außer dass sie einen ganzen Nachmittag lang Unmengen von Blumenzwiebeln in der nassen Erde versenkte. Und siehe da, jetzt stehen überall Büschel vertrockneter dunkelroter Tulpen herum.

Mertens schaut auf die Uhr. Elf. Roos ist immer noch nicht zu Hause.

19

Der Parkplatz am Sportstudio ist ideal. Keine Kameras. Viel Platz. Eine Mitgliedschaft in dem schicken Club kann sich wohl kaum einer leisten, deswegen ist nie viel los. Außerdem bleibt seine Beute mittwochs immer länger dort, wodurch das Arschloch normalerweise die einzige Person auf dem Parkplatz ist.

Er hat sein Auto einige Plätze vom Wagen seiner Beute entfernt abgestellt, der stets vor dem Eingang geparkt ist. Gestern hat er die Straßenlaterne kaputt geworfen, wodurch er jetzt den Schutz der Dunkelheit genießt. Er ist geschickt in so etwas. Treffsicher. Das hat er immer gut gekonnt. Er grinst. Nie hätte er gedacht, dass ihm die vielen öden Jahre bei den Pfadfindern einmal so viel Spaß bringen würden.

Er hat schon rückwärts eingeparkt, um gleich sofort losfahren zu können. Hinter dem Mazda steht ein Roller. Genau vor dem Nummernschild. Sehr gut. Er trägt eine coole Mütze, wie sie bei den jungen Leuten heutzutage beliebt ist, und hat sein Gesicht mit Make-up dunkelt geschminkt. *Foundation* hatte es die Verkäuferin genannt. Für meine Frau, hatte er erklärt. Falls doch unerwartet jemand vorbeikommen sollte, würde man ihn später nicht wiedererkennen.

So, da ist seine Beute. Schnell öffnet er die Autotür und steigt aus. Das Arschloch guckt sich nicht mal um. Die Augen starr auf die Beute gerichtet, überquert er schnell und beherrscht die leeren Parkplätze zwischen den beiden Autos. Ohne eine Sekunde zu zögern versetzt er dem Opfer einen Fausthieb gegen die Schläfe. Stöhnend stürzt der Mann zu Boden. Sofort betäubt er ihn. Dann greift er den halb Bewusstlosen unter den Achseln. Jetzt muss es zügig gehen. Erst im Auto wird er noch mehr von dem Betäubungsmittel bekommen. Als er die Tür öffnet und den Mann auf den Beifahrersitz setzt, gleitet die Tür des Sportstudios doch noch einmal auf. Verdammt! Eine blonde Frau, Mitte dreißig, wacher Blick, Schlüsselbund in der Hand, schaut ihn an. Eine der Frauen aus dem Zumba-Kurs. Warum kommt die blöde Kuh jetzt schon raus? Sonst sind die nie so schnell.

»Einen schönen guten Abend«, sagt er lächelnd und richtet sich auf. Die Beute murmelt etwas.

»Entschuldigung«, sagt er zu der Frau und bückt sich wieder, um den Kopf der Beute wegzudrehen. Glücklicherweise steht sie auf der anderen Seite des Autos.

»Jetzt vorsichtig mit dem Knöchel!«, sagt er ein wenig gezwungen, während er die Autotür zuschlägt. Die Frau geht ein kleines Stück weiter, bleibt dann aber neben ihrem Fahrrad stehen. Schnell geht er um das Auto herum. Ruhig bleiben. Sie ahnt nichts. Er steigt ein, setzt sich auf den Fahrersitz und rutscht ein wenig nach vorn, um der Frau die Sicht auf seine Beute zu versperren.

Das Adrenalin pulsiert durch seinen Körper. Er sitzt regungslos da, doch sein Herz hämmert wie verrückt. Er lebt! Er lebt! Wenn es irgendjemanden gibt, der lebendig ist, dann er. Alles an ihm ist wach, konzentriert und angespannt. Er kann seinen Atem nur mühsam unter Kontrolle halten, tut aber so, als diskutiere er ruhig mit seinem verletzten Freund und greift zum Handy, um das Schauspiel realistischer zu machen. Er lacht und nickt und versucht, aus den Augenwinkeln heraus zu erkennen, was die blöde Tussi macht. Sie steht einfach herum.

Als sie auf ihn zukommt, steigt er aus. Er blickt sich um. Niemand. Er weiß genau, was zu tun ist. Es ist keine Kunst, es noch einmal genauso wie eben zu machen. Vorsichtig zieht er das Betäubungsmittel aus der Jackentasche.

Komm!

Komm schon!

Warum soll er diese da nicht gleich mitnehmen? Warum soll er mit der ultimativen Fantasie warten, bis das Werk getan ist? Er umfasst den Türgriff, zieht vorsichtig daran und öffnet die Tür einen kleinen Spalt.

»Das Krankenhaus ist hier ganz in der Nähe!«, ruft die Frau und zeigt in die entsprechende Richtung. »BovenIj.«

Er öffnet das Fenster. Sie ist groß und schlank. Die eng anliegende schwarze Sportkleidung betont ihre durchtrainierte Figur. Bestimmt ist sie kräftig. Das mag er. Wehrlose Frauen kann er nicht leiden. Er liebt den Widerstand. Seine Fantasie sieht vor, dass er eine starke Frau bricht, kein kleines Mäuschen. Sie bückt sich und öffnet das Schloss der Fahrradkette, zieht dieses mit einem Ruck unter dem Fahrradständer hervor und schleudert es um die Sattelstange. Er muss nicht improvisieren. Sich an den Plan zu halten ist wichtig. Abweichungen hinterlassen Spuren.

»Die Ambulanz ist auf der Rückseite«, fügt die blonde Frau hinzu und sieht ihn eindringlich an. Er öffnet die Autotür. Sie hat ihn und seine Beute viel zu deutlich gesehen.

20

Donnerstag

Wieder dieser Traum. In einer etwas anderen Version. Kyra unterdrückt den Impuls aufzustehen. Sie liegt hellwach, aber mit geschlossenen Augen im Bett. Schlaf! Schlaf jetzt!

Mama weint. Sie steht in der Küche, bereitet das Essen zu und lässt ihren Tränen freien Lauf. Sie fließen ihr über die Wangen, hängen an Kinn und Nasenspitze und tropfen in den leeren Topf, der auf der heißen Herdflamme steht. Das Schluchzen hört Kyra nicht. Nur das Zischen.

Ein Mord aus Rache auf eine ungewöhnliche Art, die Zurschaustellung der Leiche an einem öffentlichen Ort: Das findet man nur in unter fünf Prozent aller untersuchten Fälle. Kyra studiert Abbildung 13.1, *Justification for Violence,* in *Investigative Psychology.* Die Untersuchung von Emma Barett unterscheidet Mord aus Vergeltung, Verachtung, aus Verteidigungsimpuls, als Symbol und im Affekt. Einige Seiten weiter entdeckt Kyra eine weitere interessante Grafik. Bissspuren, Spuren von Schlägen, Opfer verbrannt. Kyra bemüht sich, die Übersichtsdarstellung zu verstehen und beugt sich vor, um das Kleingedruckte besser lesen zu können.

Sarina steht vor ihr. Sie ist noch größer geworden, noch dünner, aber sie hat eine gesunde Gesichtsfarbe und lacht.

»Kommst du auch zu meiner Party?«, fragt sie fröhlich und klatscht in die Hände.

Kyra nickt. »Natürlich.«

Fehlende Körperteile steht unter der Rubrik *Opfer als Objekt.* Die Zunge. Die anderen Beschreibungen passen nicht zu Gaullier. *Enthauptung, Brandwunden.* Nein, trifft nicht zu. *Ersticken* und *Strangulation*, das haut hin. Aber die Begriffe stehen seltsamerweise unter der Rubrik *Opferwahrnehmung durch den Täter.* Der Mörder hat Gaullier also gleichermaßen als Mensch und als Gegenstand betrachtet. Oder vielleicht abwechselnd. Sprunghaftigkeit, vielleicht ist das ein Kennzeichen des Mannes, den sie sucht.

Kyra versucht, ihrer Schwester zu erklären, dass sie müde ist, aber irgendwie kann sie nicht richtig sprechen. Sie schüttelt den Kopf, und Sarina lacht, geht auf sie zu und nimmt sie an den Händen. Sie drehen sich im Kreis. Immer rundherum, und plötzlich ist Sarina verschwunden, und Kyra gerät so aus dem Gleichgewicht, dass sie fällt und fällt und fällt.

Kyra schreckt aus dem Schlaf. Immer diese Träume! Mein Gott. Sarina … Sie träumt fast nie von Sarina. Oft von ihrer Mutter, meistens von Jarno, manchmal von ihrem Vater, aber ihre Schwester selbst kommt fast nie in ihren Träumen vor. Heute ist Sarinas Geburtstag. Dreiundzwanzig wäre sie geworden. Richtig erwachsen. Irgendwie kaum vorstellbar. Sie haben Sarinas Geburtstag nie richtig gewürdigt. Aber es gibt auch kein Grab, das sie besuchen könnten. Keine Gewissheit, ob sie tot ist oder am Leben. Ihre Mutter kauft jedes Jahr einen besonders schönen Blumenstrauß und bleibt öfter als sonst vor Sarinas Foto stehen. Aber wehe, man erwähnt ihren Geburtstag!

Kyra schlägt die Bettdecke zurück und zieht sich an. Halb sieben. Sie hat keine Lust mehr, liegen zu bleiben. Sie wollte ja sowieso früh los. Dann startet sie eben noch ein bisschen früher. Sie hat nicht umsonst von Sarina geträumt. Das ist doch bestimmt ein Zeichen dafür, dass sie ihren Plan durchziehen muss?

Mit ihren Turnschuhen in der Hand schleicht sie die Treppe hinunter. Wo ist ihr Handy? Ihre Mutter hat es gestern wieder konfisziert. Eine Stunde pro Tag, als wäre sie ein kleines Kind. Lächerlich! Sie sucht in der Küche, ganz vorsichtig zieht sie die Schubladen auf. Nichts. In den Schränken, auf den Regalen. Nichts. Dann muss sie eben ohne auskommen. Sie nimmt den Autoschlüssel ihrer Mutter aus seinem kleinen Fach und schlüpft zur Tür hinaus.

Der Verkehr staut sich in die andere Richtung, nach Amsterdam hinein. Die Hauptverkehrszeit beginnt gerade erst. Jeden Morgen steht man eine Stunde im Stau und nach der Arbeit wieder eine. Oder sogar länger. Nie, nie, nie will sie so werden. Niemals!

Kyra schaltet das Radio ein und versucht, ihre Genervtheit durch Singen loszuwerden. *Because I'm happy!,* singt sie lauthals und denkt: Okay, gutes Timing, ich gebe mir Mühe.

Was ist bloß in ihre Mutter gefahren? Ist sie auf einmal komplett durchgedreht? Sogar ihr Vater hat sie völlig unvermittelt auf ihr Verhalten angesprochen. Fängt der jetzt auch noch an? Als hätte er sie in den letzten Jahren unterstützt. *Gib dir Mühe, hör auf deine Mutter, benimm dich, und könntest du am Samstag bei der Universal-Health-Center-Versammlung Protokoll führen?* Pah, die können mich mal. Alle. Auch Wim mit seinem blöden ängstlichen Verhalten in der Schule gestern. *Ich muss mich jetzt auf meine Verantwortlichkeiten konzentrieren … Gerade wegen der Sache mit Marc. Und dazu noch die Prüfungen und so weiter. Zu Hause läuft es auch nicht rund.* Seine Verantwortlichkeiten. Prima. Sie gehört offenbar nicht dazu. Will sie auch gar nicht. Sie will nicht, dass sich jemand für sie verantwortlich fühlt, sie als Bürde betrachtet. Sie kann sehr gut auf sich selbst aufpassen. Das hat sie in den letzten Jahren geradezu beängstigend perfekt gelernt.

Nach Den Helder sind es von Amsterdam gut anderthalb Stunden, um halb zehn ist sie endlich da. Sie stellt das Auto auf dem großen Parkplatz ab und geht an den Schalter, um eine Karte für die Fähre zu kaufen. Abfahrt: 10:30 Uhr. Etwas früher, als Sarina damals übergesetzt hat. Das nächste Mal muss sie besser aufpassen. Und mit dem Zug fahren. Sie will exakt dieselbe Reise machen, zu exakt denselben Zeiten. Sie überlegt, auch dasselbe Datum zu nehmen. Wie vor vier Jahren. Und so zu tun, als sei sie unterwegs zu ihren Freundinnen, die einen Tag zuvor auf dem Campingplatz De Koog angekommen sind, mit der Aussicht auf eine Woche Sand und Strand. Damals war herrliches Wetter, unglaubliche sechsundzwanzig Grad. Etwa sechs Grad wärmer als momentan.

Kyra zieht den kleinen Rucksack etwas höher auf die Schulter und geht hinaus. Beton. Eisengitter. Nackte Treppen. Hier wird man nicht gleich von Urlaubsgefühlen überwältigt. Es gibt einen kleinen Imbiss, wo man Kaffee und Brötchen kaufen kann. Gute Idee, aber gerade rechtzeitig fällt Kyra ein, dass Sarina nie und nimmer dort hineingegangen wäre. Sie hätte sich zu sehr vor dem Geruch von Essen geekelt. Kyra starrt durch das große Fenster hinein. Wurstbrötchen. Käsebrötchen. Gefüllte süße Teilchen. Sie dreht sich um und geht weiter, hinter einer Frau her, die einen großen roten Koffer hinter sich herzieht und zu wissen scheint, wo es langgeht. Kurz darauf steht sie am Eingang zur Fähre. Das Tor ist noch geschlossen. Die Frau stellt sich neben ihren Koffer und lächelt Kyra an. Sie erwidert das Lächeln und sieht sich in der Umgebung um. Unter ihr werden gleich die Autos auf die Fähre rollen. Über ihr ragt ein weiteres Deck auf. Sie fühlt sich eingequetscht zwischen meterdickem Beton und gewaltigen Stahlkonstruktionen. Irgendjemand hat die Tore Türkis streichen lassen. Hier und da schimmern Rostflecken durch die Farbe. Der Beton unter ihren Füßen ist mit einem grünen Film überzogen.

Hier hat ihre Schwester gestanden. Damals war sie genauso alt wie sie jetzt. Hier. Vor diesem Tor. Mit ihrem Rucksack. Hatte sie alles vorher organisiert? Wusste sie schon, dass sie ihre Freundinnen in der Pizzeria sitzen lassen, ihren Rucksack an der Rezeption des Campingplatzes ablegen und verschwinden würde? Hatte sie einen Plan?

Es war ein herrlicher Samstag gewesen. Warm und nur leicht bewölkt. Es hatte an diesem Tag nicht geregnet. Sarina fror ständig, deswegen trug sie noch ihren Wintermantel, einen schwarzen Pullover und eine Jeans. Was ging dir durch den Kopf, Schwester? Du hattest gerade die Abi-Prüfungen gemacht. Warst du erleichtert? Wusstest du, dass du es geschafft hattest? Nein, wahrscheinlich hattest du Zweifel. Wim hatte für Kyra das Zeugnis ihrer Schwester aus dem Archiv geholt.

»Wir haben deinen Eltern das Ergebnis nie mitgeteilt«, hatte er erklärt. »Du bist die Erste, die danach fragt.«

Sie hatte auf das Blatt Papier gestarrt. Eine Drei plus und eine glatte Drei, ansonsten alles Zweier und eine Eins in Englisch. Damals, vor einem halben Jahr, im Büro des Konrektors, mit dem Abizeugnis Sarinas in den Händen – der Unterschrift des Rektors rechts unten und einer leeren Stelle, an der ihre Schwester hätte unterschreiben müssen –, wurde sie erneut von bodenloser Trauer überfallen. Sarina hatte es geschafft. Wie unendlich froh sie gewesen wäre, ihre unsichere Schwester. Oh, mein Gott. Als Kyra in Tränen ausgebrochen war, hatte Wim sie zum ersten Mal in die Arme genommen. Ganz schön billig, wenn sie jetzt darüber nachdenkt. Igitt.

Nach und nach versammeln sich weitere Passagiere um sie. Fußgänger. Radfahrer. Sie beobachtet, wie die Fähre anlegt. Hört die Autos irgendwo auf dem Deck unter ihr starten, die Motoren der LKWs über ihr zum Leben erwachen. Sie lassen den Boden erzittern. Plötzlich ist sie davon überzeugt, dass Sarina nie mehr wiederkommt. Im Gegensatz zu ihrer Mutter, die noch immer die Hoffnung nicht aufgegeben hat, obwohl sie immer wieder behauptet, Realistin zu sein. In dem Moment, in dem ihre Mutter erfuhr, dass ihre älteste Tochter verschwunden war, verfiel sie in eine Art gruseliger Trance. Von da an stand jeder Atemzug im Zeichen der Suche. Wochen-, monatelang. Doch nur ihre Eltern beteiligten sich an der Suche, eine Zeit lang auch Jarno, doch er musste sich nach den ersten Wochen wieder auf die Schule konzentrieren. So wollten es ihre Eltern. Sie selbst ließ man so weit wie möglich außen vor. Angeblich, um sie zu schützen. Weil sie noch so jung war.

Genau ein Jahr nach Sarinas Verschwinden unternahmen ihre Eltern noch einen Versuch, hängten ein weiteres Mal Poster auf, wandten sich an die Medien. Am zweiten Jahrestag des Verschwindens fuhren sie wieder nach Texel.

»Das müssen wir allein tun«, erklärte ihre Mutter, »als Eltern.«

Sie warfen Rosen ins Meer und betranken sich. Als sie nach Amsterdam zurückkehrten, wollten sie nicht mehr über die Sache reden.

»Sie kommt nicht wieder«, sagte Kyras Mutter. »Ich bin Realistin. Wir müssen weiterleben.«

Aber man konnte ihr aus einem Kilometer Entfernung ansehen, dass sie selbst nicht daran glaubte.

Kyra lässt sich von dem Strom der an Bord gehenden Passagiere treiben. Sie folgt ihnen in kleinen Schritten durch die schmalen

Flure des Schiffs, die Treppe hinauf, durch die Drehtür, bis sie ins Restaurant gelangen. Die meisten Leute bewegen sich eilig auf die Tische am Fenster zu, vor der Kasse der Selbstbedienungstheke hat sich bereits eine Schlange gebildet. Kyra geht hinaus an Deck und setzt sich dort auf eine der Bänke. Hier weht ein starker Wind, und sie zieht den Reißverschluss ihrer Jacke weiter zu.

Ihre Eltern reden nur noch selten über Sarina – nur dieser verdammte Altar steht noch im Wohnzimmer, das Heiligtum ihrer Mutter, niemand darf etwas darauflegen, nur sie allein. Noch weniger reden ihre Eltern über das Verschwinden selbst, wie zum Teufel es geschehen sein könnte. Kyra jedoch hält das Wie und nicht die Tatsache an sich für die eigentlich interessante Frage. Die Leute von der Kripo, eine andere Ermittlungsgruppe als jetzt im Fall Gaullier, erwog die Möglichkeit, dass sie weggelaufen sein könnte. Das beleidigte ihre Mutter zutiefst. Sie redete sich zunächst ein, Sarina hätte jemanden kennengelernt und sei mit ihm durchgebrannt. Aber warum kehrte sie dann nicht zurück? Warum ließ sie nichts von sich hören? Allmählich änderte ihre Mutter ihre Theorie: Sarina sei entführt worden, und sie müssten sie irgendwo befreien. Aber wo sollte sie sein? Noch auf der Insel? So groß ist Texel nicht und die Polizei sowie eine Handvoll Freiwillige hatten quasi jeden Quadratmeter abgesucht. Nach ein paar Monaten behauptete ihre Mutter, Sarina müsse ins Meer gegangen sein, sie habe schwimmen wollen, sie sei zwar sportlich gewesen, aber dann habe sie Krämpfe bekommen, sie habe einen Badeunfall gehabt, anders könne es nicht sein. Sie klammerte sich so hartnäckig an dieses Szenario, dass niemand mehr zu erwidern wagte, dass man ihre Kleidung hätte finden müssen, zumindest ihre Laufschuhe. Ihre Leiche hätte irgendwo angespült werden müssen, wenn auch kilometerweit entfernt.

Von ihrer Bank aus kann Kyra Texel bereits sehen, einen schmalen braungrünen Streifen, der nur knapp über den blassblauen Meeresspiegel hinausragt. Vom Festland aus braucht man mit der Fähre nur fünfzehn Minuten. Als sich Kyra umdreht und in die andere Richtung schaut, sieht sie Den Helder. Den Marinekomplex. Industriegebäude. Hochhäuser.

Nachdem ihre Eltern vor zwei Jahren von ihrer Abschiedszeremonie zurückgekehrt waren, wollten sie von einer Rückkehr auf die Insel nichts mehr wissen. Texel war für immer tabu, ja, ganz Nordholland wurde gemieden wie die Pest. Ihre Mutter weigerte sich, auch nur ein paar Hundert Meter weit auf der A9 in Richtung Norden zu fahren. Einmal war Kyra mit der Familie in Hoorn gewesen, auf irgendeinem Markt, aber da waren sie von der anderen Seite der Provinz aus gekommen, an Edam und Volendam entlang, Hauptsache nicht an der Nordsee vorbei, sondern durch jenen Teil Nordhollands, wo die hohen Deiche die Zuiderzee abschließen. Seit ihrem vierzehnten Lebensjahr ist Kyra nicht mehr mit ihren Eltern an einem Strand gewesen, weder in den Niederlanden noch sonst wo. Seit dem Verschwinden Sarinas verbringen sie ihre Ferien in Österreich, den Pyrenäen, in der Dordogne oder im Landesinneren Spaniens, Hauptsache weit weg vom Meer.

Die Fähre gleitet langsam in den Hafen. Die Autofahrer werden dazu aufgerufen, zu ihren Fahrzeugen zu gehen. Ein paar Minuten später steht Kyra auf der Insel, wo ihre Schwester verschwunden ist. Vor ihr geht ein junges Paar mit drei kleinen Kindern zur Bushaltestelle. Zwei Mädchen und ein kleiner Junge.

»Gebt euch die Hand«, sagt die Mutter, während sie ihren Rucksack festschnallt. Die Kinder laufen nebeneinander her, jedes mit einem kleinen Rucksack auf dem Rücken. Hand in Hand. Rein ins Vergnügen!, denkt Kyra. So muss es sein.

21

Und dann war der Moment verstrichen gewesen. Die Frau war auf ihr Fahrrad gestiegen und losgefahren, und die einzige Möglichkeit, sie noch zu erwischen, hätte darin bestanden, ihr den Weg abzuschneiden und sie zu überwältigen. Viel zu riskant.

Unruhig läuft er im Schuppen auf und ab.

Sie kann das Kennzeichen nicht gesehen haben. Und dennoch. Heute Nacht hat ihn plötzlich der Zweifel gepackt. Er greift nach seinem Glas Jenever und trinkt einen großen Schluck.

Jammere nicht! Wie lautete der Plan? Der Plan war, die Beute zu fangen. Ist er geglückt? Ja. Die Beute sitzt gefesselt auf dem Stuhl in seiner Höhle.

Alles ist gut gegangen. Dass er den alten Mazda MX5 gewählt hatte, war eine gute Entscheidung gewesen. Er war zwar nicht ganz unauffällig, aber dafür klein und niedrig, wodurch man nicht so leicht reinschauen konnte.

Er leert den Rest des Glases mit einem Schluck. Er war langsam vom Parkplatz hinuntergefahren und hatte sich zügig in den Verkehr auf der Ringstraße eingefädelt. Er war in dem Strom der Fahrzeuge untergegangen, der Tag und Nacht durchrast, Kreise um die Stadt zieht, ein Strudel aus Metall, dem er später wieder entkam.

Er muss sich auf andere Gedanken bringen. An etwas Schönes denken. An süße Rache. Er stellt sich vor, was er mit seiner Beute alles anstellen wird. Welche Werkzeuge er gebrauchen wird. Er hat eine feste Reihenfolge. Faust. Messer. Zange. Die Riemen. Neben Struktur braucht er auch Freiheit. Er lässt sich von dem inspirieren, was vorhanden ist. Etwa dem Klebstoff. Hundekacke. Perfektes Material, um die Leere zu füllen, die durch die Entfernung der lügnerischen Zunge entstanden war. »Erstick dran!«, ruft er wieder, jetzt, wo er an den Moment zurückdenkt. »Erstick dran!«

Allmählich entspannt er sich. Er entflieht dem Elend der letzten Jahre. Das leere Haus, als er an seinem ersten Arbeitstag nach dem Urlaub nach Hause kam. Das sonnengebräunte Gesicht seiner Frau tags zuvor auf der Terrasse des spanischen Restaurants, als sie ihn überredete, Hummer zu bestellen. Zur Feier des letzten Tages. Des letzten Urlaubstages, dachte er. Des letzten Tages ihrer Ehe, meinte sie. Die Scheidung. Der Unterhalt, den er Mia zahlen musste. Diese Ungerechtigkeit. Sein ganzes Leben war von einem Augenblick auf den anderen auf den Kopf gestellt worden. Er hatte die Kontrolle verloren, doch jetzt hat er das Ruder wieder übernommen und wird es nicht mehr aus der Hand geben. Schade nur, dass er sich mit einem stillen Vergnügen zufriedengeben muss. Er besetzt die Hauptrolle in einem Film, aber niemand sieht ihn. Ein Jammer!

22

Edinburgh

»Wie sollen wir sie nennen?«, fragt Mabel an Phil gewandt. Im Grunde ist es eher eine Mitteilung als eine Frage, denn normalerweise wartet Mabel eine Antwort ihres Mannes gar nicht erst ab. »Wir können sie doch unmöglich weiterhin ›das Mädchen‹ nennen.«

Sie sitzen im Wartezimmer der Station des Royal Infirmary, in der die junge Frau aufgenommen wurde. Phil setzt zu einer Erwiderung an, als die Assistentin sie aufruft.

Der Psychiater ist ein hochgewachsener, fast kahlköpfiger Mann mit dem Aussehen eines Totengräbers. Über seinem eingefallenen Gesicht hängt ein Grauschleier, sein Blick wirkt stumpf. Er stellt sich als Doktor Hardburry vor, Spezialist für soziale Angststörungen.

»Physisch ist sie in einem schlechten Zustand«, beginnt er. »Sie ist unterernährt und dehydriert, und zwar schon seit längerer Zeit, was verheerende Auswirkungen auf den ganzen Körper hat. Wir sehen bei ihr Symptome wie bei einer Magersucht. Alle Körperfunktionen sind betroffen, die inneren Organe stellen nach und nach ihre Arbeit ein. Glücklicherweise kann sie allein essen, dadurch können wir ihre Mangelernährung Schritt für Schritt ausgleichen. Ob sie langfristige Schäden davontragen wird, wissen wir momentan noch nicht genau, aber wenn alles gut geht, müsste sie sich wieder vollständig erholen.«

Er trinkt einen Schluck aus seiner Teetasse.

»Wie sieht es mit anderen körperlichen Schäden aus?«, fragt Mabel. »Hat sie Wunden? Knochenbrüche? Wurde sie …« Sie zögert einen Moment. »Wurde sie missbraucht oder etwas Ähnliches?«

Der Arzt trinkt noch einen Schluck Tee, bevor er antwortet. Mabel ärgert sich, dass er ihnen nichts angeboten hat.

»Ich kann leider nicht alle medizinischen Details an Sie weitergeben«, sagt Hardburry. »Selbstverständlich ermittelt die Polizei.«

»Der Inspektor hat versprochen, uns auf dem Laufenden zu halten«, erwidert Mabel spitz. »Ich habe offiziell die Vormundschaft für sie beantragt, bis ihre Familie ausfindig gemacht wird.«

»Das weiß ich. Aber ich bin mir nicht sicher … Noch ist unklar, wie es von jetzt an weitergehen wird.«

»Dann sollten wir uns in diesem Augenblick auf das konzentrieren, was wir wissen dürfen und was wir für sie tun können«, wendet Phil ein.

Der Arzt rutscht auf seinem Stuhl hin und her und beginnt, in seinen Akten zu blättern.

»Wir vermuten, dass Jane ungefähr fünfundzwanzig Jahre alt ist.«

»Jane?«, fragt Mabel scharf.

»So nennen wir sie vorläufig, Jane Doe.«

»Ich verstehe«, unterbricht ihn Mabel. »Natürlich. Bitte fahren Sie fort.«

»Wie ich bereits sagte, ist sie ungefähr fünfundzwanzig Jahre alt. Ansonsten kann ich Ihnen nicht besonders viele Einzelheiten mitteilen. Aus psychiatrischer Sicht lässt sich sagen, dass sie an selektivem Mutismus leidet. Sie kann nicht mehr sprechen. Das erleben wir öfter, vor allem bei Kindern oder jungen Erwachsenen, die ein schweres Trauma erlitten haben. Es handelt sich um eine psychische Störung, die auch spontan auftreten kann und von der etwa drei bis acht von zehntausend Kindern und Jugendlichen betrof-

fen sind. Wir wissen leider nicht besonders viel darüber. Oft verheimlichen Eltern die Störung oder glauben, dass sie sich auswächst. Man könnte es als eine Form ausgeprägter Schüchternheit betrachten, obwohl das Krankheitsbild natürlich komplexer ist.«

»Selektiver Mutismus«, wiederholt Mabel nachdenklich. »Aber will oder kann sie nicht sprechen?«

»Wir nehmen an, dass sie sprechen könnte«, fährt Hardburry fort. »Ihre Zunge und ihre Stimmbänder zum Beispiel sind vollkommen funktionsfähig. Sie ist auch nicht taub. Wir haben festgestellt, dass sie auf Geräusche reagiert.«

»Und das ist Ihr Spezialgebiet?«

»Soziale Angststörungen, ja, darauf bin ich spezialisiert. Aber selektiver Mutismus bei Erwachsenen ist mir noch nicht oft begegnet, das muss ich zugeben.«

»Wie ist das entstanden?«, fragt Phil.

»Und was können wir dagegen tun?«, fügt Mabel hinzu.

»Wenn wir uns seelisch oder körperlich bedroht fühlen, wechseln wir automatisch in einen Überlebensmodus. Wir rennen weg oder kämpfen. Oft erkennen wir aber erst im Nachhinein, wie furchtbar eine bestimmte Situation für uns war. Erst mit der Ruhe und der Stille holt uns diese Erkenntnis ein. Oft werden Betroffene lange Zeit von Bildern des Geschehenen verfolgt, manchmal spontan und in unpassenden Momenten, oder sie werden jahrelang von Albträumen heimgesucht.«

»Ach, wie furchtbar«, sagt Mabel. »Hat Jane auch Albträume? Das arme Kind!«

»Sie schläft unruhig.« Hardburry trinkt noch einen Schluck Tee. »Ich vermute, dass die ganze Situation – die Tatsache, dass sie offenbar auf der Flucht war, dass sie früher schon Traumata erlebte und dann auch noch unter dem Felsen stecken geblieben ist – zu einem Zustand geführt hat, den wir als psychologische Abschaltung

bezeichnen. Kämpfen oder flüchten war schließlich nicht mehr möglich. Die Seele wählt in diesem Fall einen anderen Fluchtweg. Im Grunde ist die ganze Störung ein Überlebensmechanismus.«

»Wie lange kann das andauern?«, fragt Phil.

»Sie klingen schon wie der Inspektor«, erwidert Hardburry mit einem Lachen. »Tut mir leid, aber das kann ich nicht sagen.«

»Welche Therapiemöglichkeiten gibt es?« Mabel hat allmählich genug von den ganzen Erklärungen. Das ist ja alles sehr interessant, aber was können sie tun, um ihr dabei zu helfen, wieder gesund zu werden?

»Dafür gibt es keine Standardmethode«, erklärt der Psychiater. »Ich glaube, zunächst müssen wir dafür sorgen, dass sie kräftiger wird.«

»Klingt vernünftig«, sagt Phil.

»Eine Frage hätte ich noch«, sagt Mabel. »Wie viele Patienten mit selektivem Mutismus haben Sie im Laufe der Jahre behandelt?«

Der Arzt blickt sie unbewegt an.

»Nicht einen«, antwortet er.

23

Der Bus hält am östlichen Rand des Dorfes. Kyra hat die Karte von Texel so oft studiert, dass sie nicht nach dem Weg zu fragen braucht. Sie schaut sich flüchtig um – sieht das Hotel und in einiger Entfernung den Bungalowpark, die Kartbahn und den Parkplatz, das hässliche Siebzigerjahre-Gebäude auf dieser Seite von De Koog – und macht sich in Richtung der Dünen auf den Weg. Auf der Hauptstraße reiht sich ein Restaurant ans nächste, dazwischen Souvenirläden, ein Bäcker und ein Buchladen. Das Wetter ist schön, und es sind relativ viele Leute unterwegs. Die Ferien haben noch nicht angefangen, aber im Mai beginnt hier offenbar die Touristensaison. Ein Mann in weißen Shorts und womöglich noch weißeren Beinen tritt in Schlappen hinaus auf die Straße. Optimist.

Sarina ist sofort joggen gegangen, da ist Kyra sich sicher. Jedes normale Mädchen hätte sich erst mal auf die Suche nach ihren Freundinnen gemacht, nicht aber Sarina – die musste vorher noch laufen gehen, aus Angst, später nicht mehr dazu zu kommen.

Ihre Eltern hatten Kyra nicht geglaubt, als sie ihnen klarzumachen versuchte, dass es ihrer Schwester nicht gut ging.

»Sie macht jeden Tag wahnsinnig viele Situps.«

Ihre Mutter hatte angefangen zu lachen und geantwortet: »Ist doch gut. Bewegung ist wichtig.«

»Aber nicht in dem Maße, Mam. Ich schwöre dir, sie macht jeden Tag ein paar Tausend.«

Ihre Mutter lachte noch lauter. Ein paar Tausend, das könne gar nicht sein, erwiderte ihr Vater. Ob sie wüsste, wie lange das dauern würde?

»Sie stellt sich früh den Wecker. Das höre ich doch. Ich höre sie zählen, nicht nur bis hundert, sondern noch viel weiter. Sie macht das ewig. Und abends noch mal dasselbe Programm.«

»Ach, hör doch auf.« Ihre Mutter lachte nun nicht mehr.

»Nein, wirklich!«

Deshalb duscht sie auch zweimal pro Tag, wollte Kyra noch hinzufügen, weil sie den ganzen Tag Sport macht, fällt euch das denn nicht auf? Sie isst auch so gut wie gar nichts mehr. Doch ihr war klar, dass alles, was sie sagte, als Unsinn abgetan werden würde, deshalb schwieg sie. Auch über die Ursache von Sarinas Verhalten sprach sie nicht. Ihre Eltern würden ihr ebenso wenig glauben und ihre Schwester würde sie umbringen, wenn sie darüber redete. Sie war zwölf gewesen, als es geschah, Sarina sechzehn.

Die Straße führt genau auf die Dünen und einen großen Apartmentkomplex zu. Kyra kommt an einem Geschäft mit Touristenkram vorbei. Eimerchen, Schippchen, Sonnenbrillen, Sonnencreme mit Schutzfaktor 20, Taschen, Bälle. Sie lächelt, als sie eine Piratenflagge sieht. So eine hatten sie früher auch. Sie hing am Zelt, wenn sie Campingurlaub machten.

Der Weg führt zunächst nach oben, um danach ziemlich steil zu einer Art Senke in den Dünen abzufallen. Kyra passiert den Parkplatz, der zur Hälfte mit fast ausschließlich deutschen Autos besetzt ist und geht dann weiter zum Campingplatz. Dort stehen relativ viele Wohnwagen und Zelte; verborgen in den Dünen, wie eingegraben gegen den starken Wind vom Meer. Soweit das Auge reicht zieht sich die Ferienanlage gleichmäßig an den Dünen entlang. Die Rezeption befindet sich in einem halbrunden

Gebäude, das unten im Tal liegt. Ringsum herrscht Wohlfühlatmosphäre. Hier, inmitten der grünen Dünen, bewachsen mit sich fröhlich wiegendem Helmgras und kleinen Sträuchern, unter dem knallblauen Himmel und den schneeweißen Wolken – hier ist Urlaub. Jeden Tag im Jahr.

Kyra betritt das kleine Empfangsgebäude, wird freundlich begrüßt und geht direkt auf den Ständer mit Broschüren zu, damit sie vorerst mit niemandem zu reden braucht. Sie versucht, sich in Sarina hineinzuversetzen, die sich nach ihren Freundinnen erkundigt. Man händigt ihr einen Lageplan der Anlage aus, auf dem der Zeltplatz der Mädchen mit einem Kreis markiert ist. Sarina bedankt sich freundlich, mit jenem strahlenden Lächeln, mit dem sie alle sofort für sich gewinnt, und fragt, ob sie sich kurz hier in der Nähe der Rezeption umziehen und ihr Gepäck im Schließfachraum abstellen kann, damit sie vorher noch laufen gehen kann.

Man zeigt ihr das nächstgelegene Toilettengebäude und sie macht sich auf den Weg. Kyra folgt ihrer Spur den Weg entlang zu den Toiletten, wo später Sarinas Fingerabdrücke gefunden worden sind. Sie stellt sich vor, wie Sarina sich hektisch umzieht. Sport-BH, enges violettes Trägertop, Schlabberpulli darüber, dreiviertellange schwarze Hose, lila Socken und schwarze Laufschuhe. Sie schwingt den Rucksack über die Schulter und kehrt zur Rezeption zurück.

Kyra bleibt draußen stehen und denkt nach. Im Rucksack steckte alles, was Sarina nach Texel mitgenommen hatte. So glaubte man zumindest. Ihre Mutter behauptet steif und fest, alles sei darin gewesen, aber Kyra hat das immer bezweifelt. Als hätte ihre Mutter Sarinas komplette Garderobe gekannt! Ihre Schwester hätte leicht eine kleine Tasche mit ein paar Sachen mitnehmen können, ohne dass ihre Mutter es bemerkt hätte.

Auch das hat Kyra damals gesagt, aber auch hier wurde sie nicht ernst genommen. Ihre Mutter wurde sogar böse auf sie. Ob sie dächte, dass sie nicht wüsste, was an Kleidung fehlte. Als ob sie ihre Tochter nicht gut genug kennen würde! Kyra begann, an sich selbst zu zweifeln, kam zu dem Schluss, dass sie sich irren musste, aber jetzt, wo sie hier steht, ist sie sich auf einmal ganz sicher. Sarina hat ein paar Sachen in einen kleinen Rucksack gepackt und ihn auf ihre Laufrunde mitgenommen.

»Bis bald, Kleine!«, hatte Sarina beim Abschied gesagt und Kyra in der Tür noch einmal umarmt, den großen Rucksack auf dem Rücken und den kleinen in der Hand. »Bis nächste Woche!«

Kyra folgt dem Geist ihrer älteren Schwester. Mit schnellen Schritten; schließlich ist Sarina gerannt. Kyra verlässt den Campingplatz, überquert die Brücke zum Hotel und der Strandbude, läuft über den Gipfel der Dünen und hinunter an den Strand. Das Wetter ist schön, eine Menge Leute sind da. Überall stehen Windschutze und halbmondförmige Strandmuscheln, es wimmelt von mit Bällen spielenden Kindern und Hunden. Das Jauchzen und die hellen Rufe der Kleinen mischen sich mit dem Gekreische der Möwen, die den Fischwagen umschwärmen. Kibbeling, Hering, Aal. Köstlich! Sarina muss ganz schnell und mit abgewandtem Kopf daran vorbeigerannt sein.

Kyra läuft hinunter zum Wasser. Leise plätschern die Wellen an den Strand, da es heute windstill ist. Muscheln knirschen unter ihren Schuhen und sie hat Lust, barfuß weiterzulaufen, ja, sich auszuziehen und ins Wasser zu rennen, auch wenn es noch viel zu kalt ist. Aber deswegen ist sie nicht hier. Nicht heute. Nach Norden oder nach Süden? Überall ist gleich viel los. Weiter im Süden liegt ein Waldstück. Vielleicht wollte Sarina ursprünglich in diese Richtung laufen und dann zwischen den Bäumen hindurch zurück. Doch sie ist nach Norden gejoggt, wie die

Zeugenaussagen beweisen. Ein großes, mageres Mädchen, das verbissen am belebten Strand entlangrannte. Ein warmer Tag zieht Badegäste an und Sarina wurde von Dutzenden Leuten gesehen.

In Richtung Norden stehen kleine Strandhäuschen; weiter in der Ferne sind kaum noch Leute zu sehen. Kyra läuft los, beschleunigt ihre Schritte. Dabei mag sie dieses Gerenne überhaupt nicht, dieses Schnaufen und das Rudern mit den Armen, das Stampfen der Beine, das Hämmern des vollen Gewichtes auf die Knie, das unangenehme Ziehen der Brüste. Das Keuchen und den Schweiß, der einem in die Augen läuft. Sarina schien gegen das alles immun gewesen zu sein. Sie hatte allerdings auch keine Brüste. Kaum Gewicht, das beschleunigt werden musste.

Kyra rennt nicht, läuft aber so schnell wie möglich. Schneller und noch schneller. Sie eilt an spielenden Kindern und Frisbees werfenden Jugendlichen, bellenden und springenden Hunden vorbei. Der Strand wird immer leerer. Sie fängt an zu schwitzen, hört ihre Atemzüge, fühlt die Seitenstiche. Sie hätte lieber doch etwas essen sollen. Nein, so würde Sarina nicht denken, sie dachte vermutlich: heute zweitausend Situps, zehn Kilometer laufen, später noch ein paar Treppen hoch und runter … Bloß nichts essen, nur Kalorien verbrennen. Nachher ein Glas frisch gepressten Orangensaft mit viel Wasser. Sehr viel Wasser.

Kyra sucht ihren Rhythmus, ein Tempo, das sie nicht zu sehr erschöpft, das sie durchhalten kann. Sie versucht, nicht als Kyra nachzudenken, sondern so zu tun, als sei sie Sarina. Was ging ihr durch den Kopf? Was war ihr Ziel?

Je weiter Sarina Richtung Norden gelaufen war, desto rarer wurden die Zeugenaussagen, entsprechend der abnehmenden Zahl der Strandbesucher. Nach einer Dreiviertelstunde steht Kyra plötzlich vor einem breiten Wasserlauf. De Slufter. Ein einzigartiges Naturgebiet, ein Ort, wo das Wasser durch die Dünen gebrochen ist und eine Art Salzwasser-Sumpfgebiet geschaffen hat. Wenn sie wollte, könnte sie weiter, aber nicht ohne nasse Füße zu bekommen. Sie bleibt stehen. Hier ist Sarina zum letzten Mal gesehen worden.

Von diesem Zeitpunkt an wurden die Zeugenaussagen widersprüchlich. Die eine Gruppe Touristen war sich ganz sicher, dass Sarina auf der Südseite des Gewässers stand, während ein Inselbewohner steif und fest behauptete, sie müsse es überquert haben, denn er hätte sie auf der Nordseite gesehen. Kyra tritt von einem Fuß auf den anderen und überblickt das ausgedehnte Gebiet. Hier war am intensivsten gesucht worden. Sie ist nicht dabei gewesen, aber sie weiß es. Polizei, Freiwillige, Spürhunde, ja sogar mit Hubschraubern war nach ihrer Schwester gesucht worden, noch Tage nach ihrem Verschwinden. Nichts wurde gefunden. Kein Kleidungsstück. Keine Fußspur. Hier, an diesem Stück Strand, inmitten der Touristen, die Sand und Nordsee genossen, hat sich ihre Schwester scheinbar in Luft aufgelöst.

Kyra lässt sich in den Sand fallen, setzt sich hin und blickt sich um. Es ist ein breiter Strand. Hinter ihr liegt das ausgedehnte Flachwassergebiet mit seinen Scharen von Vögeln. In der Ferne das Grün. Ringsum Dünen, vor ihr die endlose See. Graublau. Weißen Schaum spuckend, als sei das Wasser wütend.

Was hast du getan? Was wurde dir angetan? Warum? Von wem? War es ein Unfall? Bist du irgendwo hineingetreten? Oder hat dich jemand verfolgt? Ganz kurz sieht Kyra ein Bild ihrer Schwester vor Augen, wie sie rennt – aber diesmal nicht, um obsessiv Kalorien zu verbrennen, sondern weil jemand hinter ihr her ist. Sie fühlt die Selbstvorwürfe, die Panik, die Todesangst.

Sie springt auf und geht ein Stück am Wasser entlang in Richtung des Sumpfgebietes und weiß, dass Sarina hier niemals freiwillig reingegangen wäre. Nein, das ist nichts für sie. Aber was ist dann hier geschehen, an diesem seltsamen Ort? Hier spürt man eine fast magische Energie, und das wiederum wäre sehr wohl etwas für Sarina gewesen. Sich hier zu verabreden. Sie, die immer unbedingt etwas Besonderes sein wollte und sich nach märchenhafter Romantik sehnte. Nicht umsonst sah sie sich so gern romantische Komödien an. Kyra sieht förmlich die Kamera herumfahren, hört anschwellende Geigenklänge und fängt an zu lachen. Schwachsinn. Kyra dreht sich um und macht sich auf den Rückweg nach De Koog. Tempo! Sie schaut auf die Uhr. Wann fuhr die Fähre noch gleich? Zu jeder ganzen oder zu jeder halben Stunde? Sie weiß es nicht mehr, aber es ist noch ein ganzes Stück zu laufen. Dann muss sie noch mit dem Bus zur Fähre und anschließend mit dem Auto nach Hause fahren.

Eine knappe Stunde später erklimmt sie wieder die große Düne, zurück durch Badegäste, die in Bikinis und Badehosen hinter ihrem Windschutz sitzen. Die Geräusche sind die gleichen, der Geruch von Sonnenbrand und gebackenem Fisch liegt noch immer in der Luft, aber die Sonne steht tiefer, und die Farben sind wärmer, gelber, mehr ins Orange spielend. Urlaub. Freiheit. Keine Verpflichtungen. Tun, wozu man Lust hat. Aber was hat ihre Schwester hier sonst noch gesucht?

24

Sorgsam wählt er an der Wand mit den Werkzeugen ein Messer aus. Bei Gaullier, dem Künstler, der ihm Berge aus Gold versprochen und ihn dann mit leeren Händen in die Wüste geschickt hatte, war ihm ein dünnes Messer passend erschienen. Wie mit einem feinen Haarpinsel war er ihm damit über die nackte Brust gefahren. Kunstvoll. In exakten, geraden Linien. Doch zu Ijzer passt das nicht. Entschlossen wählt er ein robustes Messer aus dem neuen Set im Regal. Er dreht es in der Hand. Breite Klinge. Schräg zulaufende Spitze. Sehr gut.

Er dreht sich um und betrachtet seine Beute. Keuchend windet sich der Mann auf seinem Stuhl.

»Sprich deutlicher, ich kann dich nicht verstehen«, höhnt er und positioniert sich vor seinem Opfer.

Ijzer reißt die Augen auf und murmelt unverständliche Worte, die vom Klebeband vor seinem Mund erstickt werden.

»Gaullier«, sagt er. »Kennst du den?«

Ijzer schüttelt heftig den Kopf. An seiner Nase hängt ein Faden Rotze.

»Hab ich mir gedacht. Du hast auch nichts mit ihm zu tun. Aber vielleicht kommt dir dieses Szenario bekannt vor: Ich präsentiere dir hier einen Plan für ein lukratives Geschäftsmodell. Große Beträge. Satte Gewinne.«

Er beugt sich zu dem Mann hinunter. Kann den Angstschweiß riechen.

»Ein Vertrag wird aufgesetzt. Doch plötzlich überlegst du es dir anders: Wäre doch blöd, dem Vermittler einen Teil deines Gewinns abzugeben.«

Er verpasst dem Arschloch eine Ohrfeige. Langsam anfangen. Er hat keine Eile. Je länger es dauert, desto besser. Er nimmt das Messer und schneidet das Sporthemd seiner Beute auf. Mit der Spitze des Messers fährt er, ohne ihn zu verletzen, quer über seinen Brustkorb. Das Ferkelchen quiekt.

»Ich mach doch gar nichts«, sagt er. »Was hast du denn?«

Doch dann verstärkt er plötzlich den Druck auf die Spitze und beobachtet fasziniert, wie die Haut aufplatzt und das Blut zu fließen beginnt. Wunderbar. Erbarmungslos. Das Gejammer seiner Beute hört er nicht. Er sieht nur die Wunde, die roten Ränder, das rosa Fleisch, die roten Tropfen. Herrlich. Er spürt heftige Erregung. Erregung. Sie ist nicht sexuell, aber die Wirkung ist ähnlich. Er ist Herr der Lage. Er bestimmt, was geschieht. Er lässt sich nicht mehr als Deppen behandeln. Noch ein Schnitt. Herrlich. Tiefer jetzt. Er muss leiden, der Drecksack. So wie er selbst gelitten hat.

»Du dachtest also, dein Verhalten würde ungestraft bleiben. Du dachtest, ich würde nicht merken, was du ausgeheckt hast. Hältst du mich für bescheuert?«

Er holt aus und schlägt den Kerl mit einem Hieb k. o. Betrüger! Das ist dein verdienter Lohn. Bei zwei Projekten hat Ijzer versucht, ihn über den Tisch zu ziehen. Vielleicht sogar bei noch mehr. Das Objekt am Wasser. Der Verkauf des Ferienparks. Da steckte wahnsinnig viel Geld drin. Millionen. Er trinkt noch einen großen Schluck Jenever. Fünf Prozent, mehr hatte er gar nicht verlangt. Aber fünf Prozent von viel sind viel. Verdammt, er hätte sich sogar mit der Hälfte zufriedengegeben. Aber niemand hat ihn je mit einbezogen. Man hat ihn einfach ignoriert. Ijzer und die anderen Aschlöcher. Nachdem er sein erstes Opfer überwältigt hatte, war er aufs Klo gegangen und hatte mit einem Mal all die unverdauliche Erniedrigung ausgeschissen. Er hatte sich leichter gefühlt als jemals zuvor, und er hatte gewusst: So geht das. Danach hatte er zum ersten Mal seit Jahren tief und fest geschlafen und war mit einer Entschlossenheit erwacht, die ihn bis zu diesem Moment antrieb. Endlich ist er er selbst.

Er setzt sich auf den Hocker neben die Tür des Containers. Zufrieden holt er den Flachmann aus seiner Hosentasche und nimmt einen großen Schluck. Verdammt, ist das gut!

25

Kyra geht mit Mertens zusammen über den Nieuwendammer Dijk. Es ist inzwischen halb sieben. Ein Glück, dass Mertens sie über ihren Bruder erreicht hat. Echt nett von Jarno, ihre Mutter zu bequatschen und sie von der bescheuerten Idee abzubringen, ihr das Handy nur noch eine Stunde pro Tag zu überlassen.

»Die erste Liste war wohl nicht sehr ergiebig?«, fragt Kyra missmutig. Das Gefühl, mit Mertens in Konkurrenz zu stehen, hat sich verflüchtigt. Ihr ist klar geworden, dass man für die Lösung dieses Falls Zeit, Einsatz und Knowhow braucht und dass es besser ist, mit Mertens zusammenzuarbeiten.

»Die meisten Schülerinnen haben wir inzwischen befragt«, berichtet Mertens und Kyra hört an ihrer Stimme, dass sie die Worte mit Bedacht wählt.

Kyra erwidert: »Ich habe noch eine andere Liste angelegt, aber meine Freundinnen sind deswegen sauer auf mich.« Sophie sprach schon seit zwei Tagen nicht mehr mit ihr. Luna auch nicht. Chantal redet zwar noch mit ihr, aber nur oberflächliches Zeug. Kyra versucht, es zu verdrängen, und klammert sich an die Gedanken, dass sich nach den Prüfungen wieder alles normalisieren wird.

»Alle haben Angst davor, auch auf der Liste zu stehen«, fährt sie fort. »Keine will, dass rauskommt, dass sie mit Gaullier rumgemacht haben.«

»Jeder verfolgt seine eigenen Interessen«, sagt Mertens und lächelt. »Die Kunst besteht darin, dies zu erkennen und die verschiedenen Interessen für sich, anstatt gegen sich arbeiten zu lassen.«

Interessen. Darin ist sie nicht besonders gut, muss Kyra sich eingestehen, zu erkennen, welche Interessen für wen welche Rolle spielen.

»Ihre Mutter schien nicht besonders glücklich darüber zu sein, dass ich Sie abgeholt habe«, bemerkt Mertens.

»Sie ist sauer auf mich.« Kyra überlegt, ob sie Mertens die Situation erklären soll. »Ich habe unerlaubt ihr Auto genommen und bin rauf nach Texel gefahren.«

»Warum Texel? Nur für einen Tag?«

»Ist eine lange Geschichte«, antwortet Kyra, während sie den Gartenweg einschlägt, der zu Gaulliers Atelier führt.

»Mir reicht eine Kurzfassung«, sagt Mertens und zieht ein Stück Papier aus der Jackentasche.

»Vor vier Jahren ist meine Schwester verschwunden«, beginnt Kyra leise und späht auf den Zettel der Ermittlerin. Ganz einfach. Die Postleitzahl, gefolgt von einem B und einer Raute. Sie räuspert sich. »Sie ist an einem Samstag im Mai verschwunden, an einem dicht bevölkerten Strand. Auf Texel.«

Mertens gibt den Code ein, doch die Tür öffnet sich nicht. »Ich habe davon gehört«, sagt sie nachdenklich und schaut Kyra an. »Aber ich habe damals nicht an dem Fall gearbeitet.«

Sie gibt den Code noch einmal ein, und jetzt springt das Schloss auf.

»Ich war damals erst fünfzehn«, fährt Kyra fort, während sie den Code zur Sicherheit in Gedanken wiederholt. Postleitzahl. B. #. »Meine Eltern haben mich damals nicht mitgenommen, als sie sie auf Texel gesucht haben. Meine Mutter sagte wörtlich, sie müsse sich auf Sarina konzentrieren und hätte keine Zeit, auch noch auf mich aufzupassen.«

Die Gefühle von damals wallen wieder in ihr auf, wie jedes Mal, wenn sie darüber nachdenkt, und jedes Mal, wenn sie davon träumt. Jetzt, wo sie darüber redet, überfallen sie sie besonders heftig. Normalerweise spricht sie nie darüber.

»Sie haben mehrere Wochen lang nach ihr gesucht«, fährt Kyra fort. »Mein Bruder Jarno war dabei. Er ist damals siebzehn gewesen. Und noch viele andere Leute. Jedenfalls wurde nie auch nur eine Spur von meiner Schwester gefunden. Ich habe nicht erwartet, dass ich heute etwas entdecken würde, ich wollte einfach noch einmal an den Ort zurückkehren.«

»Mitten in der Prüfungsphase?«

»Nächste Woche sind es vier Jahre her, dass sie verschwunden ist. Sie hatte gerade ihren Abschluss gemacht, genau wie ich jetzt. Sie war neunzehn, genau wie ich jetzt. Das ist schon komisch. Außerdem ist heute ihr Geburtstag. Ich wollte etwas tun, um sie zu ehren.«

Mertens stößt die Tür des Ateliers auf und sagt: »Ich verstehe.«

Das Atelier ist leer und still. Marc ließ meistens klassische Musik laufen. Chopin. Bach. Er hatte ihr erzählt, dass er jeden Morgen arbeitete. Ganz früh, wenn alles noch schlief, schuf er seine Kunstwerke. Er zeigte ihr, woran er arbeitete. Sprach über die Materialien, die er verwendete, die Farben und auf welche Art und Weise er versuchte, seine Arbeiten mit seiner Seele zu füllen. Es ist nicht richtig, dass sie hier heimlich seine Werke anstarren. Plötzlich kann sie ihre Freundinnen verstehen. Welches Recht haben all diese Leute, jeden Aspekt seines Lebens unter die Lupe zu nehmen und seine Geheimnisse zu enthüllen?

»Schauen Sie mal«, sagt Mertens. Sie steht vor dem Wandschrank, in dem Marc zahlreiche seiner Werke aufbewahrte und zieht einige Gemälde aus dem Regal. Sie lehnt sie gegen die Wand und holt noch ein paar weitere hinzu. Nach ein paar Minuten wird Kyra von einer ganzen Phalanx von Freundinnen angestarrt. Wie nackt sie sind, wie lüstern sie aussehen!

»Chantal«, sagt sie und deutet auf eines der Gemälde. »Luna, Sophie, Anne, Jolein, noch mal Chantal. Hier haben wir noch mal Luna. Deirdre. Annet. Semra.«

Mertens notiert sich die Namen. »Sind die Mädchen alle sechzehn oder älter?«

»Ja, alle.«

Während Maud Mertens noch weitere Regale ausräumt und die Werke in einer Reihe aufstellt, untersucht Kyra so unauffällig wie möglich das Atelier. Es muss doch irgendwo einen konkreten Hinweis geben? Mertens hält offenbar die Gemälde für eine Spur. Einerseits hat sie recht, andererseits muss es jedoch noch mehr geben, auch wenn sie so schnell nichts finden kann. Schade. Sie hat entlang der Auffahrt zum Gebäude Kameras hängen sehen, sonst wäre sie hier heute Nacht auf eigene Faust auf Spurensuche gegangen.

»Hier sind noch weitere«, sagt Mertens. Wieder nennt Kyra ihr die Namen und bestätigt erneut, dass alle über sechzehn sind. Das Tageslicht fällt durch die Fenster, genau auf die nackten Brüste, Schenkel und Hintern ihrer Freundinnen. Mertens fährt fort und lehnt die Gemälde gegen die Tafel mit Farbtuben, das Waschbecken und die Wand auf der anderen Seite des Ateliers. Eine ganze Schar halbnackter Mädchen starrt sie an. Haben sie das wirklich alle gewollt? Haben sie alle gehofft, er würde sie auswählen? Mit welchem Interesse? Aufmerksamkeit. Der alles verzehrende Wunsch, etwas Besonderes zu sein.

»Ich glaube, er wusste genau, was er tat«, sagt Kyra, entfernt sich von den Gemälden und studiert gespielt gleichgültig die

Tische und Schränke. »Er wusste genau, was er sich erlauben konnte und was nicht. Ich glaube, dass seine Angst vor gesellschaftlicher Ächtung größer war als seine Lust.«

»Noch«, behauptet Mertens.

In der Ecke des Ateliers steht ein großer Metallschrank und Kyra öffnet ihn, ohne zu zögern. Farbe. Pinsel. Papier. Nur Material, Mist.

»Man erlebt oft, dass die Beteiligen in solchen Situationen Schritt für Schritt immer weiter gehen«, erklärt Mertens. »Fast unmerklich. Bis ein Punkt erreicht ist, von dem sie anfangs gesagt hätten: So was würde ich nie tun.«

Das stimmt. Wenn ihr jemand vorher gesagt hätte, dass ihre Freundinnen und sie nackt Modell stehen würden, hätte sie denjenigen ausgelacht. Aber Luna hatte kein Problem damit gehabt. Die lag schon nackt auf einer Matratze im Atelier – eine Hand unter dem Kinn, die andere locker unter der Hüfte –, bevor irgendjemand hatte Nein sagen können. Und ehrlich gesagt machte es Spaß, einen nackten Körper zu zeichnen. Die Formen, die Schatten. Füße und Hände waren schwierig. Brüste und Hintern dagegen gar nicht. Die Holzkohlezeichnungen hatten Kyra das Gefühl gegeben, eine Art Leonardo da Vinci zu sein, ein Rubens oder ein kleiner Rembrandt. Eine junge alte Meisterin. Sie stellte sich vor, in einem langen Hemd und mit bauschigem Barett auf dem Kopf vor einer großen Staffelei zu stehen. Der Meister schaute ihr über die Schulter zu. Kyra schließt den Schrank. Im Atelier ist nichts zu finden. Außerdem hat die Kripo es wahrscheinlich schon komplett auf den Kopf gestellt. Gegen Fachleute hat man kaum eine Chance.

»Hier konnten wir alle unserer Fantasie freien Lauf lassen«, erklärt sie der Polizistin. »Wir, und Gaullier sowieso. Das war sein Talent, eine solche Atmosphäre zu schaffen. Er verlieh einem das Gefühl, zu Größerem imstande zu sein, als man je geglaubt hätte.«

»Hier kommen die letzten beiden«, sagt Mertens und zeigt auf die zwei großen Gemälde, die sie gerade aufgestellt hat. Kyra hält den Atem an. Ihr wird schwindelig. Sie geht näher heran. »Oh, mein Gott!«

Das magere blonde Mädchen auf dem Bild schaut sie verlegen an.

»Oh, mein Gott!«

Kyra hat das Gefühl, jeden Moment umzukippen.

»Sarina …«

»Ist das Ihre Schwester?« Mertens ist sichtlich schockiert.

»Der Scheißkerl!«, ruft Kyra. »Dieser dreckige …« Ihre Stimme geht in ein Schluchzen über. »Er hat mich aufgefangen, nachdem meine Schwester verschwunden war«, erklärt sie leise, fast unhörbar. »In der Schule hatte er mich unter seine Fittiche genommen. Hat sich zu meinem Mentor gemacht. Aber trotz seiner Anstrengungen bin ich in der achten Klasse sitzen geblieben.«

Er war so nett gewesen damals. So lieb. Einer der wenigen Erwachsenen, der wirklich für sie da war. Es hatte den Anschein, dass er sie verstand. Durch und durch. Die Wut auf den Mörder ihrer Schwester. Aber auch die Wut auf ihre Eltern, ihren Bruder. Nicht zu vergessen ihre Wut auf Sarina. Wie konnte ihre Schwester es wagen, einfach so zu verschwinden?

Kyra schüttelt den Kopf und stößt wütend hervor: »Sarina hat er nie mit einem Wort erwähnt. Nie!«

Sie starrt die Bilder an. Wie verletzlich sie aussieht. So dünn. So blass. So verzweifelt.

»Und Sarina hat auch nie etwas gesagt«, fügt sie grimmig hinzu.

26

Erbarmungslos. Er wiederholt es immer wieder. Erbarmungslos. Er zieht den Riemen um den Hals stramm. Schau nur, wie er da sitzt, mit seinen vorquellenden Augen und dem Rotz, der ihm aus der Nase tropft. Heult er?

Verdammt, er heult!

Er kontrolliert die Riemen um Fußknöchel, Handgelenke und Brust und tritt zurück, um sein Kunstwerk zu begutachten. Denn das ist es: ein Kunstwerk. Dieser große Stuhl mitten im Raum. Der strampelnde, hilflose Scheißkerl in Fesseln. Jetzt ignorierst du mich nicht mehr. Weil ich es dir unmöglich mache. Ich. Und du hast geglaubt, du würdest über mir stehen. Meilenweit. Wie ein Satellit im Weltraum warst du. Ab und zu hast du mal runter auf das niedere Volk geblickt, sorgfältig darauf bedacht, dass niemand bemerkte, wie du von oben alles gelenkt hast.

Er trinkt einen Schluck Jenever und spürt, wie die Erregung wächst. Er lebt. Er lebt und er ist der Boss. Er fühlt sich betrunken, obwohl er kaum was intus hat. Er bückt sich, die Zange fest in der Hand.

»Mit welchem fangen wir an? Einem großen oder einem kleinen?«

Schau, wie er jetzt da hockt. Es fehlt nicht viel und er macht sich in die Hose, die blöde Sau.

Er wählt einen kleinen Zeh, um sich das Beste für gleich aufzusparen. Die Erregung pulsiert durch seinen ganzen Körper und konzentriert sich im Unterleib. Seine Hände kribbeln.

»Eins, zwei …«, zählt er und das Arschloch krümmt sich zusammen.

»Ätsch! War nur Spaß!«, sagt er und in dem Moment, als sich die Beute ein wenig entspannt, kneift er zu. Knips! Ganz einfach, so ein Zeh. Gleich noch einer hinterher.

Wieder tritt er zurück, um sein Werk zu bewundern. Ein Schluck Jenever dazu. Hmm! Seine Beute heult und jammert wie ein kleines Kind.

Das kann nicht jeder. Er ist ein Forschungsreisender. Ein Künstler. Erbarmungslos.

Sorgfältig schließt er den Container und bleibt genau wie beim letzten Mal kurz stehen, um zu überprüfen, ob Geräusche nach außen dringen, aber der Metallkasten ist gut isoliert.

Bevor er den Wohnwagen neben dem Eingang des Schuppens betritt, reckt er sich. Alles unter Kontrolle. Ein Glücksgefühl überkommt ihn. Erbarmungslos. Das Wort liegt noch immer gut auf der Zunge. Morgen wird ein schöner Tag.

Er nimmt sich eine Scheibe Weißbrot aus dem Brotkasten und öffnet ein Glas Erdnussbutter. Für einen Augenblick sieht er seine Beute wieder vor sich. Blutüberströmt. Voller Angst. Todesangst. Wie gut schmeckt doch Weißbrot mit Erdnussbutter! Er weiß, dass er so etwas lieber nicht essen sollte – Fett, Kohlenhydrate, den ganzen Mist –, aber er macht sich gleich noch eins. Das hat er sich verdient. Morgen muss er früh aufstehen. Arbeiten. Das Spiel mit der Beute vollenden. Zwei volle Tage lang darf er sich mit ihr vergnügen. Schon bei dem Gedanken daran überkommt ihn erneut die Erregung. Er gähnt, versucht, seinen Kopf frei zu machen, trinkt einen Schluck Jenever und beißt in das klebrige Brot.

27

Freitag

Maud Mertens wandert mitten in der Nacht durchs Haus. Das eigene Kind loszulassen, wie geht das? Sie räumt die Spülmaschine aus und wieder ein. Wischt die Anrichte sauber. Öffnet den Kühlschrank und starrt auf den Teller mit Sauerkraut, Speckwürfeln und geräucherter Wurst, der ordentlich mit Haushaltsfolie abgedeckt auf Roos wartet. Nicht böse sein, hat Edwin geraten, lass sie einfach. Sei froh, dass sie Bescheid gesagt hat, wo sie ist. Was ist denn schon so schlimm daran, dass sie öfter bei Julia übernachtet?

Entwickelt sie sich allmählich zu einer nörgeligen Helikoptermutter? So ist sie doch im Grunde gar nicht. Ihre Eltern haben nie etwas von ihr verlangt. Sie waren mit allem einverstanden, was sie tat, und sie wurde immer auf Händen getragen. Nach der Sache mit Anton konnte man das auch verstehen. Wie hoch ist die Wahrscheinlichkeit, von einem Geisterfahrer totgefahren zu werden? Und warum musste das ausgerechnet ihrem Bruder passieren, diesem durch und durch prima Kerl?

Es ist so schade, dass Roos ihn nicht gekannt hat. Sie war erst zwei, als er starb. Anton war ganz verrückt auf seine kleine Nichte. Ständig brachte er kleine Anziehsachen vom Cuypmarkt für sie mit, wo die Damen an den Kleiderständen ihm nur zu gern dabei halfen, ein paar hübsche Sachen auszusuchen. Ach, Anton.

Es ist vier Uhr morgens. Sie kann jetzt schlecht staubsaugen, mitten in der Nacht. Sie legt sich aufs Sofa, zieht eine der Kuscheldecken über sich und kneift fest die Augen zu. Wenigstens ein bisschen Schlaf! Aber sie ist so unruhig. Und wenn sie zurück ins Bett geht, wird sie Edwin wecken, und der braucht seinen Schlaf dringend, wo er in letzter Zeit so viel arbeitet. Schlaf! Schlaf doch! Mist, so wird das nichts.

Sie steht auf, hinterlässt Edwin eine Nachricht und geht hinaus. Sie nimmt das Auto. Edwin hat seit ein paar Tagen einen Fitnessfimmel und sich vorgenommen, von jetzt an alles mit dem Fahrrad zu erledigen. An der Ampel zur IJdoornlaan versucht sie sich vorzustellen, eine Leiche läge auf dem Rücksitz. Oder im Kofferraum. Hatte der Täter Angst, erwischt zu werden, oder dachte er gar nicht darüber nach? War er zu sehr überzeugt von sich, seiner Tat und seinen weiteren Plänen gewesen, um an die Risiken zu denken? Hält er sich womöglich für unfehlbar?

Seine Taten schenken ihm Genugtuung, so viel ist sicher. Das Grauen, das seine Gräueltaten an Gaullier ausgelöst haben, verschafft ihm Aufmerksamkeit und gibt ihm das Gefühl, Macht auszuüben.

Mertens biegt in den Kamperfoelieweg und dann in die Van der Pekstraat. Hier gibt es keine Möglichkeit, sich zu verbergen. Die Straßenlaternen sind recht hell, aber keine Menschenseele weit und breit. Hinter dem Café *De Pont* hält sie an. Die Fähre liegt am anderen Ufer. Der Kai ist bis auf einige abgestellte Fahrräder leer. Noch kein Mensch zu sehen.

Sie steigt aus dem Auto und geht zum Ufer. Das dunkle Wasser schwappt leise gegen die Kaimauer.

Je länger sie über den Fundort nachdenkt, desto weniger verrückt erscheint ihr die ganze Operation. Als sie die Leiche vor vier Tagen hier hat hängen sehen, konnte sie sich nicht vorstellen, wie dem Täter dieser Kniff gelungen war, ohne gesehen zu werden. Inzwischen hält sie es für deutlich weniger schwierig als gedacht.

Sie kehrt zurück, startet das Auto und fährt langsam los. Erst kurz vor dem Kreisel am Johan van Hasseltweg begegnet sie ein paar anderen Nachtschwärmern.

Kyra betrachtet die Nachrichten auf ihrem Handy. Oder besser: das Fehlen von Nachrichten. Nicht eine einzige. Facebook, WhatsApp – nichts. Sie legt das Handy weg und zieht sich die Bettdecke über den Kopf. Es ist noch früh am Morgen. Schon wieder hat sie ein Albtraum aus dem Schlaf gerissen. Im Grunde sollte sie einfach aufstehen und anfangen zu lernen. Sie seufzt und wälzt sich auf den Rücken, starrt an die Decke mit den offenen Balken und den beiden bunten Stoffvögeln, die sie vor Jahren daraufgesetzt hat. Zusammen mit Sarina.

Sie haben sie von Tante Gerda bekommen, nach dem Besuch bei ihr mit dem katastrophalen Ausgang. Tante Gerda war eigentlich keine richtige Tante, sondern nur eine gute Freundin ihrer Mutter, quasi eine Wahl-Tante.

Ihre Mutter hatte gemeint, eine Woche auf dem Land täte den Mädchen gut. Gerda wohnte auf einem Bauernhof am Rande eines Dorfes nahe der deutschen Grenze. Sarina war damals fünfzehn und verstand sich gut mit Gerdas gleichaltriger Tochter. Kyra durfte auch mitkommen. Damals waren die beiden Schwestern unzertrennlich, trotz der vier Jahre Altersunterschied und ihrer gegensätzlichen Persönlichkeiten. Kyra interessierte sich weder für Make-up noch für komplizierte Frisuren und Sarina hätte lieber eine Woche lang den Abwasch erledigt, als ein Buch zu lesen. Doch wenn Sarina Kyras Haare einflocht, blieb die jüngere Schwester ganz still sitzen und genoss ihre Nähe, und wenn Kyra der Älteren vorlas, während sie sich Zöpfe flocht, hörte ihr Sarina gespannt zu. Wenn Kyra den Eindruck hatte, sie hörte ihr nicht mehr zu, fuhr sie plötzlich in unverändertem Ton fort:

… und das Mädchen saß an seinem Frisiertisch, spielte endlos mit Kamm und Bürste und probierte blauen Kajal und grünen und gelben und leuchtenden …

Kyra!, rief Sarina dann. *Was machst du da? Lies endlich weiter!*

Wenn Kyra nicht so darauf gedrängt hätte, mit zu Tante Gerda zu dürfen, wäre es nie geschehen. Sie hatte es nie laut ausgesprochen, aber sie hatte lange Zeit unter schweren Schuldgefühlen gelitten.

Außerhalb des Dorfes gab es ein Sportzentrum mit einem Schwimmbad und Tennisplätzen. Man konnte mit dem Rad hinfahren, dann musste man durch den Dorfkern, aber man konnte auch zu Fuß über die Weiden und ein Stück durch den Wald gehen. Tante Gerda hatte extra Fahrräder für Sarina und Kyra ausgeliehen, aber die Mädchen gingen lieber zu Fuß zum Schwimmen, genau wie Sanne, Gerdas Tochter.

Sie hatten viel Spaß gehabt in dieser Woche. Sie waren die ganze Zeit draußen an der frischen Luft gewesen und Sarina hatte sich zum ersten Mal verliebt. Auch Sanne war schwer verknallt. Kyra begleitete die Großen, wann immer es ging, fasziniert von der neuen Umgebung, in der sie gelandet waren. Am letzten Abend stieg eine Party im Clubhaus des Sportvereins, zu der Sarina gehen durfte, Kyra aber nicht. Gerda hielt sie noch für zu jung. Die Mädchen hielten das für Quatsch und schmiedeten einen Plan. Sanne und Sarina wollten Kyra heimlich abholen und nach einer Stunde ebenso heimlich wieder nach Hause bringen. Als aber der Moment gekommen war, in dem Kyra die Party wieder verlassen musste, hatte sich Sannes Schwarm endlich dazu überwunden, mit ihr zu tanzen. Deswegen brachte Sarina ihre kleine Schwester allein zurück. Sie beeilten sich, denn Sarina wollte schnell wieder zurück zur Party.

Dieser ganze Aufwand wegen einer Stunde in einer hässlichen

Kantine, in der Jugendliche rumstanden und Bier tranken. Der Raum war nicht mal geschmückt. Kyra spürte mehr, wie aufregend das für die anderen war, als dass sie es verstanden hätte.

»Geh nur schnell zurück zu Gino«, sagte Kyra zu ihrer Schwester, als sie in Sichtweite von Gerdas Haus waren.

»Nein, ich bringe dich bis zur Hintertür.«

In diesem Moment versperrte Gino ihnen den Weg. Gino, der schon Auto und Traktor fuhr. Gino, der ein paar Freunde hatte, vor denen sich Kyra insgeheim fürchtete und die er mitgebracht hatte. Die Jugendlichen umringten die Mädchen, drängten sich ganz nah an sie heran. Gino berührte Sarinas Haar. Einer der Jungs versetzte ihr einen Schubs.

»Renn weg!«, befahl Sarina ihrer kleinen Schwester, aber Kyra stand da wie angewurzelt.

Ich muss Gerda holen, dachte sie. Aber Gerda darf nicht wissen, dass ich hier bin. Trotzdem rannte sie los und holte Gerda und ihren Mann Herman, doch sie kamen zu spät.

Sarina saß auf dem Waldweg und weinte. Sie weigerte sich zu erzählen, was geschehen war. Sanne wurde von ihrem wutschnaubenden Vater von der Party geholt. Gerda kochte für alle Tee und versuchte, Sarina dazu zu überreden, mit ihnen zu sprechen. Doch sie sagte nichts. Kyra verstand sie nicht. Was konnte denn schon passiert sein in den paar Minuten?

Am nächsten Tag kam Holly Slagter ihre beiden Töchter abholen, und während die Mädchen im Garten Cola tranken, sprach sie mit Gerda in der Küche. Auf dem Heimweg schwieg ihre Mutter. Sie sagte nichts, auch nicht, als sie nach Hause kamen, und sie schickte die Mädchen auf ihre Zimmer. Die Atmosphäre im Haus war ganz anders als sonst. Gespenstisch. Papa kam von der Arbeit und brachte Sarina nach dem Essen zu einem befreundeten Hausarzt. Als sie nach Hause kamen, legte sie sich ins Bett. Sie wollte immer noch nicht reden. Kyra konnte nur eines tun, nämlich ihr Haar flechten. Sie setzte sich neben sie, flocht jede Menge unregelmäßige Zöpfe, und als sie fertig waren, löste sie sie wieder auf und begann von vorn. Danach war nichts mehr wie zuvor.

»Morgen, Maud«, grüßt Jenny an der Rezeption Maud Mertens. »Du bist aber früh dran.«

»Irgendjemand muss ja die Arbeit erledigen.«

Jenny erwidert grinsend: »Irgendjemand muss die Arbeit gut erledigen.«

»Also opfere ich mich«, antwortet Mertens im Vorübergehen. »Aber nicht ohne einen Kaffee.«

»Recht hast du.«

Sie holt den Becher von ihrem Schreibtisch – TOTENKOPF steht darauf, ein albernes Nikolausgeschenk von Roos aus der Zeit, in der noch nichts darauf hinwies, dass sie eines Tages so auf Konfrontationskurs sein würden – und füllt ihn mit Automatenkaffee. Sie sollte lieber Tee trinken. Grünen Tee. Und anstatt ins Büro zu fahren, hätte sie auch joggen gehen können. Da sie kein belegtes Brot mitgenommen hat, holt sie sich ein gefülltes Teilchen aus dem Automaten. Wieder eine Überdosis Zucker, auch das noch.

Sie schaltet den Computer ein. Vor ihr erscheinen weitere Protokolle von den Befragungen der Jugendlichen im Zusammenhang mit Gaullier. Aber was erwartet sie von ihnen? Wie oft hat ihre Freundin Corine Stadman von der Sitte ihr das schon erklärt? Das Trauma sexueller Einschüchterung führt zunächst dazu, dass die Betroffenen es leugnen. Sie reden sich ein, es sei unbedeutend, weil sie sich dadurch selbst weismachen können, sie hätten noch alles unter Kontrolle. Sie hätten das alles von sich aus zugelassen, diese Hand, die ihnen wie nebenbei durchs Haar oder über den

Nacken fuhr, den flüchtigen Kuss auf den Hals, auf den Mundwinkel, sie hätten all das erlaubt, weil es nichts bedeutete. Sie wissen, dass sie eigentlich hätten sagen müssen, dass sie das nicht wollten, diese Hand auf der Brust, an der Innenseite des Schenkels, den Daumen, der flüchtig über den Schritt strich – aber nun ja, hätte man da nicht viel früher Einhalt gebieten müssen? Die Zunge im Mund und die Erektion, die an einen gedrückt wurde, das war natürlich echt krass, aber verdammt, es war passiert, ehe man sich versah. Dann kommt die Erkenntnis, dass man die Annäherungen von Anfang an eklig und übergriffig fand und dass man etwas dagegen hätte tun müssen. Aber was?

Die Frage ist, bei welchem Mädchen Gaullier wirklich zu weit gegangen war und bei welchem von ihnen – oder besser: bei welchem Vater oder Bruder – das solche extremen Rachegefühle hervorgerufen hatte.

Mertens geht die Liste der Namen durch und sucht erneut in der Datenbank. Wo war sie stehen geblieben? Beim zwölften Namen landet sie endlich einen Treffer. Shereen Putman. Tochter eines guten Bekannten der Polizei, wie es so schön heißt. Mitglied des großen Freundeskreises der Justiz. Kein kleiner Fisch. Maud steht auf, schreibt den Namen an die Tafel und umkreist ihn. Ihr Telefon klingelt und sie nimmt das Gespräch an.

»Morgen, Mama.«

»Ein Amsterdamer ist gestorben.«

»Es war Mord.«

»Hatte er etwas am Herzen?«

»Ja, es ist stehen geblieben.«

»Leider habe ich keine Zeit. Du musst also selbst damit zurechtkommen.«

»Das werde ich.«

Ihre Mutter beendet das Gespräch. Mertens legt ihr Handy

auf den Schreibtisch und rollt den Kopf von links nach rechts. Ihre Nackenwirbel knacken. Sieben Uhr ist es inzwischen. Sie muss Bingsten aus dem Bett holen und diesem Putman ein paar Fragen stellen. Aber zuerst braucht sie mehr Kaffee.

»Guten Morgen.« An der Kaffeemaschine steht Myrna.

»Möchtest du heute früh nach Hause?«, fragt Mertens die junge Kollegin.

Myrna schaut sie verlegen an.

»Weil du schon so früh hier bist«, erklärt Mertens. »Du siehst aus, als könntest du ein bisschen Ruhe gebrauchen.«

»Eigentlich wollte ich etwas loswerden«, sagt die junge Frau und Mertens befürchtet im ersten Augenblick, sie würde gleich in Tränen ausbrechen.

»Diese Nachricht, über Gaullier. Ich glaube, ich bin es doch gewesen.«

»Wie kommst du auf die Idee?«

»Ich habe meiner Freundin davon erzählt. Der beim Fernsehen.«

»Mein Gott!«

»Sie hat es nicht verwendet«, erwidert Myrna rasch. »Wirklich nicht. Aber sie hat es ihrem Freund erzählt, Joris Verstraten, der ist Zeitungsjournalist.«

»Ach du Scheiße!«

»Er hat ihr Vertrauen missbraucht, einen Artikel geschrieben und ihn an NOS weitergeleitet. Meine Freundin hat daraufhin mit ihm Schluss gemacht.«

Mertens nickt bedächtig. Myrna steht mit hochroten Wangen vor ihr. Sie senkt den Kopf. »Sonst habe ich es niemandem erzählt. Ich … Ich schäme mich so.«

Mertens seufzt tief. »Komm mal eben mit.«

28

Die skandalöse Scheidung eines berühmten Fußballstars und einer bekannten Schauspielerin haben Gaulliers Tod inzwischen aus den Schlagzeilen verdrängt. Außereheliche Affären, das ist noch besser als Mord. Hinzu kommt das mysteriöse Verschwinden eines Geschäftsmannes, der sich auf Kosten seiner Firma bereichert hat – es ging wohl um die Veruntreuung öffentlicher Gelder – und bereits in Ungnade gefallen war. Kurzum: Der Sturm um Gaullier hat sich gelegt. Oder besser: Der Tornado ist weitergezogen.

Mertens seufzt und greift nach ihrem Kaffeebecher, ohne die Augen vom Bildschirm abzuwenden. Erst, als sie den Becher an die Lippen setzt und daraus trinken will, merkt sie, dass er leer ist. Sie steht auf und geht zum Automaten, wo sie Bingsten trifft.

»Und, schon was Neues?«, fragt er gähnend.

»Und, schon wach?«, gibt sie zurück.

»Geht so.«

Mertens lässt den Kopf im Gelenk kreisen und gähnt. »Nein. Es gibt leider nichts Neues«

»Hast du den Bericht gelesen?«, fragt Bingsten. Sein Haar ist wie immer wild durcheinander, und dass er ständig mit den Händen hindurchfährt, macht es nicht besser.

»Bin ihn zwei Mal durchgegangen«, antwortet Mertens. »Aber ich habe noch nichts entdeckt, was wir noch nicht wussten. Oder womit wir etwas anfangen können. Du vielleicht?«

»Ich hab's dir schon gemailt. Wer ist hier verschlafen?« Bingsten grinst und trinkt einen Schluck von seinem Kaffee.

Mertens schüttelt den Kopf und kehrt zusammen mit Bingsten zu ihrem Schreibtisch zurück. Vor dem Memoboard über den Gaullier-Fall bleiben sie stehen und trinken schweigend ihren Kaffee.

»Putman also«, murmelt Bingsten.

»Seine sechzehnjährige Tochter Shereen geht aufs Damstede. Sie hatte bei Gaullier Unterricht und hat auch an den Extrastunden teilgenommen.«

»Hübsches Mädchen?«

Mertens schweigt. Was spielt das für eine Rolle? Im Übrigen weiß sie es nicht.

»Dieser Putman ist kein unbeschriebenes Blatt, Maud. Ich kenn den. Mitglied eines Motorradclubs. Schlägereien. Verdächtigt und verhört wegen Drogenhandels, Anbau von Marihuana in großem Stil, aber noch nie wegen eines größeren Deliktes verurteilt.«

»Klingt fast ein bisschen zu offensichtlich, findest du nicht?«, meint Mertens. »Es ist eine erste mögliche Spur. Da kann man nicht wählerisch sein.«

»Hast recht«, meint Bingsten. »Los, fahren wir.«

Die Familie Putman ist, im Gegensatz zu Mertens Erwartungen, schon wach und bereit für den Tag. Frisiert, geschminkt, geschmückt mit riesigen Ohrringen und jeder Menge Armreifen bereiten Mutter und Tochter das Frühstück zu, während Vater und Sohn am Küchentisch Kaffee trinken.

»Bingstermans«, begrüßt Vater Putman den Ermittler herzlich. »Lange nicht gesehen, Mann. Hast du nichts zu tun? Wie wär's mit einer Tasse Kaffee? Und wen hast du uns da mitgebracht?«

Mertens stellt sich vor und wird von Mutter Putman gebeten, am Küchentisch Platz zu nehmen, neben Niels. Im Nu stehen zwei duftende Tassen Kaffee vor ihnen.

»Was kann ich für dich tun?«, fragt Putman. Er verhält sich so, als wäre es die normalste Sache der Welt, dass die Kripo morgens vor acht bei ihm am Küchentisch sitzt, um Fragen zu stellen.

Bingsten beginnt mit höflichem Geplauder. Erkundigt sich nach der Familie. Nach der Mutter Putmans, die kürzlich verstorben ist. Der Mundwinkel des kantigen Typen zittert ein wenig, als er davon erzählt.

»Wir kommen im Zusammenhang mit dem Tod von Marc Gaullier«, sagt Bingsten schließlich.

»Shereens Lehrer«, erklärt Mutter Putman. »Der Kunstheini, du weißt schon.«

Mertens beobachtet Putman aufmerksam. Wenn meine Roos von jemandem so gemalt worden wäre, denkt sie, wenn Gaullier meine Roos so verletzlich und nackt dargestellt hätte, wenn er ihre Schamlippen, und wenn auch nur virtuell, mit seinem Pinsel berührt hätte, dann …

»Sehr schön, was der Mann so macht«, sagt Putman. »Sehr schön. Sieht aus wie echt. Das Bild von Shereen war einfach klasse. Sie hat die Fortschritte jedes Mal mit dem Handy fotografiert. Bis zum Schluss. Als es fertig war, wollte er das nicht mehr. Es sollte eine Überraschung bleiben bis zur Ausstellung.«

»Die findet jetzt bestimmt nicht mehr statt?«, fragt Shereens Mutter.

»Hey, aber ich sollte das Bild auf jeden Fall kriegen!«, mischt sich Shereen ein. »Das hat er mir versprochen.«

»Fanden Sie die Art der Darstellung nicht – ein wenig unpassend?«, fragt Mertens.

»Das Bild?«, meint Putman. »Kein bisschen. Dieses ganze

Gelaber über Porno. Schlagen Sie doch bloß mal die Zeitung auf, oder gehen Sie in eine Tankstelle. Da sieht man überall solche Bilder. Aber das sind Fotos. Auf billiges Papier gedruckt. Das andere ist ein Gemälde. Auf Leinwand. Ein echtes. Nein, ich finde, das ist Kunst. Eine Kunst, wenn man so was kann.«

»Hat das keinen eifersüchtig gemacht?«, fragt Mertens und sieht dabei Shereen an. »Deinen Freund auch nicht?«

Shereen prustet los. »Darryl? Nein, der wollte das Bild ja auch unbedingt haben. Aber ich hab gesagt nein, kommt gar nicht infrage. Das ist für Mama.«

»Erst muss es in die Ausstellung«, sagt die Mutter. »Aber wer weiß, was dann passiert. Vielleicht nützt es ihrer Karriere. Sie will Model werden, wissen Sie.«

»Hast du zufällig irgendwas gehört, was mit Gaullier zu tun hätte?«, fragt Bingsten Vater Putman. »Und ich spreche jetzt nicht von Malerei.«

»Ob er aktiv war, meinst du? Nein, davon habe ich nichts gehört. Ich kenne den Kerl gar nicht. Nur über Shereen.«

»Noch etwas Kaffee?«, fragt Mutter Putman.

»Ich muss jetzt in die Schule«, sagt Shereen und nimmt ihren Helm vom Tisch. »Sonst komme ich zu spät.«

Mertens blickt mutlos auf den großen Becher Kaffee, den Mutter Putman eingeschenkt hat. Inzwischen redet Bingsten mit der Familie über Leute, die sie nicht kennt. Die sie auch nicht kennen will. Sie will weiter. Muss weiter. Alle Spuren scheinen in einer Sackgasse zu enden, und je länger die Ermittlungen dauern, desto schneller rinnt einem der Sand durch die Finger. Während sie sich in der Küche umsieht – weiße Hochglanzschränke mit goldenen Leisten, goldenen Griffen, Rüschengardinen, das Foto eines Pudels an der Wand –, versucht sie in Gedanken, ihre Liste durchzugehen. Persönliche Informationen, Informationen über

Gaullier im Internet, sein Laptop, sein PC, das Haus, das Atelier, die Ehefrau, die Nachbarn, die Arbeit, die Finanzen, juristische Angelegenheiten – mittlerweile haben sie das Opfer komplett durchleuchtet. Bis jetzt nichts, rein gar nichts. Vielleicht kommt bei der Untersuchung etwas heraus, mit der sie Myrna beauftragt hat. Irgendwo muss es einen roten Faden geben, einen Hinweis. Irgendjemand weiß etwas. Irgendwo blinkt ein Hinweis wie das rote Lämpchen eines altmodischen Anrufbeantworters, aber sie sieht es nicht. Verdammt, sie sieht es nicht!

29

Samstag

Kyra hat den ganzen Vormittag gelernt und kommt zu dem Schluss, dass sie für heute brav genug gewesen ist.

Sie schließt die Tür ihres Zimmers und rollt den breiten Schrank – was für ein Fund, Möbel auf Rädern – beiseite, sodass er vor der Tür steht. Den Bürostuhl schiebt sie ans Fußende ihres Bettes und lässt sich darauffallen.

Hallo, Schwester. Ist schon ein paar Tage her, seitdem ich dich zuletzt gesehen habe. Sarina lacht. Ihre grauen Augen strahlen und sie hat ihren mageren Hals unter einem dicken Rollkragenpullover verborgen. Ihr Foto hängt links neben der Karte von Texel. Wie der lachende Mittelpunkt einer Sonne mit schwarzen Strahlen, an deren Enden Hinweise hängen. Eine Liste mit Geschehnissen und ihre exakten Zeitpunkte. Ein Ausdruck von Nummern der ausgehenden und eingehenden Anrufe kurz vor ihrem Verschwinden. Ihr Handy hat Sarina im Rucksack gelassen. Eines der großen Rätsel, fand die Polizei. Aber Sarina ging nie mit ihrem Handy im Rucksack laufen. Sie hatte immer einen MP3-Player dabei und hörte Musik. Beim Laufen wollte sie nicht von SMS gestört werden. Die machten sie nur nervös. Und sie bildete sich ein, dass man sie durch das Handy orten konnte. Das wollte sie nicht. Sie wollte nicht, dass jemand wusste, wie viele Kilometer sie pro Woche lief.

Neben der Karte von Texel hängt außerdem ein Ausdruck der Route, die sie wahrscheinlich genommen hat. Die Liste mit Sachen, die sie in ihrem Rucksack hatte. Die Namen der Freundinnen, mit denen sie auf Texel verabredet war. Namen von Leuten, die Zeugenaussagen abgegeben haben. Touristen, die sie gesehen haben, Mitarbeiter des Campingplatzes, der Busfahrer. Fakten hängen links, Schlussfolgerungen rechts.

Bestimmt eine halbe Stunde lang starrt sie auf die Wand und macht in Gedanken die Reise von gestern noch einmal. Sie läuft über die Dünen, am Strand entlang, bleibt vor dem Sumpfgebiet stehen.

Sie hat Hunger und steckt sich ein paar Kokindjes in den Mund. Ihre Speicheldrüsen reagieren sofort auf die weichen, süßen Lakritzbonbons. Außen hart und innen weich, das mag sie besonders. Und wie sie schmecken, so lecker nach Salmiak und Zucker, hm! Alarmstufe rot – wenn sie nicht aufpasst, ist gleich die ganze Tüte leer.

Kyra dreht sich um, nimmt ein Blatt Papier und schreibt in großen Buchstaben darauf:

Verabredung

weggelaufen

Ihre Eltern, die Polizei, die Medien: Alle sind immer davon ausgegangen, dass Sarina einem Psychopathen zum Opfer gefallen ist. Dass sie das fatale Pech hatte, zum falschen Zeitpunkt am falschen Ort zu sein. Es wurde überall nach ihr gesucht. Nicht nur von der Polizei, auch von Inselbewohnern und Touristen.

Je länger Kyra darüber nachdenkt, nachdem sie dort am Strand gestanden hat, an der Stelle, wo Sarina gestanden haben muss, desto mehr fragt sie sich, ob ihre Schwester wirklich einfach so vom Strand weg entführt worden ist. Wo wäre sie dann hingebracht worden? Zu einer Hütte? Einem Aussichtspunkt? Einem Vogelbeobachtungshäuschen? Unmöglich, denn dort sind immer Leute, vor allem um zwei Uhr nachmittags an einem schönen warmen Tag im Mai. In irgendeine Wohnung oder ein Ferienhaus? Was ist dann mit ihrer Leiche geschehen? Oder lebt sie doch noch? Wurde sie von einem verrückten Touristen von der Insel geschmuggelt? Im Kofferraum eines Autos oder so? Lebt sie noch, irgendwo in einem Keller? Schließlich hört man immer wieder von Irren, die Frauen entführen und sie als Sklavinnen im Keller gefangen halten.

Das glaubt sie nicht. Es muss eine andere Lösung geben. Vier Jahre sind inzwischen vergangen. Es gibt nichts Neues auf Facebook, in Sarinas E-Mails oder in ihrem Handy zu entdecken. Es gibt niemanden mehr, den sie fragen könnte. Wer weiß nach so langer Zeit noch etwas davon? Wer erinnert sich noch an sie?

Die Suche nach Sarina nahm auf Texel ihren Anfang, und nachdem ihre Eltern sie nicht dabeihaben wollten, war sie viel zu lange wütend und beleidigt geblieben. Sie hätte diese kindischen Gefühle schon viel eher von sich abschütteln und viel früher und viel energischer mit ihren eigenen Ermittlungen beginnen müssen. Indem sie vor lauter Sturheit den Kopf in den Sand gesteckt hatte, hat sie dem Täter einen gewaltigen Vorsprung gelassen. Einen Vorsprung von annähernd drei Jahren, verdammt. Aber er soll nicht glauben, dass er nicht noch einzuholen wäre.

Sie greift nach dem ältesten der drei Hefte, die sie seit Sarinas Verschwinden mit ihren Aufzeichnungen gefüllt hat und blättert es durch. Plötzlich folgt sie einer Eingebung und nimmt ihr Tagebuch aus der Zeit vor Sarinas Verschwinden zur Hand. Das Herz schlägt ihr bis zum Hals. Dass sie noch nie zuvor daran gedacht hat! Sie war so auf ihre Schwester fixiert und was mit ihr geschehen sein könnte. Nie hat sie an sich selbst als Zeugin gedacht.

Sie beginnt an dem Tag vor dem schicksalhaften Samstag und blättert zurück. Wie viel sie über die Schule geschrieben hat! Über Fächer und Noten und Lehrer. Sophie, Luna, eine Kungfu-

Prüfung – für den orangefarbenen Gürtel – und vor allem viel über Sarina, ihre Eltern, die ganz normalen Dinge, die eine knapp Fünfzehnjährige beschäftigen. Plötzlich stößt sie auf eine Notiz über die FRIS-Partys für Zwölf- bis Sechzehnjährige, zu denen sie damals ging. Wie hatte es sie genervt, dass Sarina schon richtig ausgehen durfte.

Ich hänge nur mit Langweilern ab, schreibt sie. *Sarina hat es viel besser, die lernt die richtig interessanten Leute kennen, trinkt Wein mit gut aussehenden Amerikanern. Für mich gibt es lauwarme Limo …*

Sie wirft einen Blick auf das Datum. Achter April. Sechs Wochen vor Sarinas Verschwinden. Jetzt fällt es ihr wieder ein. Sarina war mal wieder auf ihre typisch hysterische Art verliebt. Nach der Woche bei Tante Gerda hatte sich Sarina nie wieder so verliebt wie damals. So lieb und zart und schüchtern. Danach war sie nur noch aggressiv und hysterisch verliebt. Sie stellte sich die absurdesten Sachen über Jungs vor – wie eine Achtjährige träumte sie von Reichtum und Ruhm und von einem Märchenprinzen, der sie auf Händen trug. Sie gab sich hemmungslos und mit Haut und Haar ihren Fantasien und den Jungen hin. Peinlich war das. Man schämte sich zu Tode, wenn man irgendwo mit ihr zusammen hinging oder die Geschichten hinterher erfuhr. Kurz vor ihrem Verschwinden hatte Sarina in der Stadt einen Amerikaner kennengelernt. Sie hatten zusammen gefeiert, gelacht, geredet und Sarina war sauer auf sich selbst, weil sie die Unnahbare gespielt hatte und jetzt keine Telefonnummer von ihm hatte. Nur seinen Namen.

Kyra schließt die Augen und versucht, sich zu konzentrieren. Wie hieß er gleich noch? John? Chris? Irgendetwas Normales … Sie weiß es nicht mehr. Tim? Nein. Sein Nachname klang irgendwie slawisch und endete auf -aya oder -inski oder so. Warum hat ihre blöde Schwester bloß ihr Tagebuch so gut versteckt? Das war das Erste, wonach sie gesucht hatten. Alle, wochenlang, das ganze Haus haben sie auf den Kopf gestellt, aber nichts gefunden.

»Ich heiße Sie alle herzlich willkommen.« Kyras Vater blickt in die Runde und dreht einen Stift zwischen den Fingern. »Zunächst möchte ich Ihnen für Ihre Bereitschaft danken, die Versammlung von Donnerstagabend auf Samstagmittag zu verlegen.«

»Das war jetzt schon das zweite Mal«, nörgelt eine der anwesenden Damen. Ihr Notizblock liegt bereit, die Schreibutensilien wie Besteck daneben. »Ich finde das wirklich ärgerlich.«

Zustimmendes Gemurmel.

Kyra hat Kaffee, Tee und Wasser für die Organisatoren des Universal Health Centers bereitgestellt. Sie sitzt neben ihrem Vater, um Protokoll zu führen. Fünfundzwanzig Euro für zwei Stunden Arbeit alle zwei Wochen, das macht immerhin fünfzig Euro pro Monat.

Kyras Vater beginnt mit der Verlesung einer Liste der Anwesenden, darunter Allgemeinmediziner, andere medizinische Fachleute, eine Physiotherapeutin, ein Immobilienmakler und ein Geschäftsmann mit diversen Aufgaben – und der Nennung der Abwesenden (ein Typ von der Stadt, der nie erscheint, Kyra versteht nicht, warum er überhaupt noch auf der Liste steht). Anschließend geht er zur Tagesordnung über. Kyra versucht, nicht auf den Stift in seiner Hand zu schauen, den er gedankenlos und immer schneller herumwirbelt.

Sie protokolliert gewissenhaft, was auf der Versammlung geredet wird und versucht, mit den Gedanken nicht zu Sarina abzuschweifen. Sie muss eine Spur finden und diese analysieren. Bis in alle Einzelheiten. Sie muss versuchen, Sophie zu erreichen. Dieser Streit ist doch kindisch.

»Wir warten jetzt nur noch auf die Zustimmung des zuständigen Stadtteilrats«, sagt der Vater und lässt plötzlich den Stift fallen. Ohne ein Wort darüber zu verlieren, greift er wieder danach und fängt erneut an, ihn zwischen den Fingern herumzudrehen. »Wir müssen endlich eine definitive Zusage für die Örtlichkeiten haben. Jeroen?«

Kyra blickt erstaunt auf. Ihr Vater spricht den Geschäftsmann an, nicht den Immobilienmakler.

»Ich wollte eigentlich am Donnerstag mit Hemstra sprechen«, erwidert Jeroen van Vliet. Er redet von dem verantwortlichen Stadtplaner, der Bauaufträge und Subventionen vergibt. Van Vliet, ein Mann wie ein Baum, ist offenbar schon eine ganze Weile nicht beim Friseur gewesen, trägt aber einen schicken Anzug und ein modernes Hemd. »Leider hat er den Termin kurz vorher abgesagt, inzwischen schon zum dritten Mal«, fährt er fort. »Ich habe jetzt einen neuen Termin am Montag in zwei Wochen.«

»Du hast noch gar nichts mit ihm klären können?«

»Nein, der Kontakt läuft über das Sekretariat.«

Kyra fällt auf, dass der Mann einen nervösen Tic hat. Man merkt es kaum, aber alle paar Minuten zuckt seine linke Wange ein wenig. Dabei wandert sein Mundwinkel leicht nach oben und er zieht die Nase etwas kraus. An die zwei Meter groß schätzt Kyra ihn, Hände wie Kohlenschaufeln, ein alter Hase in der Geschäftswelt und trotzdem innerlich unsicher.

»Rolf.« Ihr Vater blickt den Immobilienmakler an, der auch bessere Zeiten gekannt haben muss. »Weißt du schon etwas Neues?«

»Mir ist es lieber, dass alles über das Netzwerk läuft, Jeroen und du, ihr habt das Knowhow, aber es passiert jetzt schon seit einer ganze Weile nichts.« Der Makler, ein hochgewachsener, magerer Typ, strafft den Rücken, stemmt die Ellbogen auf den Tisch und legt bedächtig die Fingerspitzen aneinander. Noch so jemand, der sich männlicher gibt, als er ist, denkt Kyra. Seine Augen sind blutunterlaufen und auf seinem T-Shirt ist ein Fettfleck, genau unter dem Kinn. »Wir haben in der Zwischenzeit eine überzeugende Präsentation vorbereitet.« Er lächelt zufrieden. »Wir haben eine Arbeitsgemeinschaft mit einer Reihe von Prominenten gegründet, was den Stadtrat überzeugen müsste. Hemstra verlangt große Investitionen und langfristige Nutzung.«

»Ich habe ihn letzte Woche noch im 't Sluisje getroffen«, erklärt Jeroen. »Bei dieser Gelegenheit haben wir ausführlich darüber geredet. Aber wenn ihr das gerne übernehmen wollt, Rolf, bin ich einverstanden. Solange du nicht vergisst, wer das alles eingefädelt und auf die Beine gestellt hat.«

»Wir könnten das Geschäft kurzfristig abwickeln«, erwidert Rolf kühl. Er rutscht nach vorn und grinst auf eine etwas unheimliche Art. »Das Universal Health Center spielt eine wichtige Rolle bei den Plänen für die leer stehenden Gebäude. Und vergesst nicht, dass ich euch als Erster auf den Standort aufmerksam gemacht habe.«

»Wir sind nicht hier, um über Provisionen zu streiten.« Kyras Vater klingt gereizt und lässt plötzlich seinen Stift ruhen. »Wenn der Deal zustande kommt, erhält derjenige die Provision, der ihn umgesetzt hat. So einfach ist das.«

»Wir sollten uns jetzt zunächst auf die Tagesordnungspunkte konzentrieren«, wirft einer der Ärzte ein. »Ich habe nicht viel Zeit, ich werde auf einem Geburtstag erwartet.« In der Folge wird über den Investitionsplan und vor allem über den Umbau gesprochen. Tödlich langweilig, dieses Projekt, findet Kyra. Sie versteht nicht, dass sich ihr Vater neben seiner Arbeit als Allgemeinmediziner, die ihm schließlich viel Zeit und Kraft abverlangt, so dafür engagieren kann.

Sie schließen mit dem obligaten Punkt »Sonstiges« – so ein typischer absurder Versammlungsbegriff.

»Was habe ich von Ihrem Vater gehört?«, fragt der Makler Rolf Janssen am Ende. »Sie waren vor Ort, als dieser Lehrer gefunden wurde?«

Kyra schreckt auf. Plötzlich sind alle Augen auf sie gerichtet.

»Ja«, stottert sie. »Oder besser, Jarno, mein Bruder, hat ihn gefunden. Er hat mich angerufen, und ich bin sofort hingefahren und habe mir die Sache angesehen.«

»Dann müssen Sie ja ziemlich schnell da gewesen sein«, bemerkt Jeroen van Vliet. Während der letzten Phase der Versammlung hat er nur stur geradeaus geblickt, aber plötzlich erwacht er wieder zum Leben.

»Fünf, vielleicht zehn Minuten, nachdem er gefunden wurde.«

»Und?«, fragt der Makler weiter.

»Was meinen Sie?«

»Wie sah er aus? Was hat sich da abgespielt?«

Er ist nicht der Erste, der ihr solche Fragen stellt. Ihre Klasse, ach, die ganze Schule wollte es wissen. Die Frau aus der Mediathek. Der Mann in der Kantine. Es scheint sehr wichtig zu sein, wie er aussah. Ob er blau oder weiß war, ob er scheußliche Verletzungen oder ein entstelltes Gesicht hatte, oder ob er ganz friedlich am Strang hing. Ob sie Angst gehabt hätte.

»Sah er aus, wie man sich einen Gehenkten vorstellt?«, fragt Jeroen van Vliet. »Waren seine Augen aus den Höhlen getreten und so weiter?«

»Also hör mal!« Die Physiotherapeutin Anja ruft Jeroen zur Ordnung.

»Schon gut, schon gut«, entschuldigt er sich. »Ich treffe nicht jeden Tag jemanden, der so etwas aus der Nähe gesehen hat. Ich habe gehört, er sei schwer verletzt gewesen und gar nicht durch Erhängen ums Leben gekommen.«

»Das konnte ich nicht richtig erkennen«, erwidert Kyra. Bestimmt würdet ihr gern meinen kleinen Film sehen, denkt sie. Niemand weiß, dass sie ihn hat. Sogar Jarno, der sie doch hat filmen sehen, scheint ihn vergessen zu haben.

»Einen so bizarren Mord gibt es nicht oft. Wie …«, versucht es Jeroen van Vliet noch einmal, aber alle stehen auf und packen ihre Unterlagen zusammen. Rolf Janssen ist der Erste, der zur Tür geht. Arrogant und zugleich schüchtern verabschiedet er sich von den anderen. Er hat etwas von einer Maus, denkt Kyra amüsiert. Er geht gekrümmt, als erwarte er jeden Moment, einen Schlag abzubekommen. Merkwürdigerweise verlässt er zusammen mit seinem Konkurrenten Jeroen van Vliet den Raum, wobei sich die beiden angeregt unterhalten.

Kyra sitzt an ihrem Schreibtisch und erweckt mit einem Tastendruck ihren PC zum Leben. Der Schrank steht wieder vor Sarinas Wand und sie starrt auf die Informationen, die sie über Gaullier zusammengestellt hat. *Mordfälle in Amsterdam*, gibt sie ein. Für eine Person, die einen ganzen Meter Bücher über Kriminologie und Profiling im Schrank stehen hat – augenblicklich liest sie *Die Obduktion in der Praxis*, gespickt mit wissenswerten Informationen über Leichenflecke, Insekten, Maden, Leichenstarre, das Anschwellen und Austrocknen von Leichen –, weiß sie nur sehr wenig über die Morde, die in ihrer eigenen Stadt begangen wurden und werden. Sie landet auf Verbrechenskarte.nl. *Schon über 632 842 Verbrechen recherchierbar*, steht dort euphorisch. *Klicken Sie hier, um sofort per E-Mail über ein neues Verbrechen informiert zu werden.* Mein Gott. Kyra zögert einen Moment, aber dann gibt sie doch ihre Daten ein. Warum nicht?

Sie sucht weiter. *Verbrechen in Ihrer Nähe.* Als ginge es um Konditoreien. Sie greift nach ihrem neuesten Notizbuch und klickt auf »Amsterdam«. *Mord/Totschlag/tödlicher Unfall.* Es wird kein Unterschied gemacht zwischen einem Unfall und einem Anschlag auf das Leben eines Menschen. *Dieses Jahr einundzwanzig Verbrechen vom Typ …* Darunter kann man auf einer Liste verschiedene Todesfälle samt Tatort anklicken. Kyra geht einen nach dem anderen durch und liest die Einzelheiten. Einundzwanzig Fälle von Elend und Kummer. Von einem kleinen Jungen, der bei einem Ausflug ertrunken ist, bis zu einer Abrechnung unter Kriminellen und anderen Gewalttaten mit tödlichem Ausgang. Sie notiert nur die Toten, bei denen ein Verbrechen vermutet wird. Einen in der Slauerhoffstraat, einen in der Elisabeth Bodaerstraat – alles gute Adressen. Ein Toter am Korte Papaverweg, einer in der Den Helderstraat, einer auf dem IJdeich. Außerdem ist eine Leiche in der Keizersgracht und eine irgendwo im Amsterdamer Wald gefunden worden. Was es doch für schreckliche Sachen gibt, von denen man gar nichts weiß. Nur über die Toten aus der Slauerhoffstraat und der Den Helderstraat hat sie schon mal etwas gelesen – Milieukriminalität, denkt die Polizei – und über den Mann, der in der Gracht gefunden worden war, war ebenfalls ausführlich in den Nachrichten berichtet worden. Kyra steht auf, holt sich eine Tasse Tee und beschließt, über die letzten zehn Mordopfer im Internet so viele Informationen wie möglich zusammenzutragen.

30

Edinburgh

In einem kleinen, unpersönlichen Zimmer sitzen Mabel und Phil mit der Assistentin von Hardburry zusammen, dem schottischen Arzt, der das Mädchen in seiner Obhut hat. Mabel hat das Angebot einer Tasse Tee ausgeschlagen. Auf solche Beruhigungsmaßnahmen kann sie verzichten.

»Wir können sie nicht bei uns zu Hause aufnehmen«, sagt sie entschieden.

Phil zieht die Augenbrauen hoch. Hat er da richtig gehört?

»Das wäre unvernünftig, es wäre einfach zur Zeit nicht das Beste für sie. Sie braucht professionelle Hilfe.«

Phil wartet ab. Jetzt folgt garantiert ein Aber, mit dem sie alles revidiert, wetten?

»Deswegen habe ich ein wenig herumtelefoniert. Und ich habe den besten Platz für sie gefunden. Das Priority Hospital in Roehampton hat eine hervorragende stationäre Abteilung. Dort erhält sie die bestmögliche Versorgung, vierundzwanzig Stunden rund um die Uhr in einer reizarmen Umgebung. Der Leiter ist ein brillanter Psychiater. Ihm traue ich zu, ihre Mauern zu durchbrechen.«

Phil nickt. Heute wird nichts revidiert. Das ist neu.

»Und das liegt in London?«, fragt die Assistentin Hardburrys.

»Ganz in der Nähe unseres Wohnorts«, bestätigt Mabel.

»Sie muss also transportiert werden?«

Ein Schweigen tritt ein, das Phil schließlich bricht. »Das erscheint mir offensichtlich.«

»Mit dem Krankenwagen?« Die roten Lippen von Hardburrys Assistentin verwandeln sich in einen kurzen, geraden Strich. »Oder mit dem Flugzeug? Wie stellen Sie sich das vor?«

»Ich …«, stottert Mabel. »Darüber habe ich ehrlich gesagt noch nicht nachgedacht. Ich …«

»Das Krankenhaus hat schon genug Geld in diese Patientin investiert.«

»Aber ihr muss doch geholfen werden«, flüstert Mabel atemlos. Unrecht ist das Einzige, was sie verstummen lässt.

»Sie … Sie könnte doch mit uns fahren.«

»Vielleicht. Aber ich nehme an, dass wir dafür die Erlaubnis der Polizei brauchen«, erwidert die Assistentin. »Wir können sie Ihnen nicht einfach mitgeben.«

Phil räuspert sich. Sie können sie ihnen nicht mitgeben. Als sei sie ein Objekt. Ein Karton irgendwo aus dem Archiv. Ein Gerät, das abgeschrieben ist, aber noch nicht weggeworfen werden soll. Das jeder als sein Eigentum beansprucht, aber niemand unterhalten will. Das hat er oft genug erlebt.

»Vielleicht muss sie unter Polizeiaufsicht transportiert werden«, fährt die Assistentin fort. »Und was das wohl wieder kostet?«

»Die Kosten lassen Sie mal unsere Sorge sein.« Phil ist sichtlich verärgert. Hier wird die ganze Zeit am Thema vorbeigeredet. Dauernd geht es um Formalitäten und Finanzen, Dinge, die an letzter Stelle stehen sollten und nicht an erster. »Ich bürge für sie.«

»Das Krankenhaus hat ein Sonderbudget für diese Angelegenheiten«, erklärt Hardburrys Assistentin und sieht Phil erschrocken an. »Wir können für bestimmte Ausnahmefälle Geld beantragen. Wenn ich …«

»Wie lange dauert das?«

»Ich weiß es nicht, vielleicht eine Woche. Ich könnte persönlich in der Abteilung nachfragen.«

»Nicht nötig. Ich trete in Vorleistung. Regeln Sie das einfach im Nachhinein.«

»Je länger es dauert, desto schwieriger wird es, sie hier wieder herauszuholen«, sagt Mabel und strafft den Rücken. »Das habe ich im Internet gelesen, in einem sehr guten Artikel, und es klang absolut plausibel.«

»Die Kriminalpolizei muss erst die Genehmigung erteilen, dass Sie sie im Auto mitnehmen dürfen.« Die Assistentin zögert. »Es könnte schließlich sein, dass sie … Dass sie vor Ihnen auf der Flucht war … Und dann hätten wir sie Ihnen einfach so mitgegeben.«

Mabel legt die Stirn in Falten. Phil weiß, dass sie in diesem Moment bis zehn zählt.

»Wir wissen, dass das Mädchen traumatisiert ist«, sagt er ruhig. »Und dass man äußerst vorsichtig mit ihr umgehen muss.«

Ein unbehagliches Schweigen tritt ein.

»Ich schlage vor, wir nehmen unser Auto und ein Polizeibeamter fährt als Begleitung mit. Ich werde das mit dem Inspektor so absprechen.«

»Das klingt praktikabel.« Die Assistentin ist sichtlich erleichtert. »Ich denke, darauf können wir uns einigen.«

»Jane«, sagt Mabel kurz darauf, als sie am Bett des Mädchens sitzt und ihm ganz vorsichtig über die Haare streicht. Sie sieht noch immer zerbrechlich aus, mager und fast durchscheinend, aber sie ist sauber, hat glänzendes dunkelbraunes Haar und grünbraune Augen. Tatsächlich ist es ein hübsches Mädchen. Richtig hübsch.

»Sie haben dich Jane genannt«, erzählt ihr Mabel. Phil betrachtet die beiden Frauen. Plötzlich ist ein Mädchen zu ihrer Familie gestoßen und beherrscht seit einigen Tagen sein Leben. Ein ziemlicher Kontrast, die junge, verwirrte Frau im einfachen Krankenhaus-

hemd und seine gepflegte, ein wenig mollige kleine Mabel mit ihrer ordentlichen Fönfrisur und ihrem etwas altmodisch wirkenden Blazer über der kleingeblümten Bluse. »Solange wir deinen richtigen Namen nicht kennen, werden wir dich einfach auch so nennen.«

Mabel analysiert kurz den Namen – neutral, klingt aber nett, wäre nicht ihre erste Wahl gewesen, aber nun gut. Phil weiß, dass sie gern mit Jane spricht. Sie redet auf sie ein, weil sie davon überzeugt ist, dass Jane alles registriert, ohne jedoch darauf zu reagieren. Wie eine Komapatientin, die möglicherweise viel mehr bewusst wahrnimmt, als Außenstehende denken. Mabel ist bestrebt, Jane geistige Impulse zu geben.

Jetzt sucht sie Blickkontakt zu dem Mädchen, den hat es bisher fast durchweg vermieden. Sie hat Mabel nicht angesehen, nicht einmal, wenn sich ihre Gesichter ganz nahe kamen. Abgesehen von dem Hilfeschrei in der Felsspalte und dem Moment, als das Mädchen Mabels Hand ergriff und versuchte, sich aus dem Spalt zu befreien, hat es keinen Kontakt gegeben. Kein einziges Zeichen der Kommunikation.

Phil ist aufgefallen, dass Jane ständig zum Fenster starrt. Wenn sie versuchen, sie in eine andere Position zu bringen oder in den seltenen Fällen, wenn sie sich von alleine aufsetzt oder sinken lässt, dreht sie den Kopf immer wieder zum Fenster. Wenn sie weggehen, schaltet Mabel meistens den Fernseher ein, oft einen Sender mit Naturdokus, manchmal auch einen Nachrichtensender, aber Jane blickt nie auf die bewegten Bilder, sondern schaut hinaus. Phil fragt sich, was sie dort sieht. Es kann doch nicht sein, dass ihr Verstand ein großes schwarzes Loch geworden ist? Sie muss doch etwas denken, sich an etwas erinnern? Jedenfalls hat sie vor irgendetwas Angst, so viel ist klar. Doch was oder wer es auch ist: Er wird sie davor beschützen. Sie braucht keine Angst mehr zu haben. Wenn er nur wüsste, wovor genau er sie beschützen muss!

31

Es ist Samstag und sie hat keine Termine. Was könnte schöner sein? Vielleicht ist es sogar nützlich für den Fall, denn wenn man feststeckt, ist es manchmal sinnvoll, eine Weile auf Distanz zu gehen.

Maud Mertens packt die Einkäufe aus der Supermarkttasche aus, räumt die Sachen für das Abendessen weg und lässt die Zutaten für den Apfelkuchen auf der Anrichte stehen. Sie wiegt Mehl, Zucker und Butter ab, reibt ein wenig Zitronenschale, schlägt ein Ei auf, schaltet die Küchenmaschine ein und streut eine Prise Meersalz über die Teigmischung.

Was tut man, wenn man bei Mordermittlungen nicht weiterkommt? Das hat sie sich schon so oft gefragt. Man solle die Perspektive wechseln, lernt man in der Ausbildung. Das Problem von einer anderen Warte aus betrachten. Na schön. Was würde sie tun, wenn sie Nigella Lawson wäre? Oder Heston Blumenthal? Der radikale Erneuerer unter den Starköchen? Sie öffnet die Packung Rosinen, gibt den Inhalt in eine flache Schale und gießt eine Mischung aus Zitronenlimonade und Jenever darüber. Mit einem Küchenmesser schält sie die Goldrenetten. Wenn ich Chefkoch wäre, würde ich nach Gift suchen. Aber bei der Obduktion wurden keine Hinweise darauf gefunden. Keine Spuren von schädlichen Stoffen. Nur der Genuss von Alkohol am Abend vor seinem Tod konnte nachgewiesen werden. Ein Verdacht auf Kokainkonsum nicht lange vor seinem Ableben. Er hatte am Freitagabend ein Glas Wein getrunken und zog sich gelegentlich mal eine Line. Doch weder war die Leber geschädigt, noch hatte er andere körperliche Symptome, die auf eine Drogenabhängigkeit hinwiesen.

Mertens schneidet die Äpfel in kleine Stückchen und streut nach Gefühl braunen Zucker und Zimt darüber. Anschließend noch ein bisschen Zitronensaft und gut durchmischen. Sie überlegt einen Augenblick. Früher hat sie manchmal auch Walnussstückchen in die Füllung gegeben. Das mochte ihr Vater so gern. Oder Pfirsichstücke, für die kleine Roos. Nein, diesmal nicht. Es soll ein ganz klassischer Apfelkuchen werden.

Sie schaltet den Ofen ein, buttert die Kuchenform und lässt Teig und Apfelmischung einen Augenblick ruhen. Ein klassischer Apfelkuchen. Ein klassischer Mord. Motiv: Wut, Eifersucht, Profitgier, Rache. Der Effekt des Aufhängens der Leiche am Fluss: Aufmerksamkeit, Machtgefühl.

Sie geht ins Wohnzimmer und beginnt, den Tisch aufzuräumen. Anschließend muss sie noch staubsaugen, den Boden wischen und einen Strauß Blumen holen.

Der vielversprechendste Hinweis scheint tatsächlich der Galgen zu sein. Die ganze Zeit war sie auf die Mädchen und auf Gaulliers Gemälde fixiert gewesen. Warum? Weil sie sich persönlich getroffen fühlte. Weil sie Roos im Atelier sitzen sah. Nackt. Während so ein geiler Bock um sie rumschlich. Scharf darauf, sie zu berühren, sich etwas von ihrer Jugend zu stehlen.

Mertens holt den Staubsauger aus der Garage und rückt den Sandkörnchen und Staubnestern auf dem Boden zu Leibe. Der Galgen. Ein Mann an einem Galgen an der Stelle, wo vor Jahrhunderten das Galgenfeld der Stadt gewesen war. Wo die Leichen neben Gruben hingen. Sie saugt rund um den Tisch, startet den Laptop, gibt das Passwort ein und saugt dann die Küche, während der Computer bootet.

Ein Galgenfeld. Solche Stätten sind erst im neunzehnten Jahrhundert in den Niederlanden ganz allmählich verschwunden, weil die Leute begannen, Anstoß daran zu nehmen. Plötzlich galt diese Praxis als barbarisch, und die Galgenfelder verschwanden. Vor dieser Zeit war jedoch das Galgenfeld auf dem Volewijk ein beliebter Ort. 1662 wurde Het Tolhuis erbaut, das älteste Café-Restaurant Amsterdams. An Feiertagen fuhr man mit der Familie hinaus, um sich zwischen den Hingerichteten zu erholen. Schon vorher stand dort offenbar eine Bude, die *koek en zopie,* Gebäck und warmes Würzbier anbot.

Mertens klickt auf »Bilder«. Als Erstes erscheint eine Zeichnung von Gerrit Lambert aus dem Jahr 1795. Sie zeigt die Steingrube, in die die Körperteile fielen, wenn die Vögel und die Witterung ihre Arbeit getan hatten. Die Räder auf Pfählen, auf deren Speichen die Toten sitzend zur Schau gestellt wurden. Eine Familie schaut sich das Spektakel an, Mutter, Vater, kleines Kind. Der Vater zeigt auf etwas. Es ist kalt. Es scheint Schnee zu liegen.

Einen Absatz weiter unten fällt ihr eine Zeichnung ins Auge und sie klickt sie an. Verdammt! Dieselbe Galgengrube, aber mit einer Leiter an der Seite. Einer Leiter! Sie schaut noch einmal genau hin und klickt wieder auf die andere Abbildung. Ja, damals hingen die Leichen auch so weit oben. Schon der steinerne Rand der Grube war mannshoch. Mist! Gaullier hing genauso da. Und dann die Leiter. Gibt es noch weitere Übereinstimmungen?

Sie sucht weiter. Klickt eine Rembrandt-Zeichnung an. Ein trauriger Anblick, das tote Mädchen am Pfahl. Es ist aber nicht am Hals aufgeknüpft, und auch nicht direkt über der Grube, sondern ist am Pfahl festgebunden. Der Leichnam ist ein wenig hinuntergesackt, wodurch die Arme etwas hochgerutscht sind und die junge Frau eine noch größere Hilflosigkeit ausstrahlt. Als zucke sie mit den Schultern. Als hätte sie aufgegeben, weil sie nicht mehr kämpfen konnte. Die Mordwaffe, das Beil, hängt an einem Strick neben ihrem Kopf.

»Herrjeh!«

Plötzlich steht Roos hinter ihr.

»Sieht ja reizend aus.«

»Das war das Galgenfeld«, erklärt Maud. »Hier in Amsterdam-Noord am Ufer des IJ, bis ins neunzehnte Jahrhundert hinein.«

»Da, wo auch dieser Lehrer gehangen hat.«

»Genau.«

»Siehst du jetzt, dass wir nie in die Nordstadt hätten ziehen dürfen? Übles Karma. Echt übel.«

»Und, wie geht es Julia? Leben ihre Eltern immer noch getrennt?«

»Geht so. Weiß nicht genau. Den Vater habe ich ewig nicht gesehen, also wird es wohl so sein.«

Roos geht in die Küche und nimmt die Brottüte aus der Brotdose. Sie hält sie verkehrt herum und die Brotscheiben fallen zusammen mit sieben Millionen Krümeln zu Boden.

»Mist!« Roos bückt sich, hebt das Brot auf, steckt es zurück in die Tüte, behält zwei Scheiben in der Hand und holt sich ein Glas Sirup.

Sag jetzt nichts, denkt Mertens. Sauge einfach gleich noch mal und verdirb nicht die Stimmung.

»Was riecht denn da so gut?«, fragt Roos. Sie trägt eine schwarze Hose, ausnahmsweise mal skinny geschnitten, und ein voluminöses T-Shirt mit einem glitzernden Totenkopf darauf.

»Apfelkuchen.«

Roos reagiert nicht. Aber was hatte sie denn erwartet? Dass ihre Tochter vor Freude jubeln würde?

»Sollen wir heute Nachmittag ...« – shoppen gehen, wollte sie eigentlich sagen, aber plötzlich erscheint ihr das unpassend. Wie viele schwarze T-Shirts braucht Roos? – »zusammen einen Film schauen?«

»Ist Papa zu Hause?«

»Ja.«

»Ich fahre gleich in die Stadt und gehe mit Julia shoppen.« Sie schweigt einen Augenblick. »Aber ich kann am späten Nachmittag wieder zu Hause sein.« Es kommt nicht von Herzen.

»Schön. Ich habe lauter leckere Sachen eingekauft. Wir können Tapas machen.«

»Okay.«

»Wann kommst du wieder?«

»Keine Ahnung.« Roos stopft sich das Brot mit dem Sirup in den Mund. »Ich schau mal.«

»Na schön. Bis nachher dann!«, ruft Mertens ihrer Tochter nach, doch Roos ist schon verschwunden.

Mertens seufzt. Auf dem Bildschirm des Laptops sieht man noch immer Galgen, Leichen und ein armes totes Mädchen. Sie klappt den Rechner zu.

Nach ein paar Stunden Recherche auf Google, AT5 und diversen lokalen Websites, hat Kyra eine Liste von sechs Toten angelegt, die ihr interessant erscheinen. Der spektakulärste ist ein Modedesigner, der im Januar vor seinem Büro im Wasser der Keizersgracht gefunden wurde.

Der 41-jährige John Meijers vom Designerduo John en Johnson ist in der Nacht zu Mittwoch gegen 2:00 Uhr morgens tot im Wasser vor dem Bürohaus an der Keizersgracht aufgefunden worden. Der erfolgreiche Modedesigner war noch am Wochenende zuvor bei seiner Show auf der Fashion Week in Mailand, wo er zusammen mit Mike Johnson – seit zwölf Jahren sein Geschäftspartner – eine neue Kollektion auf dem Laufsteg präsentierte. Möglicherweise ist er das Opfer eines psychopatischen Fans geworden. Die Ermittlungsgruppe der Kripo Amsterdam gab bekannt, vor einigen Wochen Ermittlungen gegen einen mutmaßlichen Stalker eingeleitet zu haben, gegen den Meijers Anzeige erstattet hatte.

Im Internet findet Kyra Hintergründe über den Designer und seine internationale Karriere. Er kleidete Rockstars ein und eine berühmte Schauspielerin trug in der Oscar-Nacht eine seiner Kreationen auf dem roten Teppich. An einer Stelle wird die Frage aufgeworfen, ob John Meijers das Opfer eines Verrückten wurde oder einfach betrunken ins Wasser gefallen ist. Die Polizei nimmt Letzteres an. Bei der Obduktion soll sich herausgestellt haben, dass er in größeren Mengen Drogen konsumiert und Alkohol getrunken hatte. Die Kopfwunde hatte er sich wahrscheinlich bei seinem Sturz zugezogen und war daraufhin bewusstlos ins Wasser gefallen.

Ein anderer Toter, der Kyra ins Auge fällt, ist ein Internetmillionär, der große Summen im Energiesektor investiert hatte. Saubere Energie. Er wolle die Erde in gutem Zustand an die nächste Generation weitergeben, wird auf seiner Website proklamiert. Nachdem er sich die Taschen mit Projekten für Ölgesellschaften und auf dem Transportsektor gefüllt hatte, war er sich offenbar plötzlich seiner gesellschaftlichen Verantwortung bewusst geworden. Ruud Felthoven habe, wie es in einem Artikel hieß, an einer speziellen Art von Transformator gearbeitet, der den Energieverlust im Stromnetz bekämpfen sollte.

»Mit dieser Apparatur«, erklärt der Geschäftsmann in einem Interview, »kann man großen Verlusten entgegenwirken. Wir könnten Milliarden sparen! Ganz zu schweigen von den positiven Auswirkungen auf die Umwelt.«

Kurz nach der PR-Kampagne über das revolutionäre Gerät war Ruud Felthoven tot aufgefunden worden, mitten im Amsterdamer Wald.

Zwei tote Geschäftsmänner innerhalb von ein paar Monaten. Und jetzt Marc Gaullier. Geschäftsmann? Prominenter? Künstler? Lehrer?

Kyra heftet Ausdrucke ihrer Rechercheergebnisse über Gaullier an die Wand und legt zwei Blätter auf ihren Schreibtisch. »Täterprofil«, schreibt sie auf das eine und »Opferprofil« auf das andere.

Sie beginnt mit den Opfern. Von ihnen sind Fakten bekannt. Gewissheiten. Über den oder die Täter kann sie nur Vermutungen anstellen.

Sehr sorgfältig legt sie eine Übersicht mit den Kennzeichen auf der linken Seite des Papiers an – Geschlecht, Alter, ethnische Zugehörigkeit, Beruf, Todesursache, Fundort – und darüber die Namen der Toten. Dann beginnt sie, die Übersicht auszufüllen.

Sie zieht das Handbuch über Kriminalprofiling hinzu und schlägt es auf einer der mit gelben Zetteln markierten Seiten auf. *Persönliches, digitale Daten, Wohnort, Beziehungen, Arbeitsverhältnis, Finanzen, Gesundheit, Vorstrafen.* Eine halbe Stunde später ist sie fertig – und hat das hartnäckige Gefühl, etwas vollkommen Unsinniges getan zu haben. Wie wenig sie über ihren Lehrer weiß! Mehr aus Gewohnheit als aus Überzeugung klebt sie das Blatt an die Wand und betrachtet das Ergebnis. Sie nimmt sich vor, erst ein Stück mit Lot spazieren zu gehen und dann zu versuchen, Mertens zu erreichen. Sie braucht wesentlich mehr Informationen!

Nachdem Kyra Lot abgeholt hat, geht sie zur Überraschung des Schäferhundes einer spontanen Eingebung folgend nicht in den Vliegenbos, sondern überquert stattdessen den Deich in Richtung Osten und bleibt vor dem Holzhaus der Gaulliers stehen. Es gibt mindestens zehn Argumente, Myrthe nicht mit ihren Überlegungen zu belästigen, aber dennoch klingelt sie an der Tür. Es ist jetzt nicht der richtige Zeitpunkt, sich in taktvoller Distanz zu üben. Wer ermitteln will, muss Risiken eingehen. Außerdem kennt sie Gaulliers Witwe von Nachbarschaftsfesten und vom Bau der Kulissen für das Schulmusical vor zwei Jahren.

»Hallo, Kyra«, begrüßt Myrthe sie mit einem müden Lächeln, als sie die Tür öffnet.

»Ich gehe gerade mit dem Hund spazieren«, sagt Kyra, als erkläre das ihren Besuch. »Da musste ich an dich denken.«

»Möchtest du reinkommen?«

»Ist das in Ordnung?«, fragt Kyra mit einer Kopfbewegung auf den Hund.

»Kein Problem«, antwortet die Witwe. »Ich hatte früher auch einen Schäferhund, einen Mecheler. Ein liebes Tier.« Sie geht Kyra voraus ins Wohnzimmer.

»Wie geht es dir?«, fragt Kyra, als sie bei einer Tasse Tee im Wohnzimmer sitzen. Lot hat sich lang auf dem Boden ausgestreckt, den Kopf zwischen beiden Vorderpfoten, die Ohren gespitzt und mit einem beleidigten Blick in den Augen.

»Ach …«, sagt Myrthe Gaullier. »Wie es mir geht … Den Umständen entsprechend, nehme ich an. Ich bin müde. Ich kann es nicht glauben. Es ist … vor allem merkwürdig. Sehr merkwürdig.«

»Hast du schon etwas von der Kripo gehört?

»Seine Leiche wird unter Verschluss gehalten. Er gehört nicht mir. Er hat mir nie gehört, aber jetzt gehört er der Justiz.« Ihre Augen füllen sich mit Tränen. »Leuten, die ihn nicht kennen. Die ihn nicht lieben.«

»Du solltest so etwas nicht sagen.«

»Er liegt in einer Schublade, in einer Kühlzelle. Mit einem Zettel am Zeh.«

»Aber viele Leute arbeiten sehr hart, um den Fall zu lösen. Die Staatsanwältin … die Ermittler …«

Myrthe blickt sie unbewegt an.

»Ich bin mir ganz sicher«, sagt Kyra.

Ein kurzes Schweigen tritt ein. Sie trinken Tee. Der Hund schläft ein.

»Myrthe«, beginnt Kyra. Sie hat Hemmungen, Myrthe Fragen zu stellen. Es ist nicht ihre Aufgabe. Andererseits muss sie es lernen. Vielleicht ist sie die Einzige, die die richtigen Fragen stellt. Mertens folgt nur der Spur der Mädchen, der Liebe. Darf man so arrogant sein? Darf man glauben, dass man selbst mehr weiß als andere? Könnte sie etwas in diesem Beruf erreichen, wenn sie so denkt?

»Vermisst du eigentlich irgendetwas, was Marc gehört hat?«, fragt sie. »Seine Tasche, sein Handy, seinen Terminkalender, eine Geschäftsakte, mit der er sich gerade beschäftigt hat?«

Myrthe Gaullier zögert kurz, bevor sie antwortet.

»Ich weiß es nicht«, sagt sie nachdenklich. »Die Kripo hat das ganze Haus auf den Kopf gestellt. Sie haben mich gefragt, ob er einen Gürtel anhatte, bevor er gefahren ist, aber ich wusste es nicht.«

»Einen Gürtel?« Natürlich. Die runtergerutschte Hose ohne Gürtel. Ob das bedeutet, dass der Täter den Gürtel mitgenommen hat, als Souvenir vielleicht? Das ist seltsam. Die meisten Souvenirs sind persönlicher. Oft nimmt der Täter ein Schmuckstück mit oder gleich ein Körperteil. Ein niederländischer Mörder hat einmal den abgesägten Fuß seines Opfers unter dem Boden einer Scheune versteckt. Ed Gein hat die Schädel seiner Opfer als Kaffeetasse benutzt.

»Die Kripo hat seinen Laptop mitgenommen«, fährt Myrthe fort. »Und den Mac. Ich gehe davon aus, dass sie auch sein Handy haben. Aber ich weiß es tatsächlich nicht genau. Er hatte es bei sich, als er nach Brüssel gefahren ist. Nehme ich an.«

Sie steht auf, kramt mit zitternden Händen ihr Handy aus ihrer Handtasche, klickt auf dem Bildschirm ein Symbol an und wartet.

»Ich habe ihn noch gar nicht angerufen«, sagt sie, während ihr die Tränen über die Wangen laufen. »Ich habe ihn nicht mal angerufen.«

Es ist auch nicht logisch, einen Toten anzurufen, hätte Kyra beinahe gesagt, wartet aber, bis sich Myrthe ein wenig beruhigt hat.

»Hast du seine Sachen überprüft?«, fragt Kyra. »Sein Arbeitszimmer?«

»Komm mit.« Myrthe geht vor ins große Arbeitszimmer ihres Mannes. Dort steht ein alter Schreibtisch, auf dem deutlich zu sehen ist, dass der PC fehlt. Ein ordentlicher Papierstapel und ein kleiner Stoß mit Umschlägen liegen darauf. Neben dem Schreibtisch steht ein Zweisitzersofa mit großen dicken Kissen. Ein Sofa, das einlädt, sich darauf herumzulümmeln. Lot, die ihnen gefolgt ist, lässt sich wieder auf den Boden fallen.

»Marc war sehr ordentlich«, erzählt Myrthe und zeigt auf einen großen Bücherschrank. »Akten über Geschäftsprojekte. Mappen mit Unterrichtsstoff. Alles über die Galerie. Aber das ist alles alter Kram.«

Sie deutet auf die unteren Fächer. »Das, was darin stand, hat die Kripo mitgenommen.« Dann deutet sie auf die oberen Regale des Schrankes und fährt fort: »Das war sein Leben. Kunst verkaufen, Kunst erschaffen, Kunst unterrichten.«

»Und wo hast du gestanden?«

Die Witwe reagiert nicht, geht zum Schrank und legt den Kopf schief. Mit dem Zeigefinger fährt sie über die grauen Ringordner.

»Alles ist da«, sagt sie langsam. »Alles … Außer … Stimmt, der Akte über das Projekt mit den Belgiern.« Sie richtet sich auf. »Das ist logisch, denn er hatte einen Termin wegen dieses Projekts.«

»Die Akte hatte er also bei sich.«

»Davon gehe ich aus.«

»War es ein großes Projekt, an dem er gearbeitet hat? Ging es um viel Geld?«

»Ich weiß es wirklich nicht. Er hat nur gesagt, es ginge um etwas Großes. Ein globales Konzept. Also wird wohl ein großer Betrag im Spiel gewesen sein. Aber mehr weiß ich nicht.«

Sie schweigt und sieht Kyra nachdenklich an.

»Warum willst du das alles wissen?«

»Und sonst vermisst du nichts, keine persönlichen Gegenstände zum Beispiel?«

»Was meinst du?«

»Sachen, von denen du nicht erwartet hättest, dass er sie mit nach Belgien nehmen würde. Ich weiß nicht. Ein bestimmtes Kunstwerk? Irgendetwas anderes?«

Kyra blickt sich um. Es muss etwas geben! Irgendwo liegt ein Hinweis. Im Atelier hat sie nichts gefunden. Nur die Beinahe-Aktporträts ihrer Freundinnen. Sie nimmt einen Stapel Papier zur Hand und blättert ihn durch. Hausarbeiten der neunten Klasse. Kyra legt den Stapel zurück und schaut sich weiter um.

»Er ist immer mit dem Zug gefahren.« Die Stimme von Myrthe Gaullier klingt kühl. »Da nimmt man keine Kunstwerke mit. Dafür hatte er einen speziellen Spediteur.«

»Und was ist das hier?« Kyra zieht eine Leinwand hinter dem Sofa hervor. Sie hält den Atem an. Auf dem Gemälde stehen zwei junge Frauen einander gegenüber. Nackt. Die eine hat den Kopf auf die Schulter der anderen gelegt. Sie hat die Augen halb geschlossen, während die zweite Frau mit einer Hand ihre Brustwarze betastet und mit der anderen Hand ihren Bauch.

»Luna«, flüstert Kyra. »Mit Sophie.«

Myrthes Haltung verändert sich. Sie kneift die Augen leicht zusammen, hält den Kopf schräg und schiebt das Kinn nach vorn.

»Was machst du da?«, fragt sie und reißt Kyra das Werk aus den Händen. »Was sollen all diese Fragen? Was willst du hier überhaupt?« Bedrohlich kommt sie näher. »Los, verschwinde!«

Kyra weicht zurück. »Ich will doch nur … Ich versuche …«

»Ich habe genug von diesen ganzen Aasgeiern«, zischt Myrthe. »Von Leuten, die hier von Geld schwatzen. Oder die so genau gewusst haben, wie Marc gewesen ist. Die ihn besser gekannt haben wollen als ich. Arbeitest du etwa für eine Zeitung?« Sie wirft den Kopf in den Nacken und lacht kurz und schrill auf. »Geht es dir vielleicht um einen Artikel in der Schülerzeitung? Ich hab recht, oder? Du willst dich interessant machen. ›Künstler abgeschlachtet wegen Aktporträts‹. Fette Schlagzeile. Sensation! Sehr schön. ›Lehrer getötet wegen Millionenprojekt‹!«

Die Witwe kommt auf sie zu. Kyra weicht zurück. Lot springt alarmiert auf.

»Nein! Wirklich nicht! Ich will doch nur …«

Myrthe Gaullier drängt sie hinaus auf den Flur und scheucht sie mit beiden Händen vor sich her wie ein Tier.

»Myrthe«, stottert Kyra. »Es tut mir leid. Ehrlich!«

Plötzlich scheint alle Trauer aus Myrthe gewichen zu sein, da ist nur noch nackte Wut.

»Hau ab!«, kreischt sie. »Weg mit dir!«

32

Er hat die Riemen gelöst und hebt den Arm seiner Beute hoch. Als er ihn loslässt, fällt die Hand klatschend auf die blutverschmierte Armlehne. Weichling. Noch einmal hebt er den Arm hoch. Lässt los. Klatsch. Er studiert die Bewegung. Er weiß, dass die Leichenstarre durch die Verklumpung von Eiweißen in den Muskeln verursacht wird. Erst nach etwa zwei Tagen, vielleicht auch drei – abhängig von der Umgebungstemperatur – zersetzen sich die Eiweiße und die Leiche erschlafft wieder. Doch er hat vergessen, wann genau die Steifheit der Glieder eintritt. Noch einmal hebt er den Arm hoch, so hoch wie möglich, und lässt ihn wieder fallen.

Er tritt zurück, setzt sich auf den Hocker neben der Tür und trinkt zufrieden einen Schluck aus dem Flachmann. Er weiß, dass er es besser nicht tun sollte; dennoch greift er zum Handy und macht ein Foto. Es ist ein umwerfender Anblick, der überdimensionale Stuhl inmitten des Containers. Der weiße Raum. Das Blut auf dem Boden. Das Werkzeug auf der einen Seite, das Regal mit seiner Trophäe auf der anderen. Diesmal nimmt er die Hand. Die rechte, mit der das Arschloch seine Verträge unterzeichnet hat. Zehen sind läppisch, wenn man sie einmal abgeschnitten hat. So etwas kann man nicht Trophäe nennen, aber eine ganze Hand …

Er betrachtet den Mann, der in einer unnatürlichen Haltung im Stuhl sitzt. Riemen um Hals, um die Beine, um die Taille und um eines seiner Handgelenke halten ihn aufrecht. Der gelöste

Arm hängt schlaff neben dem Stuhl herunter. Was für ein trauriges Häuflein Mensch er nun ist.

»Du solltest mal in den Spiegel schauen«, sagt er, während er noch einen Schluck trinkt. »Kein schöner Anblick.«

Der Mund seines Opfers ist geöffnet. Die Zunge hängt ein Stück heraus, dick und violett.

»Drecksack.« Wann genau tritt nun eigentlich der Tod ein? Jetzt, wo er das Sterben schon ein paarmal ganz aus nächster Nähe erlebt hat, ist er zu dem Schluss gekommen, dass es ein faszinierender Prozess ist.

Voller Freude geben wir die Geburt von Pietje bekannt. Geboren am 4. August um 14:23 Uhr. Er ist 48 cm lang und wiegt 3715 g. Wir wollen immer alles ganz genau wissen. Bis aufs Gramm, den Zentimeter, die Minute.

Seltsam, dieses Bedürfnis. Und als sei die Geburt der Moment, in dem das Leben beginnt. Ist sie nicht. Auch merkwürdig, dass die Leute ganz präzise wissen wollen, wann jemand gestorben ist, wiederum auf die Minute genau – nur spielen dabei die Größe und das Gewicht plötzlich keine Rolle mehr, die stehen nie auf einer Trauerkarte. Barer Unsinn. Man kann den Zeitpunkt unmöglich so genau bestimmen. Die Natur schert sich einen Dreck um die Gewissheiten, die den Menschen ein solches Bedürfnis sind.

Mit beiden Daumen zieht er die Augenlider des Schlappschwanzes im Stuhl nach oben. Der ist zu nichts mehr in der Lage, zu gar nichts. Der würde sich nicht rühren, selbst wenn er ihm mitten in den Mund rotzte. Die Pupillen müssten jetzt verformt sein. Er beugt sich nach vorn. Mit Befriedigung bläst er seinen lebendigen Atem gegen das tote Maul. Er grinst. Tatsächlich, sie sind oval geworden, seine Pupillen. Lustig. Er lässt die Augenlider los und tritt zurück.

Er nimmt noch einen großen Schluck aus der Flasche, zur Feier des Tages. Und noch einen.

Das Bewusstsein zu verlieren ist eine Sache. Wenn die Atmung stockt, kann man wiederbelebt werden. Muskelzellen leben noch stundenlang nach dem Tod weiter. Einige Zellen sogar noch tagelang. Samenzellen. Selbst wenn man tot ist, könnte man noch Leben spenden.

Seltsamerweise – und auch das hat er ganz aus der Nähe beobachtet – gilt auch das Gegenteil. Leichenflecken erscheinen, bevor der Tod anklopft. Gedärme verrotten, während das Blut noch hartnäckig fließt. Die ersten Male interessierte es ihn nicht so sehr, er war nur fasziniert, aber noch nicht so sehr wie jetzt. Er war sich vor allem bewusst, wie erniedrigend der Prozess ist. Mist, denkt er. Warum kann man das Sterben nicht einfach abkürzen? Ich weiß genau, dass Mutter das hier nicht akzeptieren würde, wenn sie noch etwas zu sagen hätte. Seine Mutter hatte fünf Tage zum Sterben gebraucht.

Jetzt steht er mit dem Gesicht dicht vor dem seiner Beute und fragt sich, wie tot der Kerl genau ist. Welche Zellen noch leben, obwohl der Mann, der aus diesen Zellen aufgebaut war, nicht mehr existiert.

Er schaut auf die Uhr. Es ist eigentlich noch zu früh. Er hätte das Spiel gerne länger hinausgezögert, aber er beherrscht die Technik noch nicht gut genug. Aufgepasst, denkt er. Professionell bleiben. Bald, wenn er genügend an diesen Idioten geübt hat, die einfach nur das bekommen, was sie verdienen, wenn er das Spiel endlich mit jemandem spielen kann, mit dem es ein Traum ist, die Erfüllung seiner Fantasie – dann wird er das Sterben selbst genauer studieren. Eine blonde Frau, etwas reserviert, mit hellen Augen und einem spöttischen Zug um den Mund. Das wäre es. So eine wäre sein Traum, für die trainiert er.

33

London

Der Fernseher läuft den ganzen Tag. Die Bilder bewegen sich, flackern und blitzen, und Leute reden den lieben langen Tag, aber sie kann nicht hören, was sie sagen, denn der Ton ist ausgeschaltet. Was soll das, ein stummer Fernseher?

Draußen ist der Himmel blau und wolkenlos. Schade. Blauer Himmel. Weiße Watte. Ein Pferd. Ein Hund. Das wäre schön. Traumbilder. Tiere in Wolken zu sehen. Aber es macht auch Spaß, einfach hinauszuschauen, in das schöne Blau. Sehr schön. Wenn die Sonne scheint, ist alles heiter.

Sie muss aus dem Bett aufstehen. Die Schwester ist gekommen. Auf die Toilette gehen. Duschen. Sie verlangen, dass sie das selbst macht. Aufrichten. Füße über den Bettrand. Aufstehen. Einen Fuß vor den anderen setzen. Dann den nächsten Schritt.

Sie schaut hinunter auf ihre schmutzigen Füße. Die Krusten. Sie spürt den Schmerz des Barfußlaufens. Gefrorene Zehen. Noch immer ist ihr kalt.

Plötzlich fällt ihr wieder ein, dass sie in einem Krankenhaus ist. In diesem ist sie noch nicht lange. In diesem weißen Zimmer mit Gardinen aus Stoff anstatt aus Plastik. Mit Blumen auf einem Tisch am Fußende des Bettes, sodass auch sie sie sehen kann und nicht nur der Besuch.

Die Krankenschwester wischt ihr den Schweiß von der Stirn. Warum schwitzt sie so? Hier ist es so kalt, so furchtbar kalt. Sie überprüft, ob der Strick noch um ihre Taille hält. Hauptsache, die Hose rutscht nicht runter. Nichts. Kein Strick. Keine Hose. Nur ein langes Hemd. Sie erschrickt. Will sich nicht mehr bewegen. Sie blickt hinunter und sieht ihre sauberen Füße. Sie muss nicht aufs Klo. Sie braucht gar nicht zu duschen. Sie ist schon sauber. Was soll sie tun? Was werden die mit ihr machen? Die haben doch etwas vor. Jemand will etwas mit ihr machen. Ist er da? Hat er sich das alles ausgedacht? Speziell für sie? Als Quälerei? Natürlich, so muss es sein.

»Kommen Sie«, sagt eine Stimme. Eine Frau in weißer Kleidung. Lächelnd zeigt sie auf die Dusche.

Eine heiße Dusche. Ganz heiß. Ja, darauf freut sie sich. Warmes Wasser, das sie sauber wäscht. Ihre Haare. Ihre Ohren. Ihr Gesicht. Die Achseln. Alles. Einfach alles.

Sie lässt sich ausziehen. Lauscht dem rauschenden Wasser. Schaut den Dampf an, der in der Duschkabine aufwallt. Ja, das will sie. Warmes Wasser. Warm werden. Falls ihr jemals wieder warm werden kann.

Sie tritt unter den Wasserstrahl und fängt an zu weinen, weil sie hier nie wieder wegwill. Sie würde am liebsten immer so dastehen. In der Hitze. Im Wasser, das sie mit warmen Händen streichelt und trotzdem nie festhält. Das allen Dreck von ihr abwäscht.

Da unten sind wieder ihre Füße. Der Schmutz fließt von ihr ab. Der Schlamm verschwindet im Abfluss. Das dunkle Wasser steigt auf. Strömt über ihre Beine. Zu viel Schmutz. Verstopfung. Alle werden in ihrem Schlamm ertrinken. In ihrem Schmutz.

»Jane?«

Die Frau in Weiß ist wieder da. Mit einem weißen Handtuch. Alles hier ist weiß. Auch der Boden der Duschkabine. Sie weint. Die Tränen kommen einfach von selbst. Der Wasserhahn wird zugedreht, der Duschstrahl versiegt, und die Tränen fließen ihr über die Wangen.

34

Auf dem Wohnzimmertisch stehen *albóndigas*, kleine Hackbällchen in Tomatensauce, Gurkenscheiben mit Thunfisch, Kirschtomaten gefüllt mit holländischen Nordseekrabben. Es gibt Camembert, Roquefort und Kräuterstreichkäse. Für Roos hat sie frischen Orangensaft ausgepresst und für Edwin und sich eine gute Flasche Weißwein geöffnet. Die Gardinen sind zugezogen und der Fernseher läuft.

»Hab ich schon gesehen«, sagt Roos fast bei jedem Film, den Edwin anklickt.

»Und den hier?«

»Solche blöden Liebesfilme mag ich nicht.«

»Okay. Wie wäre es dann mit einem Krimi? Oder einem Actionfilm?

»Schau doch mal nach, was es bei Fantasy gibt.«

Roos fläzt sich auf dem Sofa und spielt mit ihrem Handy. Maud belegt Toasts mit französischem Käse.

»Der Hobbit?«, fragt Edwin.

»Nicht zum dritten Mal.«

Edwin scrollt die Liste mit den Filmen durch.

»Schau mal nach, ob es *City of Bones* schon gibt«, bittet Roos, ohne von ihrem Handy aufzublicken. »*Die Chroniken der Unterwelt: City of Bones*. Ich habe die Bücher gelesen.«

»Ja, den gibt es.«

»Okay, schauen wir uns den an.«

Gott sei Dank etwas, was Roos gefällt. Maud mag diese Art von Filmen nicht besonders. Drachen, Hexen, Zaubertränke – alles ganz nett, aber so unglaubwürdig. Aber was soll's, die jungen Leute stehen eben darauf. Harry Potter hat ihr damals auch hauptsächlich deswegen gefallen, weil Roos so begeistert davon war.

Edwin lädt den Film und Maud zwingt sich, es sich in ihrem Sessel bequem zu machen. Sie isst ein Häppchen Thunfisch und nimmt auch schon mal ein Stück Toast mit Käse. Edwin greift nach seinem Glas Wein, Roos starrt immer noch auf ihr Handy.

Geheimnisvolle, aufregende Musik. Eine große Stadt aus der Vogelperspektive. Wolkenkratzer. Brücken. Eine Tarot-Karte mit dem Abbild des Todes in einem Fensterrahmen neben einer Knolle Knoblauch. Ein Haus, jemand, der durch ein Fenster alles beobachtet. Ein Mädchen von sechzehn, siebzehn Jahren, das mit ihrem Freund telefoniert. Sie hat Geburtstag.

Mein Gott, wie oft die Schauspielerin, die die Mutter spielt, wohl unter dem Messer gewesen ist? Alle diese amerikanischen Filme sind Fantasie, jetzt, wo sie darüber nachdenkt. Nicht nur die Geschichten, auch die Akteure sind künstlich.

Roos wirft erst dann einen Blick auf den Film, als das Mädchen in einen Club geht. Ohrenbetäubend laute Musik. Junge Leute in dunklen Capes, mit straff zurückgekämmtem Haar, Jungs mit kurzen Lederjacken und Tätowierungen. Jemand sticht einen anderen nieder, das Mädchen schreit, rennt mit ihrem Freund aus dem Club hinaus. Roos greift wieder zum Handy und räkelt sich gähnend auf dem Sofa. Maud nimmt sich ein Hackbällchen.

Sie versucht, sich auf den Film zu konzentrieren, was nicht schwierig sein sollte, weil sich die Geschichte in hohem Tempo entwickelt. Schlägereien. Fluchtversuche, Beinahe-Unfälle.

Monster. Helden. Maud merkt, dass sie mehr auf ihre Tochter als auf den Fernseher achtet. Roos tippt ununterbrochen auf ihrem Handy herum. Sie muss sich dazu zwingen, sie nicht zu fragen, was sie da macht. Ihr nicht zu sagen, dass sie sich den Film anschauen soll. Sie sollte einfach dasitzen und es genießen, einen Abend mit der Familie vor dem Fernseher zu verbringen.

»Das ist übrigens das Abendessen«, sagt sie. »Es ist zwar noch früh, aber ich koche heute nichts mehr.«

Edwin schreckt auf und nickt. Roos reagiert nicht.

»Sonst habe ich nur noch Apfelkuchen«, sagt sie. »Heute Morgen gebacken. Den können wir gleich zum Nachtisch essen.«

»Lecker«, murmelt Roos geistesabwesend. Edwin lächelt Maud an. Als sei er stolz auf sie. Endlich! Dann klingelt plötzlich ihr Handy.

Roos wirft ihrer Mutter einen vernichtenden Blick zu. Edwin beugt sich vornüber und greift nach seinem Glas.

»Du spielst die ganze Zeit mit deinem Handy«, verteidigt sich Maud Roos gegenüber, steht auf und verlässt das Zimmer.

»Ja?«

»Hallo, Maud. Hier ist Bitter. Wir haben ein kleines Problem mit Myrthe Gaullier. Du solltest schnell zu ihr fahren.«

»Ich? Und was ist mit dem Kollegen von der Opferhilfe?«

»Sie verlangt ausdrücklich nach dir.«

Mertens schweigt. Normalerweise würde sie sofort los.

»Es geht um dieses Mädchen, Slagter«, erklärt Bitter. »Sie hat offenbar die Witwe besucht, und das ist ziemlich in die Hose gegangen.«

»Verstehe.«

»Vielleicht kannst du sie etwas beruhigen. Myrthe Gaullier hat ausdrücklich nach dir verlangt.«

»Jetzt sofort?«

»Wenn es geht.«

Mertens seufzt.

»Die Anfrage kommt von Tijsen«, fügt Bitter hinzu. »Und vom Bürgermeister. Die Gaullier und er kennen sich offenbar aus De Kring, diesem Kunstverein.«

»Ja, ja schon gut.« Maud schaut auf die Uhr. Fünf. »Ich bin in einer Viertelstunde bei ihr.«

Nachdem die Haustür der Künstlerwitwe hinter ihr zugefallen ist, versucht Mertens, sich zu entspannen. Sie hat sich entschuldigt. Nicht, dass es wirklich nötig gewesen wäre. Aber sie hat erklärt, Kyra Slagter sei, soweit sie bisher habe feststellen können, eben etwas besonders, habe jedoch nicht das Geringste mit ihrer Ermittlungsgruppe zu tun.

»Die hat mich ausgefragt, genau wie Ihre Kollegen!«, hatte die Gaullier sich beklagt. »Die hat mich zu Geldangelegenheiten befragt! Nach der Beziehung zwischen mir und meinem Mann!«

»Das tut mir leid«, hatte Maud gesagt. »Das tut mir wirklich sehr leid für Sie.«

Langsam war Myrthe Gaulliers Wut abgeebbt. Ob sie Mertens wirklich glaubte, war nicht festzustellen, aber zumindest hatte das Gespräch eine etwas freundlichere Wendung genommen. Sie hatten über die Ermittlungen gesprochen und Mertens hatte ihre Besorgnis geäußert und zugegeben, dass diese Phase der Arbeit besonders schwierig sei, weil keine neuen Hinweise auftauchten.

»Das erleben wir häufig«, hatte sie gesagt. »Und es ist für alle Beteiligten frustrierend. Hauptsächlich natürlich für Sie, aber wenn ich ehrlich bin, auch für uns. Uns wäre es natürlich lieber, wenn wir die ungelösten Fragen beantworten könnten. Ein Verbrechen ist etwas Abscheuliches und der einzige Trost besteht darin, dass der Täter gefasst wird. Was sonst können wir tun?«

Myrthe Gaullier hatte müde genickt und Mertens hatte diesen Moment genutzt, war aufgestanden und hatte sich verabschiedet. Als sie jetzt über den Deich zurück zu ihrem Auto geht, fällt ihr auf einmal ein, dass Kyra Slagter hier ganz in der Nähe wohnt. Sie ruft sie auf dem Handy an.

»Kyra? Maud Mertens hier. Sind Sie zu Hause?«

Kyra antwortet, sie sei gerade auf einem Spaziergang mit dem Nachbarshund.

»Den Vliegenbos? Natürlich kenne ich den. Am Tennisclub? In Ordnung, bis gleich.«

Mertens schaut auf die Karte ihres iPhones und sucht eine Route raus. Fünf Minuten später sieht sie Kyra neben den Tennisplätzen auf dem Waldweg stehen. Neben ihr wartet ein großer Schäferhund, die Ohren aufmerksam gespitzt.

»Ich würde Sie gerne ein Stück begleiten, wenn Sie einverstanden sind«, sagt Mertens.

»Ja, natürlich.« Kyra wirkt überrascht und etwas gehemmt. Sie hebt einen dicken Stock auf und wirft ihn. Der Hund rennt hinterher.

»Wir kommen mit den Ermittlungen nicht weiter«, beginnt Mertens.

»Aber Sie sind doch noch gar nicht lange damit beschäftigt.«

»Besonders seine Finanzen und die Situation in der Schule bereiten mir Magenschmerzen.«

Langsam spazieren sie in den Wald hinein. Herrlich, wie man mitten in der Stadt und doch im Grünen sein kann!

»Haben Sie noch einmal mit Ihren Freundinnen über die Gemälde im Atelier gesprochen?«, fragt Mertens. »Ist dabei noch etwas herausgekommen?«

»Nein, niemand will den Mund aufmachen. Meine Freundinnen halten die Sache für eine Lappalie. Sie haben die Vorgänge schon die ganze Zeit verharmlost, aber jetzt, nach Gaulliers Tod, spielen sie das Ganze noch mehr herunter.«

»Scham führt oft zu Verleugnung.«

Mertens nimmt einen Stock von dem begeisterten Hund entgegen. Sie hebt den Arm und das Tier schaut sie erwartungsvoll an, aufmerksam und sprungbereit. Mertens wirft den Stock so weit sie kann, und der Hund rennt wie besessen hinterher. Ist doch etwas Nettes, so ein Tier. Kurz darauf kehrt Lot zurück. Sie trabt vor Kyra her, den Stock stolz im Maul.

»Vielleicht ermitteln Sie in die falsche Richtung.«

»Ich glaube, dass Gaullier mit seinen Affären viel ausgelöst hat«, erwidert Mertens. »Oder besser, mit seinen Beinahe-Affären.«

»Stimmt, aber nicht nur Negatives.«

»Es gibt tatsächlich viele Leute, die ihn schützen, aber ich bin mir sicher, dass es andere gibt, die ihn für das hassen, was er mit euch gemacht hat.«

»Genug, um ihn zu töten?«

Mertens schweigt. Da ist sie sich tatsächlich nicht sicher.

»Genug, um ihn auf diese Weise aufzuhängen?«, fragt Kyra weiter, während sie nebeneinanderher schlendern. »Ihn zur Schau zu stellen?« Dann fügt sie hinzu: »Mich fasziniert nach wie vor die Art und Weise, wie er aufgehängt wurde. »Ja, ich halte das sogar für einen entscheidenden Hinweis.«

»Was leiten Sie daraus ab?«

»Jemand wollte ihn bloßstellen«, sagt Kyra. »Bestrafen. Aber zugleich will der Täter auch zeigen, wie mächtig er ist. Er will beweisen, wozu er fähig ist. Er dreht der Polizei, der Öffentlichkeit und Gaullier eine lange Nase. Und ich glaube, er ist noch lange nicht fertig.«

»Ich frage mich, was ihn zu dieser Tat getrieben hat.«

»Egoismus«, meint Kyra. »Arroganz. Narzissmus. Er ist ein eingebildeter Mensch. Jemanden so aufzuhängen! Haben Sie mal auf Twitter geschaut? Facebook? Das Foto mit Marc Gaullier am Galgen war überall zu sehen. Ekelhaft!«

»Deswegen müssen wir ja gerade versuchen, uns in den Täter hineinzuversetzen«, erwidert Mertens ruhig. »Weil seine Tat vielerlei Konsequenzen hat. Außerdem kann man solchen Tätern dadurch sogar helfen.«

»Was heißt hier helfen?«, fragt Kyra entrüstet. »Wir müssen ihn nur deswegen ergründen, weil uns das Wissen hilft, ihn zu kriegen. Ansonsten interessiert er mich nicht. Er ist ein krankes Arschloch. Weg damit, einsperren, für den Rest seines Lebens.«

»Wir leben nicht mehr im Mittelalter, Kyra.« Für ein intelligentes Mädchen hat sie recht wenig differenzierte Ansichten, denkt Mertens.

»Ach, Quatsch«, erwidert Kyra heftig. »Wer solche Sachen macht, der …«

»Ich arbeite schon seit fünfundzwanzig Jahren in diesem Beruf«, sagt Mertens, jetzt doch ein wenig gereizt. »Und die meisten Morde werden aus Verzweiflung begangen. Die Täter sind normale Menschen, die, manchmal noch sehr jung, auf irgendeine Art und Weise in aussichtslose Situationen geraten sind. Wir alle werden betrogen, bestohlen. Wir sind alle gelegentlich frustriert, wütend. Jeder tut manchmal etwas, das nicht richtig ist.«

»Aber solche Gestalten darf man doch nicht mit normalen Menschen vergleichen. Sie sind verdorben bis tief in die Seele hinein, und sie müssen aus der Gesellschaft entfernt werden. Man muss sie wie einen Tumor herausschneiden.«

»Jeder schlechte Mensch war irgendwann mal gut«, entgegnet Mertens.

»Mein Gott, wenn Sie die ganze Zeit versuchen, die lieben Täter zu begreifen, dann geht es natürlich nicht weiter mit dem Fall«, sagt Kyra abfällig, wirft einen Stock und der Hund rennt hinterher.

Mertens schüttelt den Kopf und schweigt. War ich damals auch so, fragt sie sich, so klug und zugleich so dumm?

»Entschuldigung«, sagt Kyra nach ein paar Minuten. Sie hat sich offenbar wieder beruhigt.

Sie sind einen weiten Bogen gegangen und spazieren jetzt an der Südseite des Parks entlang. Jenseits des Zaunes steigt Rauch aus den Schornsteinen der riesigen Chemiefabrik Albemarle auf. Eine Chemiefabrik mitten in Amsterdam, denkt Mertens. Man darf gar nicht daran denken, dass hier mal etwas schiefgehen könnte.

»Ich finde, dass dieser Mord nicht so aussieht, als wäre er von einer Frau begangen worden«, sagt Kyra Slagter, nun wieder etwas besonnener. »Am wenigsten verstehe ich, wie jemand ein so großes Risiko eingehen kann. Warum hat er sich diese Mühe gemacht? Warum hat er die Leiche nicht einfach irgendwo entsorgt? Warum sollte sie schnell gefunden werden? Wie lautet die Botschaft?«

Der Hund rennt in großen Kreisen um sie herum. Er schnüffelt zwischen den Sträuchern, steckt die Nase in die halb verrotteten Blätter.

»Können Sie sich noch gut an Ihre Schwester erinnern?«, fragt Mertens auf einmal. Sie hält den Atem an, während sie auf eine Antwort wartet.

»Ja«, sagt Kyra. »Ich war gerade fünfzehn geworden, als sie verschwand. Das ist erst vier Jahre her.«

»Es muss furchtbar sein, wenn eine Angehörige von einem Tag auf den anderen verschwindet. Und dass es im Urlaub passiert ist, ausgerechnet hier bei uns in den Niederlanden, macht es noch quälender.«

»Es war ihr Urlaubstrip nach den Prüfungen. Mittlerweile wollen ja alle nach Mallorca, Kreta oder Portugal, aber Sarina und ihre Freundinnen sind nach Texel gefahren. Es war herrliches Wetter, da brauchte man nicht weit zu reisen.«

»War sie mit einer großen Gruppe dort?«

»Mit sechs Freundinnen. Die anderen waren schon vorgefahren. Sarina hatte aber gerade angefangen, in einer schicken Boutique zu jobben und hatte an diesem Vormittag Schicht. Sie musste ganz früh anfangen, erst im Lager, dann ein paar Stunden im Laden helfen. Deswegen ist sie an dem Freitag noch nicht mit ihren Freundinnen losgefahren, sondern erst am Samstag.«

»Ihre Freundinnen haben sie also auf Texel gar nicht mehr gesehen?«

»Sie hatten ihr eine SMS geschickt, dass sie Pizza essen gehen wollten und in der Pizzeria auf sie warten würden, aber Sarina hat ihren Rucksack an der Rezeption des Campingplatzes hinterlassen und ist erst einmal joggen gegangen. Das hat sie oft getan. Wie eine Besessene, um ehrlich zu sein.«

»Und das war's?«

Kyra nickt. Sie sieht auf einmal viel älter aus als neunzehn. Müde irgendwie. Für einen Moment hat Maud Mertens das Bedürfnis, den Arm um das Mädchen zu legen und ihr zu sagen, sie solle sich nicht solche Sorgen machen. Doch dann kommt der Schäferhund mit einem neuen dicken Knüppel angelaufen und der Moment ist verflogen.

Jetzt fällt Mertens auf, wie dunkel es im Wald ist.

»Ich muss los«, sagt sie.

»Ich komme mit.« Sie nehmen wieder Kurs auf den Tennisclub neben dem Eingang des Parks.

»Sie sollten Myrthe Gaullier übrigens lieber in Ruhe lassen«, sagt Mertens, als sie wieder auf den Nieuwendammerdijk hinaufgehen. »Die war ziemlich fertig mit den Nerven.«

Kyra erschrickt sichtlich. Sie will etwas sagen, überlegt es sich aber anders.

»Tut mir leid«, sagt sie schließlich.

Bevor sie nach Hause fährt, geht Mertens noch einmal ins Präsidium. Sie startet ihren Computer, loggt sich ein und druckt sich die wichtigsten Unterlagen über Sarina Slagter aus. Den Papierstoß steckt sie in eine Mappe, schließt das Büro ab und fährt nach Hause. Edwin wird nicht besonders begeistert sein, dass sie schon wieder Arbeit mit nach Hause bringt, aber sie kann es nicht ändern.

Sie parkt das Auto vor der Tür. Inzwischen ist es acht Uhr. Der Film ist vorbei, aber der Abend ist noch jung. Vielleicht können sie ein Gesellschaftsspiel spielen. »Die Siedler von Catan«, das hat Roos immer Spaß gemacht.

Mertens zieht die Schuhe aus und geht ins Wohnzimmer. Das Licht ist ausgeschaltet, aber der Fernseher läuft noch. Edwin liegt in seinem Stuhl und schläft. Die Häppchen stehen unangerührt auf dem Tisch. Neben den Hackbällchen liegt ein Zettel von Roos.

35

Fasziniert betrachtet er die roten Striche, die auf der Haut zurückgeblieben sind. An beiden Handgelenken sind Schürfwunden entstanden, vom Handballen bis zum Unterarm. Auch an den Fußknöcheln sieht er breite rotviolette Striemen. Nur der Strich rund um den Hals ist gleichmäßig, als hätte jemand mit einem dicken Stift schon einmal vorgezeichnet, wo er gleich ansetzen muss.

Einen Moment lang zögert er, denn ihm wird klar, dass er diesen Teil des Plans nicht ausreichend vorbereitet hat. Doch Übung macht den Meister. Es gibt schließlich kein Handbuch für Mörder. Keinen Kurs »Morden lernen leicht gemacht« und auch keinen Lehrfilm auf YouTube.

Das Beste wird sein, die Rückenlehne des Stuhls ganz herunterzuklappen und dann die Beute so weit hochzuschieben, dass der Kopf frei nach unten hängt und der Hals schön entblößt daliegt.

Er wirft einen Blick zur Steckdose und versucht einzuschätzen, ob das Kabel lang genug ist. Hoffentlich braucht er keine Verlängerungsschnur! Seine Augen huschen zwischen der Wand und dem Stuhl hin und her. Nein, es müsste reichen.

Er stellt seinen Fuß auf das Pedal und fährt den Sitz hoch, dann die Lehne hinunter. Langsam sackt die Leiche mit hintenüber. So ist es gut. Er hat alles unter Kontrolle.

Als der Stuhl sich in eine Art Liege verwandelt hat, zieht er am Kopf, aber die Leiche rührt sich nicht. Ein Arschloch, sogar noch im Tod. Er fasst mit beiden Händen unter die Achseln und muss kräftig ziehen, bevor der Sack sich bewegen lässt. Totes Gewicht ist eben schwerer, das ist mal wieder der Beweis.

Die Kopfstütze ist zu schmal, um den Rücken an Ort und Stelle zu halten. Er muss versuchen, den Körper zu stabilisieren. Noch ein wenig nach links, nein, nicht zu viel, ein bisschen zurück, so ist es gut. Er geht einen Schritt rückwärts. Ja. So müsste es klappen.

In der Ecke des Containers steht eine alte Rolle mit dicker, transparenter Plastikfolie. Er zieht ganze Bahnen davon herunter, legt sie unter den Stuhl und darum herum und befestigt sie an einigen Stellen mit Klebeband. Er holt einen Eimer und stellt ihn unter den Kopf. Ruhig tritt er zurück und begutachtet das Ganze von Weitem. Sieht gut aus.

Er dreht sich um, steckt den Stecker in die Steckdose und kehrt mit der elektrischen Säge zurück. Das Kabel ist gespannt, aber er kommt gerade so – aber wirklich nur gerade so – mit der Säge heran. Seine Augen sind auf den Hals gerichtet; er hält die Säge über die rote Linie und genau in dem Moment beginnt die Leiche, langsam vom Stuhl zu rutschen. Scheiße! Blitzschnell wirft er die Säge beiseite, bückt sich und kann die Leiche eben noch auffangen. Sie hängt mit den Beinen auf dem Stuhl und er sitzt in der Hocke da, die Arme um die Brust des Dreckskerls, als sei er sein Geliebter. Widerlich! Als mache es noch etwas aus, wenn der Kerl sich den Hals bricht. Er schiebt den willenlosen, aber widerborstigen Leichnam zurück an seinen Platz. Ein Bein rutscht vom Sitz ab, ein Arm verfängt sich in der Lehne.

»Drecksack«, brummt er, während er die unwilligen Körperteile, die allmählich schon steif werden, zurückschiebt. »Drecksack!«

Er nimmt eine Rolle Klebeband vom Regal an der Wand und wickelt es um die Brust des Opfers und die Rückenlehne des Stuhls. So, jetzt kannst du nicht mehr wegrutschen. Er schnauft vor Vergnügen und grinst.

Sehr gut. Geradezu perfekt.

Die linke Hand um den Sicherheitshebel, setzt er die große Säge an und hält die scharfen Zähne über die ordentliche rote Linie auf dem Hals. Da, genau da.

Das Fleisch ist so weich, dass der Hals innerhalb von einer Sekunde durchgeschnitten ist. Die Nackenwirbel bieten kurz Widerstand, aber zu seinem Schrecken klappt der Kopf im Grunde sofort um.

Verdammter Mist, was gibt das für eine Sauerei! Das Blut spritzt durch die rotierende Säge in alle Richtungen und ein dicker Strahl läuft in den Eimer, größtenteils aber daneben. Dann, als der letzte Streifen Haut das Gewicht des Kopfes nicht mehr halten kann, fällt dieser nach unten, auf den Rand des Eimers, der umkippt. Das Blut breitet sich sofort ungehindert aus und fließt über die untergelegte Plastikfolie und daran vorbei. Schnell stellt er den Eimer wieder auf, in dem Versuch, das Chaos zu begrenzen. Ein Stück weiter liegt der Kopf, ein blutiger, haariger Ball.

Mit der Säge in der Hand schaut er sich den Schlamassel an. Aus dem Hals läuft ein dünnes Bächlein Blut; der Stumpf sieht merkwürdig nutzlos aus, so ohne Kopf.

Verdammt, jetzt muss er den ganzen Dreck wegmachen. Das muss er beim nächsten Mal wirklich klüger anpacken, obwohl er im Grunde gar nicht vorhat, dieses Kunststück zu wiederholen.

Er bückt sich, hebt den Kopf auf und überlegt mit dem unpraktischen Ding in den Händen, wo er ihn hinlegen könnte.

Er muss gereinigt werden, nicht ganz, denn ein bisschen Blut verstärkt die Wirkung des Anblicks. Andererseits muss man erkennen können, um wen es sich handelt. So der Plan.

Da er nicht weiß, wo er den Kopf ablegen soll, platziert er ihn auf den Beinen des Mistkerls. Er kichert. Wie bekloppt der jetzt aussieht! Die Lippen sind geschwollen, die Augen starren stumm auf das, was von den Zehen übrig ist und das flachsblonde Haar ist blutdurchtränkt.

Er blickt sich an seinem geliebten Arbeitsplatz um. Mit einer schnellen Bewegung sägt er auch die rechte Hand der Beute ab und legt sie auf den Tisch. Danach beginnt er fluchend, die Plastikfolie abzuziehen und zusammenzuknüllen. Ja, ja, ja, natürlich tropft es, natürlich läuft das Blut über den Fußboden. Die Idee mit der Plastikfolie war gut, aber er hätte sie ordentlich aneinanderkleben und vorher darüber nachdenken müssen, wie er sie wieder lösen kann, ohne zu kleckern. Selber schuld.

Er stopft die Folie in einen Müllsack und mustert die Schweinerei auf dem Fußboden. Er braucht Handtücher. Einen Eimer Wasser. Putzlappen. Aber er sollte lieber erst die Leiche für den Transport vorbereiten. Er greift nach einem alten Lappen, der in einer Ecke des Containers liegt, wischt sich die blutigen Hände ab und öffnet die Metalltür.

»Hallo?«, ruft eine Stimme.

Verdammte Scheiße! Das kann doch nicht wahr sein!

Hat er die Tür des Schuppens offen gelassen? Unmöglich. Das ist ihm zuvor noch nie passiert.

Kurz überlegt er, wieder in den Container zu schlüpfen. Zu spät! Die Türen sind hoch und schwer, sie quietschen und knarren. Anstatt zurückzukehren muss er zusehen, dass er schnellstmöglich verschwindet. So weit wie möglich weg von seiner Höhle. Er schlägt den Weg zum Durchgang in der Mitte des Lagerschuppens ein, biegt vorher rechts ab und versucht, ungesehen den Kran ganz hinten zu erreichen.

»Oh, hallo.« Eine junge Frau sieht ihn erschrocken an. »Entschuldigung, ich wusste nicht, dass jemand hier ist. Ich habe den Schlüssel bekommen, um etwas abzuholen. Meine Tante hat mich geschickt, sie meinte, Sie würden nicht hier sein, also bin ich …« Sie fängt laut an zu lachen. »Mensch, Sie haben mich vielleicht erschreckt!«

Sie ist blond. Blondes Haar und blaue Augen. Groß und dünn. Er sieht schon genau vor sich, was er alles mit ihr machen könnte. Aber er darf nicht. Jemand weiß, dass sie hier ist, und er würde sofort auffliegen. Sie würden nach ihr suchen. Andererseits … Sie glauben ja, er halte sich gerade nicht hier auf. Deswegen hat sie ja die Schlüssel bekommen. Nein. Er darf es nicht. Nicht improvisieren. Er muss sich an den Plan halten.

Sie will ihm die Hand schütteln und sich vorstellen, aber er winkt entschuldigend ab.

»Ich hab Farbe an den Händen«, sagt er, und versucht seine Hände mit dem Lappen zu verbergen. »Hab einen Topf umgeworfen. Ist eine ziemliche Schweinerei.«

»Ich wollte den Mazda meines Vaters holen«, erklärt die junge Frau. »Meine Tante hat gesagt, dass sie ihn hinten hat reinstellen lassen, am Hauptgang, sodass man ihn jederzeit rausholen kann, ohne dass man alles beiseiteräumen muss.«

Der Mazda. Aber der ist noch nicht sauber. Warum muss sie von allen Autos, die sie abholen könnte, ausgerechnet den Mazda nehmen? Schnell nachdenken. Schlau sein.

»Ich wollte gerade zur Hebebühne.« Er zeigt mit dem Lappen hinüber und lässt sie vorausgehen. »Kommen Sie mit. Ich zeige Ihnen, wo der Mazda steht.«

Ihre glatten blonden Haare reichen ihr bis zum Po. Er starrt sie an. Atmet mit offen stehendem Mund. Sie ist unwiderstehlich. Wenn er wirklich erbarmungslos wäre, könnte ihn nichts zurückhalten. Erbarmungslos. Erbarmungslos.

36

Sonntag

Um Viertel vor sieben klingelt ihr Telefon. Wieder wird Mertens aus dem Tiefschlaf gerissen. Montag. Hat sie verschlafen? Neben sich hört sie Edwin stöhnen. Sonntag. Es ist Sonntag. Heute Nachmittag sind sie mit ihrer Mutter zum Kaffeetrinken verabredet. Sie hat versprochen, Roos mitzubringen. Sie greift nach ihrem Handy, das auf dem Nachtschränkchen liegt, und setzt sich auf.

Sie trägt noch ihre Socken. Gestern Abend hat sie so lange mit der Akte Sarinas draußen auf der Gartenbank gesessen, bis sie völlig durchgefroren war, und als sie schließlich im Bett lag, hat sie ihre Socken wieder angezogen.

»Mertens«, meldet sie sich.

Der Kollege am Apparat erzählt ohne Begrüßung los.

»Wahnsinn«, sagt sie, »ist ja unglaublich.«

Wie elektrisiert steht sie auf. Schlüpft in ihre Kleider. Edwin ist wach, fragt aber nicht einmal mehr, was los ist.

»Bis später«, murmelt er und dreht sich noch einmal um.

Sie nimmt die Autoschlüssel vom Tisch, zieht eine Jacke aus dem Schrank unter der Treppe und eilt zur Tür hinaus. Wie lange fährt man bis dorthin? Keine fünf Minuten. Sie verlässt das Neubauviertel, biegt rechts ab auf die IJdoornlaan, dann links ab in die Banne Zuid, dann über den Kamperfoelieweg in Richtung Mosveld. Sie parkt das Auto an der Straße am Markt und sieht auch schon die anderen. Zwei Beamte stehen mitten auf dem

Platz, wo dreimal pro Woche der Markt stattfindet, der aber zu dieser frühen Stunde am Sonntagmorgen verlassen daliegt. Der Tatort ist bereits abgesperrt.

Ihr Handy klingelt. Maud Mertens schließt für einen Moment die Augen und seufzt. Nein, sie bringt es nicht fertig, nicht dranzugehen.

»Guten Morgen, Mama«, meldet sie sich.

»Du kommst doch heute, oder?«

»Ja, heute Nachmittag. Ich kann jetzt leider nicht mit dir reden, ich bin bei der Arbeit.«

»Bringst du Roos mit?«

»Ich versuche es, versprochen.«

»Bis nachher dann.«

»Ich tue, was ich kann.«

Maud Mertens legt auf, steigt aus dem Auto und betritt den Marktplatz.

»Morgen«, grüßt sie die Kollegen. »Ist Bingsten schon unterwegs?«

Die anderen nicken. Die Stimmung ist anders als vor einer Woche bei Gaullier. Als Einsatzleiter Bitter beiseitetritt, versteht sie, warum. Die Leiche hat keinen Kopf. Sie atmet scharf ein und hält für einen Moment die Luft an.

»Alle wissen schon Bescheid«, sagt Bitter.

»Ruigbot nicht vergessen?«

»Diesmal kann sie die Leiche in all ihrem Elend betrachten«, antwortet Bitter. »Der hier muss vorläufig nicht bewegt werden. Das Zelt ist übrigens gleich da.«

Mertens lächelt traurig.

»Schon irgend eine Ahnung, wer das ist?«, fragt sie.

»Nein, das herauszufinden überlasse ich gerne dir.«

»Ich schau schon mal nach«, sagt sie und schlüpft unter dem

Absperrband durch. Während sie ihre Hände in diese schrecklichen Plastikhandschuhe zwängt, geht sie auf die Leiche zu. Ein Körper ohne Kopf. Verdammt, sie sieht jetzt erst, dass auch die rechte Hand fehlt. Bizarr. Der Mann trägt ein Oberhemd. Alles, hauptsächlich natürlich der Bereich am Hals, ist blutgetränkt. Er liegt auf dem Rücken, in einer seltsamen Haltung. Die Beine ein wenig gebeugt, die Fußsohlen aneinander gelegt. Die Arme leicht vom Körper abgespreizt, die linke Handfläche nach oben gerichtet.

Mertens bückt sich und betrachtet die Hand. Der Daumen berührt die Spitze des Mittelfingers. Sie hockt sich hin und sieht sich die Finger aus der Nähe an. Vorsichtig drückt sie gegen den Punkt, wo Daumen und Mittelfinger einander berühren. Genau, wie sie es sich gedacht hat. Sie sind aneinander festgeklebt.

Rasch befühlt sie die Taschen des Mannes. Sie hofft auf ein Portmonee, einen Führerschein. Man weiß nie. Aha! Da ist etwas. Vorsichtig zieht sie die lederne Brieftasche aus der Jackentasche des Mannes und zuckt vor Schreck zusammen, als sie eine Kamera klicken hört.

»Verdammt!«, flucht sie und steht auf. »Hauen Sie bloß ab!«

Sie winkt den Kollegen zu. »Haltet mir den Irren vom Hals!«

Dem Fotografen schreit sie zu: »Ihr riecht ihn wohl, den Tod? Fühlt ihr euch davon angezogen?«

»Ich tue hier nur meine Arbeit, Mertens«, erwidert der Mann, den sie jetzt erst als Joost van Dongen erkennt, freischaffender Fotograf. »Das wissen Sie ganz genau.«

Sie dreht ihm den Rücken zu und geht weg. Die Spurensicherung soll den Rest erledigen. Mit ein bisschen Glück hat sie bis dahin schon einen Ausweis gefunden. Dann können gleich die Angehörigen ausfindig gemacht und benachrichtigt werden. Wenn Joost schon hier ist, werden die anderen Aasgeier gleich scharenweise herbeiströmen. Verdammter Mist! Jetzt haben sie wieder die Medien am Hals. Doppelt so hysterisch wie bei Gaullier, wetten? Gerade, als die Aufmerksamkeit etwas nachgelassen hatte und sie ungestört ihrer Arbeit nachgehen konnte. Ungestört auf der Stelle treten, denkt sie sarkastisch. Und schon wieder ein neuer Fall. Eine Leiche, der eine Hand und der Kopf fehlen. Und das so kurz nach Gaullier. Jeder wird behaupten, die beiden Fälle hingen miteinander zusammen. Und falls das so ist, hat sie es mit einem Mörder zu tun, der sich nicht nur wiederholt, sondern auch immer gewalttätiger wird.

Ein Führerschein. Glück gehabt. Das erspart ihr eine Menge Arbeit.

Jurgen Ijzer. Woher kennt sie diesen Namen? Das muss ein Promi sein. Sie starrt das mürrische Gesicht auf dem kleinen Foto an. Ja, sie kennt diesen Mann, aber woher?

»Jurgen Ijzer!«, ruft sie Bitter zu. »Sagt dir das was?«

Sie hört das rasend schnelle Klicken der Kamera hinter sich. Sofort bereut sie, den Namen laut ausgesprochen zu haben.

»Immobilien«, erwidert Bitter. »Er war in den letzten Monaten oft in den Nachrichten. Betrug. Bereicherung. Missmanagement. Ist daraufhin entlassen worden. Allerdings mit einem warmen Händedruck. Da kann man mal wieder sehen.«

»So einer also.«

»Er wurde vermisst. Seit Mittwochnacht.«

Mertens dreht sich um und wirft einen Blick auf die entstellte Leiche. Der Fotograf telefoniert.

Wieder ein Prominenter. Ein reicher Geschäftsheini, der im Scheinwerferlicht gestanden hat.

»Wo sind die Hand und der Kopf?«, fragt Mertens.

Bitter zuckt mit den Achseln.

»Fordere einen Suchtrupp an, der die Umgebung rund um den

Platz durchkämmt«, befiehlt Mertens. »Vielleicht liegen die Körperteile irgendwo in der Nähe. Wo bleibt das Zelt? Gleich wimmelt es hier vor Journalisten, verdammt noch mal.«

Mertens lässt einen größeren Bereich absperren und ist erleichtert, als die Männer mit dem Zelt eintreffen, bevor sich noch mehr Publikum versammelt hat.

»Ich glaube, wir sollten den Sprecher schon mal informieren«, sagt sie zu Bitter. »Übernimmst du das bitte?«

Er nickt und dreht sich um, damit er in Ruhe telefonieren kann.

Maud Mertens bleibt allein neben der Leiche zurück. Der Platz ist weitläufig, an die hundert, hundertfünfzig Meter lang und etwa fünfzig Meter breit. Auf der einen Seite stehen Häuser, auf der anderen Seite führt leicht erhöht der Johan van Hasseltweg in Richtung Stadt und A10. Der Platz sieht merkwürdig verlassen aus. Auf einer Seite stehen zwei Müllcontainer; links von ihr eine Reihe von Betonpflanzkübeln mit rosafarbenen Geranien. Dahinter, am äußersten Ende, führt eine breite Unterführung zum Kamperfoelieweg. Unter dem Betonvordach befindet sich ein Restaurant. MAX, steht mit großen roten Buchstaben an der Fassade.

Sie stellt sich mit dem Rücken zur Leiche und betrachtet die Häuser. Sie sind alt; einige Fenster sind mit Brettern vernagelt. Die werden bald abgerissen. Daher steht am äußersten Ende des Platzes ein nur provisorischer Flachbau von Albert Heijn. Das bedeutet wohl, dass die Stadt wichtige Pläne mit dieser Gegend hat.

Immobilien. Ijzer hatte garantiert etwas mit diesen Plänen zu tun. Natürlich. Wunderbar, wenn etwas so offensichtlich ist. Sie liebt Rätsel, sonst wäre sie nicht zur Kripo gegangen. Aber nach dem mühsamen Puzzle rund um Gaullier ist ein klarer Fall auch mal was Schönes.

Ob eines der kleinen Geschäfte rund um den Platz schon geöffnet hat? Sie könnte gut einen Kaffee vertragen. Sie geht zwischen den Pflanztöpfen hindurch auf das Restaurant zu, aber natürlich hat noch alles geschlossen. Auf der anderen Seite der Unterführung, an der hintersten Ecke des kleinen Gebäudes, liegt ein Penner.

»Hej«, sagt Mertens, hockt sich hin und hält die Luft an. Puh, wie der stinkt! »Wie lange sind Sie schon hier?«

Der Mann reagiert nicht. Mertens legt eine Hand auf seinen Oberarm und schüttelt ihn wach.

»Sind Sie schon lange hier? Haben Sie gesehen, was hier passiert ist?«

Der Mann murmelt irgendetwas Unverständliches über Gott. Eine Wolke von Alkoholdunst steigt auf. Mertens blickt sich um. Von hier aus kann man den Tatort nicht sehen. »Kommen Sie aus der Stadt? Sind Sie über den Platz gelaufen? Haben Sie etwas gesehen?«

Der Mann rülpst. *»Le rouge«*, flüstert er. *»Et le noir.«*

Mertens richtet sich auf. Der Mann liegt an die hundertfünfzig Meter vom Fundort entfernt, hinter ein paar hohen Pflanzenkübeln. Sie müsste ihn eigentlich ins Präsidium bringen lassen. Wenn er morgen nüchtern ist, erinnert er sich vielleicht an etwas. Man weiß nie. Andererseits …

»Maud!« Bitter winkt ihr zu. »Maud!« Er kommt auf sie zu und sie läuft ihm rasch entgegen.

»Der Kopf!«, ruft er. »Er wurde gefunden!«

Mertens läuft schneller. Hier? Auf dem Platz?

»Steig schon mal ins Auto«, sagt Bitter. »Volewijckerspark, das Fußballstadion. Du musst ein Stück zurückfahren. Bingsten ist schon da.«

Im Auto ruft sie ihren Kollegen an.

»Volewijckers«, sagt sie. »Wo ist das genau?«

»Noch vor dem Krankenhaus«, antwortet Bingsten. »An der Kirche.«

An dem Krankenhaus ist sie eben vorbeigekommen. Bingsten lotst sie weiter. An der kleinen Kirche rechts ab und dann weiter geradeaus bis zum Parkplatz. Sie könne es nicht verpassen. Das behaupten die Ortsansässigen immer, dass man eine Stelle unmöglich verfehlen könne. Trotzdem passiert ihr das regelmäßig.

Zwei Minuten später fährt sie an der kleinen Kirche vorbei und dreht auf der Schepenlaan. Noch nie gesehen, denkt sie, als sie die kleine Kirche passiert. Zigmal ist sie schon daran vorbeigefahren, aber nie hat sie darauf geachtet. Sie biegt ab, nach links, und ein paar Sekunden später steht sie auf dem Parkplatz des Fußballvereins. Sie parkt ihr Auto neben dem ihrer Kollegen, grüßt die diensthabenden Uniformierten und betritt das Gelände des Clubs.

Kyra schließt ihr Fahrrad auf und fährt über den Nieuwendammerdijk, an dem Bäcker vorbei, wo sie gestern Nachmittag extra noch ein Päckchen Stroopwafels gekauft hat, und überquert die Brücke hinüber zum Buiksloterdijk. Kurz darauf radelt sie am Kinderbauernhof vorbei in Richtung Banne Noord, wo Sophie wohnt.

»Sophie muss lernen«, sagt Sophies Mutter, Linda Verster abweisend, als sie die Tür öffnet.

»Nur auf eine Tasse Tee«, erwidert Kyra, hält das Päckchen Waffeln hoch und lächelt. »Es ist ja noch früh, ich bin gleich wieder weg, dann hat sie noch den ganzen Tag Zeit zum Lernen.«

Linda schüttelt seufzend den Kopf. »Na, von mir aus. Aber nur ganz kurz!«

»Hallo.« Sophie klingt müde. »Ich habe nicht viel Zeit. Mathe ist echt eine Katastrophe.«

»Zucker ist gut für's Gehirn«, entgegnet Kyra und deutet auf die Sirupwaffeln. »Eine Tasse Tee und was Süßes, dann bist du wieder fit.«

Sophie schüttelt den Kopf und setzt Wasser auf. Kyra lässt sich auf einen Küchenstuhl sinken.

»Sobald ich zurück bin, machst du dich wieder an die Arbeit«, befiehlt Linda. »Ich geh mal kurz eine Runde laufen.«

Als sie die Tür hinter sich zuzieht, entsteht eine angespannte Stille in der Küche. Sophie weicht Kyras Blick aus.

»Wie geht es deiner Mutter?«, fragt Kyra. Vielleicht ist es das Beste, mit einem neutralen Thema zu beginnen.

»Geht so«, sagt Sophie und zieht mit dem Zeigefinger ein Strich über den Tisch. »Ich will nicht darüber reden.«

»Über deine Mutter? Diabetes ist doch nichts Peinliches?«

»Über Marc. Deswegen bist du doch hier, oder? Du kennst ja kein anderes Thema mehr, Kyra, du kannst nur noch über diesen Typen reden.«

»Stimmt doch gar nicht! Ich will einfach nur …«

»Wir haben alle die Nase voll davon, wie du überall herumschnüffelst. Luna sagt auch, dass du einfach verliebt in ihn warst und dass das deine Art ist, damit klarzukommen.«

»Wie bitte? Was soll das denn?«

Sophie betrachtet sie mit einem Blick, den sie nicht von ihr kennt.

»Wir haben alle Verständnis dafür, dass du noch immer Probleme hast wegen der Geschichte mit Sarina«, sagt sie in einem so distanzierten Tonfall, dass sie wie eine Lehrerin klingt. »Aber verschon uns bitte wenigstens jetzt damit, mitten in den Prüfungen.«

Weil sie nicht weiß, was sie sagen soll, nimmt sich Kyra eine Sirupwaffel und beißt hinein. *Interessen*. Darauf hat Mertens sie gestoßen.

»Gut, dann reden wir eben über dich und Luna«, sagt sie, nachdem sie einen Bissen der süßen Karamellwaffel hinuntergeschluckt hat.

»Wovon sprichst du?« Sophie steht auf, stellt die Teekanne bereit und kramt in einem Schrank herum, auf der Suche nach einem Teebeutel. Sie tut so, als hätte sie vergessen, worüber sie gerade gesprochen haben.

»Ich meine das Bild von Luna und dir, das Marc gemalt hat. Das war doch kein normales Porträt.«

»Ach, hör doch auf! Siehst du, du bist ja nur eifersüchtig! Nackte Haut hier und nackte Haut da. Du suchst hinter allem eine Bedeutung, die es gar nicht gibt.« Sophie dreht sich um und lehnt sich gegen die Anrichte. »Geh jetzt lieber. Ich hab noch zu tun.«

»Was habt ihr bloß gemacht, Sophie?« Jetzt bloß nicht aufgeben. »Ich glaube, das ist wichtig für die Ermittlungen.«

»Die Polizei ermittelt, nicht du.«

»Ich habe der Polizei noch nichts von dem Gemälde erzählt.«

»NOCH nichts? Oh, wie nett von dir, dass du deine Freundinnen NOCH nicht verraten hast. Ich werde dir ewig dankbar sein.«

»Was soll das heißen, dich verraten? Was gibt es denn zu verraten?«

»Gar nichts! Er hat uns einfach nur gemalt! Das ist alles. Aber ich weiß genau, was passiert, wenn die Polizei davon erfährt. Dann wird die Sache aufgeblasen.«

»Ach, es hatte also nichts zu bedeuten?«

»Nein.«

»Es ist also normal, dass ein Lehrer zwei seiner Schülerinnen nackt für sich posieren lässt? Und dass er die Mädchen auffordert, einander zu berühren? Das nennst du normal? Unbedeutend?«

»Du kapierst überhaupt nichts.«

»Dann erklär es mir!«

»Ich möchte, dass du gehst. Ich will dich nicht mehr sehen. Ich will mich einfach nur auf meine Prüfungen konzentrieren. Und wage es nicht, irgendetwas deiner neuen Heldin zu verraten, dieser Mertens.«

»Und wenn doch?«

Sophie schweigt.

»Du bringst dich nur in Schwierigkeiten, Kyra«, sagt sie dann. »Bald kann dich niemand mehr leiden, das ist dir hoffentlich klar. Du grenzt dich selbst von der Gruppe aus.«

Kyra steht auf und geht weg, ohne etwas zu sagen, ohne sich umzublicken. Sie grenzt sich also aus. Nur, weil sie unbedingt die Wahrheit herausfinden will. So mächtig sind also Interessen. Wenn man nicht denselben Interessen dient wie die anderen, wird man wie ein Splitter aus einer eitrigen Wunde rausgedrängt, aus dem Körper entfernt. Aber sie ist kein Splitter. Sie ist nicht schädlich. Was sie tut, ist notwendig. Sie darf sich vor dieser Verantwortung nicht drücken.

Sie radelt los zum Noordhollands Kanaal und biegt dann rechts ab nach Hause. Neben der kleinen Brücke steht eine Bank; sie hält an und setzt sich. Von hier aus hat sie Sicht auf den neuen Eingang zum nördlichen Friedhof. Wie passend. Sie fragt sich, wann Marc Gaullier wohl beerdigt werden wird. Wurde seine Leiche bereits freigegeben? Hat sich seine Familie schon verabschieden können? Was immer er auch getan hat – irgendwie führt von da aus eine Spur zum Mörder. Er ist nicht deswegen umgebracht worden, weil er jeden Tag ein halbes Vollkornbrot gekauft hat. Die

Lösung steckt in irgendeinem unschönen Detail. Es kann nicht anders sein. Wer Angst davor hat, im Dreck zu wühlen und dabei an etwas zu rühren, darf nicht zur Kripo gehen. Sie muss jetzt beweisen, dass sie das Zeug dazu hat. Vielleicht führt das erotische Gemälde von Luna und Sophie zu etwas Größerem. So muss es sein! Vielleicht hat er mit dieser Art von halb pornografischem Material gehandelt. Sie sieht das Gemälde von Sarina wieder vor Augen, ihrer Schwester, die so verletzlich darauf aussieht. So hatte er sie *gesehen*, dünn, fast transparent – er verdiente sein Geld damit, dass er wehrlose Mädchen ausnutzte! Scheißkerl! Man erntet, was man sät, denkt sie, aber wie schlimm war Gaulier wirklich?

In der Ferne heult eine Sirene. Polizei. Sie greift nach ihrem Handy und wählt die Nummer von Maud Mertens.

»Ich bin's, Kyra. Ich habe wichtige Informationen über Gaulier.«

»Ich habe jetzt keine Zeit«, erwidert Mertens gereizt.

Erst löchert sie sie ständig wegen Hintergrundinformationen, und jetzt, wo sie anruft, hat sie plötzlich keine Zeit. Die Sirenen, kommen näher. »Ich glaube, es ist wichtig«, setzt sie noch einmal an. Die Kripo muss die Morde an den Geschäftsleuten näher untersuchen.

»Ich habe jetzt wirklich keine Zeit«, erwidert Mertens hastig. »Rufen Sie mich im Laufe des Tages noch einmal an.«

Kyra setzt zu einer weiteren Frage an, aber Mertens hat bereits aufgelegt. Gleich darauf vibriert Kyras Handy. Eine Benachrichtigung von Verbrechenskarte.nl über einen Toten in Amsterdam-Noord. Kyra checkt Twitter, wo Neuigkeiten oft zuerst erscheinen. Es gibt einen Tweet von @ilovenoord. *Enthaupteter Mann auf dem Mosveld.* Kyra springt auf ihr Fahrrad und rast los wie eine Verrückte.

»Ich hab jetzt keine Zeit«, hatte Mertens gereizt erwidert. Jetzt weiß sie, warum.

Maud Mertens steht mit Niels Bingsten auf dem Fußballfeld. Der Kopf liegt auf der Mittellinie. Ordentlich gerade gerichtet, die Nase in der Luft. Das Haar ist durcheinander, hier und da mit Blut verklebt. Es scheint, dass das Gesicht gewaschen wurde. Rund um den Haaransatz, an den Ohren und unter dem Kiefer klebt eingetrocknetes Blut, doch das Gesicht selbst ist so gut wie sauber. Die Augenlider sind geöffnet. Der Mund ist verzerrt, die Lippen sind geschwollen, bedeckt mit kleinen Wunden und mehreren dunkelroten Krusten.

»Sauber abgeschnitten.« Bingsten steht vornübergebeugt vor dem Körperteil. Maud Mertens folgt seinem Blick. Er hat recht. Das Stück des Halses, das noch am Kopf hängt, zeigt keine Spuren von Axtschlägen oder mehreren Sägeschnitten. Das Fleisch ist ziemlich glatt, die Haut weist auf den ersten Blick keine Unregelmäßigkeiten auf; nur ein kleiner Hautlappen hängt an der Rückseite des Halses. Der Mörder wusste, was er tat.

Mertens nimmt den Führerschein des Toten zur Hand und hockt sich hin, um das Foto mit dem Kopf vergleichen zu können. Der Ausweis zeigt einen ernsthaften Mann mit einem leicht arroganten Zug um den Mund, das Haar ordentlich zur Seite gekämmt. *Hendricus Fernandus Jurgen Ijzer*, steht neben dem Foto. Seine Eltern hatten ihn Hendrik genannt, doch er gebrauchte seinen dritten Vornamen.

»Das ist er«, sagt Bingsten.

»Etwas schwer zu erkennen«, findet Mertens. »Aber ich glaube, du hast recht.«

Sie richten sich auf.

»Und jetzt?«

»Der gesamte Platz ist tabu. Niemand darf ihn betreten«, sagt Mertens, während sie zurücktritt. »Lass sofort überall Flatterband spannen.«

Mertens geht noch weiter zurück. Die Enthauptung ruft Bilder von Extremisten in ihr wach, die Filme ihrer Übelkeit erregenden Taten ins Internet stellen. Von Opfern, die behandelt werden wie Vieh. Von Schmerz, Angst, Erniedrigung. Das ist es, wird ihr klar. Erniedrigung. Der Mörder demonstriert seine absolute Herrschaft und vor allem seinen Ekel. Glücklicherweise ist es ihnen gelungen, das Tor zum Gelände des Fußballvereins abzusperren. Das sollte die Geier vorläufig auf Distanz halten.

»Auf dem Hauptplatz«, sagt Bingsten und schaut dabei zu den Tribünen. »Gut gewählt.«

Rund um den Platz stehen verblasste Reklameschilder von örtlichen Dienstleistern und einer Großbäckerei.

»Ich will, dass der gesamte Platz untersucht wird«, sagt Mertens zu dem Einsatzleiter vor Ort. Jetzt, wo es plötzlich zwei Fundorte gibt, werden eine Menge Leute in ihrer sonntäglichen Ruhe gestört werden. Mertens erteilt noch einige Instruktionen und entfernt sich dann, um Barbara Ruigbot anzurufen.

»Ich könnte einen zweiten Rechtsmediziner anfordern«, sagt sie zur Staatsanwältin. »Aber ich halte es für besser, dass derselbe Arzt auch diese Leiche untersucht. Oder das, was von ihr jeweils übrig ist.«

Ruigbot nickt. Gut. Immerhin ein Fortschritt. Wer weiß, vielleicht wird das doch noch etwas mit ihnen.

»Schlagt schon einmal ein Zelt über dem Kopf auf«, sagt Mertens zu den Kollegen. »Sonst liegt er gleich in der Sonne und ich weiß nicht, wie lange das auf dem Mosveld noch dauert.«

Es verspricht, ein schöner, trockener Frühlingstag zu werden. Zwischen den Bäumen entlang des Hauptplatzes erscheinen bereits die ersten neugierigen Deichbewohner auf ihren Balkonen.

»Los, das muss schneller gehen«, sagt sie und zeigt zwischen dem Grün hindurch auf einen Mann, der Fotos schießt.

»Unfassbar«, sagt Mertens zu Bingsten. »Ich kapiere nicht, wie der Mörder das hinkriegt. Zweimal ungesehen eine Leiche an so einem öffentlichen Ort zu deponieren.«

»Hier dürfte es nicht schwer gewesen sein. Auf dem Mosveld dagegen schon.«

»Er stellt sie eher zur Schau, als dass er sie deponiert.« Plötzlich steht Kyra Slagter neben ihr. »Was will er uns damit sagen?«

»Wie kommen Sie denn hierher?«, fährt Bingsten sie an. »Das Tor ist doch abgeschlossen?« Er schaut Mertens wütend an.

»Schon«, bestätigt Kyra. »Aber der Zaun hat ein Loch. Das weiß jeder. Nachts treiben sich hier oft Jugendliche rum. Ich bin von hinten über den Trainingsplatz gekommen.«

»Ich möchte, dass Sie verschwinden«, sagt Mertens.

»Ich war gerade auf dem Mosveld«, erwidert das junge Mädchen. »Ich bin über mein Handy informiert worden, dass eine Leiche auf dem Marktplatz liegt und hörte einen Journalisten dort mit einem Kollegen über den Kopf hier sprechen.«

Mit gerunzelter Stirn blickt sie die Polizisten an, die mit dem Plastikzelt kämpfen. »Wer ist es denn diesmal?«

»Das geht Sie gar nichts an«, entgegnet Bingsten. »Es ist kein schöner Anblick, also machen Sie, dass Sie wegkommen.«

»Ich erschrecke mich nicht so leicht«, erwidert Kyra und blickt ungerührt auf den abgeschnittenen Kopf. »Entschuldigung.« Sie geht darauf zu. »Sie haben ihn doch erkannt, oder?«

Bingsten ruft sie zurück, aber Kyra geht weiter auf den Kopf zu. Als sie dicht daneben steht, zeigt sie auf das Gesicht.

»Das ist der Typ, der in den Nachrichten war«, sagt sie. »Wegen irgend eines Finanzskandals. Er wurde als vermisst gemeldet.«

Sie dreht sich vor den Ermittlern weg und beugt sich nach vorn. »Ich fasse es nicht, dass ist dieser Jurgen Ijzer!«

Verdammt noch mal! Dieses Mädchen hat aber auch gar keine Hemmungen. Kriecht durch Löcher in geschlossenen Zäunen. Verunreinigt ihren Tatort. Egozentrisch wie die Pest.

»Jetzt hören Sie endlich mal zu, wenn man Ihnen etwas sagt!«, schnauzt Mertens sie an »Weg da!«

Sie würde Kyra gerne ruhig und beherrscht erklären, dass sie Rücksicht auf andere nehmen muss, dass sie nicht einfach überall reinstürmen und machen kann, was sie will. Dass sie einen Täter fassen müssen und sie durch ihre Anwesenheit keine Indizien verunreinigen darf. Wer weiß, welche Fasern, Haare, Tropfen oder anderes Beweismaterial sie aus Versehen am Tatort hinterlässt! Falls ein Rechtsanwalt das spitzkriegt, kann ihre ganze Arbeit hier dadurch zunichte gemacht werden. Doch statt dieser Argumente benutzt sie Schimpfwörter.

Kyra fährt erschrocken zurück und genau in dem Moment blitzt eine Kamera.

»Verdammte Scheiße!«, flucht Mertens nochmals. Gleichzeitig drehen sich alle zu dem Journalisten um, der am Rand des Platzes steht und Fotos macht. Mertens stürmt auf ihn los.

»Hauen Sie ab, Mann!«, ruft sie. »Lassen Sie uns doch einmal ungestört unsere Arbeit tun!«

»Sie können mich nicht wegschicken«, argumentiert Joost van Dongen.

»Lassen Sie mich mal.« Barbara Ruigbot ist auf dem Platz erschienen. Sie wirft Mertens einen wütenden Blick zu und geht auf den Fotografen zu.

Mertens bleibt wie angewurzelt stehen.

»Auch das noch«, sagt Bingsten.

»Ich geh dann mal«, sagt Kyra schüchtern. »Vielleicht haben Sie später Zeit.«

Sie geht auf den Zugang zum Hauptplatz zu. Kurz bevor sie durch die Öffnung schlüpfen kann, neben dem Häuschen, wo früher, in besseren Zeiten, Karten für die Spiele verkauft wurden, ruft Ruigbot sie zurück.

Mertens hört nicht genau, was gesagt wird, aber sie kann es sich vorstellen. Ruigbot ist stinksauer. Sie deutet, beherrscht und eiskalt, auf den Kopf auf dem Mittelstreifen, droht Kyra mit dem Zeigefinger und deutet dann auf ihre Brust.

»Dann mache ich Sie dafür verantwortlich!«, sagt sie mit erhobener Stimme.

»Siehe da, die Ruigbot.« Bingsten hat sich neben Mertens gestellt. »Ich wusste gar nicht, dass die Gefühle hat.«

»Nimm dich in Acht«, erwidert Maud Mertens, während Ruigbot auf sie zukommt. »Denn mit Kyra ist sie fürs Erste fertig.«

37

Verdammte Scheiße, schon wieder ein Geschäftsmann ermordet, wie viele Beweise braucht sie noch für ihre Theorie? Kyra radelt so schnell sie kann über den Deich nach Hause. Sie schwebt, sie fliegt! Zwar wurde sie gerade von der Staatsanwältin ausgeschimpft, aber das kratzt sie nicht. Normalerweise hätte ihr das eine schlaflose Nacht bereitet, und sie hätte sich wie die dümmste Blondine der Welt gefühlt. Wer ist so blöd, einen Tatort zu versauen? Doch in diesem Augenblick spielt das alles keine Rolle. Sie hat eine Spur. Eine richtige Spur! Sie hat etwas gefunden, während die Kripo weiterhin auf die nackten Mädchen fixiert ist. Beinahe wäre auch sie in diese Falle getappt – mein Gott, Sophie und Luna, wer hätte das gedacht? –, aber das ist sie nicht. Das Motiv muss sich hinter irgendeinem Geschäftsprojekt verbergen.

So ein Mist, sie hatte sich vorgenommen, den restlichen Tag trotz allem für Mathe und Physik zu lernen, und jetzt das. Jurgen Ijzer, ermordet. Erst einmal muss sie mehr über den Mann in Erfahrung bringen. Es muss eine Verbindung zwischen den Männern geben, aber welche? Geld, das könnte es sein. Aber Geld woher und wofür? Interessen. Mertens hat recht. Im Grunde sollte sie noch viel intensiver mit Mertens zusammenarbeiten. Die Kripo hat einfach unendlich viel mehr Möglichkeiten. Aber für's Erste geht sie Mertens wohl besser aus dem Weg. Nachdem diese Ruigbot sie zur Schnecke gemacht hatte, hatte sie sich umgedreht und war auf die Ermittler losgestürmt. Man konnte die Rauchwolken quasi aus ihren Ohren steigen sehen.

Kyra tritt so fest wie möglich in die Pedale und bereut es, nicht doch den Roller aus dem Schuppen geholt zu haben. Sie radelt auf den Deich hinauf und dann über die neue Brücke über die Autobahn, die quer durch den Florapark verläuft.

Natürlich hat sie diesen Kopf nicht kontaminiert. Wie groß ist denn die Wahrscheinlichkeit, dass genau in dem Moment ein Haar oder irgendetwas anderes von ihr heruntergefallen und auf dem Kopf gelandet ist? Oder eine Hautschuppe, oder eine Fussel von ihrem Pullover? In den zehn Sekunden, die sie dort gestanden hat? Und wenn schon. Es gibt doch genügend Zeugen dafür, dass sie dort gestanden hat, wodurch das Problem der rätselhaften winzigen Spur gelöst wäre. Diese Panik war total unsinnig.

Kyra fährt noch schneller und saust über den verlassenen Nieuwendammerdijk. Zu Hause angekommen, schließt sie rasch ihr Fahrrad ab, reißt die Haustür auf und ist schon beinahe auf der Treppe, als sie Jarnos Stimme aus der Küche hört.

»Alles in Ordnung mit dir?«

»Alles okay, Bruderherz.«

Jarno sitzt am Küchentisch. Seine blonden Haare reichen ihm bis zum Kinn, und er grinst ihr mit fröhlichen hellbraunen Augen zu.

»Schlägst du dich einigermaßen?«, fragt Jarno.

»Ja, es läuft gut. Ich habe etwas entdeckt. Und zwar etwas sehr Wichtiges, glaube ich.«

»Ich meine deine Prüfungen. Wie läuft's mit den Klausuren?«

»Ach so, ja …«

»Möchtest du auch eine Tasse Tee?«

Kyra lässt ihre Tasche zu Boden fallen und versucht, sich zu entspannen. Eine Tasse Tee. Oh, ja. Sie hat Lust, sich mit ihrem Bruder zu unterhalten, bevor er in seine eigene Wohnung in der Stadt zieht.

»Hast du schon alles gepackt?«, fragt sie. Komisch eigentlich, dass sie nie unten ins Souterrain kommt. Es könnte genauso gut nicht existieren. Sie mochte den Raum da unten noch nie leiden, der trotz der großen Fenster immer dunkel bleibt. Die Feuchtigkeit, die trotz aller Spezialbehandlungen immer wieder in die Mauern zieht. Das Gefühl, dort fast wie begraben zu sein.

»So viel ist es nicht«, antwortet Jarno, steht auf und füllt sich eine Schüssel mit Quark. »Ein paar Klamotten und anderer Krempel. Meine ganze Existenz passt in ungefähr vier Umzugskartons.«

»Bestimmt nehmen sich Pap und Mam dann dein Zimmer als Schlafzimmer.«

Jarno quetscht die Honigflasche aus und zerkrümelt eine Handvoll Walnüsse in seinen Quark.

»Ich glaube eher, dass Mam will, dass du runterziehst«, erwidert er. »Sodass sie die Zimmer oben nehmen kann.«

Mist.

»Nein, bloß nicht!«

»Doch, sie haben sich schon überlegt, wie sie sie einrichten könnten.« Er rührt lautstark den Quark um. »Endlich ein Arbeitszimmer für Mam und so weiter.«

»Ich zieh nicht in den Keller. Auf gar keinen Fall! Ehrlich, dann lieber in ein Zelt im Garten.«

Jarno isst einen großen Löffel von seinem Frühstück. »Wann bist du fertig mit den Klausuren?«, fragt er mit vollem Mund.

»Am Donnerstag.«

»Und, willst du feiern?«

»Weiß ich noch nicht genau. Vielleicht gehen wir mit ein paar Leuten was trinken. Mal sehen.«

Womöglich wollen die anderen sie gar nicht dabeihaben. Sophie, Luna, Chantal. Und wenn schon.

»Warum bist du eigentlich so früh schon auf?« Kyra schenkt sich eine Tasse Tee aus der Kanne ein, die Jarno aufgegossen hat. Sie gähnt und überlegt, dass sie auch Lust hätte auf ein Schüsselchen Quark.

»Steef hat mich gefragt, ob ich mit ihm rudern gehen wollte. Er hat schon lange versucht, mich dazu zu überreden.«

»Bewegung wird dir guttun.«

»Stimmt. Und wie steht's mit deinem Mordhobby?«

»Ich glaube, ich habe eine Spur entdeckt«, sagt Kyra betont lässig.

»Im Ernst?«

»Ich glaube, dass dieser neue Mord etwas mit dem an Gaullier zu tun hat. Heute Morgen wurde wieder eine Leiche gefunden.«

»Ach du Scheiße, wirklich?«

»Eine Leiche auf dem Mosveld und ein Kopf auf dem Volewijckersveld.«

»Du verarschst mich!«

Kyra steht auf und wiederholt das Quarkritual ihres Bruders.

»Ich komme gerade von dort. Der Tote ist dieser Ijzer, der seit Tagen in den Nachrichten ist.«

Jarno fängt an zu lachen. »Na klar doch! Und diese Mertens hat dich natürlich sofort angerufen.«

»Nein, ich habe eine Nachricht von Verbrechenskarte.nl bekommen, meiner neuen App, und einen Tweet mit dem Fundort. Ich war bei Sophie und daher sowieso in der Nähe …«

Kyras Bruder sieht sie kopfschüttelnd an.

»Egal«, fährt Kyra fort. »Das Wichtigste ist, dass ich eine Liste mit Geschäftsmännern habe. Toten Geschäftsmännern, und ich glaube, dass der Mörder mit all diesen Fällen etwas zu tun hat. Die Frage ist nur, wie ich dahinterkomme, was es ist.«

»Schau doch einmal auf der Website der Handelskammer nach«, schlägt Jarno vor. »Da kannst du nach Firmennamen suchen und vielleicht auch sehen, welche Betriebe miteinander verbunden sind. Übrigens glaube ich auch, dass die Körperteile nicht ohne Grund dort lagen. Die Volewijckers waren früher ein erfolgreicher Verein. Während des zweiten Weltkrieges und auch danach haben sie auf dem Mosveld gespielt. Auch Ajax hat dort eine Weile gespielt, als während des Krieges ihr eigenes Stadion nicht zur Verfügung stand. Erst später ist der Verein in den Park umgezogen, wo er jetzt noch ist.«

»Könnte sein …«, erwidert Kyra nachdenklich und schlürft ihren Tee. »Der Körper auf dem Mosveld, der Kopf auf dem Volewijckersveld.«

»Aber was hatte Ijzer mit den Volewijckers zu tun?«

»Vielleicht ist es eher eine Anspielung auf den Fußball im Allgemeinen oder auf die Pläne, die die Stadt mit dem Mosveld hat. Ijzer war Immobilienmakler, stimmt's? Auf dem Mosveld soll gebaut werden.«

Jarno kratzt mit dem Löffel den letzten Rest Quark aus der Schüssel. Kyra überlegt, wo sie Informationen über die Baupläne finden könnte. Ihr Bruder hatte ein paar gute Ideen.

»Wann genau ziehst du eigentlich um?«, fragt sie ihn.

»Mam möchte vorher noch ein Essen und einen kleinen Umtrunk veranstalten, eine Art Abschiedsparty, dann kann ich weg. Ich weiß aber noch nicht genau, wann sie das plant.« Jarno trinkt einen Schluck Tee und öffnet die Dose mit den Spekulatius. »Aber wenn sie zu lange braucht, gehe ich einfach. Alles ist fertig, ich könnte im Grunde jetzt schon umziehen.«

Während er die halbe Plätzchendose leer isst, liest Jarno die Nachrichten auf seinem Telefon. Kyra ist ein bisschen traurig. Erst ihre Schwester, jetzt ihr Bruder. Zwar ist es nicht das gleiche, aber es macht sie dennoch traurig. Mist. Hand in Hand mit Sarina zum Bäcker zu gehen gehört zu den frühesten Erinnerungen an ihre Schwester. Die Schwester mit den geflochtenen Zöpfen, der sie vorgelesen hat, die ihr zum Geburtstag Bilder gemalt hat. Die Schwester, die ihr bei ihren Referaten half und sie bei Streitigkeiten mit ihren Freundinnen beriet.

»Denkst du noch oft an sie?«, fragt Kyra nach einem kurzen Schweigen.

»Klar doch.«

»Erzählst du mir irgendwann von Texel?« Sie will ihn schon seit einer ganzen Weile danach fragen, hat aber nie die richtige Gelegenheit gefunden.

»Das habe ich doch schon getan. Du weißt doch schon alles.«

Nicht alles, würde sie gern erwidern, keineswegs alles, denn ich war nicht dabei. Ihr habt darüber geredet, miteinander, aber mir wurde nichts erklärt, und nach einer Weile war das ganze Thema tabu, also rede mit mir, doch dann klingelt Jarnos Handy, und er fängt an zu telefonieren.

Kyra geht hinauf, stellt den nachgefüllten Becher Tee auf die Ecke ihres Schreibtischs und weckt ihren Mac aus dem Schlummermodus. Sie nimmt vier Blätter Papier, schreibt auf jedes den Namen eines toten Geschäftsmannes und hängt sie an die Wand. *John Meijers*, Modedesigner. *Ruud Felthoven*, Energieguru. *Marc Gaullier*, Künstler. *Jurgen Ijzer*, Projektentwickler. Eine beeindruckende Liste. Sie trinkt einen Schluck Tee, geht ins Internet und fängt an zu suchen. Zwei Stunden später hat sie unter jedem

Namen eine kleine Liste mit Firmennamen angelegt. Zeit für Phase zwei, denkt sie, die Website der Handelskammer. Danach muss sie mehr über die Pläne rund um die Volewijckers und das Mosveld herausfinden.

38

Im ersten Moment glaubt Julia Hazelbrecht, sie würde mit einem Riesenkater erwachen. Ihr Kopf hämmert wie verrückt, und ihr ganzer Körper schmerzt. Es ist dunkel. Sie will sich aufsetzen, aber ihre Hände sind gefesselt. Auch ihre Füße. Sie versucht zu schreien, aber ihr Mund ist mit Klebeband verschlossen. Ihr Herz beginnt wie rasend zu klopfen. Jemand hat sie … Mein Gott, wo ist sie?

So laut sie kann stößt sie gedämpfte Schreie aus. Sie versucht, die Arme hoch zu nehmen, um das Klebeband von ihrem Mund zu ziehen, aber ihre Handgelenke sind an ihren Fußknöcheln festgebunden. Sie zerrt wie verrückt an Armen und Beinen, richtet sich halb auf und stößt sich den Kopf. Halb betäubt fällt sie zurück. Sie riecht Benzin. Ein Kofferraum? Liegt sie in einem Kofferraum? Mein Gott, warum? Die Hochzeit von Cousin Louis. Nächste Woche. Auf einmal fällt es ihr wieder ein. Sie sollte den Mazda ihres Vaters am Montag dorthin bringen. Großer Gott! Der Schuppen! Plötzlich war da dieser Mann. Was hat er vor?

Wie eine Lawine überfällt sie die Panik, erdrückt sie, raubt ihr den Atem. Schnaufend schnappt sie nach Luft. Noch einmal spannen sich alle Muskeln in ihrem Körper an und sie windet sich, tritt, schnauft, aber es nutzt nichts.

Okay, okay, ruhig bleiben, ruhig bleiben, halt deine Gedanken beisammen. Ruhig. Sie atmet tief ein, wie sie es im Yogakurs gelernt hat.

Sie unterdrückt den Impuls, erneut zu schreien, zu kreischen.

Sie presst die Lippen aufeinander und atmet weiterhin schnaufend durch die Nase.

Sie fängt an zu weinen. Wo ist sie da hineingeraten? Was wird mit ihr geschehen? Ist ihre Lage aussichtslos? Nein, sie wird herauskommen. Sie muss! Sie ist nicht dumm. Sie ist stark. Sie läuft und trainiert mit Gewichten. Warum verdammt noch mal ist sie nicht vorsichtiger gewesen? Wie spät ist es? Wie lange liegt sie hier schon? Irgendjemand muss sie vermissen. Irgendjemand wird sie suchen gehen. Sie muss nur durchhalten. Wenn sie nur lange genug durchhält, wird man sie finden.

Sie versucht, die Fesseln an ihren Handgelenken zu lockern. Vielleicht sind die Knoten nicht fest genug. Sie zieht, aber es nützt nichts. Mit einer immensen Kraftanstrengung schafft sie es, sich auf den Rücken zu manövrieren. Sie stemmt die Knie gegen die Kofferraumklappe und drückt, aber es geschieht nichts. Noch einmal. Nein, so klappt das nicht. Einen Moment lang bleibt sie reglos liegen und versucht, die Muskeln zu entspannen, was in dieser Haltung beinahe unmöglich ist. Komm schon!

Allmählich gewöhnen sich ihre Augen an die Dunkelheit. Die Klappe schließt nicht richtig, und hinter ihr fällt schwaches Licht durch einen Spalt. Neben ihr liegen eine Decke und eine Schnur, vielleicht ein Startkabel. Sie dreht ihren Kopf zur anderen Seite und sieht die schmale Plastikhülle eines Warndreiecks. Und einen Gegenstand aus Metall! Vielleicht ist es ein Wagenheber. Vielleicht kann sie damit etwas anfangen. Oh Gott, lass es einen Wagenheber sein! Alles ist möglich. Sie kann alles schaffen, wenn sie sich nur anstrengt. Wenn sie stark genug ist. Ruhig bleibt. Und wenn sie genügend Zeit hat, wenn dieser Kerl lange genug wegbleibt.

Bitte! Bitte!

Weinend rutscht sie so weit wie möglich nach hinten.

Bitte!

39

Unbemerkt ist er ein Stück vorgerückt, von der einen Ecke der Imbissbude zur anderen. Schon wurde ein Zelt über der Leiche aufgeschlagen. Schade. Dennoch genießt er die nervöse Aufregung rund um den Toten. Eine brillante Idee, die Beute auf zwei Orte zu verteilen. Das wird wieder zu allerlei Spekulationen führen. Erneut lockt er alle auf die falsche Spur.

Zufrieden kratzt er sich am Kinn. Weil es zu seiner Rolle passt, rülpst er noch einmal. Sogar ihn selbst widert jetzt der Geruch der dreckigen, alkoholgetränkten Jacke an. Er muss weg hier. Es hätte nicht viel gefehlt, und diese Polizistin hätte ihn mitgenommen auf die Wache.

»Das ist ein vollkommen anderer Modus operandi«, behauptet Barbara Ruigbot gereizt. Sie stehen noch immer auf dem Fußballplatz. Das Turnier einer der Jugendmannschaften wurde abgesagt. »Wie kommst du auf die Idee, es könnte das Werk desselben Mannes sein?«

»Dieser Mörder will Publikum«, erwidert Mertens. »Warum sonst dieses Spektakel mit den Leichen?«

»Ein Amsterdamer Gymnasiallehrer und ein Immobilienhai aus, wo war er noch mal her, Bloemendaal? Ich sehe da keinen Zusammenhang.«

»Vielleicht waren sie beide in diese Schweinereien mit den jungen Mädchen verstrickt.«

»Ein Pädophilennetzwerk?« Ruigbot lacht abfällig.

»Pädophile kann man sie nicht nennen, die Mädchen waren alle sechzehn oder älter. Trotzdem …«

»Das meine ich«, fällt Ruigbot ihr ins Wort. »Ich glaube, dass du in eine andere Richtung ermitteln musst.«

»Ich dachte an Missbrauch. Missbrauch Schutzbefohlener, Machtmissbrauch.«

»Maud.« Ruigbot klingt wie eine ungeduldige Mutter, die das Gequengel ihres Kindes kaum noch erträgt und nur mit Mühe die Ruhe bewahrt. »Natürlich müssen wir uns alle Optionen offenhalten. Da hast du recht. Aber konzentrieren wir uns doch mal auf die Tatsachen. Erwürgen ist etwas ganz anderes als enthaupten. Ein Künstler Schrägstrich Lehrer ist etwas ganz anderes als ein Immobilienhai. Ich schlage vor, dass du zwei Teams einsetzt und dass diese unabhängig voneinander – und unvoreingenommen – ermitteln. Wir wollen in diesem Fall keinen Tunnelblick riskieren.«

»Natürlich«, antwortet Mertens.

»Ich fahre jetzt rasch zum Mosveld.«

»Alles klar.«

Ruigbot bleibt kurz stehen und sieht sie eindringlich an. Mertens erwartet jeden Moment eine giftige Bemerkung, aber dann grüßt die Staatsanwältin die anwesenden Ermittler und bricht auf.

»Tunnelblick Schrägstrich Blödsinn«, bemerkt Bingsten. »Alle Möglichkeiten offen halten. Verdammt! Alle Möglichkeiten außer denen, die ihr nicht in den Kram passen.«

»Fahr du schon mal vor ins Präsidium und trommle das Team zusammen«, sagt Mertens. »Ich möchte, dass sämtliche Aktivitäten beider Herren unter die Lupe genommen werden. Irgendwo gibt es eine Verbindung. Vielleicht ist es die Schule oder das Atelier oder doch die Eltern eines der Mädchen?«

»Wann kann ich mit dir rechnen?«

»Ich warte, bis der Rechtsmediziner da ist«, antwortet Mertens. »Ich komme dann nach.«

Mertens blickt Bingsten hinterher, bespricht noch ein paar Einzelheiten mit dem Tatortleiter und geht an den Rand des Fußballplatzes. Sie duckt sich unter der Metallabsperrung hindurch und erklimmt die Treppe zur Tribüne. Sie setzt sich in die vierte Reihe, in die Mitte, auf eine Holzbank, unter ein Wellblechdach. Sie atmet tief durch. In der linken Ecke des Platzes steht die Anzeigetafel. Zwei zu null, denkt sie. Null für uns. Wie stellt er das an? Er fährt durch Amsterdam-Noord, mit toten Männern und Körperteilen. Er parkt sein Auto und schleppt Leichen herum. Er arrangiert sie auf öffentlichen Plätzen und lacht sich ins Fäustchen über das Aufsehen und den Schock, den seine Taten auslösen. Warum erkennt Ruigbot nicht, dass es sich um ein und denselben Mann handelt? Etwas anderes ist doch undenkbar.

So schnell er kann durchquert er den Florapark, am Kanal entlang, wo die Stadtnomaden wie jedes Jahr wieder mit ihren kleinen Booten vor Anker liegen. Am Ufer stehen inzwischen Bänke und Feuerkörbe. Irgendjemand hat einen Generator aufgebaut. Er beschleunigt seine Schritte, als er die Biegung sieht. Hinter der Biegung läuft er den Deich hinauf – in mäßigem Tempo jetzt, falls ihn jemand sieht –, biegt dann links ab und setzt seinen Weg am Kanal entlang fort.

Das Ablegen der Körperteile war einfacher, als man vermuten würde. Er hatte einfach das Auto um die Ecke in einer schmalen Straße geparkt, den Fleischklumpen zum Markt getragen und die Plastikumhüllung aufgeschnitten. Alles easy. Dann war er zum Auto zurückgeschlendert und hatte Kurs auf das Feld am Kanal hinter dem Fußballplatz genommen. Auch dort: kein Problem.

Den Kopf hatte er in eine Plastiktüte von Lidl gesteckt. Kein

Täschchen vom Delikatessenhändler für das Arschloch. Sehr sorgfältig hatte er den Kopf der Beute genau auf die Mittellinie gelegt. Danach hatte er sich am Auto umgezogen, eine halbe Flasche Jenever über seine Jacke geschüttet – was für ein Jammer – und war auf einem anderen Weg zurück zum Mosveld geeilt. Showtime!

Er kann der Versuchung nicht widerstehen und schleicht etwa zwanzig Meter weit zwischen dem Gebüsch hindurch, um die Aktivitäten auf dem Hauptplatz zu beobachten. Auch hier wurde bereits ein Zelt aufgeschlagen. Mit Befriedigung beobachtet er die Männer und Frauen in den weißen Anzügen. Die Ermittlerin, die sich auf die Haupttribüne gesetzt hat, eine große dunkelblonde Frau. Er denkt an das blonde Geschenkpaket, das zu Hause auf ihn wartet und spürt, wie seine Hose sich spannt.

Mertens steht auf und geht die Treppe auf der anderen Seite der Tribüne hinunter. Langsam dreht sie eine Runde um den Platz, an der Außenseite der Absperrung, um sich die Umgebung sorgfältig einzuprägen. An der kurzen Seite des Platzes führt ein Kanal entlang, jenseits davon liegen die Gärten der Deichhäuser. Auch an der langen Seite des Platzes verläuft ein Graben, doch dahinter sieht sie ein Feld, eine dichte Reihe Sträucher und Bäume. Ideales Gelände, um sich ungesehen zu bewegen. Genau an der Ecke des Kanals verläuft ein dickes Abflussrohr. Darüber könnte man mit etwas Geschick balancieren.

In Gedanken fasst sie die Möglichkeiten für die Ermittlungen zusammen. Befragung der Anwohner. Kamerabilder vom Buikslotermeergebiet. Von allen Wegen, die aus Amsterdam-Noord hinausführen in Richtung Ringstraße.

Sie geht weiter am Feld entlang. Es gibt keine andere Stelle, an der man das Gewässer bequem überqueren könnte. Sie biegt um die Ecke, kommt an der Anzeigetafel vorbei und geht zwischen dem Hauptplatz und dem Trainingsplatz hindurch zurück in Richtung des Clubgebäudes.

Ijzer wurde am Donnerstagmorgen als vermisst gemeldet. Seine Frau hatte noch bis spätabends gelesen und dann im Gästezimmer geschlafen, weil sie ihren Mann nicht stören wollte. Erst am nächsten Morgen hatte sie bemerkt, dass er am Abend zuvor nicht nach Hause gekommen war. Wetten, dass auch dieses Opfer schon eine Weile tot ist? Wo sperrt dieser Mörder seine Opfer ein? Wo foltert und tötet er sie? Wo ist die Hölle, der man manchmal in Büchern oder Filmen begegnet, von der man sich aber kaum vorstellen kann, dass sie wahrhaft existiert?

40

Den restlichen Vormittag hat sich Kyra dazu gezwungen, die Nase in die Physikbücher zu stecken, aber jetzt hat sie genug. Sie steht auf und rollt den schweren Bücherschrank beiseite. Sarina lächelt. Kyra beginnt mit dem neuen Blatt Papier, das sie aufgehängt hat. *Verabredung*, steht darauf. *Weggelaufen*. Und ein Name, von dem sie weiß, dass er nicht der richtige ist, den sie aber trotzdem aufgeschrieben hat, um diesen Faden nicht wieder zu verlieren. *Tim Strawinski. Tagebuch!!!!*, steht darunter. Sie nimmt einen Stift und unterstreicht das Wort *Tagebuch* noch einmal dick.

Sie geht in ihr Schlafzimmer, das früher Sarinas Zimmer war, lässt sich aufs Bett fallen und schaut an die Decke. Dort gibt es keine losen Paneele, das weiß sie aus Erfahrung. Keine versteckten Schachteln oder Blechdosen. Sie steht auf, klettert auf den Schreibtischstuhl und zieht sich an einem der Balken hoch. Nichts. Natürlich nicht.

Sie setzt sich auf den Boden und klopft auf die Dielen, genauso, wie sie es schon einmal getan hat, vor etwa zwei Jahren, als sie insgeheim dachte, dass alle auf die falsche Art und am falschen Ort suchten. Aber vielleicht hat sie doch etwas übersehen. Sie untersucht die Leisten an der Wand, den Boden unter dem Bett, die Wandverkleidung, den Bücherschrank und den Kleiderschrank. Nichts, natürlich nicht, denn sie hat das alles schon einmal getan. Sie muss sich etwas Neues einfallen lassen. Aber auch das hat sie schon so oft versucht.

Sie flucht und geht in ihr eigenes Zimmer zurück, zieht ihren Schreibtischstuhl nach hinten und starrt die Wand mit den Informationen über Gaullier an. Dann den Zusatz über Jurgen Ijzer, den sie gerade notiert hat. Geschäftsleute. Geschäftliche Projekte. Interessen. Sie dreht sich auf dem Schreibtischstuhl zu Sarinas Wand um. Welches Interesse bewegte sie? Welche Interessen in Bezug auf Sarina verfolgten andere? Kyra schüttelt den Kopf, legt die Hände vor das Gesicht und versucht, klar zu denken. Was für ein Chaos! Was für ein Wirrwarr. Sie müsste sich eigentlich auf Physik konzentrieren.

Sie schiebt den Bücherschrank zurück an seinen Platz und erschrickt zu Tode, als ihre Mutter mit einem Klopfen und ohne eine Antwort abzuwarten in ihr Zimmer gestürmt kommt.

»Was soll das?«, fragt Holly Slagter wütend, als sie die Zettel an der Wand hängen sieht. Ihre Frisur ist wie immer ordentlich mit dem Glätteisen gestylt. Sie trägt einen rosafarbenen Pullover und eine enge dunkelblaue Jeans.

»Hast du mich erschreckt!«

Die Mutter stellt eine Tasse Tee auf Kyras Schreibtisch und weicht zurück, als lauere etwas Gefährliches im Zimmer.

»Du fängst doch nicht etwa schon wieder an, oder? Mit diesem Unsinn.«

»Aber du hast doch bestimmt auch darüber nachgedacht, wer es getan haben könnte.«

»Das geht dich gar nichts an! Und lass mich bloß in Ruhe. Ich habe letztes Jahr schon genug von diesem Quatsch gesehen.«

Genauso hat sie reagiert, als sie vor einem Jahr die Pinnwand mit den Recherchen über Sarina entdeckte. Damals hat Kyra geglaubt, es läge daran, dass es um Sarina ging. Doch jetzt, da es um Gaullier geht, ist sie genauso stinksauer.

»Meinst du, das Motiv hat etwas mit Liebe zu tun?«, versucht

Kyra, sie abzulenken. »Eifersucht zum Beispiel. Oder meinst du eher, dass es etwas mit Geld zu tun hat, mit geschäftlichen Interessen?«

»Kyra! Hörst du mir gar nicht zu? Ich will nicht, dass du dich mit so etwas beschäftigst. Das ist nur negativ, dabei solltest du dich auf positive Dinge konzentrieren. Du steckst in der Prüfungsphase. Konzentrier dich darauf. Mach deinen Abschluss und fang dein Studium an. Wenn du durchfällst, gerätst du noch ein weiteres Jahr in Verzug.«

Kyras Mutter steht wie ein Block unversöhnlicher Wut in der Tür.

»Ich habe die ganze Zeit für Physik gelernt«, verteidigt sich Kyra. »Worin ich übrigens glatt Drei stehe.«

»Wenn ich gleich zurückkomme, hast du dieses Zeug von der Wand geholt«, fordert ihre Mutter, dreht sich um und geht weg.

Kyra bleibt einen Moment sitzen, ist aber zu nichts in der Lage. Sie hat ihrer Mutter noch nicht gestanden, dass sie sich für ein Fachhochschulstudium in forensischer Kriminologie beworben hat anstatt für Wirtschaftswissenschaften an der Universität.

Sie steht auf, schleicht die Treppe hinunter und geht zu den Nachbarinnen.

»Ich wollte nur schnell Lot abholen«, sagt sie.

»Heute Abend gibt es bei uns Pilaw.« Ella steht an der Anrichte und schneidet Fleisch klein. Nine und Mina sitzen am Tisch und schnippeln das Gemüse. Nine zieht einen Stuhl zurück.

»Vielleicht möchtest du nachher etwas mitessen?«

»Danke, sieht ja sehr gesund aus«, sagt Kyra und setzt sich.

Nach Sarinas Verschwinden, als ihre Eltern Hals über Kopf mit Jarno nach Texel gefahren waren, hatte Kyra draußen vor der Tür gestanden und dem Auto hinterhergeblickt. »Mein Schatz«, hatte ihre Mutter eine Viertelstunde vorher beinahe aggressiv gesagt und sie nicht einmal angesehen, während sie einen weiteren Pullover in den Koffer stopfte. »Jarno ist siebzehn, der kann mithelfen. Aber ich kann nicht auch noch auf dich aufpassen.«

Als ob man mit fünfzehn noch ein Kind wäre, das beaufsichtigt werden müsste. Kyra war außer sich gewesen. Doch so sehr sie auch mit den Füßen stampfte, fluchte und bettelte, ihre Eltern und ihr Bruder fuhren ohne sie los. Oma kam. Um für sie zu kochen. Um zu babysitten. Um sie zu beruhigen. Doch es waren die alten Nachbarinnen, die das größte Verständnis für sie aufbrachten.

»Deine Eltern wissen im Moment nicht, wo ihnen der Kopf steht«, hatte Nine gesagt. Sie hatte mitangesehen, wie Kyras Eltern und ihr Bruder gefahren waren und hatte sich zu Kyra gesellt. Eine kleine Frau mit einem großen Hund. »Du solltest ihnen das nachsehen«, riet Nine. »Wenn ein Kind vermisst wird, reagiert man nicht normal und kann auch keine rationalen Entscheidungen mehr treffen. Könntest du Lot bitte mal an die Leine nehmen? Sie ist ein bisschen zu stark für mich.«

Danach waren sie zusammen über den Deich spaziert, Kyra, Nine und Lot. Sie hatte noch lange darüber nachgedacht und beim Abendessen mit Oma, während sie grüne Bohnen aß und eine Frikadelle in kleine Stücke schnitt, war sie zu dem Schluss gekommen, dass Nine recht hatte: Wenn ein Kind vermisst wird, befindet man sich eine Zeit lang im Ausnahmezustand.

»Ich werde einfach nicht schlau daraus«, sagt Kyra jetzt. Die Küche riecht nach frisch geschnittener Zwiebel und gepresstem Knoblauch. Nine stellt ihr einen Vollkorntoast mit Apfelsirup hin, und Kyra beißt dankbar hinein. »Der Mord an Gaullier, das Verschwinden von Sarina«, murmelt sie mit vollem Mund. »Ich habe das Gefühl, als wäre das alles miteinander verflochten, obwohl es eigentlich nichts miteinander zu tun haben kann.« Sie schweigt und denkt an das Gemälde von Sarina. Oder vielleicht doch? Hat das Verschwinden ihrer Schwester mit ihrem Lehrer und seinen Praktiken zu tun? Aber warum ist sie dann auf Texel verschwunden und nicht hier in der Gegend? »Übrigens ist schon wieder ein Mord passiert«, fährt sie fort. »Und ich glaube, dass dieser tatsächlich mit dem an Gaullier zusammenhängt, aber ich habe keine Ahnung, wie genau.«

Sie trinkt und isst, während die alten Damen stirnrunzelnd die Zutaten für das Pilaw schneiden.

»Kurz nach der Geburt wird der Mensch von simplen Gefühlen beherrscht«, sagt Mina. »Angst, dem Bedürfnis nach Geborgenheit und allem, was dazwischen liegt.«

»Je älter man wird«, fährt Nine fort, »desto mehr Dimensionen kommen hinzu.«

»Aber letztendlich«, sagt Ella nach einer kurzen Stille, »kehrt man wieder zum Anfang zurück.«

»Zur Todesangst also«, sagt Kyra. »Und dem Wunsch, so behütet wie möglich zu sterben.«

»Die Frage ist«, Nine schneidet eine Zwiebel in zwei Hälften und ihre Augen füllen sich mit Tränen, »von welchem Gefühl der Mörder getrieben wird.«

»Wut«, meint Kyra.

»Dann muss es also jemand sein«, erwidert Nine, »der mehr Dimensionen kennt als Angst und Geborgenheit. Er ist alt genug, um Wut zu verspüren, und zwar nicht nur die eindeutige, kindliche Wut, sondern eine erwachsene, vernichtende.«

»Er ist alt genug, dieses Theaterstück gut zu inszenieren und hat Geduld für sämtliche Akte.« Ella schiebt gewürfeltes Hähnchenfleisch in eine Schüssel und spült das benutzte Messer unter dem Wasserhahn ab. Sie dreht sich um. »Die große Frage ist, ob seine Wut inzwischen verraucht ist.«

Kyra trinkt ihren Tee aus und ruft nach Lot.

»Wir sind gleich wieder da«, sagt sie.

Als der Eingang zum Vliegenbos in Sicht ist, lässt sie den Hund von der Leine. Zögernd beginnt sie selbst zu rennen. Ganz ruhig, joggen, nicht sprinten. Sie versucht, entspannt zu laufen, die Füße abzurollen, einen Rhythmus zu finden, den sie durchhalten kann. Sie biegt rechts ab, in den Wald hinein und folgt dann dem Weg in Richtung des Campingplatzes und des Eingangs an der Möwenallee. Das war immer Sarinas Strecke. Sie hätte genau gewusst, wie viele Meter es waren – nein, sie hätte gewusst, wie viele Kalorien man auf einer Runde um den Vliegenbos genau verbrauchte. Kyra beginnt zu keuchen und bekommt Seitenstiche. Sarina konnte die Strecke durchhalten. Sie konnte sogar stundenlang am Stück laufen. Wie hat sie das gemacht, zwei Stunden laufen mit nur einem Glas Orangensaft am Tag?

Lot springt um Kyra herum, überrascht von der plötzlichen Änderung im täglichen Ablauf. Endlich hat sie es kapiert, scheint sie zu denken, so macht man das, wenn man draußen ist. Dann latscht man nicht nur ein bisschen durch die Gegend, dann muss man rennen!

Wut ist eine mächtige Triebfeder. Sie bewirkte, dass Sarina weiter laufen konnte, als ihr Körper eigentlich in der Lage gewesen wäre. Sie bewirkte, dass sie sich willentlich verhungern ließ. Sie bewirkt, dass irgendjemand Menschen ermordet und auf abscheuliche Weise zur Schau stellt.

Nach zehn Minuten kann Kyra nicht mehr. Sie geht weiter und Lot schlüpft ins Gebüsch, auf der Suche nach dem nächsten interessanten Projekt. Wie schafft man es, Kondition aufzubauen? Sie nimmt sich vor, Trainingspläne zu recherchieren. Die findet man bestimmt im Internet. Wenn Sarina es konnte, dann kann sie das auch, verdammt. Sie muss sich viel mehr in die

Gedankenwelt ihrer Schwester hineinversetzen, sonst findet sie diesen widerlichen Dreckskerl nie, der sie umgebracht hat.

Ziel: in sechs Wochen fünf Kilometer durchhalten. In drei Monaten zehn Kilometer. Das muss zu schaffen sein!

Sie biegt links ab, rennt zurück zum Eingang und versucht, die Seitenstiche und die aufkommende Übelkeit zu ignorieren.

41

Oh, nein! Sie ist ohnmächtig geworden. In einem Reflex schnellt sie hoch und stößt sich sofort mit einem dumpfen Schlag den Kopf. Sie fällt zurück. Liegt still. Wie lange hat sie hier herumgelegen und gepennt, verdammt? Vielleicht nur ganz kurz, vielleicht ein paar Stunden. Oh Gott! Sie muss sich beeilen! Schnell, schnell, schnell! Gleich kommt dieser Kerl, und wer weiß, was er vorhat. Womöglich endet sie als Sklavin irgendwo in einem Keller, oder, oh, mein Gott, als Leiche am Rand eines einsamen Sandweges in den Dünen.

So weit wird es nicht kommen. Irgendjemand wird sie vermissen und Alarm schlagen. Bestimmt. Natürlich.

Ach, Quatsch. Tante An glaubt, sie hätte das Auto abgeholt und den Schlüssel für den Schuppen wieder in die Küchenschublade gelegt, wo er schon seit Jahren zwischen einem Berg von Büroklammern, Heftzwecken, alten Batterien und anderem Kram nutzlos herumliegt. Wann würde sie den Schuppenschlüssel vermissen? Verdammt. Louis erwartet das Auto erst am Montagabend. Ein Chaot wie er ruft garantiert erst gegen elf Uhr an. Montag ist ihr freier Tag. Niemand vermisst sie bei ihrer Arbeitsstelle. Scheiße, Scheiße, Scheiße, niemand wird merken, dass sie verschwunden ist. Nicht jetzt, nicht so bald, nicht bald genug.

Es ist hoffnungslos. Trotzdem keine Zeit für Selbstmitleid.

Wenn das Klebeband wenigstens von ihrem Mund weg wäre. Dann könnte sie rufen. Es müssen doch Leute herkommen, um ihre Sachen abzuholen. Sie versucht, das Klebeband zu entfernen, indem sie mit der Wange über den Teppich im Kofferraum schabt. Sie versucht es, bis ihre Wange glüht, aber das Klebeband hat sich kein bisschen gelockert.

Der Wagenheber. Sie versucht, sich auf die linke Seite zu rollen. Ignoriert die Schmerzen im Kopf, in Fußgelenken und Händen. Wo ist das Ding? Sie tastet im Dunkeln herum, soweit es ihre Fesseln zulassen. Sie zuckt zusammen, als sie das kalte Metall spürt. Ja, da. Wieder versucht sie, das schwere Metallding mit ihren gefesselten Händen zu greifen. Es muss auf die andere Seite, über sie hinweg, dann muss sie es aufstellen, möglichst nahe am Schloss der Klappe, und dann irgendwie aufdrehen. Mist, ist das Teil schwer. Sie kann kaum die Arme bewegen. Ihre Finger scheinen geschwollen zu sein. Gefühllos. Sie hat keine Kraft. Weder in den Armen noch in den Fingern. Der Typ muss ihr irgendein Mittel gegeben haben. Deswegen ist sie so schlapp. Wie betäubt. Wird ohnmächtig, anstatt an ihrer Flucht zu arbeiten.

Komm schon! Weitermachen!

Sie stellt sich vor, wie es laufen könnte: Sie wuchtet den Wagenheber an seinen Platz und kurbelt und kurbelt, der obere Ansatz berührt den Kofferraumdeckel, der verbeult sich, knirscht, wölbt sich nach außen, fliegt auf. Dann kann sie weg. So fest sie kann zieht sie an dem Metallwerkzeug, aber es ist schwer wie ein Betonklotz. Ziehen! Zieh, kommt beweg dich, los, beweg dich! Es ist aber auch so wenig Platz zwischen ihrem Bauch und dem Kofferraumdeckel. Zu wenig Platz, um sich zu bewegen. Sie keucht, schnauft wie eine Verrückte durch ihre beiden weit aufgesperrten Nasenlöcher. Sie beißt die Zähne zusammen, erfüllt von grimmiger Entschlossenheit. Nichts kann sie aufhalten! Vor allem nicht so ein trauriger Sack, der nur eine Frau bekommt, wenn er sie niederschlägt, fesselt und einschließt.

Endlich gelingt es ihr, den Wagenheber auf ihren Bauch zu ziehen. Weiter jetzt! Weiter auf die andere Seite. Sie wuchtet ihren Körper herum, und schon das allein kostet sie so viel Kraft, dass sie befürchtet, nicht bei klarem Verstand zu sein. Sie fühlt sich wie gelähmt.

Mit einem dumpfen Schlag fällt der Wagenheber auf den Boden des Kofferraums. Sie erstarrt. Dieser Krach! Hoffentlich ist der Kerl nicht in der Nähe!

Sie wartet, presst die Lippen aufeinander, obwohl sie aus dem zugeklebten Mund sowieso kaum einen Laut hervorbekommt. Nichts geschieht.

Im Dunkeln macht sie sich wieder auf die Suche nach dem Wagenheber, windet sich, bis sie auf der Seite liegt und hat danach das Gefühl, einen Berg bestiegen zu haben. Als sei sie mit nackten Händen und Füßen auf einen Siebentausender geklettert und könne nicht mehr weiter. Schnaufend versucht sie, sich zu konzentrieren. Den Wagenheber auf den Fuß zu stellen. Herauszufinden, wie man das Ding aufklappt. Irgendwie muss es sich drehen lassen, irgendwo muss ein Griff sein, mit dem man es bewegen kann. Sie versucht, sich nach vorn zu beugen, um besser sehen zu können. Blinzelt mit den Augen. Wo ist es? Wo? Wie geht es?

Sie zählt bis drei. Wenn sie jetzt zu Hause wäre und der Wagenheber auf dem Küchentisch vor ihrer Nase stehen würde, wäre es kein Problem herauszufinden, wie er funktioniert, also geht es jetzt auch.

Mit den Fingern tastet sie am kalten Metall entlang, fühlt die scharfen Kanten und die Bolzen der Scharniere. Das Bedienungsteil muss in der Mitte sitzen. Da. Da ist es. Neben dem Gewinde fühlt sie eine Öse. Verdammter Scheiß! In diese Öse muss ein anderes Teil hineingesteckt und darin gedreht werden. Dieses

Teil hat sie nicht. Mit der Hand klappt das nie. Sie versucht es mit den Fingern, aber sie rutscht ab, sie ist nicht stark genug.

Sie fängt an zu zittern. Verflucht sich selbst deswegen. Plötzlich hat sie das Gefühl, in dem geschlossenen Kofferraum keine Luft mehr zu bekommen. Ihr wird schwindelig. Reiß dich zusammen! Das ist deine einzige Chance. Dieser elende Wagenheber. Auch wenn dir die Finger von der Hand abfallen: Versuch es, versuch es wenigstens!

Sie dreht sich um, wieder auf die andere Seite. Tastet über den Boden. Eine Plastiktüte. Ein alter Lappen, vielleicht ein Handtuch. Ein Karton. Die lange, schmale Hülle eines Warndreiecks. Falls das fehlende Teil des Wagenhebers hier liegt, findet sie es nicht.

Sie rutscht ein Stück nach vorn, dreht sich wieder um, zieht den Wagenheber näher zu sich hin. Schließt die Augen. Nicht nachdenken. An nichts denken.

Bewegung.

Atmung.

Er ist da! Sie krümmt sich zusammen. Hört sie richtig? Steht er am Auto? Sie hält den Atem an.

Dann ist es still. Und es bleibt still.

Er ist weg. Vielleicht war er gar nicht da.

Weitermachen!

Mit Daumen und Zeigefinger umklammert sie die große Metallöse und versucht mit aller Kraft, sie zu drehen. In Gottes Namen! Lautlos weint sie. Drehen, drehen, drehen!

42

Sie wird sich gute Laufschuhe kaufen müssen. Und einen Sport-BH. Das ist mit Sicherheit vernünftiger, als sich Knie und Brüste zu ruinieren. Sie ist gerade mal zehn Minuten gelaufen und schwitzt, als hätte sie einen halben Marathon absolviert. In hohem Tempo rennt Kyra mit Lot den Deich hinauf und hält inne, als sie vor ihrem Haus Jeroen van Vliet stehen sieht. Was ist da los? Er fuchtelt aufgebracht mit dem Zeigefinger herum. Kyra kann nicht erkennen, wer bei ihnen in der Tür steht. Vermutlich ihr Vater. Ihre Mutter hätte dem Mann sofort die Tür vor der Nase zugeschlagen.

»Du hast es genau gewusst!«, hört sie van Vliet schreien. Er hat einen hochroten Kopf und schwankt bedenklich hin und her. »Behaupte bloß nicht, dass du es nicht gewusst hast, Hanno!«

Die Schäferhündin fängt an zu knurren, tief und bedrohlich. Noch ist das eine Warnung, scheint sie zu sagen, aber nicht mehr lange, dann wird es ernst. Dann bellt sie und Jeroen van Vliet dreht sich überrascht um.

»Hallo«, flüstert er. »Kyra.«

»Kann ich irgendetwas tun?«, fragt sie. Sie schaut dabei van Vliet an, aber die Frage ist an ihren Vater gerichtet, und das weiß der Betrunkene. Er wirkt irritiert.

»Jeroen und ich haben gerade eine kleine Diskussion«, erklärt Kyras Vater ruhig. »Aber ich glaube, wir sind fertig. Ich wiederhole es ein letztes Mal, Jeroen. Es tut mir leid, aber ich wusste wirklich von nichts und kann es jetzt auch nicht mehr beeinflussen.«

»Du redest Müll! Ihr redet doch alle nur dummes Zeug.« Van Vliet schwankt. »Rolf, du, Hemstra …«

»Soll ich ein Taxi rufen?«, fragt Kyra. Sie versucht, Lot zu beruhigen, aber der Hund knurrt und bellt weiter.

»Ich schaff das schon«, murmelt Jeroen van Vliet. »Lass nur.« Er dreht sich um und schwankt über den Deich in Richtung der kleinen Kneipe ein Stück weiter.

»Der sitzt wohl oft in der Kneipe«, bemerkt Kyras Vater matt. »Öfter, als gut für ihn ist.«

»Was war das denn?« Kyra versucht, im Gesicht ihres Vaters zu lesen, aber er wirkt eigentlich nur müde.

»Ach«, sagt er. »Es sieht so aus, dass Hemstra die Immobilie am Fluss an eine Investitionsgesellschaft vergeben und dabei sowohl van Vliet als auch Rolf übergangen hat.«

»Die Fabrik, in der ihr den Sitz des UHC geplant hattet?«

Kyras Vater nickt bekümmert.

»Und jetzt wird nichts draus?«

»Doch. Das Projekt wird nur um einiges teurer werden. Auf der anderen Seite …« Seine Miene hat sich schon wieder etwas aufgehellt. »Wir müssen dadurch zwar eine höhere Miete zahlen, aber wir brauchen längst nicht so viel vorab zu investieren, keine großen Kredite für die Immobilie aufzunehmen. Das finde ich wiederum positiv.«

Das gesträubte Fell auf Lots Rücken hat sich wieder gelegt, und die Hündin setzt sich, während sie dem schwankenden Mann in der Ferne nachschaut.

»Warum ist er dann so sauer?«, fragt Kyra. »Ich verstehe das Problem nicht.«

»Er fühlt sich betrogen, weil er jetzt keine Provision bekommt.

Jeder will an dem Objekt verdienen. Rolf ist, ohne mit offenen Karten zu spielen, schon vor einer Weile von der Investitionsgesellschaft von Jurgen IJzer angesprochen worden.«

»Jurgen IJzer?«

»Ja, der Immobilienhai, der in den Nachrichten war, weißt du? Aber er hat Rolf über den Tisch gezogen und den Deal auf direktem Weg mit der Stadt abgeschlossen. Das hat er mir gerade eben am Telefon erzählt. Rolf betrügt Jeroen und wird daraufhin selbst betrogen. Schöner Schlamassel, das alles. Da wundert man sich nicht mehr, warum dieser IJzer verschwunden ist.«

»Nicht verschwunden, er ist tot.«

Ihr Vater sieht sie entgeistert an.

»Guckst du keine Nachrichten?«, fragt sie. »Zeitung? Twitter?«

»Ich habe gearbeitet«, stottert ihr Vater. »Ein paar Dinge geregelt, ich war einkaufen.«

»Jedenfalls ist er tot. Inzwischen müsste es auch im Internet stehen. Seine Leiche lag heute Morgen auf dem Mosveld, sein Kopf auf dem Volewijckersveld.«

»Wie bitte?«

»Schalte deinen Computer ein. Ich bin vor Ort gewesen.«

»Du hast einen enthaupteten Mann gesehen? Was redest du da?«

Oh je, der Hausarztton.

»Entschuldige, Papa, aber du brauchst dir keine Sorgen zu machen, ich leide deswegen nicht unter posttraumatischem Stresssyndrom. Ehrlich nicht. Ich war bei Sophie, danach habe ich mit Mertens gesprochen, und dann waren plötzlich Nachrichten über einen toten Mann auf meinem Handy. Ich war in der Nähe, deswegen bin ich kurz vorbeigegangen.«

»Hat dich diese Polizistin etwa angerufen?« Kyras Vater läuft jetzt rot an.

»Nein, im Gegenteil. Die wollte mich nicht dabeihaben. Also habe ich mich schnell wieder aus dem Staub gemacht.«

»Das gefällt mir nicht.« Ihr Vater schüttelt den Kopf. Misch dich doch nicht in solche Sachen ein, Kyra.«

»Ich bringe Lot mal eben zurück«, sagt sie. »Kochst du einen Tee? Ich komme gleich wieder. Oder hast du vielleicht ein guten Wein für uns?«

Sie lässt ihren Vater kopfschüttelnd in der Tür stehen. Hoffnungslos, diese Eltern. Haben immer noch nicht kapiert, dass sie erwachsen ist.

43

Der Ford steht genau auf der anderen Seite des Schuppens. Mein Gott, was hat er für Kopfschmerzen! Zu viele Leute. Zu viele Gefühle. Es ist still. Er beugt sich vornüber und legt das Ohr auf den Kofferraumdeckel, aber er hört noch immer nichts. Sie wird doch wohl hoffentlich nicht schon tot sein? Aufmachen oder zulassen? Ist es klüger, sie hier zu verstecken oder sie sofort in den Container zu schaffen? Doch dafür ist er noch nicht bereit. Er muss seine Höhle noch in Ordnung bringen. Alles für ein ganz neues Spiel vorbereiten, eine neue Entdeckungsreise.

Er lebt! Zum ersten Mal in seinem Leben kann er er selbst sein. Er grinst. Verdammte Scheiße, wie er den Gang zum Psychiater gehasst hat! Angeblich litt er an einer »Störung aus dem Autismusspektrum«, aber niemand wusste, an welcher. Er wurde auf Alexithymie getestet, aber dafür wiederum konnte er seine Gefühle zu gut äußern. Das Bettnässen passte nicht zu seiner Unerschrockenheit, seine Sprachgewandtheit nicht zu seinem Unvermögen, normal mit anderen Menschen umzugehen, seine Wutanfälle nicht zu der Geduld, mit der er die kompliziertesten Flugzeugmodelle – Messerschmidt, Junker, Heinkel! – zusammenbastelte. Lasst mich doch endlich in Ruhe, dachte er oft.

Es dauerte Jahre, bis er seinen Widerstand aufgab, aber nachdem er das einmal getan hatte, nachdem er begriffen hatte, wie die Spielregeln menschlicher Umgangsformen funktionierten und er erkannte, wie leicht es war und was man all die Jahre versucht hatte, ihm klarzumachen, da war es, als sei ein Schalter umgelegt worden, und danach gelang ihm alles.

Er legt die Hände auf den Kofferraumdeckel. Sie ist sein kleines Geschenkpaket. Sein Bonus. All seine Bekannten haben ihn fallen gelassen wie eine ausgepresste Zitrone, als nichts mehr aus ihm herauszuholen war. Als sein Geschäft in Konkurs ging und seine Frau ihn verließ. Nein, es war andersherum. Mia hatte eine fatale Kettenreaktion ausgelöst. Sie war es, die ihn mit einem hochhackigen Schuh über den Rand des Abgrunds getreten hatte. Drecksweib! Genau wie seine Mutter, die hatte mit seinem Vater dasselbe angestellt. Und genau wie sein Vater darf er seine Kinder nicht mehr sehen.

Dreckspack, diese Weiber.

Es wird Zeit zu beginnen. Mit der nächsten Etappe der Reise. Mit einem Objekt mit langen blonden Haaren und der Haltung: Mich kriegst du nicht. Du dachtest, du hättest mich, aber ich bin weg, ich hau ab, mit allem, was dir lieb ist, mit allem, was du eigenhändig aufgebaut hast, was dir gehört, ich stehle es dir und nehme es mit, gebrauche es nach eigenem Gutdünken, und wo stehst du jetzt, du kleiner Pisser? Dachtest du, du wärst jemand? Falsch, du bist ein trauriger Loser, der sich so sehr bemüht hat dazuzugehören, du mit deiner Therapie und deinen Listen darüber, wie andere Menschen sich fühlen, wenn du dies oder jenes tust, und trotzdem verstehst du noch immer nicht das Geringste davon. Ich lache dir ins Gesicht, denn siehst du, wer jetzt der Chef ist? Das bin ich, mit meinem Mercedes und meinem freistehenden Haus, und du haust in einem Loch im sozialen Wohnungsbau, und nicht mal dafür kannst du die Miete bezahlen.

Er beugt sich vornüber und knurrt. Wie ein Hund presst er die Zähne zusammen, fletscht sie und knurrt dabei. Lauter und lauter. Er wird sie kriegen, alle! Er ist der Boss. Er bestimmt, was mit ihnen geschieht. Er schreit laut auf. Die Spannung ballt sich in seinem Schritt zusammen und er knöpft die Hose auf. Verdammt, seine Hand, seine warme Hand, er spuckt hinein, die weiche, nasse … Er spritzt seinen Samen über den Kofferraum. Sein Markenzeichen. Körperflüssigkeit. Speichel. Blut. Schweiß. Sperma.

44

Die Witwe Jurgen IJzers sitzt kerzengerade auf dem Stuhl, die Hände auf den Knien.

»Mein Mann hatte viele Feinde«, sagt sie, hebt den Kopf und blickt auf einen Punkt an der Wand irgendwo hinter Mertens. »Aber er war ein guter Mensch.« Sie sind in einem großen Zimmer mit Kamin empfangen worden. Klassisch eingerichtet mit Ledersesseln, hohen Bücherregalen und dicken Teppichen. Es riecht noch leicht nach dem Feuer vom vorherigen Abend.

»Viele Feinde, sagen Sie. Gab es offene Konflikte?«

»Lesen Sie Zeitung?«, fragt die Witwe zurück.

Mertens nickt.

»Dann wissen Sie von den Unannehmlichkeiten bezüglich seiner Abfindung und seiner Rente. Es gab viele Leute in Jurgens Umgebung, die einmal getroffene Absprachen plötzlich anders interpretierten.«

Silvia IJzer verlagert ihr Gewicht und streicht mit dem Ringfinger ein Haar von der Schläfe. Sie benutzt Chanel N°5, das hat Mertens gleich erkannt, als sie sich die Hand reichten. Der Duft ihrer Mutter.

»Haben Sie von diesen Feindseligkeiten unmittelbar etwas mitbekommen?«, fragt sie.

»Jurgen hat selten darüber gesprochen, aber ich habe mich natürlich informiert.«

»Könnten Sie mir die wichtigsten Konflikte nennen? Und die darin verwickelten Parteien?«

Mevrouw IJzer verschränkt die Arme. »Sein ehemaliger Arbeitgeber und der Rentenfonds, natürlich.« Sie atmet tief ein. »Diese sind wohl die wichtigsten. Aber ich nehme an«, fügt sie mit einem Lächeln hinzu, »dass ein großes Bauunternehmen oder ein Rentenfonds kaum jemanden ermorden lassen würden.«

Mertens lächelt als Reaktion auf das freudlose Lachen der Frau.

»Ach«, sagt die Witwe, jetzt doch merklich gereizt. »Es gab so viele Projekte, über die sich Außenstehende aufregten, ebenso wie Jurgen sich häufig über alles Mögliche ereiferte. Das Entwicklungshilfeprojekt in Afrika, dessen Bau nicht schnell genug voranging. Ein Bauvorhaben in der Karibik, das er lieber loswerden wollte.«

Sie schweigt kurz und sieht Mertens jetzt länger als zwei Sekunden lang an. Irgendwo tief in ihr spürt Mertens eine immense Trauer schlummern.

»Er hat sich immer voller Enthusiasmus auf neue Projekte gestürzt«, seufzt die Frau. »Aber je mehr Leute mit einbezogen wurden und je mehr Interessen eine Rolle spielten, desto schwieriger wurde es jedes Mal.«

»Wie ging Ihr Mann damit um?«

»Er hat natürlich gekämpft. Wer nicht für ihn war, war gegen ihn. Und der hatte dann Pech gehabt. Er konnte es schlecht ertragen, wenn er etwas als Unkorrektheit empfand und brachte nicht besonders viel Geduld in solchen Dingen auf. Mitgefühl ebenso wenig.«

»Fällt Ihnen irgendjemand ein, der Ihrem Mann gegenüber hätte gewalttätig werden können?«

Die Witwe denkt nach. Im Zimmer steht eine antike Uhr. Ein Monstrum mit bemaltem Zifferblatt, das ungewöhnlich laut tickt.

»Ich glaube, diese Frage sollten Sie am besten seinem Rechtsanwalt stellen. Ich kenne die Leute nicht, mit denen er arbeitete oder zu arbeiten versuchte.«

Das Sprichwort sagt: Du solltest deine Feinde näher an dich heranlassen als deine Freunde, denkt Mertens. Offenbar hat sich IJzer nicht an diese Weisheit gehalten. Seine Frau hat jedenfalls keine Ahnung, wer die Feinde ihres Mannes waren.

»Ich nehme an, Sie sind die Erbin seines Vermögens?«

Die Witwe blickt Mertens jetzt mit unverhohlenem Abscheu an. Sie kann wirklich schauspielern, diese Frau. Entweder das oder sie ist eine richtige Hexe.

»Ja«, antwortet sie und hebt wieder das Kinn. »Ich und meine Tochter.«

»Dieser Papierkram bringt mich noch um«, schimpft Bingsten, als sie zum zweiten Mal innerhalb einer Woche mit dem Auto unterwegs ins NFI sind. »Fallnummer, Berichtnummer, Sozialnummer – alles ist nummeriert, aber wenn man danach sucht, findet man trotzdem nichts.«

»Ich kann mir kaum meine PIN merken.«

»Fehlt nur noch, dass man ein Passwort braucht, um sich abends neben seine Frau legen zu dürfen.«

»Ich glaube, dass IJzers Finger aneinandergeklebt sind.«

»Schon wieder.«

»Der Mittelfinger der Hand, die er noch hat, ist am Daumen festgeklebt.«

»Warum in Gottes Namen?«

»Dir ist doch bestimmt seine Körperhaltung aufgefallen, oder? Ich glaube, es sollte ein Scherz sein.«

»Ein Scherz?«

»Ich sage ja nicht, dass es ein gelungener Scherz ist, aber ich glaube, dass die Haltung des Mannes Achtsamkeit ausstrahlen sollte. Etwas Zenartiges.«

»Du hackst jemandem den Kopf ab und legst ihn dann in eine Meditationshaltung?«

Mertens schweigt. Intuition ist eine unzuverlässige Größe. Schlimmer noch: Man kann ihr überhaupt nicht trauen. Sie dringt ins Unbewusste ein und pflanzt ihre Saat, ohne dass man es bemerkt. Die Bilder und Ideen wachsen wie Unkraut und sind dann nicht mehr wegzudenken. Was ist nur ein Vorurteil, eine voreilige Schlussfolgerung, durch die man vom Kurs abkommt? Und worauf kann man sich wirklich verlassen?

»Dieser Mörder hat einen schrägen Sinn für Humor. Er spielt ein merkwürdiges Spiel. Ich verstehe es nicht, aber ich spüre es.«

In dem geräuschlos dahinrollenden Auto tritt Stille ein. Bingsten fährt seit ein paar Monaten ein Elektroauto und Mertens muss sich noch immer daran gewöhnen, dass es nicht vibriert und brummt.

Die Kneipe liegt nur ein paar Häuser weiter den Deich hinunter, und doch kann Kyra die paar Male an den Fingern abzählen, an denen sie drin gewesen ist. Sie drückt die Tür mit der Schulter auf, und der vertraute Geruch von feuchtem Holz, schalem Bier und dem unauslöschlichen Gestank von alten Zigaretten schlägt ihr entgegen.

Die kleine Gruppe von Gästen würdigt sie kaum eines Blickes, nur der Barkeeper schaut sie interessiert an. Sie geht an die Theke.

»Was darf's sein?«

»Jeroen van Vliet, kennen Sie den zufällig?«

Der Barkeeper schaut sie mit ausdrucksloser Miene an.

»Ein großer Mann. Etwas untersetzt. Hellblonde Haare.«

»Ich weiß, wer das ist«, sagt er.

»Er war eben hier, oder?«

Der Mann antwortet mit einer Kopfbewegung, die sowohl Ja als auch Nein bedeuten könnte.

»Und?«, fragt er.

»Was wissen Sie über ihn?«

»Wer bist du überhaupt?«

»Kyra Slagter. Van Vliet arbeitet mit meinem Vater zusammen, Hanno Slagter. Wir wohnen nur ein paar Häuser weiter.«

Er nickt wieder und diesmal ist klar, dass er damit zum Ausdruck bringen will, dass er ihren Vater kennt.

»Van Vliet ist Stammgast hier«, erzählt der Barkeeper. »Früher hat er am Purmerplein gewohnt. Damals hatte er ein Maklerbüro oder ein Bauunternehmen. Später ist er mit seiner Frau nach Durgerdam gezogen.« Er sieht sie abwartend an. »Willst du was trinken?«

»Nein, danke.«

Ein Bauunternehmen. Das könnte die Verbindung zu IJzer sein, der mit Immobilien handelte. Aber nicht zu Gaullier.

»Warum willst du das wissen?«, fragt der Barkeeper.

»Ein Bauunternehmen, also. Und jetzt?«

»Geschäft pleite. Frau weg. Ziemlich trauriger Fall. Genau wie sein Kumpel Rolf Janssen, der Makler.«

»Sein Kumpel?« Kyra denkt, sie hätte sich verhört. »Die beiden können sich doch auf den Tod nicht ausstehen.«

»Hier sind sie oft zusammen. Anfangs sind sie immer die besten Freunde, und irgendwann fangen sie dann an, sich wie verrückt zu streiten. Fast wie Brüder. Können nicht mit und nicht ohne einander.«

»Und mit diesem Rolf ist es auch bergab gegangen?«

»Er lebt schon lange in Scheidung, mehr weiß ich nicht. Er

redet gern mit Jeroen darüber, weil der das gleiche mitgemacht hat.«

»Kommen die beiden jeden Tag hierher?«

»Nein, das nicht. Nur Rolf ist öfter hier. Der arbeitet um die Ecke. Jeroen kommt nur ab und zu. Etwa einmal pro Woche. Manchmal bleibt er eine Weile lang weg. Ich glaube, er wohnt in der Nähe seines Elternhauses, etwas außerhalb.«

»Irgendeine Ahnung, wo er sich aufhält, wenn er nicht hier ist?«

»In einer Bar in der Stadt, einer Kneipe in Durgerdam, oder einer Kaschemme in Landsmeer. Er hockt da, wo seine offene Rechnung am niedrigsten ist. Und jetzt bist du dran. Warum willst du das alles wissen?«

»Ich weiß nicht genau. Es ist so ein Gefühl. Irgendwie glaube ich, dass etwas mit ihm nicht stimmt. Aber vielleicht muss ich auch mit diesem Rolf sprechen, wenn ich dich so höre. Ich weiß es nicht genau.«

»Jeroen redet ständig von irgendwelchen Projekten. Schmiedet große Pläne. Kennt jeden. Bringt jeden mit jedem in Kontakt. Aber nie kommt etwas dabei heraus. Jedenfalls nicht für ihn.«

»Er ist also geschieden. Und das Geschäft?«

»Die Scheidung hat so viel gekostet, dass das Geschäft keine Reserven mehr hatte. Beim nächsten Umsatzeinbruch ging er pleite.« Er fährt sich mit der Hand über die Kehle. »Bankrott.«

»Weißt du etwas über seine Geschäfte? Was hat er so gemacht?«

»Bist du von der Polizei oder was? Die Jüngste im Korps, die man alleine losgeschickt hat? Neulich waren auch ein paar von den Typen hier, wegen diesem Gaullier, der da hinten gewohnt hat.«

»Ich weiß.«

Der Barkeeper schüttelt den Kopf.

»Und was ist mit Rolf?«, versucht es Kyra. »Gibt es etwas Besonderes über ihn zu berichten?«

»Jahrelanger Rosenkrieg, Gezänk um die Kinder, finanziell am Ende, geschäftlich am Ende, typisch Makler.«

Kyra nickt.

»Willst du meine ehrliche Meinung wissen?« Routiniert beginnt der Barkeeper, Gläser zu polieren. »Der Mann ist eine Katastrophe. Er ist aggressiv gegenüber anderen Gästen. Belästigt die Frauen hier. Manchmal schmeiß ich ihn raus.«

»Und was ist mit van Vliet, wird der auch aggressiv, wenn er getrunken hat?«

Zwei Männer am anderen Ende der Theke winken dem Barkeeper zu.

»Nein«, antwortet er. »Jeroen ist ein durch und durch guter Kerl. Entschuldige.« Er nickt den Männern zu, die etwas bestellen wollen.

Kyra hebt die Hand zum Dank.

»Wo wohnt denn dieser Rolf Janssen?«, fragt sie, während sie von ihrem Barhocker aufsteht. »Weißt du das zufällig?«

»Ich glaube, er schläft auf dem Sofa bei Jeroen. In einem Wohnwagen oder so.«

»So sieht man sich wieder.« Der Rechtsmediziner in der Forensik lächelt breit. Dafür, dass man ihn am Sonntagnachmittag rausgeklingelt hat, um eine Leiche und einen abgetrennten Kopf zu untersuchen, hat er ziemlich gute Laune.

Maud Mertens zuckt mit den Schultern und bemerkt: »Da ist wohl jemand hochmotiviert.« Offen bleibt, ob sie den Arzt oder den Mörder meint.

»In der Tat.« Der Arzt nickt, den Blick auf die beiden Teile des Leichnams gerichtet. Der nackte Körper Jurgen IJzers liegt auf dem Metalltisch, der Kopf ein Stück vom durchgetrennten Hals entfernt. Die Brust ist mit Schnitten übersät, tiefer diesmal, zahlreicher.

Der Arzt zieht sich einen Kittel an und zwängt seine Finger in die Gummihandschuhe.

»Sind wir zu früh?« Bingsten lässt sich diesmal nicht ins Bockshorn jagen. Das Adrenalin scheint ihn so bei der Stange zu halten, dass er sogar die Autopsie erträgt.

»Nein, keineswegs. Ich wollte gerade anfangen. Zwar warten noch mehr als genug Leichen auf uns, aber ich dachte, ich lasse dieser den Vortritt.«

»Das hätte ihm gefallen«, sagt Mertens. »Im Leben. So schätze ich ihn ein.«

»Na dann«, sagt der Arzt. »Legen wir los.«

Niels Bingsten tritt einen Schritt zurück. Mertens überlegt, ob sie etwas über die aneinandergeklebten Finger sagen oder lieber abwarten soll, bis der Arzt davon anfängt. Klappe halten, denkt sie. Ist meistens besser.

»Einiges ist mir natürlich sofort aufgefallen«, sagt der Arzt. »Am ungewöhnlichsten …« – er legt eine Kunstpause ein – »sind ja wohl die Münzen in der Nase.«

Mertens und Bingsten sehen einander mit hochgezogenen Augenbrauen an.

»Die habe ich gar nicht gesehen«, gibt Mertens zu.

»Das wundert mich nicht. Sie stecken ziemlich tief drin. Der Kollege am Tatort hat sie drin gelassen. Ich werde sie jetzt rausholen.«

Der Arzt biegt den Arm der hellen Lampe so, dass ihr Schein das Gesichts IJzers von unten beleuchtet. Wie damals als wir

Kinder waren, denkt Mertens. Mit der Taschenlampe unter dem Kinn im Dunkeln rumlaufen und die Freundinnen erschrecken. Frankenstein. Monsterchen.

Mit einem langen Stab versucht der Arzt, die erste Münze aus der Nase des Toten zu entfernen.

»Ich möchte es möglichst vermeiden, im Gesicht zu schneiden«, erklärt er. »Das ist zu belastend für die Angehörigen.«

Mertens sieht die Witwe vor sich. Aufrecht in ihrem Sessel. Ungerührt.

Der Arzt fährt mit dem schmalen Metallstab tiefer hinein, dreht das Instrument, zieht es ein Stück heraus und geht noch tiefer. Es heißt, die Ägypter hätten die Gehirne ihrer Toten vor der Einbalsamierung durch die Nasenlöcher herausgezogen. Mertens weiß nicht, ob das wahr ist, will es sich aber gar nicht zu genau vorstellen.

»Ich glaube, ich versuche lieber, sie vom Schädel aus zu lösen«, bemerkt der Arzt. »Von oben kann ich sie leicht rausschieben. Wenn das nicht klappt, müssen wir doch noch die Nase aufschneiden.«

Er legt den jetzt blutigen Stab zurück auf den Instrumententisch und fährt mit der Untersuchung fort. Sorgfältig. Konzentriert. Ernsthaft. Zwischendurch klopft er genau wie bei Gaullier mit dem Messer auf den Obduktionstisch. Als er zur Hand des Opfers gelangt, blickt er auf.

»Das wisst ihr schon, nehme ich an?«

Mertens nickt, Bingsten schüttelt den Kopf.

»Der Mittelfinger der noch verbliebenen Hand ist am Daumen festgeklebt. Auf den Fotos von der Erstuntersuchung am Tatort habe ich gesehen, dass der Leichnam in einer Art Meditationshaltung abgelegt war, stimmt das?«

»Ja, obwohl ich bisher keine Ahnung habe, was das bedeutet«, gesteht Mertens. »Siehst du Spuren von Gewalt rings um den Mund?«

Der Arzt beugt sich nach vorn, studiert die Lippen, die verschmutzte Haut ringsherum und zieht eines der unteren Augenlider nach unten.

»Ich glaube, du hast recht«, sagt er.

Mertens seufzt.

»Hallo?« Bingsten klingt gereizt. »Klartext, bitte.«

»Spuren von Gewalt an der Mundpartie weisen darauf hin, dass der Mund mit Gewalt zugehalten wurde«, erklärt der Arzt. »Ich sehe auch Reste von Klebstoff, wahrscheinlich Klebeband. Dies im Zusammenhang mit den Münzen in seiner Nase weist darauf hin, dass er wahrscheinlich erstickt ist. Die Petechien im Inneren der Augenlider lassen ebenfalls darauf schließen.«

»Kleine Blutergüsse«, erläutert Mertens.

Bingsten nickt. »Verdammt noch mal«, sagt er nach einer Weile. »Dieser Scheißkerl!«

»Derselbe Modus operandi«, stellt Mertens fest. »D'accord?«

»So auf den zweiten Blick schon.« Der Arzt arbeitet weiter, während er redet. Er stäubt Puder über die Haut des Opfers, um Fingerabdrücke sichtbar zu machen.

»Ich glaube, wir haben genug gesehen«, sagt Mertens.

»Alles klar«, sagt der Mediziner. »Ich mache den Bericht so schnell wie möglich fertig. Zwei Opfer in einer Woche: Ich hoffe, dass er nicht in diesem Tempo weitermacht.«

»Vielleicht wird er jetzt, wo er so oft in den Nachrichten ist, vorsichtiger«, erwidert Bingsten.

»Vielleicht gibt ihm das aber auch einen besonderen Kick«, meint Mertens. »Vielen Dank. Dann wollen wir mal. Wir dürfen keine Zeit verlieren.«

Maud Mertens betrachtet ihr Team. Grimmige, erschöpfte, aber entschlossene Blicke. Hingabe sieht sie. Nicht nur Einsatzbereitschaft oder Engagement, sondern echte, tiefe Hingabe. Ein Versprechen. Eine regelrechte Allianz mit den Toten. Und mit zukünftigen Toten. Ungeachtet ihrer Herkunft und des Tathergangs. Ein Vater kann Frau und Kind töten und danach die Hand an sich selbst legen und dabei überzeugt sein, er hätte jedes Recht, das zu tun. Jedes. Aber was ist mit dem Opfer? Das hat nichts zu sagen. Die Entscheidung wird über die Person hinweg getroffen. Das einzige Ziel von Mertens und ihrem Team kann es sein, dem Opfer im Nachhinein zu seinem Recht zu verhelfen.

»Jurgen IJzer«, sagt sie. Alle legen Handy, Zeitung oder andere Papiere beiseite und konzentrieren sich auf den Fall. Mertens gibt eine Zusammenfassung dessen, was sie an den beiden Tatorten vorgefunden haben und was die Autopsie am Morgen ergeben hat.

»Der Name des Opfers ist wahrscheinlich allgemein bekannt«, fährt sie fort. »Er ist in den letzten Monaten häufig in den Nachrichten gewesen, im Zusammenhang mit finanziellen Unregelmäßigkeiten und einer üppigen Abfindung. Er wurde letzte Woche von seiner Frau als vermisst gemeldet und geriet dadurch erneut in die Schlagzeilen.«

Einige nicken. In den Gesichtern mehrerer Teammitglieder kann Mertens unmissverständlich ablesen, was sie von dem Mann halten.

»Wie immer ihr auch über ihn denkt«, sagt sie. »Er ist zum Opfer eines grausamen Verbrechens geworden. Und wenn ich das richtig sehe, ist dieser Mörder noch nicht fertig. Inzwischen hat sich herausgestellt, dass der Modus operandi in den Fällen Gaullier und IJzer tatsächlich einige Übereinstimmungen aufweist, und wir können daher so gut wie sicher davon ausgehen, dass beide Morde das Werk ein und desselben Mannes sind. Thomas, habt ihr bezüglich der Geschäftsbeziehungen etwas herausgefunden?«

»Ein Riesendurcheinander.« Thomas Kuipers winkt entschuldigend ab. »Der reinste Dschungel von GmbHs, OHGs und was weiß ich alles. Stiftungen, Treuhandgesellschaften. Es wird noch eine Weile dauern, bis wir das alles sortiert haben. Ich kann verstehen, dass die Witwe uns von vornherein an den Anwalt ihres Mannes verwiesen hat. Ich halte es für eine gute Idee, uns mit ihm zu beraten. Mit dem Anwalt, dem Notar und dem Steuerberater.«

»Einverstanden«, antwortet Mertens. »Geht der Sache weiter auf den Grund. Sucht die drei größten Konfliktfälle und arbeitet sie heraus. Von da aus können wir weitermachen.«

Kuipers nickt.

Sie reden über das Vermögen des Toten. Arbeitsbeziehungen. Persönliche Beziehungen.

»Was für eine Art Mensch war er eigentlich?«, fragt Myrna.

Schweigen.

»Das wissen wir noch nicht so genau«, sagt Mertens. Wieder sieht sie die Witwe vor sich. Die Riesenvilla, in der das Paar wohnte. Die üppige, aber dennoch unpersönliche Ausstattung des Hauses. Den großen BMW auf der Auffahrt. »Aber ich vermute, dass wir uns in Kürze darauf konzentrieren müssen. Jetzt, wo deutlich ist, dass die beiden Morde miteinander in Verbindung stehen, erwarte ich jeden Moment, dass wir weitere Kollegen einsetzen können.«

Einige nicken zustimmend, teils hoffnungsvoll, teils sichtlich genervt.

»Ich möchte, dass mit Hochdruck am Opferprofil gearbeitet wird. Auf wen könnte es der Täter als nächstes abgesehen haben? Wir müssen noch stärker als sonst auf Vermisstenmeldungen achten. Und das Transportmittel ist wichtig: Wir müssen schnellstmöglich herausfinden, welche Art von Fahrzeug er benutzt.«

»Vielleicht hat er eines gemietet«, schlägt Jolanda vor, eine der Ermittlerinnen. »Einen Kleinbus, oder einen Geländewagen. Ich lasse die Autovermietungen überprüfen.«

»Myrna«, sagt Mertens, gespannt, ob die junge Frau ihren Fehltritt ausgebügelt hat, indem sie bei den Zusatzermittlungen gründlich vorgegangen ist. »Das Ergebnis deiner Recherchen über die Herkunft des Klebstoffs, bitte.«

»Ich habe die Direktionen der Baumärkte GAMMA, Karwei und Praxis angesprochen«, antwortet Myrna sachlich. »Daraufhin wurden alle Käufe von Sekundenkleber innerhalb der letzten zwei Monate analysiert. In und um Amsterdam haben insgesamt 1437 Leute bei einem Einkauf mehr als eine Tube Klebstoff gekauft. Die größte Anzahl belief sich dabei auf zehn Stück. Der betreffende Mann hat eine Kundenkarte und kauft schon seit Jahren große Mengen Klebstoff. Wahrscheinlich ein Hobbybastler, der zum Beispiel Kunstwerke aus Streichhölzern baut. Ich hab so etwas schon mal gesehen. Unglaublich!«

»Und sonst?«

»Ich habe jetzt eine Analyse aller Käufe von vier und mehr Tuben angefordert.«

»Er kann auch immer nur eine oder zwei Tuben auf einmal gekauft haben«, wirft Bingsten ein. »Er ist nicht dumm, unser Freund.«

»Ich weiß, aber irgendwo müssen wir anfangen.«

»Sehr gut, Myrna. Gib Gas. Wir müssen zügig arbeiten. Irgendjemand schwebt in großer Gefahr. Wir wissen nur nicht, wer. Und warum. Mit jeder Stunde, die wir vertrödeln, rückt die Gefahr näher.«

Sarinas Tagebuch ist und bleibt unauffindbar. Kyra weiß genau, dass ihre Schwester eines geführt hat. Sie hat selbst gesehen, wie sie hineingeschrieben hat. Mehr noch, sie haben sogar miteinander über ihre Tagebücher geredet. Damals, als noch alles in Ordnung war.

Apropos Tagebuch. Sie wirft einen Blick auf ihren Schrank, auf die roten Rücken der Notizbücher, in die sie allerlei pubertären Unsinn hineingeschrieben hat.

Sie muss sich an die Arbeit machen. Physik. Mathematik. Französisch und Englisch hat sie Mittwoch und Donnerstag, dafür braucht sie jetzt nichts vorzubereiten. Aber für Physik und Mathe kann sie noch was tun. Regeln lernen, Formeln.

Sie seufzt. Sie hat überhaupt keine Lust. Nicht die geringste.

Sie dreht sich zu ihrem Computer um und starrt auf die Wand hinter ihrem Schreibtisch mit den Aufzeichnungen über Gaullier. Sie ist irgendetwas auf der Spur. Sie weiß es genau.

Da sie keine Lust zum Lernen hat, klickt sie auf das Icon des Videoplayers und sieht sich noch einmal den Film mit der Leiche Gaulliers an, gefühlt zum tausendsten Mal. Nebel. Das Wasser der Schifffahrtsroute. Der Strick. Die blutigen Locken des Lehrers. Der knittrige Anzug. Die Nacktheit.

Sie betrachtet den toten Mann auf dem Bildschirm und wird von einem überwältigenden Gefühl der Verlassenheit ergriffen. Dieser Mann ist der Auslöser für die ganze Aufregung, und dennoch schaut niemand wirklich auf ihn. Dort im Hintergrund reden sie über ihn, tratschen über ihn. Erzählen einander, wer ihn zuerst gesehen hat und dass sie immer mit der Fähre um dieses Zeit fahren, warum sie hier sind und wie verrückt es ist, dass hier plötzlich ein Toter gefunden wurde. Und in der Zwischenzeit hängt er da so … nackt und bloß … so … entsetzlich allein. Verrückt, wie man sogar im Tod verletzlich sein kann. Kyra beugt sich vornüber zum Monitor. Sie hält das Bild an. Wieder schaut sie sich die Leute an, die ihren Bruder und den Schiffer umringen. Sie versucht, sich genau daran zu erinnern, was sie gesehen hat, als sie dort war. Sie vergrößert das Bild. Zoomt näher heran. Jarno. Der Schiffer. Zwei Jungs, die ziemlich schnell da waren, unterwegs zu ihrer Arbeit. Eine Frau. Sie vergrößert das Bild noch ein wenig. Der Stadtstreicher. Ja, einer von denen, die immer bei der Fähre rumhängen. Meistens halten sich die Stadtstreicher allerdings am anderen Ufer auf. Manchmal, bei schlechtem Wetter oder nachts, wenn sie eine überdachte Stelle brauchen, schlafen sie ein paar Stunden auf den Stühlen der Fähre. Sie klickt auf Play, weiterhin im vergrößerten Modus. Jarno redet. Er sieht fix und fertig aus, angetrunken, ein bisschen unscharf im Bild. Die beiden Jungs schauen die Leiche an. Der Stadtstreicher trinkt einen Schluck aus einem Flachmann.

Sie spult zurück.

Sie vergrößert das Bild noch stärker, doch dadurch wird es so grobkörnig, dass sie nichts mehr erkennen kann. Sie geht wieder ein Stück zurück. Diese Gestalt! Bekleidet mit einer Armeejacke, einem Parka, der bis über den Hintern reicht. Auf dem Kopf eine graue Mütze. Langer Hals, ein bisschen wie eine Ratte, die aufrecht steht, um zu sehen, ob Gefahr droht. Der Mann hört zu. Trinkt noch einen Schluck. Geht dann weg. Schlabberhose. Verhuschte Art. Ist das möglich? Verdammt. Nein, eigentlich nicht.

Sie geht ins Internet und sucht nach Rolf Janssen.

Viel zu spät geht Mertens nach Hause. Zusammen mit Niels Bingsten hatte sie die Pinnwand mit den Informationen über Gaullier geordnet und aktualisiert, um danach ebenso eine Wand für IJzer anzulegen. Zwei Opfer. Eine Menge Übereinstimmungen, aber auch Unterschiede. Was hatte das zu bedeuten?

Mertens hatte Myrna den Auftrag erteilt, im System nach verdächtigen Todesfällen in und um Amsterdam innerhalb der letzten zwölf Monate zu suchen.

»Schau erst nach dem Umfeld«, hatte sie gesagt. »Suche Opfer mit ähnlichem Umfeld, anschließend können wir die Umstände vergleichen.«

Man sah der jungen Kollegin an, wie motiviert sie war, diese Zusatzrecherchen für Mertens zu erledigen. Auch Bingsten hatte das registriert und anerkennend genickt.

Als sie die Haustür öffnet, sieht sie sofort, dass Roos' Schuhe nicht im Flur stehen. Nur die von Edwin. Sie hängt ihre Jacke auf und geht ins Wohnzimmer.

»Hej.« So begrüßt sie Edwin immer.

»Hej«, antwortet er.

»Ist Roos nicht da?«

»Nein, sie ist ins Fitnessstudio, irgend so einen hippen Laden hier in der Nordstadt.«

»Wie bitte? Hier in der Nordstadt?«

Edwin richtet sich auf und hält die Serie an, die er sich gerade anschaut.

»Ja, in der Nordstadt. Da siehst du, dass sie allmählich zur Vernunft kommt. Verlass dich drauf.«

Mertens lässt sich in den Sessel fallen.

»Was schaust du dir an?«

»*Breaking Bad*, die zweite Staffel.«

Mertens lächelt. Sie selbst sieht kaum fern, aber von dieser Serie hat sie zufällig die ersten drei Teile gesehen, weil sie sie jederzeit streamen kann. Brillant, fand sie. Pechschwarz, aber zugleich ziemlich witzig.

»Willst du mitschauen?«, fragt Edwin hoffnungsvoll.

»Nein, leider bin ich erst bei Staffel eins.«

Sie steht auf, nimmt ein Weinglas aus dem Schrank, schenkt sich ein und füllt Edwins Glas nach.

»Ich nehme mein Glas mit raus. Schau du nur ruhig weiter.«

Sie geht hinaus in den Garten. Für Mai ist es ein milder Abend und sie lässt sich auf die Kissen der Bank fallen.

In Gedanken kehrt sie zum Streitgespräch mit Roos gestern Abend zurück. Was sie sich dabei denken würde, sie derart zu kontrollieren, hatte ihre Tochter wutschnaubend gerufen. Sie sei kein Baby mehr. Sie würde Mädchen in ihrem Alter kennen, die schon alleine wohnten, warum also müsse ausgerechnet ihre Mutter sich so übertrieben in alles einmischen?

»Weil du erst sechzehn bist, verdammt noch mal!«, hatte Maud zurückgeschrien. »Red nicht solchen Blödsinn!«

Sie hatte noch mehr gesagt, aus lauter Wut und Verzweiflung. Eigentlich hatte sie sagen wollen, dass sie sich verantwortlich fühlt für das Glück und Wohlbefinden ihrer Tochter. Dass sie sich Sorgen macht und sie so unglaublich liebt, dass sie schon bei dem geringsten Gedanken, ihr könne etwas zustoßen, in Tränen ausbricht. Sie hatte dagestanden und geschrien mit Bildern im Kopf von Roos als Baby, dem kleinen Bündel Mensch in der flauschigen weißen Decke, in dem Moment, als sie aus dem Krankenhaus kam, und wie sie förmlich von Stolz und Sorge überflutet wurde. Mein Gott, ein Mensch, ein richtiger Mensch, für den sie sorgen musste, den sie hegen und begleiten musste auf dem Weg zum Erwachsenwerden und hin zu einem glücklichen Leben.

Dass es schwierig sein würde, daran hatte sie keinen Moment lang gezweifelt, aber dass ihr Kind all ihre guten Absichten strikt zurückweisen würde, damit hatte sie nicht gerechnet.

Da stand das Riesenbaby und schrie sie an, fast einen Meter achtzig groß, schwarzumrandete Augen, schwarzer Pulli, schwarze

Hose und Springerstiefel. Dass sie sie in Ruhe lassen solle. Dass sie endlich damit aufhören solle, ihr das Leben zu vermiesen.

Sie war weggegangen. Sie, die Mutter, nicht das Kind. Sie hatte sich im Garten auf die neue Bank im Shabby-Chic gesetzt, die Blechdose aus einer der Schubladen unter der Bank hervorgezogen, einen Joint angezündet und den Stimmen von Roos und Edwin im Wohnzimmer gelauscht. Auch als die Lautstärke abgenommen hatte und der Ton ruhiger und liebevoller geworden war, ja, als die Geräusche schließlich ganz verstummt waren, war niemand zu ihr gekommen. Sie hatte eine Flasche Wein aus der Küche geholt und allein im Garten gesessen, geraucht, getrunken, sich immer weiter in die Kissen rutschen lassen und den Sternenhimmel betrachtet. Auf einmal wurde sie am ganzen Körper von einer wohlbekannten Energie erfasst, einer leichten Trunkenheit, die an manchen Stellen pulsierte, anschwoll und sich wieder zusammenzog – wie Lungenflügel, dachte sie. Sie war ein großes Paar Lungenflügel, ein menschlicher Ballon. Wenn sie weiter anschwölle, würde sie losfliegen, sich auf den Luftströmungen forttreiben lassen. Weit weg von ihrer schreienden Tochter, weg von ihrem Mann, dem Stiefvater, der mehr geliebt wurde als die richtige Mutter, weg von Kollegen, die darüber stritten, welcher Fall Priorität erhalten sollte und welche Abteilung das größte Budget, wann wer über welche Einzelheiten auf dem Laufenden gehalten werden sollte und wer welche Entscheidungen zu treffen hatte, weg von kalten und zugeklebten Leichen, die an einem Laternenpfahl am Fluss baumelten und Körperteilen, die in der Stadt verteilt wurden.

Sie bückt sich und zieht die Dose noch einmal unter der Bank hervor. Erinnerungen. Was hat man davon?

45

Montag

Um ein Uhr nachts sinkt Kyra in einen traumlosen Schlaf, doch es dauert keine drei Stunden, bis sie wieder hochschreckt. Sie muss diesen Rolf Janssen finden! Sein Maklerbüro vermietet das Gebäude, in dem sich Gaulliers Galerie befindet, und er wurde von IJzer betrogen. Das ist doch eine Spur? Eigentlich müsste sie Mertens Bescheid sagen. Aber würde sie ihr glauben? Braucht sie nicht noch weitere Beweise, um sie überzeugen zu können? Sie ist sich ganz sicher, dass Janssen mehr weiß. Vielleicht ist er der Mann mit den Motiven. Der Mann mit den Ideen und dem Plan, und dazu gibt es noch einen anderen, der die Drecksarbeit erledigt.

Ist Janssen das Gehirn und der andere sein Handlanger? In *The Serial Killer Files* werden zahlreiche Beispiele für Mörder-Duos genannt. Bernardo-Homolka. Die Frau ermordete ihre eigene Schwester. Fred und Rose West. Der Mann mit dem Eiswagen, der kleine Mädchen entführte. Die Frau, die ihre Stieftochter ermordete und später auch ihre eigene Tochter. Neben neun anderen Frauen. Sie muss schlafen. Morgen Klausur, verdammt.

Mama weint. So durchdringend laut, dass es schmerzt, dass Glas davon zerspringen könnte. Oma legt ungeschickt einen Arm um sie. Alle wollen ihre Mutter trösten, aber niemand weiß, wie. Alles wird gut, würde man ihr gerne sagen. Alles wird gut. Wenn man nicht diese Gewissheit hätte, dass gar nichts mehr gut werden wird. Schlimmer noch, dass alles auf ewig traurig bleiben wird.

Kyra rollt sich auf den Rücken. Mein Gott, ich habe die Balken so satt, denkt sie. Tagsüber ist eine rustikale Decke ja ganz schön, aber nachts regt mich dieses Holz maßlos auf. Alles regt mich maßlos auf. Sie setzt sich auf. Sie sollte sich eine Tasse Tee kochen. Nein. Sie lässt sich wieder hinten überfallen.

Sarina läuft den Strand entlang. Sie läuft nicht schnell, obwohl sie sich abmüht, schneller zu laufen. Auf einmal sieht Kyra, warum sie sich so plagt. Ihre Schwester hat Ballerinas an. Sie trägt ein Balletttrikot. Einen eng anliegenden Body. In Rosa. Ein weit ausgestelltes kurzes Tutu. Sie fliegt über den Strand, an der Brandung entlang. Im Licht der untergehenden Sonne.

Das rote Licht flammt auf. Das Feuer leckt an den Haaren ihrer Schwester, die meterlang hinter ihr in der Luft schweben.

Pass auf!, will sie ihr zurufen. Hinter dir! Doch sie hat den Mund voll mit klebrigem Brot. Erdnussbutter. Mit Sand. Sie kann nicht schlucken. Kann nicht rufen. Schneller! Lauf schneller, Sarina! Ihre Schwester erkennt die Gefahr nicht. Wenn sie doch nur wüsste! Wenn sie nur wüsste, dass sie in Gefahr ist, dann könnte sie ins Wasser springen. Sich vor den Flammen in Sicherheit bringen. In Sicherheit. Nur kurz die Luft anhalten. Sicherheit. Bitte sei in Sicherheit!

Kyra erwacht durch ein Zucken ihres Beines. Sofort schießt sie hoch wie von der Tarantel gestochen, schwitzend und mit wild klopfendem Herzen.

Wie spät ist es?

Mist! Schon zwölf Uhr! Sie greift nach ihrem Handy auf dem Nachtschränkchen. Hat der Wecker etwa nicht geklingelt? Mist! Der Klingelton ist ausgeschaltet. Drei verpasste Anrufe von Mama. Sie ruft zurück.

»Entschuldige, ich hatte mein Handy auf stumm geschaltet.«

»Mein Gott, Kyra, du weißt doch, wie ich mich sorge, wenn du nicht drangehst!«

»Tut mir leid, Mama. Ich habe einfach nicht darauf geachtet.«

»Wie oft haben wir schon darüber diskutiert!«

»Ich kann nicht immer daran denken. Das ist einfach nicht zu schaffen. Ich gebe mir wirklich Mühe.«

»Klappt es mit dem Lernen? Heute ist Physik dran, oder?«

»Ich schaff das schon. Ich esse schnell was, und dann bin ich weg.«

46

Ihre Finger brennen. Sie kann sie kaum noch bewegen. Sie kann unmöglich noch länger drehen. Nervös fährt Julia Hazelbrecht mit ihren gefühllosen Fingern am kalten Metall entlang. Nicht genug. Bei Weitem nicht genug. Weiter, die Zeit läuft ihr davon!

Mit zitternden Händen tastet sie den Boden des Kofferraums ab. Nichts. Sie rutscht ein kleines Stück nach vorn. Nichts. Noch ein Stück, bis sie das Heck fühlt. Wieder nichts. Sie braucht diese verdammte Kurbel. Ein kleines Werkzeug, ein lächerliches Metallteil steht zwischen ihr und ihrer Freiheit.

Sie hebt die Hände ein Stück nach oben in Richtung Deckel. Da ihre Handgelenke an einem Strick festgebunden sind, der zu ihren Knöcheln führt, kann sie das nur, wenn sie auch die Beine anhebt. Sie drückt. Nichts bewegt sich. Natürlich nicht. Das war eben so und davor auch schon. Sie versucht, die erneut aufwallende Panik zu ignorieren, den Impuls zu schreien, zu treten, wegzurennen. Sie hält die Luft an. Wenn sie jetzt die Nerven verliert, hat sie verloren. Ruhig bleiben. Schlau sein. In Gottes Namen, denk nach!

Systematisch tastet sie den Boden ab. Ein Tuch. Zwei Plastiktüten. Ein paar Münzen, Papierschnipsel. Die Plastikhülle des Warndreiecks, die sie schon vorher gefühlt hat. Nichts Brauchbares. Warum nichts Brauchbares, verdammt!

Es hat keinen Sinn. Wie klug sie auch sein mag, wie beherrscht sie auch sein mag. Sie kann zwar sich weiterhin unter Kontrolle halten, aber sie hat die Situation nicht unter Kontrolle. Und den Typen, der ihr das antut, schon gar nicht. Sie weint. Sie versucht, kein Geräusch zu verursachen, aber es gelingt ihr nicht.

Dieses Jahr sollte das ihres großen Glücks sein, nicht schon wieder ein Unglücksjahr. Der Tumor ist weg und sie hatte beschlossen, dass er nie wiederkommen würde. Außer einem Loch in ihrem Bein erinnert nichts an das Melanom.

»Ich habe dich im Urlaub immer gut eingecremt«, hatte ihre Mutter versichert, die wohl irgendwie das Gefühl hatte, der Krebs greife sie an und nicht ihre Tochter. »Ich habe dir immer ein T-Shirt angezogen und dir oft einen Hut aufgesetzt.« Als ginge man in Zeeland ein unkalkulierbares Risiko ein. Sie sind nun wirklich nicht jedes Jahr wochenlang am Mittelmeer gewesen. Als Kind hatte sie von Reisen in märchenhafte Länder geträumt, aber ihr Ferienhaus in Doesburg war ihren Eltern heilig.

Und warum bildete sich der Tumor hinten an ihrem Bein? Wo man ihn kaum sah? Warum nicht an Stellen, die der Sonne viel mehr ausgesetzt sind, Brust, Nase – mein Gott, irgendwo, wo man die Haut jeden Tag sieht? Dann hätte sie diesen komischen Fleck viel eher bemerkt.

Dies sollte ihr Glücksjahr werden. Die Behandlung war abgeschlossen, sie musste nur noch zur Kontrolle. Sie hatte einen neuen Job. Endlich die Chance, als fest angestellte Redakteurin schöne Zeitschriften zu machen. Gerade lag ihre Probezeit hinter ihr. Und jetzt ist sie hier eingesperrt. Zusammengefaltet in irgendeinem Kofferraum in irgendeinem Lagerhaus. Warum sucht noch niemand nach ihr? Sie versucht wieder zu schreien und tritt gegen das Kofferrauminnere. Wenn sie nur jemand hören würde! Selbst wenn sie jetzt jemand im Schuppen suchen würde, würde sie derjenige natürlich nicht hören können. Wie viele Autos mögen hier stehen? Wie viele Wohnwagen, Anhänger, Bootsanhänger? In irgendeinem von all diesen Fahrzeugen hat er sie versteckt. Sie versucht, fester zu treten. Hör mich, hör mich doch jemand! Irgendjemand muss ihrer Spur gefolgt sein und wissen, dass sie zuletzt im Schuppen gesehen worden ist. Es muss jemand kommen. Jetzt!

Sie redet sich gut zu. Beherrsch dich. So wird das nichts.

Such weiter!

Los, mach schon!

Mit einer enormen Kraftanstrengung dreht sie sich um und fährt nochmals mit den Fingern über jeden Quadratzentimeter des Kofferraumbodens. Sie hebt den Rand der Matte an, auf der sie liegt und tastet darunter. Nichts. Nichts. Rein gar nichts.

Doch, da!

Etwas Hartes. Kleines.

Ein Bleistiftstummel.

47

»462 Kunden haben in den letzten beiden Monaten zwei oder mehr Tuben Sekundenkleber gekauft. 248 haben drei oder mehr und 105 Leute vier oder mehr Tuben gekauft.« Myrna steht neben dem Schreibtisch von Mertens.

»Können die Geschäfte die Bezahlvorgänge mit konkreten Personen verknüpfen?«, fragt Mertens. »Zum Beispiel alle Frauen von der Liste streichen? Und nur die alleinstehenden Männer in einem Alter von zwanzig bis fünfzig Jahren herausfiltern?«

»Ich werde nachfragen. Wahrscheinlich brauchen sie einen Gerichtsbeschluss, um die Informationen anzufordern und freizugeben. Und natürlich kann es auch sein, dass unser Mann bar bezahlt hat. Oder dass er immer nur eine Tube holte und nicht mehr.«

»Versuch es einfach.« Mertens starrt auf die Pinnwand mit den Informationen über Marc Gaullier und Jurgen IJzer. Dann blickt sie die Jüngste in der Abteilung an. Sie leistet gute Arbeit, dieses Mädchen. Ein paar Startschwierigkeiten sagen nichts über die zukünftige Arbeit aus. Aber sie muss noch viel lernen. »Man darf nicht gleich vom kompliziertesten Fall ausgehen, Myrna. Erst verfolgen wir die vermeintlich einfachste Spur, und das ist meist die richtige Richtung. Mach ordentlich Druck.«

Die junge Frau nickt und geht zu ihrem eigenen Schreibtisch. Ihr Schritt ist energisch, ihre Schultern jedoch immer noch etwas nach vorn gezogen und ihre gesamte Haltung ein wenig verhuscht. Mertens lächelt. Noch ein, zwei Monate, dann wird sich ihr Rücken von selbst straffen.

»Der Hals wurde mit einer elektrischen Säge durchgeschnitten.« Die nasale Stimme des Rechtsmediziners klingt müde. »Das steht inzwischen fest. Post mortem übrigens. Er ist, genau wie Gaullier, erstickt. Er hatte zwei Zehn-Cent-Münzen in den Nasenlöchern. Spuren von Gewalt rund um den Mund und das Kinn und auch am Hinterkopf, genau wie bei Gaullier. Vermutlich wurde er niedergeschlagen und danach betäubt. Außerdem wurde an der Hand von IJzer derselbe Klebstoff verwendet wie am Mund von Gaullier. Auch die Reste des Klebebandes, die wir bei beiden Opfern rund um den Mund gefunden haben, sind identisch. Die toxikologische Untersuchung hat bisher nichts Auffälliges ergeben – ein paar Tests laufen aber noch. Keine Drogen, keine ungewöhnlichen Substanzen. Höchstens ein Glas Alkohol ab und an. Den vorläufigen Bericht erhaltet ihr noch diese Woche und den endgültigen dann, wenn wir alle Testberichte haben, saubere wissenschaftliche Beweise. Ihr kennt das ja.«

Maud Mertens steht am Fenster des Büros von Erik Tijssen, den Po an die Fensterbank gelehnt.

»Dein Bericht über das Leck der Presse gegenüber war sehr aufschlussreich«, bemerkt Tijssen.

Mertens nickt. Sie hasst es zu lügen, aber manchmal geht es nicht anders.

»Die Verletzungen von IJzer und Gaullier gleichen sich weitgehend«, sagt sie. »Die Wunden an Hand- und Fußgelenken. Blutergüsse durch Fesselung. Beide wurden geschlagen und mit einem Messer bearbeitet. Beide sind erstickt. Am Ende.«

Tijssen starrt sie ungerührt an.

»Alles in allem sind die Beweise, die dafür sprechen, dass es sich um ein und denselben Täter handelt, absolut stichhaltig.«

Keine Reaktion.

»Ich weiß, dass Staatsanwältin Ruigbot darüber anders denkt«, sagt Mertens schließlich, geht zu dem Stuhl, der vor dem Schreibtisch ihres Chefs steht, und bleibt dort stehen. »Zwei Männer, auf dieselbe Art gefoltert, auf dieselbe Art getötet, beide mit Sekundenkleber malträtiert«, fährt sie fort. »Beide Leichname zur Schau gestellt. Auf groteske Art.«

Tijssen nickt. »Auf groteske Art«, wiederholt er.

»Ich befürchte vor allem, dass der Täter noch einmal zuschlagen wird.«

Tijssen räuspert sich.

»Das Ermittlungsteam wird erweitert, Mertens. Rob Franssen und seine Leute stoßen heute Nachmittag dazu. Wir erhalten Verstärkung von den Ermittlern und von der Technikerseite. Carlo Zeilstra wird ebenfalls hinzugezogen, als Profiler.«

Mertens umklammert unbewusst die Rückenlehne des Stuhls, der vor ihr steht. Ihre Knöchel werden weiß. Damit kann sie sich von ihrer Autonomie verabschieden. Von jetzt an muss über jeden Schritt beratschlagt werden. Wetten, dass Rob die Leitung erhält? Danke für die gute Arbeit. Von hier an übernehmen wir. Keine Sorge, du darfst auch mitmachen.

»Ich übernehme die Leitung persönlich«, sagt Tijssen. »Wir treffen uns gleich um dreizehn Uhr und beraten über den neuen Ansatz und die Arbeitsaufteilung.«

»Okay«, sagt Maud Mertens. Was sonst sollte sie sagen?

Im Saal haben sich an die vierzig, fünfzig Leute eingefunden. Tijssen rekapituliert in seinem typischen ruhigen Ton die Fakten bezüglich der Mordfälle und die bisherigen Ermittlungsergebnisse.

Anschließend zählt er die verfügbaren neuen Mittel auf und skizziert den Plan für die Vorgehensweise in nächster Zeit. Er stellt die neuen Mitglieder der Ermittlungsgruppe vor und nennt die verschiedenen Gebiete, auf denen sie sich betätigen werden. Die meisten Kollegen kennen sich von der Arbeit an anderen Fällen. Dennoch ist es nützlich, dass alle das Wissen darüber, was jeder kann und an welchem Fall er oder sie bisher gearbeitet haben, wieder auffrischen. Barbara Ruigbot steht wie ein Geist in der Ecke des Saales, rechts hinter Tijssen. Sie sagt nichts, sondern beobachtet alles ganz genau. Der knallrote Mund zieht sich wie ein Strich quer über ihr Gesicht. Das helle Haar und ihr Teint wirken noch weißer als sonst. Mitten in der Präsentation treffen sich ihre und Mertens Blicke und für einen Moment hat Mertens das Gefühl, die Luft knistere statisch aufgeladen, in einer Mischung aus Bosheit und Widerwillen, die die Staatsanwältin in ihre Richtung aussendet. Dann überlegt sich Mertens, dass sie sich dies zweifellos eingebildet hat. Warum sollte die Frau Aversionen gegen sie hegen? Gut, natürlich ist sie eigensinnig, operiert manchmal auf eigene Faust und schlägt plötzlich einen Seitenweg ein – manchmal auch ohne vorherige Absprache –, aber dennoch hat all das bisher nicht zu einer unmittelbaren Konfrontation geführt oder einem Fall geschadet. Außerdem sind die meisten Ermittler so. Ohne persönliches Engagement löst man keinen Fall.

Erik Tijssen schließt mit der Bemerkung, dass sie sich täglich um fünf Uhr nachmittags zur Beratung treffen werden. Dabei soll besprochen werden, was für den nächsten Tag geplant ist. Später am Abend besprechen die Gruppenleiter, ob der eingeschlagene Kurs noch richtig ist. Möglicherweise folgen am nächsten Morgen ergänzende Instruktionen.

»Die Ermittlungsgruppen werden von Rob Franssen, Maud Mertens, Carlo Zeilstra und mir geleitet«, schließt Tijssen. »Daneben gibt es Kontakt zwischen dem Bürgermeister, der Staatsanwältin und mir. Sprecherin ist Irma Terpstra. Für euch alle gilt: kein Wort zur Presse. Nicht ein einziges! Keine Nachrichten in den sozialen Netzwerken. Nichts. Aber das sollte allen ohnehin klar sein. Ich schlage nun vor, dass wir an die Arbeit gehen.«

Die Kollegen stehen auf, Stühlerücken, Kleiderrascheln. Das Stimmengewirr wird lauter. Die Gesichter sind ernst, und Mertens spürt die Entschlossenheit, die die vierzig Polizisten ausstrahlen. Niemand spricht es aus, aber alle wissen: Diesen Täter müssen wir fassen. Er darf niemanden auch nur einen Tag länger terrorisieren.

»Er hat nichts über die Ermittlungen zu dem Klebstoff gesagt«, flüstert Myrna, als sie in ihr eigenes Büro zurückkehren. Im Präsidium findet derzeit eine Art Völkerwanderung statt, da Platz für etwa dreißig zusätzliche Teammitglieder geschaffen werden muss. Glücklicherweise werden viele von ihnen den ganzen Tag draußen unterwegs sein, denn natürlich erhält lange nicht jeder einen eigenen Schreibtisch.

»Stimmt«, sagt Mertens und geht der jungen Frau voraus zu ihrem eigenen Schreibtisch. »Hör zu, Myrna. Mach mit deiner Untersuchung weiter, behalte das aber vorläufig für dich.«

»Aber …«

»Tijssen hat dich als Sachbearbeiterin eingesetzt. Verwaltungskram. Aber deine Recherche kannst du nebenher weiterführen. Aber bitte unauffällig!«

»Aber er muss doch die Resultate erfahren.«

»Natürlich.«

Myrna schaut ihre Vorgesetzte nachdenklich an. »Gut«, sagt sie. »Wie du willst.«

»Danke dir.« Mertens setzt sich an den Computer, um ihren Bericht über die Entdeckung der Leiche und die ersten Ermittlungen am Tatort zu schreiben. »Übrigens«, fügt sie mit leiser Stimme hinzu. »Wenn ich du wäre, würde ich auch noch einmal nachfragen, ob nach dem Kauf von Klebstoff in Kombination mit Klebeband gesucht werden kann. Und der Anschaffung einer Motorsäge. Vielleicht auch von Seil.«

48

Mit zitternden Händen steckt Julia den Bleistiftstummel durch die Öse des Gewindes, durch das der Wagenheber hochgedreht werden kann. Sie verbannt alle negativen Gedanken aus ihrem Kopf. Sie will nicht wissen, dass das Holz leicht brechen kann. Das wird nicht geschehen. Sie will nicht wissen, dass ihr Plan scheitern kann. Sie muss einfach beherrscht vorgehen, vorsichtig.

Sie fasst den Stummel rechts und links neben der Öse an und beginnt, ganz vorsichtig, zu drehen. Ja. Ja! Los, weiter!

Es funktioniert!

Vorsichtig. Langsam.

Es funktioniert!

Sie konzentriert sich auf das Drehen. Auf die Bewegung. Nicht nachdenken. Nicht die brennenden Finger spüren. Einfach machen, nicht nachdenken. Nicht nach unten schauen, an den steilen Felswänden vorbei, aus schwindelerregender Höhe zum Boden des Abgrunds, nein, nein. Drehen. Weitermachen.

Sie hat inzwischen jegliches Zeitgefühl verloren.

Es klappt gut.

Sie kann stolz auf sich sein.

Gut so, gut gemacht!

Sie stellt den Wagenheber auf den Fuß, sodass die Oberseite den Kofferraumdeckel berührt, wenn sie weiterdreht. So scheint es leichter zu gehen. Es wird klappen. Es ist möglich. Es kann tatsächlich funktionieren!

Einfach weitermachen. Der Wagenheber berührt den Kofferraumdeckel. Weitermachen.

Der Widerstand erschwert das Drehen.

Nicht darüber nachdenken.

Ja!

Ja!

Gleich springt der Deckel auf und sie kann flüchten.

Weg von hier. Weg von ihm.

Das Drehen ist wesentlich mühsamer geworden, nachdem der Wagenheber auf Widerstand gestoßen ist, was entmutigend ist und zugleich ihre Hoffnung anfacht. Dafür hat sie es getan, um den Kofferraumdeckel aufzubrechen. Das Drehen geht so langsam und schmerzt so entsetzlich an den Fingern, dass es hoffnungslos erscheint, aber sie gibt nicht auf. Rechte Hand. Linke Hand. Rundherum. Weitermachen.

Plötzlich trifft sie grelles Licht und der Kofferraumdeckel fliegt auf. Ja! Es hat geklappt! Vor Glück laufen ihr die Tränen über die Wangen. Weg hier! Schnell! Weg! Flüchten! In Sicherheit. Oh mein Gott, sie kann es schaffen! Sie hat wieder eine Zukunft. Wieder eine Zukunft.

»So.« Die Stimme klingt seltsam tief. Gereizt.

Oh mein Gott, sie hat es vermasselt!

49

Der Tag beginnt mit einer Sitzung unter der Leitung von Tijssen. Die Befragung der Anwohner rund um das Volewijckerveld hat bisher nichts ergeben. Das war auch nicht wirklich zu erwarten gewesen, weil kaum jemand mitten in der Nacht im Garten steht und durch das Gebüsch auf den Fußballplatz starrt. Aber dennoch.

Was die Häuser rund um das Mosveld betrifft, gibt es interessantere Neuigkeiten. Einige Nachbarn haben ausgesagt, sie hätten einen Mann gesehen, der ein schweres Paket geschleppt hätte. Einer berichtete von einem großen Kerl mit einem schweren Sack über der Schulter, wieder ein anderer von einem kleinen Mann, der einen Sack hinter sich her zerrte. Die angegebenen Zeitpunkte unterscheiden sich, liegen aber doch dicht beieinander. Einer der Anwohner hat den Mann in einem altmodischen Auto wegfahren sehen. Ein Oldtimer. Das führt zu höhnischen Bemerkungen der Ermittler. Erst einen Mord begehen und dann das beste Auto aus der Garage holen, um mit der Leiche herumzukutschieren.

»Heute werden die Zeugen nochmals vernommen«, sagt Tijssen und mahnt die Gruppe mit einem Blick und hochgezogenen Augenbrauen zum Schweigen. »Wir versuchen festzustellen, welches Auto genau gesehen wurde.«

Er fährt mit einem Bericht über die bisherigen Ergebnisse fort und verteilt die Aufgaben für den Tag. Er fordert alle auf, nachmittags um fünf wieder zur Beratung zurück zu sein. Mertens und ihr Team vertiefen sich weiter in den Mord an Gaullier, Rob Franssen und seine Gruppe nehmen sich den Fall IJzer vor. Die Ermittlungen gelten in diesem Augenblick in erster Linie einer Aufklärung des Tathergangs. Von Szenarien und Täterprofilen will Tijssen bisher nichts wissen.

»Ich erwarte eine präzise Rekonstruktion von euch«, sagt er an den Profiler Carlo Zeilstra gewandt. »Aber erst dann, wenn du wirklich ein deutliches Bild hast. Sonst besteht die Gefahr, uns auf eine falsche Spur zu locken.«

Er schickt seine Leute mit der Ankündigung an die Arbeit, dass am nächsten Morgen der Bürgermeister, die Staatsanwältin und der Polizeisprecher vorbeikämen, um ein Update zu erhalten und das Team in Aktion zu sehen.

Mertens versammelt ihre Leute rund um ihren Schreibtisch.

»Thomas«, sagt sie. »Hast du die Information, die ich angefordert habe?«

Er nickt.

»Jolanda?«

Sie nickt.

»Myrna?«

Auch sie nickt.

»Dann raus damit«, sagt Mertens mit einer Kopfbewegung in Richtung Kuipers.

»Zwei Projekte fallen am deutlichsten ins Auge: der Deal mit den Spaniern, weshalb Gaullier den Termin in Brüssel hatte. Dabei geht es um eine Datenbank mit hochauflösenden Abbildungen weltberühmter Kunstwerke. Die *Mona Lisa*. *Die Nachtwache*, und so weiter. Die Spanier haben weltweit die Rechte daran gekauft. Über eine Website kann der Kunde ein Kunstwerk heraussuchen und es dann als Poster ausdrucken lassen, auf einfache

Leinwand oder wie eine Art 3D-Kunstwerk, inklusive Pinselstrichen et cetera. Gaullier wollte mit einigen niederländischen Unternehmen das Franchise für Benelux und Deutschland übernehmen. Ich habe nichts Verdächtiges an dem Projekt entdecken können. Ich habe zu diesem Zweck mit den anderen Unternehmern und den Spaniern gesprochen, aber es hat anscheinend kein böses Blut gegeben. Gaullier wurde sogar in den Vertrag aufgenommen, obwohl er bei der Besprechung nicht anwesend war und ihn niemand erreichen konnte. Ein anderes Projekt beinhaltet die Lieferung einer großen Menge von Kunstwerken an ein neues Hotel in Amsterdam. Seine eigenen Werke, meine ich damit. Ein etwas vages Projekt, das noch nicht ganz eingestielt war. Gaullier glaubte, einen Termin mit der Kette zu haben, der die Hotels gehören, doch stattdessen traf er den Hotelmanager, der nicht entscheidungsbefugt war. Es sollte angeblich um vierzig Kunstwerke für die Zimmer und zwanzig für die gemeinschaftlich genutzten Räumlichkeiten gehen. Preis: zehntausend Euro pro Stück, insgesamt also sechshunderttausend. Es gab eine juristische Auseinandersetzung, weil sich Gaullier weigerte, den Vermittler des Deals zu bezahlen. Gaullier erwog, seinerseits die Kette zu verklagen.«

»Hast du mit all diesen Leuten gesprochen?«

»Das steht heute auf dem Programm.«

»Gut. Ich finde, das hat Priorität.«

Thomas Kuipers nickt.

»Jolanda?«, sagt Mertens und dreht sich zu der Kollegin um.

»Ich habe mir die gespeicherten Nachrichten auf der Mailbox von Jurgen IJzer vorgenommen, bin aber nicht sehr weit gekommen. Tijssen hat dann ja beschlossen, den Fall IJzer der Ermittlungsgruppe von Franssen zu übertragen. Meine Aufzeichnungen und Schlussfolgerungen habe ich übergeben. Es gab einige Angelegenheiten, die Anlass zu bösen Auseinandersetzungen boten. In mehreren Fällen wurde mit einem Rechtsstreit gedroht. Ich spreche hier nicht von dem Hickhack rund um seine Abfindung – in dem Fall betrifft der Konflikt ein großes Unternehmen. Ferner gab es eine drohende Auseinandersetzung mit dem Verwalter einer Stiftung, mit dem er auf eigene Faust Entwicklungshilfeprojekte in Ghana betrieb. Häuserbau. Hunderttausende sind nach Afrika geflossen, aber offenbar wurde noch kein einziges Fundament gelegt. Allerdings kann ich mir nicht vorstellen, dass das als Mordmotiv ausreicht. Auffällig war dagegen ein Konflikt, in dem er offenbar die Provision für bestellte und noch nicht gelieferte Containerwohnungen vermittelte, ferner ein anderer Fall, in dem es Unstimmigkeiten um den Verkauf eines Bungalowparks gab. Laut einer E-Mail von IJzer an seinen Anwalt erwartet er, dass eine Person Courtage fordert, ohne eine entscheidende Rolle bei den Verhandlungen gespielt zu haben.«

»Namen?«

»Noch nicht. Ich kümmere mich heute darum.«

»Schön. Ich erwarte am Nachmittag Resultate, Jolanda. Ich möchte sehen, ob irgendwelche Wege zu Gaullier führen. So«, Mertens wendet sich Myrna zu. »Jetzt bist du an der Reihe.«

»Also«, sagt die junge Frau. »Ich habe zweierlei herausgefunden. Erstens hat die Anfrage bei den Baumärkten ergeben, dass es elf Kunden in der angegebenen Zeit gab, die mehr als eine Tube Sekundenkleber und dazu noch Klebeband und Seil gekauft haben. Zwei dieser Leute haben später nochmals Sekundenkleber gekauft. Zurzeit wird ermittelt, um wen es sich handelt, denn beide haben mit EC-Karte bezahlt.«

»Hast du Ruigbot um eine Auskunftsanfrage gebeten?«

»Erst habe ich der Direktion erklärt, worum es sich handelt. Nachdem das Wort ›Serienmörder‹ gefallen war, erklärten sie sich zur Mitarbeit bereit. Der Datenbank-Analyst erhielt sofort Zustimmung von ganz oben. Sie hätten natürlich gern eine offizielle schriftliche Anfrage, aber die kann nachgereicht werden.«

»Erhältst du die Ergebnisse noch heute?«

Myrna nickt.

»Außerdem habe ich die Liste verdächtiger Sterbefälle zusammengestellt, um die du mich gebeten hast.«

Jolanda und Thomas blicken erstaunt auf.

»Vier kommen mir merkwürdig vor. Am auffälligsten ist der Tod des Modedesigners. Du weißt schon, der Typ, der in die Gracht gestürzt ist. Außerdem der Tod eines Energiegurus, der Ökoprojekte verfolgte. Dann gibt es noch einen toten Autohändler, den Mann, der in dem Wassergraben in Landsmeer gefunden wurde, ein Typ, der Luxusautos aus Deutschland importierte. Außerdem ein Toter am Flussdeich, Vater von drei Kindern, Angestellter bei einem Energieunternehmen.«

»Akten?«

»Angefordert, erhalte ich heute. Die Fälle wurden damals als ungewöhnlich, aber nicht verdächtig behandelt.«

»Schön. Um fünfzehn Uhr will ich die Resultate. Dann können wir sie vergleichen und nachsehen, ob es einen roten Faden gibt.«

Alle nicken.

»Währenddessen werden wir noch einmal mit Kyra Slagter und ihren Freundinnen reden«, sagt Mertens. »Denn dieses Gefummel mit Schülerinnen gefällt mir noch immer nicht.«

Keine ihrer Freundinnen wird in Physik geprüft. Sophie will an die Rock Academy in Tilburg, Luna will Jura studieren – jedenfalls, wenn sie einen Studienplatz erhält. Chantal will ein freiwilliges soziales Jahr irgendwo in Afrika machen. Keiner versteht ihre Entscheidung für Kriminalistik.

Kyra schreibt ihren Namen auf den Prüfungsbogen. Sie fühlt sich müde. In letzter Zeit sind ihre Nächte wieder voller Unterbrechungen. Oft liegt sie lange wach und schläft dazwischen nur ein paar Stunden. Macht nichts, redet sie sich ein. Hauptsache, man schläft tief und nutzt diese Phasen optimal aus.

Sie schlägt den Fragebogen auf. *Aufgabe 1. Sprint. Kimberly und Jenneke erstellen mithilfe einer Videoaufnahme ein (s, t) Diagramm eines Sprints von Carl Lewis über 100 m.* Ephedrin, ist Kyras erster Gedanke. Aber welcher Athlet dopt heutzutage nicht? Konzentriere dich. *Wie lautet die Frage? Ab t = 4,0 s bleibt das Tempo von Lewis konstant. Seine Geschwindigkeit entspricht 11,7 m/s. Beweisen Sie anhand der Grafik auf dem Arbeitsblatt, dass beide Ergebnisse richtig sind.*

Sie muss das tun, für Sarina und auch für Gaullier und IJzer. Knallharte, überprüfbare Schlussfolgerungen hinschreiben. Danach schauen, was sie beweisen kann. Und was nicht.

Sie arbeitet sich durch die übrigen Aufgaben. *Sonnenstand. Spring-Drums. Auf der Suche nach Higgs.* Nachdem sie vierundzwanzig Fragen beantwortet hat, klappt sie den Prüfungsbogen zu, verstaut ihre Kulis und Bleistifte in ihrer Tasche und gibt ihre Klausur ab. Fertig. Nur noch drei. Am Donnerstagnachmittag um vier ist sie endlich fertig.

Sie wirft einen Blick auf ihr Handy. Verpasster Anruf von Maud Mertens. Kurz vor halb fünf. Sie muss noch mit Lot rausgehen. Ein bisschen essen. Noch etwas Mathe vorbereiten. Die Adresse von Rolf Janssen herausfinden. Wahrscheinlich führt das zu nichts. Aber man weiß nie. Vielleicht kann sie heute Abend noch kurz zu ihm fahren. Sie überlegt, ob sie Mertens zurückrufen soll oder nicht.

Zu Hause begegnet sie ihrer Mutter, die gerade zur Tür hinaus will. Sie trägt eine enge dreiviertellange Laufhose und ein auberginefarbenes Oberteil.

»Willst du weg?«

»Ich gehe mit Trudi zum Sport«, erklärt sie. »Kettlebells. Tausend Kalorien in einer Dreiviertelstunde.«

»Cool.«

»Es ist Brot da.«

»Okay.«

»Bis gleich.«

Kyra winkt ihrer Mutter nach, als sie über den Deich davonradelt. Offenbar ist sie echt in einer sportlichen Phase, wenn sie das Auto stehen lässt. Brot. Ihre Mutter isst nur noch Proteine und Grünzeug, aber sie soll Brot essen. Sie öffnet den Kühlschrank auf der Suche nach Quark oder einer Flasche Obstsaft, findet aber nichts dergleichen.

»Jarno?!«, ruft sie in den Keller hinunter. Keine Antwort. »Papa?!« Wieder keine Antwort.

Sie öffnet die Tür zum Arbeitszimmer ihres Vaters. Niemand da, wie sie es sich schon gedacht hat. Die Mappe mit den Dokumenten über die Organisatoren des Universal Health Centers steht rechts im Schrank, neben Ordnern mit Aufschriften wie »Finanzen«, »Haus«, »Energieversorger«. Eigentlich müssten die Namen, E-Mails und Adressen aller Mitglieder in der Mappe mit den Sitzungsprotokollen zu finden sein. Sie blättert sie durch und findet die Aufzeichnungen vom letzten Samstag, dem Samstag vor zwei Wochen und dann dem Donnerstag zwei Wochen zuvor. Sie blättert weiter zurück bis ganz hinten in der Mappe und findet die Liste der Mitglieder. Rolf Janssen. Volendammerweg – aber die Adresse ist durchgestrichen. Bestimmt wegen der Scheidung. Und jetzt? Sie überfliegt den Rest der Liste. Jeroen van

Vliet wohnt in Landsmeer, in der Van Beekstraat. Sie weiß, wo das ist. Außerhalb des Dorfes, am Kanaaldijk. Dort ist Sarina immer laufen gegangen. Eine Runde Landsmeer, nannte sie das. Etwas über zehn Kilometer. Schönes Trainingsziel, denkt Kyra. Eine Runde Landsmeer. Ganz kurz hat sie eine Vision von ihrer rennenden Schwester, den kleinen Rucksack auf dem Rücken, in dem ihr Tagebuch steckt. Ob sie es irgendwo da draußen versteckt hat, in einem hohlen Baum oder so? Nein. Quatsch. Natürlich nicht. Aber wo denn sonst? Sie hat überall gesucht, im Haus, im Garten. Also muss es sich irgendwo außerhalb des Hauses befinden. Nicht bei einer Freundin. Wer macht so etwas? Nicht in einem Schließfach im Fitnessstudio. Denn die sind nie persönlich. Das Schließfach in der Schule hat sie durchsucht. Dropbox? Könnte sein. Vielleicht hat sie alles fotografiert oder abgeschrieben und digital archiviert. Was für eine Arbeit! Und selbst wenn, wo ist das Originalbuch geblieben? Denn das gab es ja definitiv. Vielleicht sollte sie alle Schritte noch einmal durchgehen. Man weiß nie.

Sie fotografiert die Adressenliste mit dem Handy und vergrößert die Adresse von Jeroen van Vliet, die unter der von Janssen steht. Sie nimmt den Autoschlüssel ihrer Mutter aus dem Schälchen mit Krimskrams auf dem Küchentisch. Erst mal raus nach Landsmeer. Vielleicht weiß Jeroen van Vliet mehr über Rolf Janssen. Möglicherweise wohnt er sogar bei ihm.

50

London

Mabel arrangiert die Blumen und zupft sie ein wenig höher in der Vase, sodass sie locker nach außen fallen.

»Der Frühling ist meine Lieblingsjahreszeit«, erzählt sie gutmütig. »Wenn alles wieder von Neuem beginnt. Wundervoll!« Sie hebt die Vase mit Blumen hoch. »Herrlich!«

Jane dreht sich weg und schaut hinaus. Mabel folgt ihrem Blick. Es ist ein grauer Tag. Bewölkt. Nieselregen.

Phil hebt den Kopf und folgt dem Blick der beiden Damen. London. Typisch englisches Wetter. Er ist ein Draußenmensch und insgeheim fragt er sich, ob die Ankunft Janes bedeutet, dass ihre Reisepläne durchkreuzt werden.

Fluctin, hat der Psychiater gesagt. Das sei eines der Medikamente, das sie ausprobieren könnten, nachdem feststehe, dass ihr Zustand nicht auf einen Hirnschaden, Tumor oder ähnliches zurückzuführen ist. Angstlöser. Antidepressivum. Eine chemische Lösung für ein menschliches Problem. Was tut man, wenn jemand Angst hat? Man tröstet ihn. Beruhigt. Beschützt. Das Problem ist: Genau das tun sie ja, aber es ist nicht genug. Oder vielleicht sind sie nicht die Richtigen dafür. Wer sind ihre Eltern? Woher kommt sie? Die Kripo hat bisher in keiner einzigen Datenbank einen Hinweis gefunden. Wie ist so etwas möglich in dieser modernen Welt, in der man über Satellit erkennen kann, ob irgendein Chinese in irgendeinem Hochgebirge zur Toilette geht?

Mabel stellt die Blumenvase hin und weicht seinem Blick aus.

Na wunderbar. Sie vermeidet Blickkontakt zu ihm, genau wie Jane. Sie befürchtet, dass er sagen wird, sei seien nicht für das Mädchen verantwortlich. Was auch stimmt. Sie befürchtet, er könnte sagen, er würde sie nicht mehr täglich bei ihren Krankenhausbesuchen begleiten. Was er niemals täte.

Fluctin hat der Arzt also vorgeschlagen. Aber wie sollen sie ihr das verabreichen? Ihre Butterbrote, ihr Mittagessen – das nimmt sie alles zu sich, aber bisher hat sie jedes Medikament verweigert, das ihr nicht per Infusion gegeben wurde.

Im Flur fragt jemand etwas in einer fremden Sprache. Krankheit ist universell. Sie schert sich nicht um Nationalität oder Herkunft. Jane blickt erschrocken auf.

Wieder diese Stimme. Phil versteht die Sprache nicht.

»Saa!«, ruft Jane.

Sie spricht!

»Du lieber Himmel!«, stößt Mabel aufgeregt hervor.

Jane schwingt die Beine über den Bettrand.

»Saa! Attention!«, ruft sie. »Allez!«

Mabel und Phil sehen einander mit großen Augen an und Phil schüttelt den Kopf. Was um Gottes willen hat das zu bedeuten?

»Sie ist Französin«, stottert Mabel. »Mein Gott, sie kommt aus Frankreich!«

51

Er sitzt auf seinem Hocker mit dem Rücken zur Tür des Containers und denkt über die Bedeutung des Wortes erbarmungslos nach. Waren nicht alle historischen Größen erbarmungslos? Es kann kaum anders sein. Wie sonst könnte man König oder Kaiser werden? Dafür musste man früher andere aus dem Weg räumen. Dieser Status wurde einem nicht geschenkt. In wie vielen Ländern wird der Präsident ehrlich demokratisch gewählt? Ach was. Die meisten haben sich selbst dazu gemacht, das hat nichts mit dem Willen des Volkes zu tun. Die Welt wird von Kriminellen oder ihren Abkömmlingen regiert.

Zu Recht. Eine Welt, die von Weichlingen beherrscht würde, wäre dem Untergang geweiht.

Er trinkt einen Schluck Jenever. Erbarmungslos.

Die junge Frau hat ihren Kampf aufgegeben. Sie regt sich nicht mehr und hält die Augen geschlossen. Für den Augenblick. Er hört ihren keuchenden Atem und spürt, wie viel Kraft es sie kostet, ruhig zu bleiben.

Jahrelang hat er sich diesen Moment vorgestellt und doch hat er jetzt Probleme, ihn zu genießen. Es kommt zu plötzlich. Zu unerwartet. Er weiß noch nicht genau, wie er es anstellen soll. Die große Frage ist jetzt, was er tun muss, um das Vergnügen zu optimieren, damit es seinen eigenen Erwartungen entspricht. Er hatte seine Liste bereitliegen. Noch sechs Mistkerle, die ihn betrogen haben. Danach ungefähr fünf, die es einfach verdienten, auch wenn sie ihm persönlich nichts getan hatten. Schon seit ein paar Wochen bereitet er sich auf den Nächsten vor, und jetzt plötzlich das …

Er setzt die Flasche wieder an die Lippen und fühlt, wie der Schnaps seine Speiseröhre hinunterrinnt. Genießt den vertrauten Rausch, in den er allmählich gerät.

Er steht auf, schwankt kurz und hält sich am Tisch fest, auf der eine Rolle Klebeband, einige kleine Tuben Klebstoff und einige dünne Stricke liegen.

»Schätzchen«, sagt er. Er spürt, wie seine Erregung wächst. Der Vulkan, der sich unter der Oberfläche regt. Das ist so viel besser als mit den Männern! Bei ihnen verspürte er Macht und Befriedigung, hierbei fühlt er Erregung und Lust. Es kribbelt. Wächst. Endlich spürt er seine Männlichkeit. Verdammt, nach all den Jahren weiß er schon fast nicht mehr, wie sich das anfühlt. Nicht, dass er es nicht versucht hätte. Natürlich hat er das. Eine Nutte nach der anderen hat er besucht, nachdem Mia ihn verlassen hatte, aber es brachte alles nichts. Blond, brünett, weiß, farbig, sogar ein kleines Mädchen wurde ihm angeboten und in seiner Verzweiflung nahm er es mit in ein Zimmer, wo er in Tränen ausbrach. Fast hätte er gekotzt.

Er fährt mit dem Handrücken über ihre Wange.

»Schätzchen.«

Sie ist schön, so wie sie dort sitzt. Von oben bis unten gefesselt. Die Riemen rund um ihre Fußknöchel straff angezogen, die Handgelenke an den Stuhllehnen befestigt. Auch den Riemen rund um den Hals hat er ins letzte Loch gezurrt. In den ersten Minuten hat sie sich noch gewunden, das Becken nach vorn gestoßen, den Hintern vom Stuhl gehoben. Es war die einzige Bewegung, die sie noch machen konnte, und er war zurückgetreten, erschrocken von dem Leben, das er zwischen seinen Beinen spürte.

Jetzt sitzt sie still. Mit geschlossenen Augen scheint sie sich auf ihre Atmung zu konzentrieren. Tränen fließen aus ihren Augen.

Er zieht ein altes Taschentuch aus der Hosentasche und wischt ihr vorsichtig das Gesicht ab. Sie stöhnt. Wieder spürt er warme Energie zwischen seine Beine strömen und stöhnt ebenfalls auf. Diese Beruhigung. Dieser Genuss.

Erbarmungslos.

Er lässt seinen Blick über den Tisch wandern. An der Wand entlang. Er starrt die Zangen, die Sägen und das Messerset an.

Erbarmungslos.

Er kann sich nicht entscheiden, was am erbarmungslosesten wäre.

52

Kyra biegt rechts ab in das Gewerbegebiet. Kein Wohnhaus, nur Lagerschuppen. Ein besonders langes dunkelgrünes Gebäude liegt zu ihrer Rechten. In jeweils etwa dreißig Metern Abstand voneinander gibt es drei große Rolltore. Wie breit die Halle ist, kann sie nicht genau erkennen. Links davon steht eine Holzhütte. Weiter hinten auf dem Gelände sieht sie einige Container und einen alten Wohnwagen. Alles wirkt relativ gepflegt, aber vollkommen verlassen. Sie parkt das Auto an der Stelle, die dafür vorgesehen zu sein scheint. *Besucher*, steht auf einem kleinen Schild.

Sie steigt aus und blickt sich um. Neben dem ersten Rolltor sieht sie eine normale Tür und darüber ein etwas ausgeblichenes Schild mit der Aufschrift: ANMELDUNG.

Sie ignoriert das Schild und geht an der Halle entlang zum weiter hinten gelegenen Teil des Geländes. Ein Paddock für Pferde, auf dem seit Ewigkeiten kein Pferd mehr gestanden hat. An der Wand der Scheune stapeln sich Autoreifen und verrostete Fahrräder lehnen hinter einem ebenso rostigen Anhänger. Neben der kleinen Koppel steht ein Wohnwagen. Kyra späht zwischen den halb geschlossenen Gardinen hindurch. Auf dem Tisch liegen einige ordentlich zusammengefaltete Zeitungen, ein Päckchen Zigaretten und ein kleiner Stapel Briefumschläge. Sie versucht, noch mehr zu erkennen. In der Küchenecke steht etwas Geschirr, aber von dem Bewohner ist keine Spur zu sehen.

Sie kehrt um, überquert das Gelände zurück zum Lager und geht zur Tür, die offenbar zur Anmeldung führt. Es gibt eine Klingel, aber als Kyra gegen die Tür drückt, lässt sich diese sofort öffnen.

Im Inneren des Lagers ist es ziemlich duster und sie wartet einen Moment, bis sich ihre Augen an die Dunkelheit gewöhnt haben. Seitlich von ihr, mit der Rückseite zur Wand, steht ein weiterer Standwohnwagen. Das große Seitenfenster blickt zum Eingang. Vor dem Trailer stehen ein altes Ledersofa und zwei Sessel, die aussehen, als wären sie früher mal gemütlich gewesen. Sie sind um einen zugemüllten, niedrigen Eichentisch gruppiert. Auf dem Boden stehen auf der einen Seite eine Ansammlung leerer Limonadenflaschen und auf der anderen Seite mindestens genauso viele leere Jeneverflaschen.

Vom Wohnwagen aus führen mehrere breite Gänge in das Dunkel hinein. Überall stehen Autos, Motorräder, Boote auf Anhängern und ein paar Wohnmobile. Einige Fahrzeuge sind mit Planen bedeckt. Ein Reich toter und vergessener Dinge.

Kyra schaut sich um und fragt sich, was sie hier eigentlich will. Jeroen van Vliet kurz ein paar Fragen über seinen verhassten Kumpel Rolf Janssen stellen? Erwartet sie, dass er ihr sofort etwas anvertraut, das sie weiterbringt? Wenn es so einfach wäre … Und wenn es sich tatsächlich um ein Killer-Duo handelt?

Offenbar ist niemand da. Kyra geht zu dem Tisch, um sich anzusehen, was alles darauf liegt. Leere Bonbontüten. Brottüten mit verschimmeltem Inhalt. Eine Packung Käse, die Scheiben darin verformt und vertrocknet. Zögernd geht Kyra an der Sitzecke vorbei bis zum Ende des Wohnwagens. Daneben steht eine Art kleine Hütte, in der schwaches Licht brennt. Das Büro. Sie erkennt ein altmodisches schwarzes Telefon und einen grauen Schreibtisch, auf dem Papierstapel liegen. Neben dem Schreibtisch befindet sich ein abgegrenzter Werkstattbereich. Das Werkzeug hängt ordentlich in Reih und Glied an der Wand. Hammer, Meißel, Schlüssel in verschiedenen Größen, eine elektrische Säge.

Kyra tritt näher ans Fenster, um nachzusehen, ob dort jemand ist. Sie erschrickt, weil sie glaubt, ein Geräusch zu hören, doch als sie sich blitzschnell umdreht, sieht sie nichts. Weiter hinten in der Halle ist es dunkel. Nur durch ein paar schmale Fenster hoch oben in der Wand der Lagerhalle fällt ein wenig Licht. An der etwa fünf Meter hohen Decke sieht sie Neonleuchten, doch sie sind ausgeschaltet.

Was jetzt? Soll sie doch lieber wieder nach Hause fahren? Sie greift nach ihrem Handy. Es ist besser, erst mit Maud Mertens zu sprechen. Sie zögert. Sie findet es unerträglich, dass sie eine Idee hat, die sie für äußerst schlüssig hält, aber auf der anderen Seite durch nichts Konkretes beweisen kann. Sie hat nichts als ein körniges Bild, auf dem eine Gestalt zu sehen ist, die ihr bekannt vorkommt, eine bestimmte Art zu gehen, die sie zu erkennen meint, und eine Verbindung zwischen Janssen und sowohl Gaullier als auch IJzer.

Sie geht ein paar Meter einen der Gänge entlang, überrascht über die riesige Menge an Sachen, die hier gelagert werden. Wie in einem Traum – und nicht unbedingt in einem guten. Sie sollte besser nach Hause gehen. Während sie sich umdreht, sucht sie Mertens Nummer auf ihrem Telefon und drückt das Wahlsymbol.

Plötzlich bemerkt sie neben sich eine Bewegung und wirbelt herum. Da! Nein, doch nicht. Wie erstarrt bleibt sie stehen, doch sie hört kein Geräusch mehr. Allmählich entspannen sich ihre Muskeln ein wenig. In dem Moment fährt ihr ein stechender Schmerz durch den Kopf und sie stürzt bewusstlos zu Boden.

53

Diese entsetzlichen Kopfschmerzen!

Wasser. Sie muss etwas trinken. Etwas zieht an der Haut rund um ihren Mund. Klebeband. Verdammt. Was …?

Sie will sich umdrehen und sich aufrichten, aber ihre Hände sind gefesselt. Aneinander und irgendwie an ihrer Taille. Verdammt! Was soll das?

Es ist dunkel. Sie kann kaum etwas erkennen. Mein Gott, wo ist sie?

Kyra blinzelt. Ein kleines Schlafzimmer. Sie liegt auf einem Bett, auf der Seite, das Gesicht Richtung Wohnzimmer. Es stinkt. Es riecht nach einer Mischung aus feuchtem Schimmel, Urin und Schweiß. Ein paar dicke Fliegen brummen um ihren Kopf. Wegen des Klebebands über dem Mund kann sie kaum atmen.

Rolf Janssen. Scheiße! Scheiße! Scheiße! Also doch …

Sie versucht zu schreien, bekommt aber kaum einen Laut heraus.

»Mmmmmm! Hmmmmm!«

Zunächst muss sie das Scheißtape abbekommen. Richtig atmen zu können ist wichtig. Sie reibt mit dem Mund über das stinkende Bettzeug und versucht, das Klebeband abzuschaben. Wieder und wieder. Es dauert lange, aber nach einer Weile löst sich das Band von unten und sie bekommt schon etwas mehr Luft. Jetzt das nächste Problem. Wie kommt sie aus diesem Zimmer raus?

Ihre Augen haben sich inzwischen an die Dunkelheit gewöhnt. Sie sieht, dass er alle Gardinen zugezogen hat. Auf dem Tisch liegt ein Stapel Zeitungen, Post, Zigaretten. Sie befindet sich in dem Wohnwagen, in den sie vorhin hineingeschaut hat. Eine Fliege landet auf ihrer Wange und sie schüttelt den Kopf, um das Insekt loszuwerden.

Sie rollt sich auf den Rücken und versucht, sich aufzurichten. Plötzlich fühlt sie etwas Feuchtes, Klebriges an ihrem Arm. Sie liegt in etwas Nassem. Sie wagt kaum, nachzusehen, aber dann dreht sie doch langsam den Kopf zur Seite. Neben ihr liegt Rolf Janssen. Seine Augen blicken glasig an ihr vorbei. Mit einem großen Schnitt wurde ihm der Hals fast vollständig abgetrennt. Die Wundränder sind auseinandergewichen und Kyra sieht Sehnen, Blutgefäße, die Luftröhre. Sie liegt in seinem Blut.

54

Dienstag

Es ist sechs Uhr morgens, als Mertens' Handy zum dritten Mal innerhalb von zehn Tagen zu nachtschlafender Zeit anfängt zu dudeln. Es dauert einen Moment, bevor sie es begreift. Fluchend reicht Edwin ihr den Apparat.

»Entschuldigung«, sagt sie mit heiserer Stimme. Verdammt, sie ist noch gar nicht wach. »Tut mir leid.«

Brummend dreht sich Edwin von ihr weg.

»Mertens«, meldet sie sich, setzt sich auf den Bettrand und sucht nach ihrer Hose. Hoffentlich nicht schon wieder ein Mord? Wenn ja, haben sie es mit einem Irren zu tun.

»Wie bitte?«, fragt sie entgeistert. »Kyra? Ich komme sofort.«

Edwin hört die Angst in ihrer Stimme und richtet sich auf. Sein blondes Haar ist zerstrubbelt, seine Augen sind vor Müdigkeit geschwollen.

»Kyra Slagter ist verschwunden«, erklärt sie ihm. »Kyra. Du weißt schon …«

»Ja, ich weiß. Was heißt das, sie ist verschwunden?«

»Ihre Mutter hat festgestellt, dass sie nicht im Bett liegt.«

»Aber das passiert doch öfter bei Mädchen in diesem Alter«, erwidert Edwin und legt sich wieder hin.

Mertens versucht sich vorzustellen, dass sie vollkommen entspannt reagieren würde, wenn Roos nachts nicht nach Hause käme, aber das würde sie garantiert nicht.

»Seit dem Verschwinden ihrer Schwester herrschen strenge

Regeln innerhalb der Familie«, erklärt sie, mehr sich selbst als Edwin. Ist es wirklich möglich, dass Kyra verschwunden ist? »Immer Bescheid sagen, wo man ist. Notfalls leiht man sich ein Handy, sodass es keine Ausreden gibt.«

Holly Slagter ist vollkommen außer sich. Sie kann nicht still sitzen bleiben. Sie schenkt den Ermittlern und ihrem Mann Kaffee ein, setzt sich, steht sofort wieder auf, sucht nach Keksen, wie schon fünf Minuten zuvor.

»Meine Frau und ich sind gestern Abend spät nach Hause gekommen«, erklärt Hanno Slagter. »Wir haben bei Chef's Table gut gegessen, ein Fünf-Gänge-Menü mit passendem Wein, und als wir nach Hause kamen, sind wir sofort zu Bett gegangen.«

»Ich habe in Kyras Zimmer nachgesehen«, flüstert Kyras Mutter. »Sie war nicht da.«

»Sie ist öfter schon mal unterwegs«, entschuldigt sich Slagter.

»Ich wollte Sie gestern Abend schon anrufen«, sagt Holly Slagter leise.

»Aber ich fand das übertrieben«, ergänzt ihr Mann. »Unsere Tochter ist schließlich schon neunzehn.«

»Aber sie ist mitten im Examen«, erwidert Holly Slagter und man hört ihr an, wie wütend sie auf ihren Mann ist. »Ich habe erst eine Weile wach gelegen, bin dann aber doch eingeschlafen.«

»Sie haben Ihre Tochter also bisher nicht erreicht?«, fragt Mertens. »Sie hat mich gestern Abend noch angerufen, aber als ich mich meldete, hörte ich nichts.«

»Möchten Sie etwas zum Kaffee?«, fragt Holly Slagter plötzlich. »Ich muss noch irgendwo Spekulatius haben.«

»Nein, vielen Dank. Um welche Uhrzeit haben Sie festgestellt, dass Kyra nicht nach Hause gekommen war?«

Holly Slager starrt sie verzweifelt an. Ihre Augen sind gerötet und geschwollen.

»Es war frühmorgens«, erklärt sie. »Manchmal werde ich wach und kann nicht weiterschlafen. Dann stehe ich oft auf und sehe nach ihr, als wäre sie noch ein kleines Kind. Ich decke sie richtig zu, einfach um sicherzugehen, dass alles in Ordnung ist.«

»Seitdem Sarina …«, beginnt Hanno Slagter, aber seine Frau unterbricht ihn.

»Ich kann auch Tee kochen, wenn Ihnen das lieber ist. Oder möchten Sie vielleicht ein Glas Wasser?«

»Nein, danke.« Niels Bingsten winkt ab.

»Erzählen Sie uns bitte, was Ihre Tochter gestern gemacht hat.«

Hanno Slagter erzählt, dass Kyra an diesem Montag verschlafen hat, dass seine Frau mehrmals versucht hatte, sie anzurufen, aber der Klingelton ihres Handys ausgeschaltet war.

»Gott sei Dank hat die Physikklausur erst um halb zwei angefangen«, sagt Holly. »Sie ist gut gelaufen; Kyra hat mir anschließend eine Nachricht geschickt.« Die Stimme versagt ihr, sie schluchzt. Räuspert sich. »Wir sind uns am späten Nachmittag begegnet. Ich wollte gerade ins Fitnessstudio, als sie nach Hause kam. Als ich zurückkam, war Kyra nicht da. Ich habe kurz geduscht, und als Hanno nach Hause kam, sind wir essen gegangen.«

»Ich habe ihr eine Nachricht geschickt, dass wir ins Restaurant gegangen sind«, fügt ihr Mann hinzu. »Sie hat nicht geantwortet, aber das war nichts Besonderes. Das kommt öfter vor.«

Mertens nickt. In der Tat, denkt sie. Das kommt öfter vor.

»Sie sind also die Letzte, die Kyra gesehen hat?«, fragt Mertens die Mutter, der jetzt die Tränen über die Wangen laufen.

Holly Slagter nickt. Sie ist klein und zierlich und hat hellblondes glattes Haar. Sie trägt eine graue Jogginghose und ein weites Sweatshirt mit Leopardenmusterborten.

»Hanno«, sagt sie. »Wir haben doch noch die Pralinen? Die australischen? Wo sind die?«

Kyra ist aus dem Bett gefallen und liegt keuchend auf dem Fußboden des Wohnwagens. Sie muss hier weg. Weg von der Leiche, die neben ihr lag. Weg von dem Gestank und dem Gefühl des feuchtkalten, toten Arms an ihrem Körper. Von dem toten Mund, der beinahe ihre Wange berührt hat. Sie drückt sich hoch und steht auf. Die Tür. Sie wäre nicht das erste Opfer, das einem Serienmörder entkommt. Jeffrey Dahmer wurde erwischt, weil ein junger Mann aus seinem Apartment floh und nackt über die Straße rannte, während noch an einem Arm die Handschellen baumelten, und er dabei auf Polizisten stieß. Carol DaRonch entkam Ted Bundy, dem attraktiven, perfiden Serienmörder, dem mindestens sechsunddreißig junge Frauen zum Opfer fielen. Es ist also nicht so, als sei man automatisch verloren, wenn man einmal in die Falle gelockt wurde. Keineswegs. Pass nur auf, droht sie dem Scheißkerl in Gedanken. So leicht kriegst du mich nicht.

Sie rammt die Schulter gegen die Wohnwagentür. Nichts bewegt sich. Noch mal. Sie nimmt Anlauf, kneift die Augen zusammen und schreit auf. Mit voller Wucht prallt sie gegen die Tür. Sie fliegt auf, und Kyra stürzt hinaus und trifft hart auf dem Betonboden auf.

Keuchend bleibt sie liegen. Na also, es gibt einen Weg hinaus. Sie blickt sich nach einem scharfen Stück Metall um, mit dem sie ihre Handgelenke befreien könnte, richtet sich auf. Verdammt! Nichts zu sehen. Autoreifen. Einige Fahrräder. Sie stolpert am Paddock vorbei. Liegt hier irgendwo etwas? Beeil dich! Sonst kommt der Dreckskerl raus. Ihr Herz klopft wie wild. Sie sollte weglaufen. So schnell wie möglich, so weit wie möglich. Sie blickt sich um. Ist der Scheißkerl irgendwo in der Nähe? Nein. Keine Bewegung.

Sie rennt los, an der Lagerhalle entlang in Richtung Ausgang. Wieder blickt sie sich um. Hat sie etwas gehört? Ist er hinter ihr her?

Nichts.

Sie rennt. Geduckt und so schnell und vorsichtig wie möglich.

Weg.

Schnell.

Sie rennt zum Eingang des Schuppens. Dann hört sie ihn. Plötzlich ist der neben ihr. Sie rennt, so schnell sie kann. Weg. Über das Gelände, zur Straße, zum Nachbarhaus muss sie – los, lauf! Schneller! Lauf wie Sarina! Als sei dir der Teufel auf den Fersen. Schneller!

Sie hört ihn näher kommen. Laut keuchend. Sie bildet sich ein, ihn zu riechen. Schweiß. Alkohol. Hass. Dann stürzt er sich mit einem Hechtsprung auf sie und Kyra fällt hart auf die Schulter. Sofort sitzt er auf ihr.

»Kyra«, sagt Jeroen van Vliet. »Wie reizend, dass du mir Gesellschaft leisten willst.«

Maud Mertens hat Niels Bingsten gebeten, bei den Eltern zu bleiben und sich den Weg zu Kyras Zimmer erklären lassen. Sie schaut auf die Uhr, die im Mädchenzimmer hängt. Sieben. Ihre Mutter wird gleich anrufen. Sie wird nicht drangehen. Entschuldige, Mama, denkt sie. Dieses eine Mal nicht. Zum Glück hat sie keine Zeit für Schuldgefühle.

»Oben«, hatte der Vater gesagt und sie zur Treppe gebracht. »Im Grunde bewohnt Kyra das ganze Obergeschoss, seitdem Sarina nicht mehr da ist. Das linke Zimmer benutzt sie als Wohnzimmer, das rechte – früher Sarinas Zimmer – benutzt sie als Schlafzimmer.«

Er kam nicht mit nach oben.

»Ich würde gern bei meiner Frau bleiben«, entschuldigte er sich. »Ich weiß nicht, ob … Ob sie …«

»Das verstehe ich. Selbstverständlich.

Bedächtig steigt Mertens die schmale Treppe hinauf. Mein Gott, zwei Kinder verschwunden. Wer würde da nicht überschnappen …

Links Kyra. Rechts Sarina.

Kyras Zimmer wirkt erwachsen. Erwachsene Farben. Ein Sofa, darüber ein Poster von irgendeiner spirituell anmutenden Landschaft. Die ganze Wand rund um den Schreibtisch hängt voll mit Aufzeichnungen über Gaullier und IJzer. Es sieht aus wie in ihrem eigenen Büro.

Das ist unmöglich!

Das Mädchen verfolgte eine Spur, genau wie sie.

Es ist einfach unmöglich.

Sie wendet sich von der Wand ab, um ein Gefühl für das Kind Kyra zu bekommen, für die Tochter Kyra. Ein Bücherschrank. Bücher, natürlich. *Die Tribute von Panem. Faceless – der Tod hat kein Gesicht.* Einige alte Agatha Christies. Stapel von Zeitschriften. Eingerahmte Fotos. Eine Plastikhand, behangen mit Ketten. Mertens öffnet den Kleiderschrank. Grau. Weiß. Rosa. Jeansblau. Ganz anders als der Kleiderschrank von Roos, in dem Schwarz vorherrscht. Die einzigen Farbschattierungen im Schrank ihrer Tochter sind durch die Anzahl der Wäschen entstanden, die die Kleidungsstücke hinter sich haben.

Ach, Roos.

Konzentrier dich.

Sie verlässt Kyras Zimmer und geht über den kleinen Treppenabsatz hinüber in Sarinas Zimmer.

Das ist heller. Mehr in Rosa gehalten. Mädchenhafter. Das Schlafsofa ist ausgeklappt, das Bettzeug zu einem unordentlichen Haufen geballt. Auf dem Balken über dem Bett stehen zwei Plüschvögel nebeneinander. Auf dem Boden liegt hier und da ein Kleidungsstück.

Mertens wird vom Klingelton ihres Handys erschreckt. Manchmal würde sie das Ding am liebsten aus dem Fenster werfen. Es ist Myrna.

»Dieser Freund meiner Freundin«, druckst sie herum, aber sie klingt aufgeregt. »Äh … Du weißt schon…«

»Ja.« Natürlich weiß ich noch, wer die Presse informiert hat, denkt Mertens. Los, erzähl schon.

»Er ist doch Journalist.«

Mertens seufzt, so leise wie möglich. Auf dem Schreibtisch liegen Schulbücher. Beinahe hätte sie vergessen, dass Kyra mitten im Examen steckt.

»Sie sind wieder zusammen«, sagt Myrna.

»Komm auf den Punkt, Myrna«, mahnt Mertens streng.

»Also, der Freund hat sich bei den Stadtstreichern rund um den Hauptbahnhof, die Fähre und den Kanal erkundigt.«

»Ja, und?« Schlaue Idee. Warum sind sie nicht selbst darauf gekommen?

»Dabei stellte sich heraus, dass an beiden Stellen ein Penner gesehen wurde, der normalerweise nicht da campiert. Ein Neuer, sagten sie.«

»An beiden Stellen? Ungefähr zur Tatzeit?«

»Ja!«

Deswegen klingt Myrna so aufgeregt!

»Hast du einen Namen?«

»Noch nicht, aber bist du einverstanden, dass ich mich ein bisschen umhöre und zusammen mit dem Freund meiner Freundin die Datenbanken durchforste?«

»Tu, was du tun musst. Aber mach schnell.«

»Ich habe das mit Kyra gehört.«

»Quetsch diesen Journalisten aus. Wir haben noch etwas bei ihm gut. Gib Gas!«

Mertens beendet das Gespräch und geht noch einmal in Kyras Zimmer. Sie zieht den Schreibtischstuhl zurück und setzt sich. Ein Stadtstreicher. Sie hat selbst mit einem geredet. Diesem stinkenden Kerl. Könnte er es gewesen sein? Er war blond. Dreckig. Unrasiert. So genau hat sie nicht hingesehen. Wir schauen alle lieber weg, wenn wir solchen Menschen begegnen. Mist!

Von Kyras Wand lachen sie sowohl Marc Gaullier als auch Jurgen IJzer an. Von jedem Foto aus verlaufen Linien zu Blättern mit Aufzeichnungen. Systematisch, ist ihr erster Gedanke. Gründlich, ihr zweiter. Sie zählt. Rund um beide Männer hängt die gleiche Anzahl von Aufzeichnungen. Beschriftet in einer regelmäßigen Handschrift. Sie steht auf.

Personendaten. Fundort. Geschäftliches. Geld. Liebe. Alle wichtigen Angaben sind vorhanden. Mertens tritt näher heran und liest. Mein Gott!

55

Er hat sie auf einen Küchenstuhl an der Wand des Containers gesetzt. Sie kann sich nicht rühren. Ihre Fußknöchel und Handgelenke sind gefesselt. Über ihren Mund hat er mehrere breite Streifen Klebeband geklebt. Eine wahnsinnige, hilflose Wut wallt in ihr auf. In der Folterkammer stinkt es nach Alkohol und Urin.

Ihr gegenüber, auf einem Brett hoch an der Wand, steht ein Einmachglas mit einer Zunge in Formaldehyd. Daneben eines mit einer Menschenhand. Ekelhaft. Was für ein widerlicher … An demselben Brett hängen an Nägeln ein Gürtel und eine Krawatte. Trophäen.

Die Frau auf dem Zahnarztstuhl ist bewusstlos und derartig zugerichtet, dass das wahrscheinlich eine Gnade für sie ist.

Der soll sich bloß nicht einbilden, sie hätte jetzt Angst. Zwar zittert sie am ganzen Körper, aber er darf es nicht merken. Dieser Lügner, dieser eklige, dreckige Heuchler! Einer wie er hat sich Sarina geschnappt. Ganz sicher. Mieses Schwein! Dreckskerl!

»Schätzchen«, säuselt er sarkastisch. »Liebling!«

Er fährt mit dem Handrücken über die Wange der bewusstlosen Frau. Igitt, wie ekelhaft er dabei lächelt! Dreckig und scheinheilig wie ein pädophiler Priester.

Er scheint vergessen zu haben, dass sie dort an der Tür sitzt. Liebevoll fährt er mit den Fingern durch die langen blonden Haare der Frau.

»Liebling. Liebling.«

Kyra versucht, das Bild des gepflegten Mannes bei der Sitzung mit dem besoffenen Idioten vor ihren Augen in Einklang zu bringen.

Klatsch!

Ein Stöhnen. Er hat der Frau auf dem Stuhl eine brutale Ohrfeige verpasst. Ihre Augen sind weit aufgerissen. Sie blickt sich verängstigt um, sieht Kyra und starrt sie an. Kyra runzelt die Stirn und versucht, wütend zu blicken. Nicht böse, sondern kämpferisch. Bleib stark, will sie sagen. Bleibt stark, und wir kriegen ihn gemeinsam.

Sie weint, die Frau. Ihr Gesicht ist verschmiert von verlaufendem Make-up. Dadurch ist ihr genaues Alter schwer zu schätzen, aber sie scheint noch jung zu sein.

Plötzlich herrscht Stille. Eine unheimliche Stille.

Van Vliet dreht sich um. Geht zur Wand. Vor sich hin murmelnd und schwankend steht er vor der Wand mit den Folterinstrumenten. Er hebt beide Hände, schließt die Augen halb, sodass nur das Weiße zu sehen ist und brabbelt unverständliches Zeug.

Wie in Trance greift er auf einmal ein Messer vom Regal und kehrt zu der jungen Frau zurück.

»Wenn du lieb bist«, säuselt er, »ziehe ich das Klebeband ab.«

Er stellt sich dicht vor sie.

»Bist du das? Lieb? Ja? Ja?«

Sie nickt. Nicht langsam und vorsichtig, sondern wie eine Besessene. Er nähert seinen Mund ihrem Gesicht. Streichelt mit den Lippen ihre Wangen, ihre Nase, ihren Mund.

»Liebes. Liebes.«

Mit einem Ruck reißt er ihr das Klebeband vom Gesicht. Sie schreit auf.

»Lieb sein«, meint er. »Ganz, ganz, ganz lieb sein.«

Er wippt auf ekelerregende Art mit dem Becken vor und zurück. Oh Gott. Nein, bitte nicht! Er reibt sein Geschlecht an ihrer Hand. Kyra fühlt eine blinde Wut in sich aufsteigen. Sie würde ihn am liebsten niederschlagen. Seinen Kiefer mit ihrer Faust zerschmettern. Die Frau hat Todesangst. Sie hyperventiliert. Nicht weinen, will Kyra sagen. Hab keine Angst. Zeige keine Angst. Das gibt ihnen den Kick, deine Todesangst.

»Nein«, flüstert die Frau.

Van Vliet stellt sich zwischen ihre Füße. Reibt über seine Hose.

»Nein«, sagt die Frau leise.

Er wirft den Kopf in den Nacken.

»Bitte«, fleht sie. »Bitte nicht …«

Kyra schüttelt den Kopf. *Nein! Nein!* Sie versucht, die Frau auf sich aufmerksam zu machen. *Nicht!*

Mit einem Ruck schneidet das Ungeheuer die Bluse der Frau auf.

Sie weint.

Zitternd setzt er das Messer auf ihre Brust.

»Bitte nicht!«, jammert sie. »Bitte nicht!«

Kyra überlegt, ihn irgendwie abzulenken, aber der Kerl ist so verrückt, dass er sich vermutlich nur kurz umdrehen, sie niederstechen und danach ruhig mit seiner Arbeit fortfahren würde.

Er fährt mit dem Messer über ihre Brust, in einem langen Schnitt von ihrer rechten Achsel über ihr Brustbein, die linke Brust, an der Brustwarze vorbei. Die Frau schreit. Gellend hoch. Van Vliet scheint es nicht zu hören. Wie in Trance betrachtet er das Blut, das über ihre Brüste fließt. Noch ein Schnitt. Noch einer. Die Frau schreit wie am Spieß. Zeig deine Schwäche nicht, beschwört Kyra sie in Gedanken, das törnt ihn an, damit machst du es noch schlimmer. Das Monster nimmt ihre Brustwarze. Zieht daran. Oh, nein!

»Mmmmmmm!« Kyra versucht, ihn abzulenken. Die Frau schreit ohrenbetäubend laut.

Das Arschloch steht mit dem Kopf im Nacken und entblößtem Hals da und stöhnt.

Kyra starrt das kleine Stück Fleisch an, das auf dem Boden liegt.

»Hmmmm! Huhmmmmm!«

Er hört sie. Endlich. Er dreht sich um und sieht sie an, als hätte er vollkommen vergessen, dass sie dort sitzt.

»Hmmmm!«

Mit zwei großen Schritten ist er bei ihr und zieht mit einem Ruck das Klebeband von ihrem Mund. Sie hat keine Zeit zu bemerken, wie weh das tut.

»Schätzchen!«, sagt er begeistert. »Liebling!«

»Sei stark!«, sagt Kyra zu der Frau. Hab keine Angst, will sie hinzufügen, aber es ist sinnlos. Wenn sie sich nicht so heftig gegen ihre eigene Panik wehren würde, würde diese auch sie überwältigen. Der Kopf der Frau hängt vornüber, sie starrt zu Boden. Sie schluchzt und keucht.

»Schau mich an!«, sagt Kyra. »Sei stark!«

Jeroen van Vliet lacht. Er lacht sie aus. Er lacht das Mädchen im Stuhl aus. Mit ein paar großen Schritten ist er am Tisch und greift nach der Zange.

»Ja!«, sagt er. »Sei stark, Schätzchen. Ganz stark.« Er hockt sich zu ihren Füßen.

Nein!, will Kyra rufen, aber das würde ihn nur fanatischer machen. Was kann sie tun, um ihn abzulenken, um ihn aufzuhalten?

»Ed Gein dachte, er könne seine Mutter wieder zum Leben erwecken. Deswegen übte er an Leichen. Und später an lebendigen Frauen«, sagt sie. »Ist es das, was du bist, Jeroen? Ein Monster? Ein schlechter Mensch? Ein Verrückter?«

Er starrt sie empört an. Dann dreht er sich wieder um, fasst mit der Zange den Zeh der jungen Frau und kneift zu. Sie schreit und er lacht. Er legt die Zange um den nächsten Zeh und schaut Kyra grinsend an.

»Oder geilt dich das auf?«, ruft sie. Wenn ihr nur irgendetwas einfiele, was ihn erreicht, was ihn aufhält! Zeig kein Verständnis, keine Sanftmut. Bleib in Angriffshaltung, denn alles, was nach Untertänigkeit riecht, vergrößert seinen Wahnsinn. »Kriegst du nur einen Steifen, wenn du eine Frau in Todesnot siehst? Ist es das? Hä, ist es das?«

Er kommt auf sie zu und schlägt ihr ins Gesicht.

»Douglas Clarke hat ein Mädchen ermordet. Jahrelang konnte er nicht kommen, aber als er sie tötete, kam er. Danach hat er eine Frau nach der anderen umgebracht. Nur um einen Gott verdammten Orgasmus zu kriegen.«

Die Faust trifft sie so schnell und so hart ins Gesicht, dass sie nicht einmal bemerkt, wie ihre Nase bricht.

56

Jetzt keine voreiligen Schlüsse ziehen. Sorgfältig arbeiten. Mertens dreht Kyras Aufzeichnungen den Rücken zu und setzt sich auf das Sofa. Aufmerksam lauscht sie den Geräuschen des Hauses. Hier hat Kyra gesessen, nachdem ihre Schwester verschwunden war. Als ihre Eltern Sarina auf Texel suchten und sie in Amsterdam zurückließen.

Von unten hört sie Stimmen in der Küche. Die hohen Klänge des Kummers. Das sanfte Brummen vergeblichen Trosts.

Vor ihr der Schreibtisch, der Mac, die Wand mit Fotos und Aufzeichnungen. Was hat sie sich bloß dabei gedacht? Warum glaubte sie, dieses Rätsel lösen zu müssen? Und dann auch noch auf eigene Faust?

Links neben ihr fällt durch das Fenster der Gaube Licht ins Zimmer, hell und kalt wie ein Frühlingsmorgen. Die Lampe in der Zimmerecke. Der Kleiderschrank. Der Schreibtisch. Die Aufzeichnungen. Der Papierkorb. Die Tür. Der große Bücherschrank auf Rädern. Gleich neben ihr das kleine Tischchen mit der Leselampe. Der große Schrank. Sie steht auf und lässt den Blick über die Bücherrücken wandern. *Criminal Profiling. Academic Press, fourth edition. Investigative Psychology. Sexual Homicide. The Serial Killer Files.* Daneben noch eine ganze Reihe von Werken über Mord und Totschlag.

So viele Bücher besitzt nicht einmal sie selbst über ihr Fachgebiet. Sie tritt zurück und setzt sich wieder aufs Sofa. Ruhig.

Keine vagen Schlussfolgerungen. Nur Fakten. Details. Ihr Blick huscht zurück. Die Leselampe. Die Wand. Sie steht auf und tritt an die Wand. Dort! Ein kleines Stück Papier. Sie versucht, es zu fassen, zieht an einer Ecke, aber es steckt fest.

Räder.

Sie drückt gegen den Schrank. Er gibt nach. Noch ein Stückchen. Ja! Der Schrank rollt in Richtung Tür. Sie schiebt ihn so weit wie möglich beiseite und tritt dann zurück.

Wow!

Mertens setzt sich wieder auf Kyras Schreibtischstuhl.

Heilige Scheiße!

Ein Foto eines Mädchens in Kyras Alter hängt inmitten eines Spinnennetzes von Linien, Aufzeichnungen, Papieren. Sarina. Sie erkennt sie aus der Akte wieder, die sie durchgegangen ist. So jung. Sie lacht. Arglos. Dennoch liegt etwas Trauriges in ihrem Blick.

Mertens steht auf und bewundert die Aufzeichnungen. Dreht sich um. Blickt die Wand mit den Aufzeichnungen über Gaullier und IJzer an.

Verdammt. Gott verdammt noch mal!

Die Tür des Zimmers wird geöffnet und stößt gegen den Bücherschrank, der jetzt davor steht.

»Maud?«

Es ist Bingsten.

»Augenblick!«, ruft sie, steht auf, schiebt den Schrank zurück an seinen Platz, öffnet die Tür und lässt Bingsten herein.

»Setz dich«, sagt sie. »Sag nichts.«

Sobald er sitzt, rollt sie den Schrank wieder vor die Tür und weist mit einer raumgreifenden Geste auf die Wand, als präsentiere sie ihm ein Kunstwerk. Was es im Übrigen auch ist.

Maud Mertens und Niels Bingsten fordern Verstärkung an. Während Kollegen mit den Eltern reden und Nachbarn befragen, unterziehen sie Kyras Zimmer einer gründlichen Untersuchung. Ein Kollege von der Kriminaltechnik will den Rechner mitnehmen, aber Mertens hält ihn zurück.

»Knack ihn sofort«, sagt sie. »Hier, an Ort und Stelle. Ich brauche die Daten, an denen sie zuletzt gearbeitet hat.«

»Das kann ich nicht«, wehrt sich der junge Mann. »Nicht ohne Beschluss.«

»Das habe ich jetzt nicht gehört«, erwidert Maud. »Höchstwahrscheinlich hat er kein Passwort. Oder?«

Der junge Mann schaut sie an und nickt, als er begreift, was sie sagen will.

»Ich schau mal nach«, sagt er.

Ein paar Minuten später ruft er sie zu sich.

»So ein Zufall«, sagt er lächelnd. »Sie hatten recht. Kein bisschen gesichert.«

Sie betrachten gemeinsam die geöffneten Programme.

»Was ist das?«, fragt Mertens und deutet auf ein Fenster mit dem Standbild eines Videos. Sieht verdammt noch mal so aus wie das Ufer an der Fähre. Nebel. Eine Gruppe von Leuten.

Der junge Kollege klickt das Bild an.

»Herangezoomt«, sagt er. »Ziemlich stark. Keine besonders gute Qualität.«

Mertens sieht Jarno und den Schiffer. Bert, einer der Kollegen, die als Erste vor Ort waren, stellt Fragen. Er wird von einer kleinen Gruppe Leute umringt. Zwei junge Männer, ein Mädchen. Im Hintergrund steht noch jemand, aber sie kann nicht erkennen, wer es ist. Auf den ersten Blick sieht er aus wie ein Stadtstreicher.

Wie kommt Kyra in Gottes Namen an diese Aufnahme?

»Niels!« Bingsten ist sofort zur Stelle. »Bin ich verrückt geworden? Es gibt doch keine Kamera am Café *De Pont*?«

Er schüttelt den Kopf. Nein. Natürlich nicht. Das muss Kyra selbst gefilmt haben.

»Spul mal ein Stückchen zurück«, bittet sie.

Sie starren gemeinsam das Bild an. Eine Gruppe Leute. Der Stadtstreicher tritt beiseite und trinkt einen Schluck Alkohol.

»Noch mal«, verlangt Maud.

Erneut schauen sie sich die Bilder an.

»Jetzt noch etwas weiter zurück, lass es etwas länger laufen und dann noch einmal von vorn«, befiehlt Mertens. Sie schauen sich die Aufnahme noch einmal an. Den Nebel. Das Ufer. Den Laternenpfahl. Die Kamera schwenkt zur Umgebung. Zu den ersten Leuten vor Ort.

»Es gibt einen Grund, dass der Film genau hier angehalten wurde«, behauptet Mertens. »Notierst du bitte, wo genau es war? Gut, und jetzt noch einmal von vorn bitte.«

Ein tiefes Schweigen tritt ein, als er tote Gaullier in Nahaufnahme erscheint. Der Laternenpfahl. Die Umgebung. Der Boden unter der Leiche. Die Schuhe, die runtergerutschte Hose, die nackten Beine. Die Kamera huscht ein wenig eilig über den nackten Hintern, als hätte sich Kyra dafür geschämt, hält dann aber auf dem Rücken der Leiche inne. Das blutige Haar. Der nach vorne abgeknickte Hals.

Das Bild gleitet nach hinten, etwas von der Leiche weg, und dann sorgfältig über die Vorderseite des Leichnams. Das Oberhemd, das Jackett. Dann plötzlich ein Stück Himmel und dann die Gruppe Leute weiter weg. Die eintreffenden Kollegen, die ihre ersten Fragen stellen. Offenbar bemerkt niemand das filmende Mädchen. Niemand sagt ihr, sie solle abhauen. Dann wieder der

Abschnitt, den sie sich schon vorher angesehen haben. Die Gruppe Leute. Jarno. Der Schiffer, die zwei jungen Männer, die junge Frau, der Stadtstreicher und die Kollegen.

»Ruf mal die Eltern«, bittet Mertens.

Als sie oben sind, bittet sie die entsetzten Eltern, sich die Aufnahme anzusehen.

»Was soll das?«, stottert die Mutter, als sie sich umblickt. »Sarina. Das ist Sarina, und ...«

»Entschuldigen Sie«, sagt Mertens. »Eins nach dem anderen. Erkennen Sie jemanden auf dem Film? Schauen Sie bitte genau hin.«

»Jarno«, stottert Holly Slagter.

»Sonst erkenne ich niemanden«, sagt Hanno.

»Spul noch mal zurück«, bittet Mertens. »Noch mal von vorn.«

Hanno Slagter beugt sich nach vorn. »Schwer zu erkennen«, sagt er. »Wirklich schwierig.«

»Erkennen Sie jemanden?«

»Könnte sein. Er ähnelt einem Bekannten. Aber ich kann mir das nicht vorstellen. Nein, das ist eigentlich unmöglich. Ich habe den Mann gerade noch gesehen, und er hat nichts davon erwähnt. Mehr noch, er hatte gehört, dass Kyra dort war und wollte alles von ihr wissen, aus erster Hand.«

»Name?«, fragt Bingsten streng.

»Rolf Janssen«, antwortet Hanno Slagter, während Maud Mertens gleichzeitig »Jeroen van Vliet« sagt.

»Wie ...?«, fragt der geschockte Vater. »Warum ...?« Er schüttelt den Kopf.

Mertens zückt ein Stück Papier.

»Steht hier«, sagt sie. »Kyra hatte seinen Namen bereits aufgeschrieben und auch den von Rolf Janssen.« Sie zeigt auf die Wand. »Da sehen Sie die Verbindung zwischen den dreien. Kyra hat eine Linie von Rolf Janssen zu Gaullier und zu IJzer gezogen. ›Vermietung Galerie‹, steht daneben und ›Immobilie UHC: IJzer‹. Und sie hat diese Linie von van Vliet zu IJzer gezogen, und auch da steht ›Immobilie UHC: IJzer‹. Dann gibt es noch die Verbindung zwischen Janssen und van Vliet: UHC steht dort.«

»Verdammte Scheiße!«, flucht Vater Slagter. »Van Vliet und seine Freunde! Rolf lebt in Scheidung. Van Vliet hat ihn vorübergehend bei sich aufgenommen, in einem alten Wohnwagen auf dem Gelände, wo er wohnt.«

»Haben Sie eine Adresse?« Mertens steht schon oben an der Treppe.

»Irgendwo in Landsmeer«, stammelt Hanno Slagter, der jetzt kreidebleich ist. »Aber ich weiß nicht, wo. Er wohnt auf dem Grundstück seiner ehemaligen Nachbarin. Auch in einem Wohnwagen, soweit ich weiß, keine Ahnung wo.«

Er schüttelt entsetzt den Kopf.

»Woher kennen Sie ihn?« Mertens hat kein Mitleid. Die Zeit drängt. »Denken Sie nach!«

»Von der Arbeit. Er hilft mit, wir versuchen, ihm Arbeit zu verschaffen, und er engagiert sich manchmal in unserem Projektteam. Arbeit. Ich kenne ihn von der Arbeit.«

»Mailen Sie ihm? Schicken Sie ihm Post?«

Der Mann schüttelt verzweifelt den Kopf. »In den Projektmappen könnte eine Adresse stehen. In der Dokumentation. Vielleicht bei den Protokollen.«

Hanno Slagter stürmt aus dem Zimmer. Mertens Handy klingelt und sie bleibt stehen und nimmt den Anruf an. Es ist Myrna.

»Ich habe einen Namen«, sagt sie.

»Jeroen van Vliet«, antwortet Mertens. »Gib mir eine Adresse.«

57

»Liebchen!«

Redet er mit ihr? Die Stimme klingt so nahe.

»Liebling.«

Etwas kitzelt an ihrer Wange.

Oh Gott, dieser Scherz! Plötzlich spürt sie es, ihr ganzes Gesicht glüht und sie schreckt auf. Energie strömt durch ihren Körper. Wo bin ich? Warum? Ihr ganzer Körper tut entsetzlich weh. Es tut so weh! Sie sinkt wieder weg in die Bewusstlosigkeit. Sie hat keine Wahl, es geht von selbst.

»Schätzchen! Lass mich nicht allein. Bleib bei mir!«

»Lami …«, sagt sie. Lass mich, wollte sie sagen, aber es kommt nichts anderes aus ihrem Mund. Konzentriere dich! Sie räuspert sich. Ihre Nase schmerzt unerträglich.

»Liebchen. Schau mich doch an!« Plötzlich schreit er los, ganz dicht vor ihr. »Schau mich an!«

Unter Aufbietung all ihrer Kräfte öffnet sie die Augen. Er ist da. Genau vor ihrer Nase, aber trotzdem kann sie ihn nicht richtig erkennen. Die ganze Umgebung ist unscharf. Sie blinzelt und versucht zu fokussieren.

»Jeroen«, murmelt sie. »Wo ist denn deine Freundin?«

»Scheißnutte!«

Er tritt zurück und allmählich gewinnt sie ihr Sehvermögen wieder. Verdammt! Scheiße! Sie sitzt auf dem Stuhl. Dem Zahnarztstuhl, in dem eben noch die andere Frau saß. Sie zerrt an ihren Armen. Sie lassen sich nicht bewegen. Sie versucht es mit den Beinen. Auch gefesselt. Natürlich. Er ist ja nicht blöd.

Kyra bewegt den Kopf. Den Halsriemen hat er ihr noch nicht umgelegt. Sie blickt sich um. Wo ist die Frau? Kann sie etwas für sie tun? Sie muss etwas tun! Den Verrückten niederschlagen. Sich befreien. Sie beide retten.

Mein Gott. Hinter van Vliet auf dem Boden liegt ein verrenktes Bündel Mensch in einer Pfütze Blut. Dieser widerliche Scheißkerl! Blinde Wut rast durch ihren Körper.

Sie schließt die Augen. Wenn sie nicht gefesselt wäre, würde sie ihn zu Brei schlagen.

»Rolf Janssen«, sagt sie. »Durfte der nicht mehr mitspielen?«

»Der ist erledigt, der Verräter.« Jeroen van Vliet trinkt ein paar Schlucke aus der Flasche Jenever, die auf dem Arbeitstisch steht. »Ich dachte, er würde mich verstehen. Er war derjenige, der ständig mit allen Ärger hatte. Der die ganze Welt hasste. Das an der Fähre war ein Test. Ich habe ihm eine Verkleidung gegeben. Nimm um fünf Uhr die Fähre, habe ich gesagt. Von der Stadt aus. Und dann schau, was es zu sehen gibt. Er fand es gut, genau das, was der Scheißkerl Gaullier verdient hatte, aber er war wütend. Feiges Arschloch. Er hatte Angst, das Scheidungsverfahren zu verlieren, wenn bekannt würde, dass er etwas damit zu tun hatte. Er dachte, er könne mich erpressen. Dachte, ich würde es hinnehmen, dass er mit IJzer unter einer Decke steckte. Dachte, ich würde mir wegen seiner lächerlichen Drohungen in die Hosen scheißen.«

»Warum hast du Gaullier auf dem Galgenfeld aufgehängt?« Sie muss ihn ablenken. Zeit gewinnen. Aber was erhofft sie sich davon? Niemand weiß, dass sie hier ist.

»Der Typ hat die ganze Zeit über Rembrandt gelabert. Er war ja so kunstbeflissen! Blöder Scheiß.« Er trinkt noch einen Schluck aus der Flasche. Kyra studiert den großen Mann. Er steht mit breit gespreizten Beinen da, den Bauch vorgestreckt, das Kinn arrogant angehoben.

»Die Zunge. Hat er dich auch angelogen?«

»Ja«, antwortet er erstaunt. »Du hast gut aufgepasst.«

»Und daher auch die Scheiße im Mund.«

»Das war eine Eingebung. Genau wie der Kleber.«

»Aber warum das Mosveld und das Volewijckersveld? Was hatten die beiden Orte mit IJzer zu tun?«

Es funktioniert. Er fällt darauf rein. Weitermachen!

»Weil ich will, dass die Kripo in die falsche Richtung ermittelt. Deswegen hing Gaullier auch mit dem nackten Arsch da. Die Kripo wird dieses Immobilienprojekt von IJzer untersuchen, damit sind die erst mal beschäftigt. Der Sack hatte die Stadt mit irgendeiner Lügengeschichte darüber gefüttert, er wolle die Volewijckers ehren. Das Mosveld wäre vor dem Krieg das größte Stadion von Amsterdam gewesen und er hätte Großes damit vor. Dieser Heuchler! Alles Lügen, um sich das Projekt unter den Nagel zu reißen.«

»Und die Hand?« Unwillkürlich blickt Kyra neben sich. Sie zittert und schaut erschrocken in seine Richtung, aber er hat ihre Schwäche nicht gesehen, weil er strahlend seine Trophäen betrachtet. Langsam dreht er ihr den Kopf zu und grinst. Ein merkwürdiges Glitzern liegt in seinen weit aufgerissenen Augen.

»Du bist aber nicht hier, damit wir ein bisschen miteinander plaudern«, flüstert er.

Kyra erwidert seinen starren Blick und versucht, so lange wie möglich nicht zu blinzeln. Er starrt sie eine volle Minute lang ausdruckslos an.

»Du bist echt ein armes Würstchen«, sagt sie. Zum Angriff! Nicht aufgeben. Wenn er ihre Angst sieht, ist es um sie geschehen.

Er kommt auf sie zu und verpasst ihr erneut eine brutale Ohrfeige. Der Schmerz in ihrem Kopf ist nicht auszuhalten. Gut so. Sie muss zusehen, dass er wütend bleibt. Wütend, aber ohne Macht zu gewinnen. Bis er müde wird und sie in Ruhe lässt. Vielleicht geht er weg. Vielleicht muss er zwischendurch mal pinkeln. Dann kann sie versuchen, die Frau zu wecken.

Er marschiert im Raum auf und ab. Es scheint, als hätte er sie vergessen.

Auf dem Tisch neben ihm, nahe der Tür, sieht sie ein Messer und eine Zange liegen. Sie versucht, nicht hinzusehen. Was, wenn er ihrem Blick folgt? Dann sieht er, was sie sieht und könnte auf falsche Ideen kommen. Rasch wendet sie den Blick von dem Tisch mit seinen grausamen Instrumenten ab, weg von den Tuben mit Sekundenkleber und der Rolle Klebeband. Sie blickt hinunter zur Frau auf dem Boden.

Beweg dich!, hätte sie ihr am liebsten zugerufen. Wach auf! Lebe!

Jeroen van Vliet nimmt seinen Flachmann, schraubt den Deckel ab und setzt die Flasche an den Mund. Er flucht. Leer. Gut so. Kyra schließt die Augen, um ihm zu suggerieren, dass er ruhig eine Weile weggehen könne. Die eine liegt bewusstlos auf dem Boden und die andere hockt ohnmächtig auf dem Stuhl. Gut verschnürt. Du kannst ruhig mal kurz rausgehen. Geh! Geh schon!

»Liebling.«

Sie spürt seinen warmen Atem an ihrer Wange. Er stinkt. Sie hasst ihn.

58

»Kanaldeich«, stößt Mertens hervor. Bingsten setzt sich sofort in Bewegung.

»Stimmt«, bestätigt Hanno Slagter und reißt eine Seite aus der Projektmappe. »Kanaldeich. Van Beekstraat.«

»Bleiben Sie lieber bei Ihrer Frau«, rät Mertens.

»Kommt gar nicht infrage«, antwortet er. »Ich komme mit. Ich bin Arzt. Vielleicht werde ich gebraucht.«

»Dann los!«

Während Bingstens skrupelloser Fahrt durch Amsterdam-Nord, durch ein Wohnviertel, wo er wie ein Verrückter rechts abbiegt und in die Straße rast, die am Kanal entlangführt, ruft Mertens im Präsidium an und gibt die Adresse durch. Sie trommelt alles zusammen, was Beine hat.

»Von mir aus können die mich rausschmeißen, wenn es falscher Alarm ist«, sagt sie. Sie ruft sogar Franssen an, der unbedingt wissen will, woher sie glaubt, den Täter zu kennen. Sie legt auf. Soll sich doch Tijssen mit ihm rumschlagen. Dann können die beiden im Duett meckern. Sie hat Wichtigeres zu tun.

Keine Sirene, hat sie den Männern eingeschärft. Ich will ihn überraschen. Bingsten hat die Führung übernommen, gefolgt vom Saab Hanno Slagters und dahinter dem Wagen der Kollegen.

Hoffentlich kommen sie rechtzeitig! Hoffentlich ist sie dort! Hoffentlich hält er seine Opfer nicht an einem anderen Ort gefangen!

Sie rasen am Kanal entlang. Bingsten hämmert auf das Lenkrad ein, um Freizeitradler oder Läufer entlang der Straße laut hupend zur Seite zu scheuchen.

»Hau ab!«, ruft er ein paarmal.

An der Fähre nach Het Schouw – wieder eine Fähre, verdammt – biegt er mit quietschenden Reifen links ab.

»Ruhig!«, mahnt Mertens. »Ich will nicht, dass er uns hört.«

Bingsten geht etwas vom Gas.

»Hier«, sagt Mertens. »Das muss es sein. Leise jetzt.«

Sie fahren auf einen ungepflasterten Innenhof und parken ihre Autos an der Seite, um noch Platz für die Kollegen zu lassen. Das Gelände ist verlassen. Etwa hundert Meter von ihnen entfernt, neben dem alten Pferdeauslauf, steht ein Wohnwagen.

Mertens steigt aus und gibt den anderen mit Gesten zu verstehen, sich ruhig zu verhalten. Sie legt die Finger auf die Lippen zieht ihre Waffe.

Sie würde ihn am liebsten beißen, kann es aber nicht. Sie wird ihn auf andere Art erwischen müssen. Ihr Kopf glüht. Er hat seine Nase in ihr Haar gesteckt und schnuppert.

»Erbarmungslos«, murmelt er. »Das verstehst du doch, oder? Das ist der Weg. Erbarmungslos.« Er atmet tief ein und dann ganz langsam wieder aus. Er ist zufrieden. Ein selbstzufriedenes Arschloch.

Sie dreht den Kopf zur Seite, streckt die Zunge raus und leckt über seine Wange.

»Igitt!«, ruft er. »Igitt, du widerliche Nutte!«

»Bis zu welchem Alter hast du noch ins Bett gepinkelt, Jeroen?«

»Halt die Fresse!«

»Und warum hat deine Mutter so viel gesoffen? Weil dein

Vater sie geschlagen hat? Weil sie enttäuscht war vom Leben? Von ihrem Mann? Ihrem Sohn?«

Er tritt zurück, greift nach der leeren Schnapsflasche und schmeißt sie auf den Boden.

»Du weißt nichts über mich. Überhaupt nichts«, brüllt er.

»Ich weiß, dass du jahrelang in psychiatrischer Behandlung warst. Eine Therapie nach der anderen.« Sie schweigt einen Moment. Ihr Kopf tut so verdammt weh!

»Wie lange bist du eigentlich bei deinen Eltern wohnen geblieben?«, fragt sie. »Haben sie dich eingewiesen?«

Wieder schlägt er ihr gegen den Kopf und sie sieht Lichtblitze. Der Schmerz ist so stark, dass sie nach Luft schnappt. Etwas schnürt ihr den Hals zu. Keine Luft!

»Du wolltest Selbstmord begehen«, flüstert sie. »Mit sechzehn ungefähr.«

Er zieht den Riemen an. Sofort spürt sie, wie der Druck auf ihren Kopf zunimmt. Ihr Kiefer schmerzt. Das überlebt sie nicht. Oh, Gott, Mama. Entschuldige, Mama, denkt sie. Entschuldige, entschuldige, entschuldige.

Mertens geht voran. Die Wohnwagentür steht offen. Mit der Waffe im Anschlag postieren sich Mertens und Bingsten jeweils auf einer Seite der Tür. Die Kollegen stehen hinter ihnen.

»Janssen?«, ruft Mertens. »Rolf Janssen? Jeroen van Vliet?«

Keine Antwort.

»Hey!«, schreit Bingsten. »Kommt raus! Ihr habt keine Chance!«

Nichts.

Mertens steckt die Hand mit der Waffe hinein. Nichts geschieht. Vorsichtig steigt sie hinauf und betritt den Wohnwagen. Sie schaut ins Wohnzimmer, in die Küche. Auf dem Bett liegt ein Toter in einer Blutlache. Bingsten folgt ihr. Mit schussbereiter Waffe öffnet er die Tür der kleinen Toilette.

»Niemand«, stellt er fest.

»Bis auf den hier«, entgegnet Mertens.

»Ist das van Vliet?«, fragt Bingsten.

»Rolf Janssen.« Mertens hat sich die Fotos der beiden Männer genau angesehen. Myrna hat sie ihr per WhatsApp geschickt. »Er ist einmal verhaftet worden, weil er seine Ex gestalkt hat.«

Einer der Kollegen spricht in sein Funkgerät, gibt durch, was sie vorgefunden haben und fordert einen Krankenwagen an.

Hanno Slagter steht kreideweiß und verloren daneben. Mertens hat keine Zeit, ihm zu sagen, dass er sich fernhalten soll.

»Die Container!«, sagt Bingsten gehetzt.

Sie rennen zurück, an der kleinen Koppel vorbei. Bingsten versucht, den ersten Container zu öffnen. Fest zieht er an dem eisernen Riegel, der ihn verschließt. Mertens steht neben ihren Kollegen bereit, die Waffe im Anschlag. Als die Tür aufschwingt, sieht sie Pappkartons und eine Schaufensterpuppe fällt heraus. Fehlanzeige. Sie rennt zum nächsten. Nachdem sie die drei Container geöffnet haben, starren sie einander an.

»Das Lager!«, ruft Mertens.

Sie rennen über das Gelände zum Eingang des Schuppens. Mertens zieht vorsichtig die Tür auf und geht hinein, wieder dicht gefolgt von Bingsten.

»Wir durchsuchen das große Lager«, hört sie einen anderen Kollegen ins Funkgerät sagen. »Sobald ihr vor Ort seid, riegelt das Gelände ab und kommt von hinten rein.«

Im Inneren des Schuppens ist es dämmrig. Mertens sucht einen Lichtschalter. Soll er doch ruhig wissen, dass sie da sind. Ablenkung. Könnte nützlich sein. Vielleicht können sie ihn in eine Falle locken.

Sie hören keinerlei Geräusch. Sehen keine Bewegung. Neben dem Eingang steht ein fester Wohnwagen und davor eine Art Sitzecke mit einem zugemüllten Tisch. In dem Schuppen sind offenbar Sachen eingelagert. Autos. Kleinbusse. Wohnwagen. Schnellboote.

»Das ist alles zu gut einsehbar hier«, stellt Bingsten fest. »Er muss einen separaten Raum dafür haben. Auch, um sie gefangen zu halten.«

»Du gehst da lang«, befiehlt Mertens einem Kollegen. »Mit ihm zusammen.« Sie deutet auf einen anderen Kollegen und zeigt danach auf die Vorderseite des Schuppens.

»Wir gehen hier lang.« Sie zeigt nach hinten ins Lager und nickt Bingsten zu. Dann dreht sie sich um. »Warten Sie hier«, sagt sie zu Hanno Slagter. »Sobald wir etwas finden, rufen wir Sie sofort.«

Slagter holt Luft, um etwas zu erwidern, aber Mertens entfernt sich bereits und er bleibt unentschlossen stehen.

Es dauert ungefähr zehn Minuten, bis sie das andere Ende des Lagers erreicht und das Gelände sondiert haben.

»Nur Autos und Boote«, sagt Bingsten. »Hier kann er sie doch nicht festhalten?«

»Vielleicht in einem Kleinbus?«, fragt Mertens und deutet auf eine alte amerikanische Kiste.

»Nein, er hält sie tagelang gefangen«, entgegnet Bingsten grimmig. »Er foltert sie. Sägt sie in Stücke. Er muss einen geeigneten Raum und eine gute Ausrüstung haben.«

»Und der Raum muss schalldicht sein«, fügt Mertens hinzu. »Deswegen hören wir jetzt nichts.«

»Und er uns auch nicht«, erwidert Bingsten ernst.

Mertens probiert eine Tür hinten im Lager. Abgeschlossen.

»Zurück nach vorn?«, fragt Bingsten.

Sie laufen hastig zur Vorderseite. Beim Rennen spürt Mertens plötzlich Panik in sich aufkommen. Komm schon, Kyra, denkt sie. Halte durch! Am liebsten hätte sie laut gerufen, aber sie weiß, dass sie damit nichts ausrichten würde.

Mertens erschrickt vom Geräusch ihres Handys. Myrna.

»Hier steht eine Frau am Schalter«, sagt sie. »Sie hat sich gemeldet, weil sie etwas Verdächtiges gesehen hat. Sie sagt, sie hätte beobachtet, wie IJzer entführt wurde. Vor seinem Fitnessstudio. Von einem großen blonden Mann mit einem Mazda MX5. Rot.«

So einen hat sie am Eingang stehen sehen. Verdammt!

»Hier!«, ruft einer der Kollegen. »Noch ein Container!«

Sie folgen seiner Stimme.

»Hier!«, ruft der Mann. Bingsten rennt so schnell, dass niemand mit ihm Schritt halten kann.

»Mitkommen!«, ruft er im Vorbeilaufen Hanno Slagter zu, der am Wohnwagen neben dem Eingang wartet. »Hinter mir bleiben!«

Sie rennen durch den Schuppen bis ganz nach hinten, wo tatsächlich ein schwarz gestrichener Container steht. Er ist höher als die Container, die draußen stehen. Auch breiter. Sie ziehen ihre Waffen. Umringen die Tür. Bingsten zieht die Eisenstange weg.

59

»Du hasst die ganze Welt«, sagt Kyra. »Aber die Welt hasst dich noch viel mehr.«

Sie bekommt fast keine Luft mehr, aber sie redet weiter.

»Du verdienst es nicht, hier frei herumzulaufen. Du gehörst hinter Schloss und Riegel. Dein ganzes beschissenes Leben lang!«

»Halt die Fresse!«

Diesmal schlägt er sie nicht. Er steht vor ihr, einen Meter von ihr entfernt und sieht aus, als finge er gleich an zu heulen.

»Jeder schlechte Mensch muss bestraft werden«, sagt Kyra zwischen den zusammengebissenen Zähnen hindurch.

»Du verstehst das nicht!«, wütet er. »Einen Scheiß begreifst du! Das ist doch genau das, was ich mache!«

»Und sie?« Kyra blickt auf die Frau auf dem Boden hinter van Vliet. »Ist sie auch schlecht?«

»Nein, nein.« Verärgert schüttelt er den Kopf. »Sie ist die Fantasie.«

»Sie ist deine Mutter. Deine Frau. Du willst gar nicht sie ermorden, sondern die anderen.«

Verwirrt taumelt van Vliet zurück und setzt sich auf den Hocker.

»Dein Vater war nie für dich da«, fährt Kyra keuchend fort. Sie hat das Gefühl, dass ihr Kopf anschwillt und ihre Augen aus den Höhlen treten. Sie kann kaum noch atmen. »Und deine Mutter hat dich unterdrückt. Du hast sie verabscheut. Du hasst sie. Genau wie deine Frau, die dich verlassen hat. Noch so eine Verräterin.«

Van Vliet springt von seinem Hocker auf. Mit zwei Schritten ist er bei ihr und packt sie an den Haaren. Sie röchelt und stöhnt. Ihre Kehle brennt. Die untere Seite ihres Gesichts schmerzt so sehr, dass sie fast ohnmächtig wird. Keine Luft. Sie bekommt keine Luft durch die Kehle.

»Und du?«, brüllt er und schüttelt dabei ihren Kopf hin und her. »Du weißt doch alles so genau! Warum bist du wohl hier, was meinst du?«

»Ich will dich«, sagt sie eisig. Jeroen van Vliet keucht ihr ins Gesicht. Schnaufend ringt sie nach Luft. Sie kämpft gegen die Ohnmacht an. »Ich will den Mörder meiner Schwester, aber mit dir fange ich an!«

Van Vliet wirft den Kopf in den Nacken und lacht hysterisch. Blitzschnell springt er zum Tisch, greift das Messer und setzt es ihr an die Brust. Unwillkürlich schluchzt sie. Sie kann nicht mehr stark sein. Nicht mehr tapfer. Die Schmerzen sind zu stark. Die Angst explodiert.

»Schade«, sagt er. »Aber die Rollen sind vertauscht. Und jetzt ist Schluss mit dem blöden Gelaber.«

Kyra fängt an zu weinen.

Plötzlich ein Riesenkrach hinter ihm. Jemand schreit. Lautes Fluchen.

Van Vliet stürzt zu Boden. Noch mehr Rufe. Wieder ein Schrei.

Sie würde am liebsten laut heulen, aber sie ist so müde. Sie kann die Augen nicht mehr offen halten. Ihr ist so schwindlig. Das war's. Sie fällt um.

»Kyra!«

Papa. Sie träumt. Papa. Sie lächelt, aber das schmerzt so sehr, dass sie stöhnt. Ihre Nase. Ihr Kiefer. Sie bekommt keine Luft.

»Kyra!«

Eine andere Stimme.

Sie versucht, die Augen offen zu halten, schafft es aber kaum. Sie sind durch die Schläge fast zugeschwollen und die Schwellung drückt sie immer weiter zu. Sie müssen sich um die Frau kümmern. Die andere Frau. Lebt sie noch? Jemand muss sie versorgen. Mit dem linken Auge kann sie noch etwas sehen. Leute. Überall Bewegung.

Der Druck auf ihre Kehle verschwindet. Ihre Arme und Füße werden gelöst.

»Dannnn …«

»Ruhig … Nicht reden.«

Diese Stimme. Papa. So vertraut und so beruhigend, dass es fast wehtut. Wie sie das Gefühl vermisst hat!

»Dnnnnkkk.«

Er küsst ihre Wange. Es ist ein Papaküsschen. Ganz sanft. Sie riecht ihn. Sein Aftershave. Der vertraute Duft aus ihrer frühen Kindheit, als sie zusammen mit Sarina bei ihm saß und er ihnen von dem Onkel und der Brücke vorlas. Wie hieß das Buch gleich noch?

»Leessnn«, stammelt sie. »Leessn.«

»Natürlich«, sagt ihr Vater. »Lesen. Ich werde dir vorlesen.«

60

London

Nachdem die Stimmen auf dem Flur verstummt waren, kroch Jane zurück ins Bett. Sie drehte sich auf die Seite und vermied jeglichen Kontakt mit Mabel oder Phil.

»Attention«, murmelte sie noch mehrmals, aber dabei blieb es. Danach weinte sie lange und suchte Trost bei ihrem Kissen, nicht bei den Menschen neben ihr.

Erst im Gespräch mit dem Psychiater am nächsten Morgen kamen sie zu dem Schluss, dass die fremde Sprache der Auslöser gewesen sein musste. Phil und Mabel hatten sich um Jane gekümmert und versucht, sie zu beruhigen, denn sie schien auf einmal Todesangst zu haben. Sie hatten keine Ahnung, was sie rief, wussten nur, dass es wichtig war. Es war etwas, was ihr Angst einjagte.

Das Problem war, dass weder Mabel noch Phil die Sprache zunächst erkannt oder genauer auf die Besucher im Flur geachtet hatten. Auf ihre Nachfrage hin erfuhren sie, dass auf der Station neben Engländern auch ein Deutscher, eine Dänin und eine Niederländerin untergebracht waren.

»Eine Konfrontation mit den Sprachen kann nützlich sein, aber auch einen neuen Schock verursachen«, erklärt der Psychiater. »Und soweit ich bisher erkennen kann, hat sie durch den Vorfall einen ernsten Rückfall erlitten.«

Mabel nickt traurig. Er hat recht.

»Es schien, als riefe sie einen Namen«, sagt sie. »Ich hatte dauernd das Gefühl, sie wolle jemanden warnen.«

»Wie lautete der Name?«

»Keine Ahnung. Er war unverständlich. ›Saa!‹, hat sie mehrmals gerufen.«

»Wir glauben, dass sie auch ›Pass auf‹ rief«, sagt Phil. »Und ›Geh weg!‹, oder etwas Ähnliches.«

»Ja«, bestätigt Mabel. »Das Gefühl hatte ich auch. Es schien, als sähe sie eine Gefahr und wollte jemanden warnen. Vielleicht war sie auch wütend. Ich weiß es nicht genau, aber ihre Stimme klang eindringlich.«

»Das waren also die einzigen Worte, die sie gesprochen hat? ›Saa‹, ›pass auf‹ und ›geh weg‹?«

»Ich spreche kein Französisch«, erwidert Phil. »Das klingt für mich alles gleich unverständlich.«

»Sie hat noch etwas gesagt, was ich nicht richtig wiedergeben kann«, sagt Mabel. »Und was der Französisch-Dolmetscher auch nicht verstanden hat. Sie hat nicht nur Saa gesagt, sondern einmal auch Sari, Sara. Es könnte ein Name sein. Vielleicht meint sie Sarah. Es schien, als stottere sie, nein, als stocke sie … Ja, so war es: Sie blieb an diesen Worten hängen.«

»Ich halte es für einen Namen«, wiederholt Phil. »Vielleicht ihren eigenen. Ich glaube, sie heißt Sarah. Interpol muss ermitteln. Sie müssen nachforschen, ob ein französisches Mädchen namens Sarah vermisst wird.«

61

Kyra liegt auf dem Sofa im Wohnzimmer. Sie hat von Sophie, Luna und Chantal einen großen Blumenstrauß bekommen. <3 <3 <3, haben sie auf die Karte geschrieben. Die Operation an ihrer Nase und ihrem Kiefer hat sechs Stunden gedauert, aber der Chirurg sagte, ihre Verletzungen würden wieder vollständig verheilen. Inzwischen hat sie Visionen von Hamburgern und Pommes, von Vollkorntoast mit Erdnussbutter, von Sirupwaffeln und Lakritz. Bis auf Weiteres muss sie sich jedoch mit verschiedenen Sorten von Shakes und Suppen begnügen. Sie kann die Worte Banane, Vanille oder Waldfruchtgeschmack schon nicht mehr hören.

Aber sie beklagt sich nicht. Julia Hazelbrecht hat zwar überlebt, muss aber für den Rest ihres Lebens auf mehrere Zehen verzichten. Und das waren nicht ihre einzigen Verletzungen. Eine ihrer Brustwarzen wurde abgeschnitten und sie wurde mit einem Messer an Stellen bearbeitet, von denen man sich kaum vorstellen kann, dass man mit einem Messer dran kommt.

Aber sie lebt. Ist das ein Segen? Wahrscheinlich. Wird sie sich jemals erholen? Wahrscheinlich nicht.

»Er hat ein umfassendes Geständnis abgelegt«, erzählt Maud Mertens. »Ich habe noch nie von einem ähnlichen Fall gehört, aber er wurde getrieben von Hass und Lust. Er wollte sich an den Männern rächen, die ihn seiner Meinung nach betrogen hatten. Auf geschäftlicher Ebene. Er glaubte, das Recht auf verschiedene Subventionen, Courtagen und Vermittlungshonorare zu haben.

Seinem Gefühl nach war er um mehrere Hunderttausend betrogen worden. Die Frustration begann schon mit seiner Scheidung. Mit seiner Frau, die ihm offenbar auch viel Geld abgeknöpft hat.«

Kyra fühlt sich schwer. Durch ihre erzwungene Diät hat sie abgenommen, aber sie hat das Gefühl, hundertzwanzig Kilo zu wiegen und tief ins Sofa einzusinken. Kummer hat ein hohes spezifisches Gewicht.

»Sie war seine Traumfrau«, fährt Mertens fort. »Groß, schlank, blond und geheimnisvoll. Wie Jerry Hall, sagt er. Er küsste den Boden, über den sie schritt. Zugleich hatte er allerlei Fantasien, die sie nicht erfüllen wollte. Er wollte, dass sie sich verkleidete. Als Nonne. Als Polizistin. Er wollte Sex mit ihr haben, während sie sich distanziert und autoritär verhielt, aber sie weigerte sich und ließ ihn danach jahrelang nicht mehr an sich heran. Seine Frustration wurde immer größer, genau wie seine Wut. Seine Begierden reagierte er an Prostituierten ab. Einige der Damen lehnten ihn als Freier ab, weil er sich zu aggressiv verhielt und zu viele blaue Flecke hinterließ. So etwas mögen die nächsten Freier nicht.«

Kyra seufzt und sieht, wie sowohl ihre Mutter als auch ihr Vater den Kopf schütteln.

»Alles fing damit an, dass er eines Abends in der Stadt John Meijers begegnete, gegen zwei, drei Uhr nachts. Sie waren beide betrunken. Van Vliet sprach Meijers auf ein Geschäft an, etwas im Zusammenhang mit einer Courtage. Es kam zu einem Handgemenge. Van Vliet hat ihn einmal richtig erwischt, Meijers stürzte, stieß sich den Kopf an einem Pfahl und fiel in die Gracht. Es war eher Totschlag als Mord, aber das setzte bei van Vliet einen Mechanismus in Gang. Der Rest ist dir bekannt. Gaullier hatte ihn bei dem Deal mit den Spaniern übers Ohr gehauen. Van Vliet hatte den Kontakt zwischen den Parteien hergestellt. Man hatte ihm einen Posten bei der neu gegründeten Firma versprochen, woraus aber nichts wurde.«

Es hatte also doch etwas mit den Mädchen zu tun, denkt Kyra. Mertens und ihre Kollegen hatten recht gehabt. Auch das Gemälde von Sarina war indirekt daran beteiligt. Ihren Eltern hat sie nichts von dem Kunstwerk erzählt.

»Und Julia?«, fragt Kyra. Das Sprechen mit den verdrahteten Kiefern fällt ihr schwer, aber sie kann sich verständlich machen. »Wie passt sie ins Bild?«

»Van Vliets eigentliche Triebfeder war Lust. Die Geschäftsmänner betrachtete er als Fingerübung. Nachdem er an ihnen gelernt hatte, sollten die Frauen an die Reihe kommen. Julia war zufällig zur falschen Zeit am falschen Ort. Er konnte ihr nicht widerstehen.«

Kyra knurrt.

»Sehr ungewöhnlich«, bemerkt Mertens. »So etwas findet man so gut wie nie, eine so seltsame Kombination von Opfern.«

»Mörder haben alle ihre eigene Logik«, bringt Kyra zwischen den zusammengepressten Kiefern hervor. »Ihren individuellen Wahn. Die Hintergründe sind immer bizarr.«

Ihre Mutter fängt an zu weinen. Papa legt den Arm um sie.

»Schatz«, sagt er. »Er sitzt hinter Schloss und Riegel. Kyra ist nicht mehr in Gefahr.«

»Ich weiß«, antwortet sie leise. »Ich dachte nur gerade an … Schon gut. Möchte jemand noch Kaffee?«

Ohne eine Antwort abzuwarten, steht sie auf und holt die Kanne. Gleich darauf kehrt sie zurück. Sie hält zwei Ansichtskarten in der Hand und ihr Gesicht ist leichenblass, fast grau.

Kyras Vater springt auf.

»Was ist denn?«

Ihre Mutter öffnet den Mund, bringt aber keinen Ton heraus.

»Schau mal«, stottert sie dann und hält die Karten hoch. Tränen fließen ihr über das Gesicht.

Papa nimmt die Karten an und betrachtet die Rückseite.

Grüße aus De Koog, liest Kyra auf der Vorderseite. Die beiden Karten sind fast identisch. Aus Texel. Sie versteht nicht. Sie ist zwar gerade dort gewesen, aber sie hat doch keine Karten geschrieben? Hat sie den Verstand verloren? Natürlich nicht. Macht zur Zeit sonst irgendjemand Urlaub auf Texel?

»Mein Gott ...«, stottert ihr Vater. Er blickt auf. »Die sind von Sarina. Eine für dich, Kyra, und eine für uns alle.«

Kyra streckt ihm die Hand hin.

»Mai 2010 steht darauf. Wie kann das möglich sein?« Er schaut Mertens fragend an. »Die Karten sind vier Jahre alt!«

»Hände weg!«, befiehlt Mertens streng. »In eine Tüte stecken!« Sie zieht zwei Plastiktüten für Beweismittel hervor.

Kyra steht auf. Sie hat weiche Knie. Zusammen mit Mertens schiebt sie die Karten jeweils in eine eigene Tüte. Sie liest die, die Sarina an ihre Eltern und Jarno geschickt hat.

Alles sehr schön hier! Ich gehe für eine Weile weg, aber macht euch keine Sorgen. Ich sage euch Bescheid, wo ich bin und wie es mir geht.

Tut mir leid. Ich muss das tun. Liebe Grüße, Saar

Auf der Karte ihrer Schwester an sie steht ein anderer Text.

Liebe Kyr,

ich verreise eine Zeit lang und suche das Abenteuer. Endlich! Es tut mir leid, dass ich dir das alles verheimlichen musste, aber Papa will mich in die Klinik schicken und Mama hätte mich niemals weggelassen. Ich fahre mit Dave Kowzinsky ans Mittelmeer.

Ich komme wieder. Hab dich lieb.
Saar
PS: Nicht böse sein.

Kyras Mutter ist aufs Sofa gesunken, hat die Hände vor das Gesicht geschlagen und weint.

»Sind die wirklich von ihr?«, schluchzt sie. »Ist das nicht nur ein böser Scherz?«

»Es ist ihre Handschrift«, erwidert Kyra. »Das weiß ich genau. Sie hat beide Karten selbst geschrieben. Im Mai 2010. Den Poststempel kann ich allerdings nicht entziffern.«

»Wir lassen die Karten untersuchen«, verspricht Maud Mertens. »Wie kann das bloß sein, dass sie jetzt zugestellt werden, vier Jahre später …«

»Sie ist also doch weggelaufen«, seufzt Kyra und setzt sich auf die Sofakante. »Vielleicht sind das gute Neuigkeiten. Man weiß es nicht.«

»Wir müssen die Suche wieder aufnehmen«, stößt Holly Slagter verbissen hervor. »Hanno! Wir müssen sofort etwas unternehmen!«

»Ich nehme die Ermittlungen gerne wieder auf«, bietet Mertens an.

Kyra sieht, wie ihre Mutter ihren Vater verzweifelt anblickt. »Sollten wir nicht selbst …«, beginnt sie, aber ihr Vater schüttelt resolut den Kopf.

»Diesen Weg dürfen wir nicht noch einmal gehen«, entgegnet er. »Es hat uns damals total ausgehöhlt, Holly. Lass uns das Leben weiterführen, das wir so mühsam wieder aufgenommen haben.«

Kyra sieht ihre Mutter nach Argumenten suchen.

»Das ist mein Ernst«, sagt ihr Vater. »Holly?«

»Ich muss euch übrigens noch etwas sagen«, unterbricht Kyra

sie leise. »Ich habe mich für Kriminalistik beworben, hier in Amsterdam. Wenn meine Noten stimmen, beginne ich im Herbst an der Fachhochschule. Ich werde sie finden, Mam. Was immer auch geschieht, ich werde meine Schwester finden.«

LESEN SIE AUCH DEN ZWEITEN FALL
VON MAUD MERTENS UND KYRA SLAGTER

Erscheint im Oktober 2016

LESEPROBE

1

»Jesse?«

Sophie Verster steht am Zaun bei den Eseln, an einem der Gehege ganz am Ende des Kinderbauernhofs. Ihr Atem kondensiert zu kleinen weißen Wölkchen. Suchend wandert ihr Blick umher; ringsum über die Umgebung, die Besucher. Heute ist nicht viel los. Der Weg zu den Pfauen liegt verlassen da, und nur etwas weiter vorn zwischen den Hühnern und Enten stehen ein paar Eltern mit ihren Kindern.

»Jesse?«

Wo steckt er nur? Immer läuft er weg, ohne ihr Bescheid zu sagen. Sie lässt ihr Handy in die Jackentasche gleiten. Schafe, Esel, eine leere Weide mit schiefen Zäunen entlang des Wassergrabens auf dem rückwärtigen Gelände. Nirgends ist er zu sehen.

»Jesse!«, ruft sie erneut, diesmal leicht gereizt.

Sie schaut noch einmal bei den Schafen und am Zaun am Ende des Weges nach, sucht hinter den Büschen am Spielplatz. Kein Jesse. Mist!

Sie geht ein Stück zurück und bleibt an einem verwitterten grünen Picknicktisch stehen. Eben war er noch hier. Er stand mit dem Päckchen Hühnerfutter in den Händen unmittelbar neben ihr und beobachtete die Esel. Sie hatte nur ganz kurz zum Handy gegriffen und auf WhatsApp mit einer Freundin gechattet. Als sie wieder hinsah, war er weg.

Einfach weg.

Sie rennt ein Stück in Richtung Eingang, dorthin, wo die Hühner sind, aber auch da ist er nicht. Sie hat gedacht, er wäre vielleicht schon losgegangen, um die Tiere zu füttern.

»Jesse!«, ruft sie wieder.

Als würde das helfen. Wenn er sie hören könnte, käme er schon. Er ist nicht böse, der Kleine. Er gehört nicht zu denen, die andere ärgern oder absichtlich provozieren.

Wo ist er nur?

»Jesse!« Ihre Stimme klingt schrill. Sie dreht sich einmal um die eigene Achse und überprüft noch einmal, ob er wirklich nicht in der Nähe ist. Sie rennt ein Stück zurück, obwohl sie dort schon zweimal nachgeschaut hat. Sie kann nicht glauben, dass er plötzlich verschwunden ist.

Er ist nicht auf dem Weg zum Eingang und auch nicht hinter ihr. Sie steht am Rand des Streichelzoos, wo der Weg endet und in einem Knick zum Hinterausgang führt, einem Tor, das immer abgeschlossen ist. Der typische Bauernhofgeruch schlägt ihr plötzlich auf den Magen; feuchtes Holz und Schlamm, gemischt mit Hühnerscheiße und Eselkacke. Sie rennt zum Zaun, der das Gelände umschließt und hinter dem die schmale Straße zum Noordhollands Kanaal verläuft. Sie drückt die Klinke des Tores hinunter. Abgeschlossen. Er kann hier unmöglich allein hinausgeschlüpft sein.

Sophie stellt sich auf die Zehenspitzen, beugt sich so weit wie möglich über den Zaun und sucht mit dem Blick die Straße ab. Komm schon, Jesse, zeig dich. Links, bei der Mühle, ist er nicht. Rechts, am Eingang des Bauernhofs auch nicht. Sie lässt sich zurücksinken, umklammert das Gitter und rüttelt daran. Der Zaun ist zu stabil und zu hoch, als dass Jesse darüberklettern könnte. Er muss noch irgendwo hier drin sein. Sie kehrt zur Eselweide zurück.

Die Tiere stehen reglos auf dem kahlen Auslauf. Eine Minute ist verstrichen, seitdem Sophie bemerkt hat, dass Jesse nicht mehr neben ihr stand, vielleicht zwei. Mein Gott, sie ist für ihn verantwortlich! Schon seit Jahren vertraut ihr Ilona ihr Kind an.

Sophie läuft es vor Angst kalt den Rücken hinunter und einen Moment lang hat sie das Gefühl, als drehe sich alles um sie, in schwindelerregendem Tempo. Sie sieht nur noch lang gezogene Streifen, während sie dort alleine steht, in der Totenstille, im Auge des Sturms, bis jemand die Notbremse zieht, alles abrupt zum Stillstand kommt und ihr ist, als drehe nur sie selbst sich in Übelkeit erregendem Tempo im Kreis.

»Jesse!«

Sie ruft ihn, wieder und wieder, kann einfach nicht anders. Sophie rennt los, zwischen den Sträuchern hindurch und zurück zu dem kleinen, versteckten Spielplatz. Dort muss er sein! Sie muss nur genau hinsehen.

Niemand.

Eine kleine knallblaue Plastikrutsche steht verlassen im Sandkasten. Eine schwarz-weiße Spielzeugkuh ist liegen geblieben. Daneben ein Schild: Spielen ist fein, aber Aufräumen muss sein. Der Deckel der Plastikkiste, in die das Spielzeug gehört, steht offen. Sie rennt hin. Vielleicht versteckt er sich. Vielleicht spielt er ihr doch einen Streich.

Kein Jesse.

Sie rennt an der Wippe vorbei, springt hinter die Bank und schaut noch einmal im Gebüsch nach. Das ist doch nicht möglich! Sie zwängt sich auf der anderen Seite des Spielplatzes hektisch wieder durch die Hecke hindurch, rennt zurück zum Weg und dann zu dem kleinen Platz am Eingang.

»Jesse!«

Das hier ist der kleinste Kinderbauernhof der Welt. Zwei Esel, ein paar Schafe, eine Hand voll Ziegen, ein Zoo mit Kleintieren. Wie kann er verschwunden sein?

»Ich habe mein Kind verloren!«, ruft Sophie. Eltern blicken erschrocken in ihre Richtung. »Mein Babysitterkind! Jesse!!«

»Wie sieht er aus?«, fragt ein Vater, der mit zwei kleinen Kindern inmitten der Hühner steht.

»Blaue Jacke, Jeans, blonde Locken, blaue Mütze«, antwortet sie außer Atem.

Kyra Slagter sitzt am Fußende ihres Doppelbetts und starrt die Wand mit den Informationen über Sarina an. Ihr Foto in der Mitte, die Karte von Texel – wo sie vor vier Jahren spurlos verschwand –, mit der Strecke, die sie gelaufen ist, Stichworte aus Zeugenaussagen, Kleidung, Ortsnamen, der Name des Jungen, mit dem sie sich dort offenbar getroffen hat, Kopien der perfide Hoffnung erweckenden Ansichtskarten, die vier Jahre nach dem Absendedatum plötzlich bei ihnen aufgetaucht sind.

Sarina lacht sie an. Blondes Haar umrahmt ein mageres Gesicht. Große grünbraune Augen und volle rote Lippen, wie auch sie sie hat. Eine merkwürdige Vorstellung, dass sie jetzt genauso alt ist wie das Mädchen auf dem Foto. Etwas älter sogar.

Wo bist du hingegangen, Schwester? Was ist mit dir geschehen?

Ihr Smartphone fängt an zu summen. Sophie. Komisch, dass sie anruft. Sonst schreibt sie meistens.

»Hallo«, meldet sich Kyra und sofort sprudelt es aus Sophie heraus.

»Jesse ist weg«, keucht sie außer Atem. »Ich bin mit ihm zum Kinderbauernhof gegangen, und plötzlich war er verschwunden. Könntest du bitte zu ihm nach Hause fahren und nachsehen, ob er da ist? Ich möchte lieber hierbleiben, falls er noch auftaucht. Ich kapiere das nicht! Auf einmal war er einfach weg.« Sophie versagt die Stimme.

»Bin schon unterwegs«, erwidert Kyra. »Ich nehme den Roller.«

Danksagung

Dunkle Flut ist reine Fiktion. Wer glaubt, sich oder andere Personen wiederzuerkennen, irrt sich und zugleich auch nicht. Natürlich beziehe ich meine Inspirationen aus der realen Welt und stehle Teile von Geschichten, Situationen, Aussprüchen, Orten und Charakterzügen. Dennoch lasse ich mir nicht von der Realität diktieren, was ich schreiben soll.

Ich versuche, Geschehnisse wahrheitsgetreu und glaubwürdig darzustellen. Manchmal springe ich auf mein Fahrrad, um zu überprüfen, ob man von einer bestimmten Ecke an einem bestimmten Gebäude aus tatsächlich die Aussicht hat, die ich beschrieben habe. Andererseits fabuliere ich nach Herzenslust drauflos. Als Schriftstellerin verbindet mich eine Hassliebe mit der Wahrheit. Einerseits will ich ihr so nahe wie möglich kommen, andererseits flüchte ich vor ihr.

Dunkle Flut ist der erste Teil einer Serie und das Resultat harter Arbeit – nicht nur von mir, sondern auch vieler Beteiligter im

Verlag. Ich hoffe, dass Sie als Leserinnen und Leser von der Handlung mitgerissen werden, dass Ihnen das Blut in den Adern gefriert und dass Sie auch nach dem Lesen noch über den ein oder anderen Moment oder bestimmte Szenen nachdenken.

Ich danke allen bei Dutch Media, die sich mit unglaublichem Enthusiasmus für die *Nordseemorde* einsetzen und allen Mitarbeitern von *AD*.

Mein ganz besonderer Dank gilt Harold de Croon und Hanneke Wijte von Dutch Media, die dem Roman (und mir) durch ihre strenge Kritik sehr geholfen haben.

Auf zu weiteren spannenden Ufern!